Werner Lutz

Ameisen brennen nicht

RHEIN
MOSEL
VERLAG

3. Auflage
RHEIN-MOSEL-VERLAG
Brandenburg 17, D-56856 Zell/Mosel
Tel 06542/5151 Fax 06542/61158

ISBN 978-3-89801-084-9
Ausstattung: Stefanie Thur
Lektorat: Gabriele Korn-Steinmetz
Titelfoto: Felix Kremer
(Die Eifeler Jugend beim Errichten des Martinsfeuers)

Werner Lutz

Ameisen brennen nicht

Schicksalhafter Eifelsommer

Roman

Rhein-Mosel-Verlag

Für

meine Frau Irmgard,
für meine Kinder
Daniela, Andreas und Christoph mit Katrina
sowie für meine Enkelkinder
Johanna, Philine und Konstantin

Damit Ihr wisst, wie es war und nichts verloren geht.

In diesem Roman habe ich Selbsterlebtes und Geschichten, die mir erzählt worden sind, miteinander zu einer zusammenhängenden Handlung verwoben.

Die Geschichte spielt in meinem Geburts- und Heimatort Faid, das als erstes Eifeldorf auf der Strecke zwischen Cochem und Ulmen liegt.

Die handelnden Personen, denen Merkwürdiges in den unterschiedlichsten Eifeldörfern widerfahren ist, habe ich in mein Heimatdorf versetzt und lasse sie unter geändertem Namen zusammen mit mir, meiner Familie und meinen Freunden jenen Sommer durchleben, in dem meine Kindheit endete.

Ich erfuhr damals, dass es außerhalb der behüteten Atmosphäre in meinem Elternhaus mit sechs Kindern eine brutale, selbstsüchtige und rücksichtslose Welt gab.

War das Leben auch durch viele Pflichten und Aufgaben in der elterlichen Bäckerei bestimmt, weil jeder mithelfen musste, so empfanden wir sechs Geschwister aber das Miteinander innerhalb der Familie als einen Hort und ein Gehöschnis*, in dem Vertrauen, Liebe, Rücksichtsnahme und gegenseitige Hilfe uns stark machten.

Vater und Mutter lebten es uns vor.

In jenem Sommer zerbrach die Idylle eines verschlafenen Eifeldorfes. Die Menschen, die zwischen Kirche, Schule und bäuerlicher Dorf- und Familienstruktur lebten, wurden plötzlich mit unfassbarer Gewalt konfrontiert.

Das ganze Dorf erschrak.

Aber in dieser Welt traf ich auch auf Menschen, wunderbare, starke und mutige Menschen, die alles zum Guten lenkten. Sie wurden mir zum Vorbild, weil sie großherzig und gütig waren.

Ihnen danke ich für diesen wunderbaren Sommer.

* Gefühl der Geborgenheit

I

Lag es an Vaters Weigerung, sich einen Anzug nähen zu lassen, oder daran, dass Regina plötzlich in unserem Dorf auftauchte, oder war es einfach nur dieser Sommer mit seinem frühen Licht und den heißen, schlaflosen Nächten, der die Geschehnisse entfesselte, die unseren Ort wochenlang in Atem hielten?

Ich rätsele heute noch.

Als die Geschichte begann, saß ich gerade wieder einmal auf dem Salzsack in der Backstube. Vater hatte vor zwei Wochen eine neue Erziehungsmethode eingeführt, von der ich besonders betroffen war. Hatte man irgendetwas »angestellt«, gab es keine Ohrfeige wie in der Schule, man wurde auch nicht damit bestraft, früher als die anderen ins Bett zu gehen. Nein, seit vierzehn Tagen musste man für eine bestimmte Zeit auf dem Salzsack in der Backstube sitzen.

»Dann kannst du über deine Schandtaten bestens nachdenken«, hieß es übereinstimmend von Vater und Mutter. »Und außerdem können wir uns dabei noch nett unterhalten.« Nachzudenken hatte ich heute über mein Zuspätkommen fürs Autoladen. Ich sollte gestern, am letzten Schultag vor den großen Ferien, um vier Uhr zu Hause sein, um das Auto für die Brottour in den Nachbarort Büchel zu laden und hatte das vergessen. Abends gegen sechs Uhr, als ich vom Spielen mit meinen Freunden nach Hause kam, fiel es mir wieder ein. Vater war natürlich sauer.

Kurz und gut: Eine Stunde Salzsack.

Ich saß also auf meinem aus dichter Jute gewebten Salzsack neben der Tür zum Brotraum in der Backstube und wartete sehnsüchtig darauf, dass die eine Stunde vorbei sei, als Mutter die Tür hereinkam und sagte:

»Johann, im Dorf ist ein Tuchhändler unterwegs, der hätte gute Stoffe, sagte gerade Irmgard Steffes im Laden. Sie haben gestern Stoff gekauft, ihr Mann braucht unbedingt einen neuen

Anzug. Und du brauchst auch einen neuen. Bei deinem alten ist die Hose am Hintern fast durchgescheuert.«

»Auf meinen Hintern schaut doch kein Mensch, außerdem ist die Anzugjacke so lang, dass er verdeckt wird. Der Anzug macht es noch ein paar Jahre.«

»Ja, aber denk daran, nächstes Jahr haben die beiden Jungs Kommunion, und dann musst du nicht mit dem ollen Ding da rumlaufen.«

Mit den beiden Jungs waren meine jüngeren Brüder Robert und Klaus gemeint, die zwar altersmäßig ein Jahr auseinander waren, aber gemeinsam zur Kommunion gehen sollten.

»Nun gut, wenn der Händler kommt, kannst du mich ja rufen«, sagte Vater nach einigem Zögern und griff mit beiden Händen in den Teigkessel der Knetmaschine, um weitere Brotteigstücke abzuwiegen und in zwei Reihen auf die Mulde zu legen. Mutter wollte noch etwas sagen, aber da klingelte schon die Ladentür und sie verschwand, Vater kritisch anblickend, in den Flur. An Vaters Stimmlage war genau zu erkennen, ob er im Moment nichts mit der besprochenen Sache zu tun haben wollte oder ob es ihn ernsthaft interessierte. Und jetzt schien wohl der erstere Fall vorzuliegen. Ich merkte das daran, dass er etwas wie: »Lass den mal kommen«, vor sich hingrummelte, als die Tür ins Schloss gefallen war. Er würde Gründe finden, die Anschaffung eines neuen Anzugs um ein oder zwei Jahre zu verschieben, da war ich mir sicher. Ich hörte ihn leise lachen.

Das war für mich der richtige Moment, zu fragen: »Vater, wie lange noch? Noch zehn Minuten?«

Erst jetzt schien er mich wieder wahrzunehmen, drehte sich um, schaute auf die Uhr und meinte: »Noch vierzehn Minuten, und die wollen wir auch einhalten, nun nerve nicht!«

Diese Schlussbemerkung war ein Warnsignal, das mir ganz klar zu verstehen gab: Nicht mehr fragen, sonst gibt es Verlängerung.

Letzte Woche erst hatte mir meine Fragerei ganze acht Minuten Verlängerung eingebracht.

Vater war beim Absitzen meiner Salzsackstrafe in Bezug auf die Zeit unerbittlich, er ließ sich auch nicht durch angebliches Bauchweh oder durch vorgetäuschte Kopfschmerzen austricksen. Erst recht nicht durch Quengeln. Quengeln war total kontraproduktiv. Das kostete.

Vater war nicht immer so pingelig mit seinen Zeitangaben, er konnte großzügig, ja generös sein. Manchmal hätte man den Eindruck haben können, er habe überhaupt kein Zeitgefühl.

Kam es nämlich vor, dass morgens im Laden Kundschaft auf frische Brötchen wartete, und Mutter in der Backstube nachfragte, wie lange es noch dauere, war Vaters Antwort immer: »Noch knapp fünf Minuten.« Er behauptete dies einfach, obwohl jeder in der Backstube wusste, es dauert bestimmt noch zehn Minuten, denn oft waren die Brötchen noch im Gärraum und noch gar nicht im Ofen.

»Was ist das, ein Tuchhändler?«, fragte ich, um die letzten Minuten meiner Arrestzeit auf dem Salzsack zu verkürzen.

Vater, der mit dem Rücken zu mir an der fensterseitigen Backmulde stand, hatte sich zwei Teigstücke genommen, rund gewirkt und in längliche Backformen aus Blech gelegt. Das ergab das gute Kastenbrot.

»Das ist einer von den Reisenden, die mit Stoffballen von Haus zu Haus gehen und den Leuten Stoffe verkaufen. Der ›Scherepitter‹ macht daraus für die Leute Anzüge, Hosen, Röcke oder Kleider.«

Scherepitter war der Schneider Peter Lambrich, der das halbe Dorf benähte und auch Kundschaft in den Nachbardörfern hatte. Ich hatte einmal zugesehen, wie er Vater mit einem gelben Maßband vermessen, in einen kleinen Kalender der Raiffeisenkasse die Maße eingetragen hatte und zwei Wochen später mit einer halbfertigen Jacke, bei der noch die Nähte zu sehen waren, auftauchte. Mit einem Kreidestück hatte er hier und dort ein paar Linien gezogen und Kreuze gemacht sowie mit verschiedenen Nadeln den Stoff an bestimmten Stellen gerafft oder glatt gespannt.

»An den Linien wird jetzt noch nachgenäht und dann hat dein Vadder eine tolle Jacke«, hatte mir damals Scherepitter erklärt. Auch diese Jacke hatte Vater eigentlich nicht haben wollen, aber Mutter hatte darauf bestanden.

»Dem Scherepitter sein Irma kauft immer bei uns Brot«, hatte Mutter damals argumentiert.

Den Genitiv zu gebrauchen, war bei uns im Dorf, oder besser gesagt, in der ganzen Vordereifel, unbekannt. Nur Vater benutzte ihn, er war kein Eifeler. Er kam vom Bodensee.

»Manchmal muss sie sogar anschreiben lassen. Bei denen kommt kaum Geld rein, dabei haben die drei Kinder. Da würde so eine neue Jacke denen schon helfen. Du sähst vernünftig aus und wir hätten ein gutes Gefühl.«

Darauf legte Mutter immer großen Wert. Ihr gutes Gefühl hielt bei dieser Jacke ziemlich lange, ja sogar verdächtig lange an, denn ich bekam einmal morgens mit, als ich in der Backstube half, wie Vater fragte, ob er jetzt die neue Jacke endlich abgebacken habe.

»Mach du deine Backstube und ich mach meinen Laden«, hatte Mutter spitz geantwortet, wobei ihr Gesicht richtig fleckig geworden war. Dann hatte sie die Schürze abgebunden und war aus der Backstube verschwunden.

An diesem Tag kam sie nicht mehr in die Backstube und beim Mittagessen herrschte bedrückendes Schweigen am Tisch. Wir Kinder spürten die Spannung und atmeten erst auf, als Vater Mutter beiläufig fragte: »Hast du mal einen Moment Zeit?«

Zusammen mit ihr verschwand er in der Backstube. Wir hörten zwei, drei Minuten lang laute Stimmen. Dann kam Mutter frohgelaunt in die Küche zurück, und Irma durfte noch drei Wochen auf die neue Jacke einkaufen, wie Mutter mir viel später erzählte. Nur keine Zuckerwecken, darauf hatte Vater bestanden. »Aber die hab ich Irma sowieso erst dienstags oder mittwochs geschenkt, die waren vom Samstag übrig geblieben.«

Der Salzsack drückte, und ich rutschte hin und her.

»Woher kommen denn die Tuchhändler?«, wollte ich von Vater wissen und schielte dabei auf die Wanduhr. Noch drei

Minuten! Die Wanduhr war unsere alte Küchenuhr. Sie hing deshalb in der Backstube, weil dem Glasdeckel die linke untere Hälfte fehlte. Dieser Glasdeckel war Opfer eines Ballspiels meiner Schwester und mir in der Küche geworden. Die verbotene sportliche Betätigung hatte mir – und nur mir – eine halbe Stunde Salzsack gebracht. Meine Schwester ging wieder einmal straflos aus. Es hieß zwar, sie müsse eine Woche spülen. Aber das tat sie ja sowieso jeden Tag.

Hurra! Die Arrestzeit war um.

Ich stand neben Vater an der Mulde, um seine Antwort, die mich eigentlich gar nicht interessierte, noch abzuwarten. Er schaute zuerst auf die Uhr, meinte, ich sei aber pünktlich und sagte: »Das sind meistens Leute aus der Gladbacher Gegend oder auch welche aus Italien. Die fahren durch die Dörfer und bieten ihre Waren an, so wie ich mein Brot. Kein leichter Job.«

Ich weiß nicht, woher Vater dieses neue Wort hatte. Und dann auch noch ein englisches. Manchmal versetzte er uns alle in Staunen, wenn er, der normalerweise Wert auf den Gebrauch von deutschen Wörtern legte, treffend und sicher einen neuen Begriff einsetzte. Und uns diesen auch noch wortreich erklärte.

An den Beginn seiner Landbäckerei konnte ich mich schwach erinnern, als Vater auf dem Fahrrad mit seinem Bergrucksack, bestückt mit ein paar Broten, durch die Nachbardörfer fuhr und oft missgelaunt nach Hause kam, weil im Rucksack noch das ein oder andere Brot war, und in dem auf dem Gepäckträger aufgeschnallten Korb ein paar verlorene Brötchen kullerten. Mutter war in dieser Zeit oft am Weinen, und es gab zwischen den beiden manchmal heftige Dispute.

»Über Land seine Waren zu verkaufen, ist ein hartes Brot«, fuhr Vater fort und drückte mit der flachen Hand weiter die abgewogenen Teigstücke in die blechernen Backformen für das Kastenbrot, das neben Nudeln seine Spezialität war. Die Nudeln, die er anfangs in seinem Rucksack verkaufte, hatten ihm die Bezeichnung »Nuddelebäcker« eingebracht.

»Wenn der Stoff nicht in Ordnung ist, dann sind die Tuchhändler über alle Berge und du hast einen schlechten Anzug«, gab ich zu bedenken und war schon Richtung Backstubentür gelaufen, um einem möglichen Arbeitsauftrag, wie noch kurz die Backstube kehren, zu entgehen.

»Dann dürften sie sich nie mehr in der Gegend blicken lassen.« Die Stimme hebend fuhr er fort: »Hast du keine Zeit mehr? Wenn du mich was fragst, will ich dir auch ordentlich antworten. Oder hast du es so eilig?«

Ich blieb an der geöffneten Tür stehen.

»Ihr Ruf wäre ruiniert, und das nicht nur hier, sondern in der ganzen Gegend. Die Ware muss in Ordnung sein. Und als Käufer muss man gut aufpassen. So, jetzt kannst du.«

Schon war ich draußen.

Mit einem Sprung nahm ich die drei Stufen der Außentreppe und lief den ausgefahrenen Ackerweg Richtung »Schindgraben«. Dort hatte ich mich mit meinen Freunden für diesen Nachmittag verabredet. Unser Treffpunkt lag etwa 300 Meter von unserem Haus entfernt in einer großen Haselnusshecke mit einem hohen Steinhaufen davor. Es waren Steine, die die Bauern, oder besser gesagt, ihre Kinder, von den Äckern aufgehoben und dort am Heckenrand abgekippt hatten. Es waren Feuersteine, wie wir sie nannten – eigentlich Quarzsteine – und Bretz. Bretz ist ein lehmiger, grau bis tiefbrauner Schieferstein, der auf allen Feldern rund um meinen Heimatort zu finden ist. Manche Felder sind von diesen Bretzsteinen so dicht übersät, dass eigentlich weder Getreide noch Kartoffeln auf diesen Äckern etwas werden können. Aber es wächst immer etwas auf diesen mühsam gepflügten Steinäckern, wenn auch spärlich.

Unser Treffpunkt war der Steinhaufen neben der Haselnusshecke. Dort vorbei führte der Weg nach »Felchelen«. Das war unser Spielparadies.

Felchelen war die Flurbezeichnung für eine weitläufige Senke, an deren hinteren Ende ein kleiner Bach in einem Heckengestrüpp entsprang. Er floss etwa 500 Meter durch Streuobstwiesen und versickerte dann in einem sumpfigen Gelände am Waldrand.

Um dorthin zu gelangen, musste man am Steinhaufen vorbei, ehe sich der Weg gabelte. Der obere Weg stieg leicht eine sanfte Kuppe bis zu einem mächtigen Eichenbaum empor, der auf einer heideähnlichen, kargen Brachfläche jedes Jahr Unmengen von Eicheln über den Boden – Bretzboden – streute. Von dort aus übersah man die ganze Senke mit ihren Feldern, Wiesen und Brachflächen bis zum Waldrand.

Der untere Weg führte, begrenzt von einer etwa 200 Meter langen hohen Hecke, ins Tal hinab.

Die Felder am Rande der Senke waren die schlechtesten Ertragsflächen im Dorf. Manches Bauernkind hatte hier schon Hunderte von Steinen gesammelt und auf Haufen geworfen.

Unser Steinhaufen war der größte.

Für uns waren solche Steinhaufen an den Heckenrändern interessant, lieferten sie uns doch bestes Wurfmaterial, wenn wir Weitwurf übten. Sie waren aber auch oft Ursache für Ärger, denn wenn uns ein Bauer sah, wie wir Steine zurück auf ein Feld warfen, gab es Geschrei und Drohgebärden mit der Peitsche. Wir lachten darüber, denn die Felder konnten nie steinfrei werden, dazu hätte man den Boden austauschen müssen, außerdem ließen wir uns nicht von Drohgebärden mit einer geschwungenen Peitsche beeindrucken. Dafür konnten wir zu schnell laufen.

Als ich an diesem Tag an unserem Steinhaufen ankam, war keiner meiner Freunde da. Auch unter den Hecken, wo wir unser Häuschen gebaut hatten, war kein Mensch zu sehen.

Halt! Stimmt nicht ganz.

Da war ein Mädchen, vielleicht elf oder zwölf Jahre alt, so wie ich.

Schwarze Haare. Bubikopf, flache Schuhe und Söckchen. Die auch noch gelb.

Wo kommt die denn her?, dachte ich, als sie unvermittelt sagte: »Die anderen sind weg und außerdem blöd.« Damit meinte sie meine drei Freunde, Herbert, Manfred und Franzpeter.

»Am blödesten ist der Dicke, der mit der Brille.«

Keine schlechte Menschenkenntnis, registrierte ich, denn Franzpeter konnte manchmal furchtbar nerven, während ich mir den Bubikopf mit seinen gelben Söckchen genauer ansah.

Wenn mich am Abend jemand gefragt hätte, was sie denn sonst noch trug, ich hätte es nicht sagen können. Ein rotes, blaues oder grünes Kleid? Eine Schürze? Pullover oder Bluse? Oder gar eine Hose? – Nein, das mit Sicherheit nicht, so was Sündiges wäre mir aufgefallen. Bei uns im Dorf trug kein Mädchen eine Hose!

Ich bemerkte ihre großen braunen Augen. Sie sah mich an, als ob sie mich schon ewig kenne, mit mir Steine aufs Feld geworfen oder heimlich geraucht hätte.

»Du sollst nachkommen. Sie sind zum Weiher Frösche aufblasen, die Sadisten.«

Ihr Ton klang abfällig, dabei schürzte sie ihre Lippen, als wolle sie sagen: Diese Ekel!

Ich kannte das Wort »Sadisten« nicht, ahnte aber, dass es irgendwie eine Beschreibung für die Sauereien mit den Fröschen war.

Hätte ein Junge aus unserem Dorf das gesagt, wäre es in Ordnung gewesen. Aber jetzt informierte mich ein Mädchen – dabei noch ein wildfremdes – ich solle zum Fröscheaufblasen kommen. Das Dickste jedoch war, dass sie meine Freunde als Sadisten beleidigte, was auch immer das sein mochte.

Dabei ahnte sie nicht, dass meine Freunde mit dem Fröscheaufblasen nur angeben und ihr zeigen wollten, was für tolle Kerle sie seien. Nach den peinlichen Erfahrungen des letzten Jahres hätten wir nie gewagt, Frösche auch nur anzusehen.

Fröscheaufblasen hätte in der Schule vom Lehrer und auch vom Pastor Prügel, Nachsitzen und einen ganzen Winter Kohleschleppen aus dem Schulkeller bedeutet. Und für mich? Gar nicht auszudenken. Es hätte mir tage-, nein, wochenlanges, was sage ich, monatelanges Salzsacksitzen eingebracht. Ich sah mich schon in der Backstube verkümmern, meine Beinmuskulatur schwinden, weil ich mich nicht bewegen durfte. Oh Gott, einen ganzen Monat keine Sonne!

Hoffentlich hält die die Klappe und sieht das nicht als bare Münze an. Nachher glaubt man ihr das noch im Dorf, und dann ist der Ärger doppelt groß.

Es war ein ungeschriebenes Gesetz – jedenfalls bis letztes Jahr im Mai – niemandem von diesem verbotenen Spiel zu erzählen, welches uns die Großen, das heißt, die, die schon öffentlich rauchen durften, gezeigt hatten.

Eigentlich war es Blödsinn, denn jeder Erwachsene im Dorf wusste um diese perversen Spiele im Frühjahr.

Es war letztes Jahr beim Maibaumstellen gewesen. Es war ekelig und gleichzeitig faszinierend, den Großen zuzuschauen. Willem – eigentlich hieß er Wilhelm – der in der Schule noch nie den Mund aufgemacht hatte und nicht die Zähne auseinander bekam, war an diesem Tag der Chef gewesen. Ich hatte eigentlich nie verstanden, warum gerade er, der im Dorf nicht als der Hellste galt, bei dieser Aktion der Wortführer war.

Paul, mein Cousin, hatte das väterliche Pferd bekommen, um den von den Waldarbeitern gefällten Fichtenbaum aus dem Waldstück »Birken« zu ziehen. Mit vereinten Kräften war das untere Ende des Baumes auf einen Nachläufer gehievt worden. Das war nichts anderes als die Achse eines Ackerwagens mit Rädern. Vorne an einer Deichsel war das Pferd angeschirrt. Auf der Achse lag das untere Ende des geschälten Baumes, während der Stamm mit dem Wipfel über den Boden schleifte. Eigentlich hätte ich, weil ich zum ersten Mal dabei war, auf dem Stamm reiten dürfen, während das Pferd die Last zog. Aber nachdem letztes Jahr Franz von der Achse gekippt, mit dem Fuß unter den Stamm geraten und mit einem Beinbruch ins Krankenhaus eingeliefert worden war, konnte mich nichts dazu bringen, auf die Achse zu klettern, obwohl sie mir alles Mögliche hinterherriefen: Schlappschwanz, Krücke und Hosenscheißer.

Nein, dann lieber eine Woche Salzsack.

Meine Freunde und ich liefen neben dem Stamm her. Gerne wären wir einmal von der rechten auf die linke Seite mit einer Flanke gesprungen, aber das hatte Paul, der das Pferd am Kopf führte, streng verboten. Er würde den Betreffenden mit der Peitsche kriegen. So war er.

Wir kamen den Waldweg entlang, als wir auf die freie Flur gelangten, und da stand Willem mit vier anderen Großen am Wegrand. Er hielt einen handgroßen, grünen ballartigen Gegenstand in der Hand. Pickelig.

Es war ein überdimensionaler Frosch mit aufgeblähtem Bauch, hervorquellenden Augen und mit einem breit zur Seite gezogenen Maul.

Meine Freunde und ich hatten zwar schon gerüchteweise davon gehört, dass beim Maibaumstellen Frösche aufgeblasen würden. Aber wir hatten das noch nicht gesehen.

Nun hatte sich das Gerücht in brutale Realität verwandelt.

Und dann flog auch schon der Frosch, von Willem blöd grinsend in unsere Richtung geworfen, auf uns zu. Das erbarmungswürdige Tier eierte durch die Luft, schlug auf der Mitte des Stammes auf und zerplatzte. »Poff« machte es. Und die gemarterte Kreatur kippte schleimend und zerfetzt von dem Stamm. Das, was von dem Frosch übrig geblieben war, zuckte noch einige Zeit auf dem Boden.

Niemand brauchte mir in diesem Augenblick zu erklären, warum Lehrer, Pastor und Eltern solch eine Aktion bestraften, obwohl alle davon wussten. Nur zugeben würde dies keiner.

Wer nichts davon wissen konnte, war Vater. Denn der war ja vom Bodensee. Und einen Zugereisten weihte man nicht unbedingt in solche Dorfinterna ein.

Mir schossen Tränen in die Augen. Ich hörte das laute, dämliche Lachen von Willem und das Gejohle der anderen.

»Los, kommt her, jetzt seid ihr dran«, rief Willem und kam mit einem Eimer auf uns zu. Darin kauerte ein Frosch. »Hier steck ihm den Strohhalm in den Arsch und dann blase ihn auf«, sagte dieses Pickelgesicht Willem zu mir und hielt mir den Frosch vor das Gesicht.

Ich wandte mich angeekelt und voller Schrecken ab. Während ich mich umdrehte, hörte ich, wie auch meine drei Freunde sich vehement wehrten, das arme Geschöpf mit dem Strohhalm aufzuspießen.

»Dann seid ihr draußen, ihr Hosenscheißer! Aus! Ende! Haut ab zu eurer Mutti. Los lauft!«, hörte ich Willems wütende Stimme.

»Spiel dich mal nicht so auf«, vernahm ich meinen Cousin Paul. »Es reicht doch, wenn sie den Frosch aufblasen. Steck du ihm einfach nur den Strohhalm rein und lass sie dann blasen.«

»Halt du dich da raus, das ist unsere Sache«, plärrte Willem und erhielt Unterstützung von den anderen, die bis jetzt nur grinsend dabei gestanden hatten.

»Gut, dann spann ich jetzt mein Pferd aus. Und ihr könnt den Stamm schleppen, ihr Großmäuler.«

Paul löste die Ketten des Geschirrs, die klirrend zu Boden fielen.

Es gab einen heftigen Disput. Das wäre das erste Mal, dass sich jemand, und jetzt direkt vier Anfänger weigern würden. Das sei die Memmentour! So was könne man nicht zulassen.

Aber Paul blieb hart: Entweder Memmentour, oder der Stamm bleibt liegen.

Der Stamm blieb natürlich nicht liegen, sie reichten uns den aufgespießten Frosch und jeder musste blasen. Ich war der Letzte, der den schreckstarren Frosch in die Hand bekam.

Ich schloss die Augen, während ich die glitschige Kreatur mit beiden Händen festhielt und verzweifelt in den Strohhalm blies.

Was bist du nur für ein Feigling, ging es mir durch den Kopf. Du bist genauso bestialisch wie die grinsenden Säcke da vorne. Wo ist denn dein Mut, nein zu sagen? Ich stellte mir Mutters erschrockenes Gesicht vor, wenn sie erfahren würde, was ich gemacht habe.

»He, ist gut, hör auf, sonst platzt der dir noch vor der Fresse«, hörte ich Pickelwillem rufen.

»Und jetzt wirf!«

Ich warf nicht, nein, ich ließ den Frosch einfach fallen, der wie ein schlapper Ball über den Weg kullerte.

»Du Scheißkerl«, schrie Willem, rempelte mich zur Seite, trat mit seinen Gummistiefeln auf den Frosch und zermatschte ihn mit mehreren stampfenden Schritten.

Die Peitsche knallte.

Dann begann ich zu rennen und rannte, bis ich in unserem Häuschen beim Steinhaufen war. Zitternd saß ich später bei meinen Kaninchen, nahm meinen Lieblingshasen Hans auf den Arm und streichelte ihn. Ich glaube, noch nie haben meine Kaninchen mehr und besseres Futter bekommen als an diesem Tag.

Danach schlief ich zwei Nächte nicht. Immer wieder sah ich das breite Maul und die vorquellenden Augen des aufgeblasenen Frosches vor mir und hörte, wie sein Leben zappelnd zerfetzte. In der dritten Nacht klopfte ich an die Tür des Elternschlafzimmers. Sofort erstarb Vaters Schnarchen. Ich setzte mich auf Mutters Bettkante und erzählte weinend die ganze Geschichte.

»Johann, das musst du stoppen«, sagte Mutter.

»Kann ich bei euch im Bett schlafen?«, fragte ich.

Sie nickte und schlug die Bettdecke zurück, als Vater barsch dazwischenfuhr: »Der Frosch konnte in seiner Todesangst auch nirgends unterkriechen. Geh mal schön zurück in dein Bett.«

Mutter brachte nur ein: »Aber Johann …«, heraus, da hatte Vater schon die Schlafzimmertür geöffnet und mich auf den Flur geschoben.

Doch an Schlafen war in dieser Nacht nicht zu denken.

Am nächsten Morgen stellte Vater am Frühstückstisch klar, als wir beide alleine waren: »Mit ein bisschen Courage hättest du die Kreatur retten können.«

Beschämt senkte ich den Kopf.

Danach gab es einen Riesenwirbel. Es stellte sich heraus, dass, nachdem ich angeekelt und vom höhnischen Lachen der anderen verfolgt, geflüchtet war, noch zwei Frösche ihr Leben elendiglich gelassen hatten. Am Maibaumplatz, als mein Cousin Paul mit dem Pferd abgezogen war.

Dass Vater mit Lehrer Gail gesprochen hatte, erfuhr ich erst später. Die ganze Wahrheit kam ans Licht, nachdem Gail mehrere Ohrfeigen verteilt und Ohren verdreht hatte. Auch ich hatte zwei Ohrfeigen nachmittags auf dem Schulhof gefangen, obwohl Gail gar nicht mehr mein Lehrer war, denn ich ging bereits zum Gymnasium nach Cochem. Erstmals war bei dieser Befragung auch seine neueste Spezialität zum Einsatz gekommen: Er zwickte die Schüler unterhalb des Kinns kurz über dem Adamsapfel in den Hals. Das war regelrechte Folter, und auf diese Weise erfuhr er alles.

Die Eltern wurden informiert und das bis dahin still geschwiegene und unter der Hand geduldete Fröscheaufblasen, das Generationen von Jungen als eine Art Initialritus absolviert hatten, wurde verboten. In der Sonntagspredigt wetterte Pastor Graf, dass Jugendliche die Würde der Kreatur missachten würden. Der Bürgermeister, von allen »Scheffe Wern« genannt, machte bei der »Jemaan« am Sonntag nach der Messe bekannt, dass Frösche aufblasen verboten sei und in Zukunft angezeigt würde. Namen wurden bei dieser Gemeindemitteilung am Backhaus nicht genannt, aber jeder kannte die Betroffenen und auch den, der sie verpetzt hatte.

Hier erkannte ich zum ersten Mal, dass in meinem Dorf viele Dinge stillschweigend geduldet wurden. Wenn sie allerdings öffentlich angesprochen wurden, zerriss sich jeder darüber den Mund.

Hatten die Großen mehr Ohrfeigen als ich bekommen, und war ihre Haut so fest unterm Kinn von Gails kräftiger Hand gequetscht worden, dass sie noch ein, zwei Tage danach im Halsbereich blaue Flecken hatten, so hatte ich am ganzen Körper blaue Flecken. Und das über eine Woche lang.

Sie erwischten mich nämlich am Friedhof.

Ich hatte gerade die Blumen auf Opas Grab gegossen, die Gießkanne abgestellt, als mich ein Tannenzapfen am Kopf traf. Ehe ich mich versah, waren sie über mir.

Ich erhielt Faustschläge ins Gesicht, in den Bauch, in den Rücken. Tritte in den Hintern und Ohrfeigen mit dem Handrücken durch den Kartoffelsack, den sie mir über den Kopf gestülpt hatten, so dass ich mit meinen Armen eingeklemmt war.

Ich sah nichts und ich hörte nichts, denn es fiel kein Wort. Dann schubste mich einer in den Straßengraben neben der Friedhofsmauer. Ich fiel in brackiges, stinkendes Wasser und hörte sich schnell entfernende Schritte.

»Bin gestolpert und in den Graben gefallen«, sagte ich daheim zu Mutter, »dabei habe ich mich am Kopf gestoßen, daher kommt das Blut.«

Vater glaubte mir nicht. So hartnäckig er auch fragte, ich blieb bei meiner Version.

Aber er ahnte, dass meine Blessuren mit der Fröscheaktion in Verbindung standen.

»Ist vielleicht besser so«, meinte er zum Schluss. »Wenn man etwas ändern will, muss man oft im Leben Schläge einstecken. Und wenn man keinen Mut hat, sogar zwei Mal. Merk dir das!«

Ich empfand keine Rachegefühle, denn die Abreibung, die ich am Friedhof bekommen hatte, läuterte irgendwie mein Gewissen.

Nur Frösche konnte ich die nächste Zeit weder sehen noch quaken hören.

Ach, das hätte ich fast vergessen, Paul hatte damals Willem, als er den Frosch in den Matsch getreten hatte, eine mit der Peitsche gegeben.

Prima!

All das ging mir durch den Kopf, als dieses Mädchen mir wie nebenbei sagte, was meine drei Freunde gerade tun würden. Dabei zeichnete sie seelenruhig mit ihrem Stock in der Hand Striche in die Matschpfütze neben dem Steinhaufen. Strich neben Strich.

Ich ließ Gelbsöckchen stehen und lief los in Richtung Weiher. Da kamen die drei mir auch schon entgegen. Sie lachten. Freute es sie etwa, einen Frosch aufgeblasen zu haben? Das konnte doch nicht wahr sein! Oder was war der Grund ihrer Freude?

Es sei das blöde Gesicht von dem Mädchen am Steinhaufen gewesen. Der hätten sie mit ihrer Bemerkung einen schönen Schrecken versetzt.

»Wo ist die eigentlich?«, fragte Herbert und schaute unter den herabhängenden Ästen der Haselnusshecke hindurch. Aber Bubikopf war verschwunden.

»Was trägt der denn bei euch ins Haus?«, rief Manfred und zeigte auf unser Haus, das von der Hecke aus gut zu sehen war. Als ich mich umdrehte, sah ich einen Mann, der etwas großes Längliches auf seiner Schulter die Ladentreppe hoch trug. Es war der angekündigte Tuchhändler, der Stoffballen für Vaters neuen Anzug brachte.

»Bis morgen!«

Ich lief los. Nur allzu gern wollte ich dabei sein, wenn Vater und Mutter den Stoff für den Anzug aussuchten.

Ich war noch nicht an unserem Gartenzaun, als ich sie – ich erkannte sofort ihre Stimme – rufen hörte: »Ich heiße übrigens Regina, und du?«

Ich war perplex und sah mich suchend um. Wo war sie denn?

Sie stand doch tatsächlich mitten in den mannshohen Brennnesseln. Und das mit ihren nackten Beinen und den gelben Söckchen. Wollte die sich wichtig tun? Wollte sie mir zeigen, wie zäh sie war? Die Brennnesseln waren da, wo sie stand, niedergetreten und die Spitzen geköpft. Aha, dachte ich, sie hat mit ihrem Stock das Zeug platt gemacht.

»Wie heißt du denn?«, hörte ich nochmals ihre Frage, weil ich sie nur stumm ansah und dabei feststellte, dass sie braune Augen und lange Wimpern hatte.

Eigentlich konnte ich auf diese Entfernung die Farbe ihrer Augen gar nicht erkennen. Ich rief: »Georg«, zwar etwas zögerlich. Aber verdammt noch mal! Es war passiert.

Wer gibt denn schon seinen Namen einer Fremden preis, und dann noch einer in gelben Ringelsöckchen und … mit einem …

Mir fiel nicht mehr ein, wie man ihre Frisur nannte! Gerne hätte ich ihr irgendeine Bemerkung an den Kopf geworfen, als sie auch schon rief: »Ich weiß es von deinen Freunden, aber ich wollte es von dir hören.«

Wie gesagt, ich war zu perplex oder …?

»Du blöde Kuh!«, rief ich zurück und lief auf unsere Ladentür zu, hinter der der Tuchhändler mit seinen Ballen auf der Schulter verschwunden war.

Wirklich ein blödes Weibsstück!

Gelbe Söckchen, Schuhe, die wie Schlappen aussehen, Bubikopf – jetzt hatte ich den Begriff wieder – und sie sprach auch noch Hochdeutsch!

Ich kam in die Küche.

Klaus, Robert, Helga und Maria saßen am Küchentisch auf ihren angestammten Plätzen, als hätte man sie hierher bestellt. Keiner trat dem anderen unter dem Tisch ans Bein oder schubste ihn, weil er mit seinen Ellenbogen zu viel Platz beanspruchte. Auch mein jüngster Bruder Marcus saß in seinem Hochstuhl, konzentriert in die Runde blickend. Vater saß am Kopfende, neben ihm stand Mutter in ihrer Kittelschürze. Vater hatte seine Backschürze abgelegt und schaute interessiert – oder eher kritisch beobachtend – auf den schwarzhaarigen Mann, der seine Stoffe auf dem Tisch ausrollte. Auf dem hatte Mutter die Bügeldecke ausgebreitet. Wahrscheinlich war sie besorgt, dass irgendein übersehener Fettfleck auf dem Tisch die Tuchware verunreinigen könnte.

»Wir haben hier einen Stoff, der zur Zeit sehr gerne getragen wird, weil er in seinem Muster dezent und dabei gleichzeitig vornehm, ja fast aristokratisch wirkt«, begann der Tuchhändler, der selbst einen dunklen, gestreiften Anzug trug. Ich verstand zwar nicht, was aristokratisch bedeutet, sah aber am Gesicht meines Vaters, dass ihm dieses Attribut wohl nicht so sehr zusagte, denn er zog bei diesem Wort die Augenbrauen hoch.

Der Tuchhändler war ein feiner Mann, einer, wie Vater in seinem besten Sonntagsstaat niemals aussehen würde. Ein weißes Hemd mit silbergrauer Krawatte verlieh ihm Seriosität und einen Hauch Vornehmheit. Mit seinen gepflegten Händen, und seinen kurz geschnittenen Fingernägeln strich er über den Stoff, hob ihn mit zwei Fingern hoch und ließ ihn wieder fallen.

Das einzige, was störte, war ein Fingerling am Mittelfinger der linken Hand. Er war aus braunem Glattleder und mit einem schmalen Band am Handgelenk verknotet. In krassem Gegensatz dazu glänzte am kleinen Finger der gleichen Hand ein goldener Knopfring. Breit, mit einem runden, roten Stein in der Mitte. Vater trug noch nicht einmal seinen Ehering. Zu gefährlich in der Backstube! Er wäre nicht der Erste, dessen Ringfinger durch irgendeine Maschine abgerissen worden wäre, antwortete er stets, wenn er danach gefragt wurde.

Erneut nahm der Tuchhändler den Stoff auf, verkrumpelte ihn in seiner Faust und fuhr fort: »Selbst langes Sitzen, ständige Beanspruchung in den Ellenbogen und im Kniebereich lassen keine Falten zurück. Ich simuliere dies« – wieder ein Wort, das ich nicht verstand – »durch festes Drücken und intensives Knautschen des Stoffes. Fühlen Sie selbst!« Er nahm Vaters schwielige Hand. »Knautschen Sie, drücken Sie, als wäre es Brotteig.«

Vaters Gesichtsausdruck war äußerst kritisch.

»Nehmen Sie ihn zwischen zwei Finger und reiben Sie. Nicht so zögerlich! Spüren Sie, wie elastisch sich der Stoff dem Druck anpasst? Und, und? Was sage ich: Keine Falten, keine Knitter. Da gibt es keine Reizwirkung auf der Haut. Wir verarbeiten nur hautsympathische Fasern.«

Er wandte sich an Mutter, der er jetzt den Stoff hinhielt. »Gnädige Frau!«

Über Mutters Gesicht glitt die Andeutung eines Lächelns. Vater verzog keine Miene.

»Fassen Sie den Stoff ruhig einmal an. Sie haben ihn nachher zu bügeln. Ich sage den Leuten immer, ein Anzug ist für den Mann und für die Frau. Sie haben sechs Kinder. Jetzt stellen Sie sich doch einmal vor, Sie bügeln die Anzughose ihres Mannes und die wird und wird nicht glatt. Sie ärgern sich doch kaputt. Sehen Sie, unser Stoff ist familien- und hausfrauenfreundlich. Er knittert nicht, und wenn, dann einmal bügeln und fertig. Sie wollen doch als Mutter mehr Zeit für Ihre Kinder aufbringen als für das Hosenbügeln, oder?«

Selbst Marcus in seinem Hochstuhl schien dieses Argument überzeugt zu haben, denn er machte im selben Moment ein Bäuerchen. Wir lachten alle. Nur Vater nicht.

Mutter hatte sich, bevor sie den Stoff selbst prüfte, die Hände an ihrer Schürze nochmals abgewischt. Dann rieb sie das Tuch, zerknautschte es und kratzte mit dem Daumennagel gegen die Maserung. Nichts veränderte sich.

»Die Ware ist ordentlich«, sagte sie zu Vater gewandt. »Ich denke, das ist ein guter Stoff.«

Um Mutters Urteil noch zu bestärken, schob der Verkäufer seinen Anzugärmel nach vorne und zeigte auf die Stelle, an der der Daumenrücken gewöhnlich scheuert.

»Das ist der kritische Punkt, hier zeigt sich Qualität.«

Er erzählte, dass er seinen Anzug nun schon zwei Jahre bei Kundenbesuchen trage, nicht die geringste Spur von Verschleiß sei zu sehen. Der heutige Stoff sei allerdings noch strapazierfähiger.

Mutter sah Vater mit äußerst wohlwollender Miene an.

Ich bemerkte im Gesicht des Tuchhändlers ein verstecktes Aufleuchten. Er wähnte den Geschäftsabschluss bereits in greifbarer Nähe, als Vater sich nach der Schmutzempfindlichkeit erkundigte.

»Keine Frage«, konterte der Händler siegessicher, »dieser Stoff ist so dicht gewebt, dass er kaum Staub aufnimmt. Das kann ich Ihnen gern demonstrieren.«

Ich wurde in die Backstube geschickt, um etwas Roggenmehl zu holen, das er auf den Stoff stäubte. Mit drei, vier Bürstenstrichen war das Mehl aus dem Anzugtuch ausgebürstet. Diesmal nickte auch Vater anerkennend.

Der Händler hatte mit seiner linken Hand, deren Mittelfinger den ledernen Fingerling trug, wedelnd den letzten Rest Mehl beseitigt. Ich überlegte, ob er den Finger vielleicht verletzt hatte.

»Schauen Sie sich doch nur dieses Design an. Es ist äußerst modern, dabei vornehm in seiner dezenten Zurückhaltung«, fuhr er lobpreisend fort.

Ich schaute Vater an, merkte, dass er das Wort »Design« noch nie gehört hatte und wusste sofort, dass er am Abend in unserem dreibändigen Lexikon dessen Bedeutung nachschlagen würde. Ich jedoch wollte sie gleich wissen und glaubte außerdem, mit einer geistreichen Frage mein Interesse zu zeigen. »Was ist Design?«, fragte ich.

»Gut, mein Junge«, antwortete der Tuchhändler und drehte dabei seinen protzigen Knopfring am kleinen Finger.

»Die Jugend ist aufgeweckter als wir, sie traut sich zu fragen. Nur durch Fragen wird man klüger, sage ich zu meinen Jungs auch immer«, demonstrierte er den verständigen Vater.

Während er wortreich den Begriff »Design« erklärte, bekam ich unter dem Tisch einen kräftigen Fußtritt gegen mein Schienbein. Ich zuckte zusammen und wollte gerade losplärren, als ich in Klaus' gelangweiltes Gesicht sah. War er es? Robert schaute Vater an, Maria putzte Marcus' Nase und Helga saß direkt neben mir und konnte unmöglich um die Ecke getreten haben. Außerdem trug sie Pantoffeln, wie ich beim vorsichtigen Schielen unter den Tisch erkannte. Aber dabei sah ich auch Klaus' Nagelschuhe. Beim Hochblicken bemerkte ich, dass er mich richtig frech musterte.

Er war's, dachte ich, so wie der guckt. Außerdem saß er mir genau gegenüber. Ich schaute ihm in die Augen und bildete auf dem Tisch eine Faust, doch er verzog keine Miene. Warte bis nachher, schwor ich mir im Stillen.

Er konnte nicht vertragen, dass ich mich wichtig tat. Das mochte keiner in unserer Familie. Und ich muss ehrlich sein, ich wollte mich in dem Moment hervortun, wollte in der Schar meiner Geschwister auffallen. Dann kam das Regulativ in Form eines Trittes. Was ich dennoch als ungerecht empfand.

Warte nur, bis gleich! Dann regeln wir das!

Wegen des Tritts hatte ich die letzten Verkaufsofferten und Qualitätsbeschreibungen nicht gehört. Jetzt sah ich, wie der

Tuchhändler in seine Jackentasche griff und daraus ein Feuerzeug und ein Benzinfläschchen von Esso zog. Ehe ich verstand, was er damit machte, hatte er schon Benzin über den Stoff gekippt und angezündet.

Wir beobachteten mit offenem Mund, wie eine orangeblaue Flamme über dem Tuch aufflackerte, jederzeit fürchtend, der Stoff würde in Flammen aufgehen.

»Sehen Sie, das ist Qualität«, unterbrach der Verkäufer mit einem triumphalen Lächeln das kleine Feuerspektakel. »Der Stoff ist so hochwertig, das er sogar Feuerattacken schadlos übersteht.« Er zeigte den Stoff, der ohne irgendeine Brandspur war, reihum. Wir alle hatten mit »Oh« und »Ach« die Vorführung und das Ergebnis kommentiert. Etwas zu laut Klaus, glaubte ich zu bemerken.

Während der Verkäufer noch seinen Triumph genoss und einen Preis nannte, sah ich, dass Vaters Miene sich veränderte. Seine Stirn hatte sich gekräuselt und seine typischen Ärgerfalten zogen sich von den Mundwinkeln abwärts. Ich kannte das, hatte ich dies doch oft genug vor einem Ausbruch erlebt.

Was hatte ihn derart verärgert? Ich schaute über den Tisch, sah den schmunzelnden Tuchhändler und Mutters erstauntes Gesicht, die immer noch von der Feuerdemonstration beeindruckt war.

Sie war die Erste, die sich äußerte und meinte: »Das hab ich ja noch nie gesehen, das ist wirklich eine sehr gute Qualität. Nein, dass der Stoff dem Feuer widersteht! Johann, da kaufen wir etwas Gutes. Welches Muster willst du denn haben? Für welches Design entscheidest du dich?« Dabei zeigte sie auf die drei halb ausgerollten Stoffballen auf dem Tisch.

Ich bemerkte, wie sich der Tuchhändler heimlich die Hände rieb.

Aber Vater antwortete zuerst gar nichts, prüfte mit den Fingern nochmal die verschiedenen Stoffe und antwortete: »Ich kann mich noch nicht entscheiden. Ich brauch noch etwas Bedenkzeit.«

Mutter wollte sofort etwas erwidern, doch als sie in Vaters Gesicht sah, schloss sie den schon halb geöffneten Mund. Ihre Augen und die quer über ihre Stirn verlaufende Falte drückten Missmut und Ärger aus, und ich dachte schon, sie fällt Vater ins Wort, als sie sagte: »Schauen Sie morgen noch mal vorbei, bis dahin hat mein Mann sich entschieden.«

Schnell waren die drei Ballen zusammengerollt. Der Händler zeigte seine Enttäuschung nicht. Sicher hoffte er darauf, dass er morgen das Geschäft abschließen könne. Mit einer heftigen Bewegung warf er die Stoffe über seine Schulter. Dabei löste sich die Schlaufe des ledernen Fingerlings. Der rutschte vom Mittelfinger und zeigte einen gespaltenen Nagel und eine gezackte rote, wulstige Narbe, die über das vordere Fingerglied lief. Hastig versteckte der Tuchhändler die Hand wie ein mit Makel behaftetes Objekt unter einem Stück Tuch, das von einem der Ballen herabhing. Freundlich, jetzt Marcus auf dem Arm haltend, begleitete Mutter ihn zur Tür.

Dann kam sie zurück, stellte sich vor Vater und begann leise, fast flüsternd: »Sag mal, was soll das denn? Willst du denn, dass ...« Sie schnappte nach Luft und suchte nach Worten. Ich ahnte, was in ihr vorging. Sie fühlte sich durch Vaters Verhalten brüskiert und irgendwie als Dummchen vorgeführt.

Sie sprach nicht mehr weiter, denn sie bemerkte, dass wir Kinder alle auf beide Eltern sahen. Erlebten wir jetzt den ersten vor uns ausgetragenen Krach? Würden sie sich anschreien, oder weinte Mutter vielleicht laut?

Dass die beiden sich schon mal zankten und es manchmal hinter geschlossener Backstuben- oder Schlafzimmertür heftige Dispute gab, das wussten wir. Aber vor unseren Augen? Noch nie!

Wir Kinder wussten, dass diese Momente, in denen Vater und Mutter unterschiedlicher Meinung waren, oft mit Vaters barschem Befehl endeten: »Macht, dass ihr raus kommt! Und guckt nicht so dumm!« Dann machten wir uns schnell aus dem Staub, um nicht noch eine zusätzliche Arbeit aufgedrückt zu bekommen, wie Holz holen, Straße kehren oder am Gartenzaun Brennnesseln ausreißen. Vaters Phantasie war in solchen Situationen grenzenlos.

Und heute? Nichts dergleichen.

Mutter war sauer, sie blitzte Vater an. Aber der war die Ruhe selbst. »Ich muss euch was erklären.«

»Du musst gar nichts erklären«, platzte es aus Mutter heraus, »wie steh ich denn jetzt da? Ich hab den Mann doch ins Haus bestellt!«

»Aber du konntest nicht wissen, dass er die Leute mit Taschenspielertricks blufft. Er spielt uns den seriösen Reisenden vor und ist in Wirklichkeit ein bauernschlauer Fuchs. Darauf fallen vielleicht andere rein. Ich nicht! Was er uns vorhin mit seinem Feuer vorgeführt hat, mache ich mit jedem Stoff. Der Stoff kann gar nicht brennen, es brennt nämlich nur das Benzingas. Und ehe das verbrannt ist, bläst unser sauberer Händler das Feuer aus. Ich zeig es euch.«

»Ich denke, wir essen zuerst«, sagte Mutter scharf und gab mir Marcus auf den Arm. «Komm Maria, hilf den Tisch decken.«

Das Abendessen war bei uns etwas Besonderes. Wir Jungs saßen auf der Längsseite der Eckbank, wobei Robert in der Mitte sitzen musste, um Klaus und mich zu trennen, denn wir traktierten uns oft mit Tritten unter dem Tisch. Auf dem kurzen Bankteil am Kopfende saß Maria. Uns gegenüber Mutter mit Helga und Marcus im Hochstuhl. Am freien Kopfende war Vaters Platz.

Vor und nach dem Essen beteten wir. Abends gab es Brot mit Hausmacher Wurst, Schinken oder Käse und Tee. Fürchterlichen Hagebuttentee, den Vater wegen seines Magenleidens trinken sollte. Waren irgendwelche Pausenbrote von uns Kindern übrig geblieben, wurden diese mit Senf, einem Stückchen Gurke oder einem Zwiebelring verfeinert, in Stücke geschnitten und auf einen Teller mitten auf den Tisch gestellt. Es war das »Hasenbrot«. Und das musste gegessen werden, ehe man sich ein Brot schmieren durfte. Aber der Teller mit dem »Hasenbrot« war schnell geleert, denn ein vertrocknetes Pausenbrot schmeckte mit der abendlichen Garnitur einfach himmlisch.

Beim Essen ging es stets lebhaft zu. Es wurde über die Erlebnisse und Geschehnisse des Tages gesprochen. Was war in der Schule vorgefallen? Hatten alle die Hausaufgaben gemacht? Was habt ihr heute erlebt? Was erwartet uns morgen? Sind die Arbeiten getan wie Brikett hochtragen, Brotpfannen fetten und Backbleche putzen? Übrigens alles Aufgaben, die wir Kinder nach einem bestimmten Rhythmus zu erledigen hatten. Bei mir war der Arbeitsrhythmus unproblematisch. Da ich der älteste Junge war, musste ich jeden Tag mehr oder weniger bestimmte Dinge verrichten. Entweder machte ich die Arbeiten selbst oder ich »betreute« meine jüngeren Geschwister bei leichteren Aufgaben.

Das führte manchmal zu Diskussionen, denn ich muss gestehen, dass ich ihnen manchmal etwas übertrug, was eigentlich mir zugedacht war. Vater und Mutter regelten das abends beim Essen gütlich. So gütlich, dass ich auch schon mal eine Salzsacksitzung erhielt.

Ich hütete mich zu widersprechen, denn Vater wusste genau, was Sache war. Danach war Ruhe und Schweigen am Tisch.

Genauso war es heute.

Mutter tat so, als sei Vater gar nicht da und beschäftigte sich intensiv mit Helgas Butterbrot, das sie in kleine und kleinste Stückchen schnitt, obwohl Helga ein Butterbrot schon alleine in die Hand nehmen konnte.

Vater konzentrierte sich auf das Brotemachen für Marcus.

Maria hatte zu Beginn des Essens noch etwas erzählen wollen, bemerkte aber bald die knisternde Spannung zwischen Vater und Mutter.

Mutter war sichtlich beleidigt. Wie stand sie denn jetzt vor dem Tuchhändler da, den sie eigens ins Haus bestellt hatte, weil sie ihrem Mann was Gutes tun wollte. Und der? Was machte der?

Vater wiederum schien Mutter nicht zu verstehen. Hatte er doch bei diesem Pferdetäuscher, wie er sich ausdrückte, gerade noch rechtzeitig die Bremse gezogen. Aß Vater abends drei oder gar vier Scheiben Brot, so schob er heute schon nach dem zweiten Stück den Teller zur Seite. Auch ich hatte keinen Hunger mehr. Robert stopfte neben mir schnell die letzte Brotecke in den Mund. Alle schienen plötzlich satt zu sein. Marcus schaute den Tisch auf und ab und schob dann das Holzbrettchen zur Seite.

Alle satt!

Vater war mittlerweile an den Küchenschrank getreten und hatte aus dem oberen linken Fach das Reinigungsbenzin genommen. Es war ein blechernes Benzinfläschchen der Marke Esso, genau wie das des Händlers. Aus dem Schrankschubfach holte er nach einigem Suchen ein weißes Taschentuch hervor, ein Paar Socken und eine frische Bäckerschürze.

Schnell waren unsere Vesperbrettchen, Tassen und Teller abgeräumt.

Er schaute sich um, fand die unbenutzte Griesbreischüssel von Marcus und stellte sie vor sich auf die freie Tischfläche.

Mutter beobachtete mit undurchdringlicher Miene das geschäftige Treiben von der Spüle aus. Einen leichten Ausdruck des Staunens glaubte ich um ihren Mund zu erkennen.

Ob die folgenden Vorführungen den Grundstein für mein Interesse an Chemie und Physik legten, kann ich nicht mehr beurteilen. Aber mit Sicherheit wurde an diesem Abend bei uns allen die Neugierde an den Naturwissenschaften und besonders am Experimentieren geweckt.

Ich sollte zunächst das weiße Taschentuch über die Griesbreischüssel spannen.

»Kopf weg«, sagte Vater, träufelte ein paar Tropfen Benzin auf die Tuchfläche, riss ein Streichholz an und hielt es zwei, drei Zentimeter über das mit Benzin benetzte Taschentuch. Schon loderte eine blaufarbene Flamme hoch.

»Keine Angst«, sagte Vater ruhig, als ich mit dem Gesicht zurückzuckte und wir alle mit aufmerksamen Blicken sein weiteres Tun verfolgten. »Das war's schon.« Er legte seine flache Hand auf das brennende Taschentuch. Die Flamme erlosch schlagartig.

Triumphierend zeigte er auf die Brandstelle. Tatsächlich, kein Brandfleck hatte das weiße Taschentuch beschädigt. Nur ein schwacher Feuchtigkeitsfleck in der Mitte wurde immer kleiner und verschwand schließlich.

»Das ist das nicht verbrannte Benzin, es verdunstet jetzt«, klärte Vater uns auf.

Das Experiment mit der Schürze zeigte das gleiche Ergebnis. Allerdings musste Vater hierbei mit kräftigem Blasen die Benzinflamme löschen.

»Bei den Socken kann es sein, dass die abstehenden Wollfasern verschmoren«, meinte er und erklärte uns die Faserunterschiede zwischen Baumwolle, Leinen, Seide und Schafwolle.

Wirklich, die Brennprobe mit der Wollsocke roch nach verschmortem Horn. Man konnte deutlich auf der Oberfläche der Wolle winzige dunkle Kügelchen sehen.

»Siehst du, Gertraud«, wandte sich Vater an Mutter, die, wie wir, staunend dessen Vorführung verfolgt hatte. Mutter hieß eigentlich Gertrud, aber Vater sagte immer dann Gertraud zu ihr, wenn er gut gelaunt war und zeigen wollte, dass er Mutter mochte.

»Gibst du mir deinen Schal?«, fragte er augenzwinkernd.

Doch Mutter wollte ihren Schal nicht für einen weiteren Test hergeben. »Ich glaub's dir auch so«, meinte sie.

»Seht ihr, was ich euch gezeigt habe, wusste dieser Vertreter genau. Nicht der Stoff, sondern nur das Benzingas brennt. Man muss nur früh genug die Flamme löschen, ehe sie den Stoff erreicht. Die Brennprobe sagt also gar nichts über die Qualität des Tuches aus.«

Während er die Benzinflasche in den Schrank zurückstellte, sagte er zu Mutter: »Wir kaufen meinen Anzug lieber beim Süß aus Müden, da weiß man, was man hat.«

Die Firma Süß in Müden, einem kleinen Moselort, verkaufte Stoffe und Bekleidung in der ganzen Gegend.

»Außerdem bleibt das Geld dann auch in der Region.«

Ein Satz, den Vater oft gebrauchte und der sich bei uns Kindern fest einprägte.

»Aber dann kaufen wir in Müden nur den Stoff. Den Anzug kann jedenfalls der Scherenpitter nähen. Seine Frau lässt schon seit drei Wochen anschreiben. Johann, die brauchen das Geld.«

»In Ordnung.« Vater nickte.

Es war trotz der knisternden Spannung zwischen Vater und Mutter noch ein schöner Abend geworden, und als ich im Bett lag, fiel mir ein, dass ich Klaus noch eine Abreibung geben wollte. Aber morgen war ja auch noch ein Tag.

Diese Regina ging mir nicht aus dem Kopf. Woher war die so plötzlich aufgetaucht?

Eifeler Dialekt sprach sie jedenfalls nicht! Wie war die eigentlich angezogen gewesen?

Gelbe Söckchen. Flache Schuhe. Wie Schläppchen. So lief sonst kein Mädchen bei uns herum. Morgen würde ich mich nach ihr erkundigen.

II

Schon am nächsten Tag sah ich sie wieder. Sie stand an den Brennnesseln in der Nähe des Straßengrabens, durch den nicht nur das Oberflächenwasser der Fahrbahn lief, sondern auch Küchenabwässer und Fäkalien aus übervollen Güllegruben. Der Graben roch immer, und an heißen Tagen stank er. So wie heute.

Regina schaute unentwegt zu Herbert, Manfred und mir herüber. Wir drei spielten auf einem an diesem Morgen von Schäfers Jäb abgekippten Sandhaufen, den Vater bestellt hatte. Im Brotlager sollte eine Mauer eingezogen werden.

Nicht dass wir wie Kindergartenkinder – diesen Begriff kannte damals keiner, denn in unserem Dorf gab es noch keinen Kindergarten – im Sand mit Eimer und Schaufel spielten.

Nein, wir bauten eine Burganlage, die den ganzen kegelförmigen Sandhaufen umfasste, mit umlaufendem Wehrgraben, Vormauern, Toren, Ecktürmen und Bergfried.

Eigentlich war es mir zu dumm, als Zwölfjähriger mit meinen gut ein Jahr jüngeren Freunden im Sand zu spielen. Aber was gab es sonst an diesem Tag zu tun?

Brennnesseln köpfen? – Hatten wir vorgestern schon.

Steine werfen? – Bitte nicht heute.

Indianer spielen? – Ja, vielleicht, aber richtige Lust? Nein.

Auf der Ley rumhängen? – Da war bestimmt niemand bei der Hitze.

Dann doch lieber eine mittelalterliche Burg im feinen gelben Rheinsand bauen.

»Was will die denn?«, fragte Herbert, während er aus feuchtem Sand einen Eckturm formte und zu Regina hinüberschaute.

»Die ließ sich gestern schon an unserem Steinhaufen nicht vertreiben«, ergänzte Manfred. »Und wie vornehm die spricht. Die soll ja abhauen!« Dabei schaute er zum Straßengraben, hatte aber nicht den Mut, seinen Satz laut zu sagen.

»Die heißt Regina und ist bei ihrer Oma im Scholtese Haus zu Besuch«, wusste Herbert.

Im Scholtese Haus, einem kleinen Haus ohne Scheune und Stallungen, lebte ein älteres Ehepaar. Brasch hießen sie. Sie wohnten erst seit Januar in dem Häuschen, das etwa 100 Meter von uns entfernt auf der gegenüberliegenden Straßenseite lag. Der alte Brasch ging am Stock und seine Frau war groß und grauhaarig und schaute immer ernst drein. Man sah sie selten im Dorf. Es waren Flüchtlinge. Vier Flüchtlingsfamilien lebten in unserem Ort. Deren Kinder erkannte man an den Stricksachen, die sie trugen.

Aber Braschs Enkelkind war anscheinend anders!

Regina, das registrierte ich erstaunt und bewundernd zugleich, trug heute rote Söckchen und ein blau geblümtes Kleid mit kurzen Ärmeln. Es sah gut aus. Aber seit wann interessierte mich, wie ein Mädchen angezogen war? Sie trug keine Schürze, wie meine Schwester und die anderen Mädchen im Dorf. Außerdem meinte ich, das Kleid sei ein bisschen kürzer als sonst üblich.

Herbert stand auf und lief mit geballter Faust in Richtung Wassergraben, blieb nach ein paar Metern stehen und rief laut: »Hau ab!«

Regina schien diese verbale Attacke nicht zu beeindrucken, sie rührte sich nicht vom Fleck. Mir kam es vor, als höre sie gar nicht hin, denn sie zog, wie schon die ganze Zeit, ungerührt weiter Striche mit ihrem Stock in den Schotter des Weges.

Mit keiner Miene reagierte sie auf Herberts Zuruf. Sie sah vielmehr unentwegt zu uns herüber, und ich bildete mir ein, sie schaue nur mich an. Ich konnte mir ihre braunen Augen vorstellen, obwohl sie etwa zwanzig Meter von uns entfernt stand. Das machte mich langsam nervös.

»Lass sie doch mitspielen«, sagte ich zu Herbert, der noch immer auf halbem Weg zwischen Sandhaufen und Regina stand, »vielleicht kennt sie auch das Buch von Richard Löwenherz und weiß, wie man eine Burg baut.«

Herbert besaß dieses Buch mit Bildern, auf denen anschaulich Burgen und mittelalterliche Befestigungsanlagen dargestellt waren.

Als Manfred diesen Vorschlag gut fand, und ich Herbert zusicherte, er solle der Baumeister sein, stellte er sich vor uns und betonte: »Aber zu sagen hat die nichts!«

»Und wenn sie nervt«, ich hob den Finger, »jagen wir sie wieder zu ihrer Oma.«

Herbert nickte.

»Komm, kannst mitspielen«, rief ich, als auch schon ihr Stock in die Brennnesseln flog.

Sie rauschte heran, hockte sich mit ihrem Blumenkleid sofort in den gelben Sand und meinte lachend: »Ihr baut aber eine schöne Burg.«

Sie half sofort Manfred beim Anlegen eines Wassergrabens rund um den Sandhügel. Mit ihren feinen Händen, deren Fingernägel nicht abgebrochen und ohne Trauerränder waren, begann sie Mauern und Türme zu formen. Wortlos. Aber konzentriert und sich sofort zurückziehend, wenn sie in den Wirkbereich von einem von uns kam. Sie wollte auf keinen Fall auffallen, kam es mir vor.

Sie lief mit einem blechernen Marmeladeneimer zum Wasserhahn an unserer Garage, in der das Brotauto stand, holte Wasser und befeuchtete den Sand. Wir sprachen nicht viel. Eigentlich sprachen wir gar nicht, sondern beobachteten sie aus den Augenwinkeln und sahen verdutzt, wie sie auf dem Sandhaufen herumkletterte und Türme, Palisaden, Mauern und Gräben entstehen ließ. Mit ihrer Hand grub sie einen Tunnel und fragte nach, wo denn Pallas und Rittersaal seien, ob sie die Kemenate und den Zwinger an die Nordseite bauen dürfe, und ob wir schon an die Burgkapelle gedacht hätten.

Hatte natürlich keiner. Wie auch? Wir hatten zwar die Bilder in Herberts Buch gesehen, aber außer Bergfried, Burgtor und Rittersaal kannten wir nichts. Aber natürlich taten wir so. Besonders Herbert. Ihm gehörte ja das Buch.

Wollte er vor zehn Minuten Regina noch wegjagen, so fachsimpelte er jetzt mit ihr. Regina nickte nur, sagte ja und gut, so als habe sie mitbekommen, dass Herbert der Baumeister war, und sie nichts zu melden hätte.

»Es ist schade«, meinte sie, als wir eine Pause einlegten und unsere Burglandschaft betrachteten, »dass nachher, wenn der Sand trocken ist, alles zerbröselt und zerfällt. Dann sieht die Burg aus wie nach einem feindlichen Angriff.«

Sie kratzte sich am Kopf. »Man müsste den Sand verkleben. Ich glaub, ich hab eine Idee.«

Schon lief sie über die Straße zum Haus ihrer Oma. Ich sah nur auf- und abwippende rote Söckchen.

Während wir drei warteten und die letzten Außenmauern der Sandburg mit unseren Händen glätteten, meinte Manfred, der nie der Gesprächigste war: »Also verkehrt ist sie jedenfalls nicht. Ich meine, für ein Mädchen.«

Aber Herbert maulte nur: »Mal abwarten, wenn sie uns nervt, ist sie weg. Wo bleibt die denn so lange?«

Mehrmals hatte ich in den letzten Minuten in Richtung Scholtese Haus geguckt. Schließlich kam sie angelaufen. Das Kleid flatterte um ihre Beine. Mit einem Satz sprang sie über den Straßengraben und dann stand sie atemlos neben uns.

»Das habe ich Oma stibitzt«, lachte sie und zeigte uns ein faustgroßes rundes Glasgefäß, das oben einen Metalldeckel mit halbkugelförmigen Aufsatz trug, aus dem auf der einen Seite ein dünnes Röhrchen mit einer Düse ragte, und auf der anderen Seite ein kleiner Schlauch mit einem apfelgroßen Gummiball baumelte.

Wir schauten ungläubig auf dieses Gerät. So etwas hatten wir Jungs noch nie gesehen.

»Riecht mal hier vorn«, sagte Regina und hielt jedem das Ende des dünnen Röhrchens an die Nase. Es roch leicht nach Rosen.

»Parfüm«, sagte Manfred mit Kennermiene, »so riecht manchmal meine Mutter. Aber nur sonntags.«

Ich kannte einen solchen Duft nicht.

Mit Mutter verbinde ich vieles. Aber Parfüm? Die einzigen Gerüche, die ich mir eingeprägt habe, waren Nivea Creme, Kernseife und Persil. Montags, wenn Mutter aus der Waschküche im Keller kam, roch sie nach Persil. Genau wie unsere Kleider, denn Mutter wusch nur mit diesem Waschmittel, und bei hartnäckigem Schmutz benutzte sie Kernseife.

»Wer mit Persil wäscht«, sagte Vater, »braucht keine Wässerchen in den Kleidern.«

Mutter lächelte dabei jedes Mal etwas verlegen. Ob Vater zu knauserig war, oder Mutter kein Parfüm wollte, erfuhr ich nie. Viele Jahre später, als Mutter um die sechzig war, stand plötzlich ein Parfümfläschchen im Bad.

»Das ist ein Parfümzerstäuber«, klärte uns Regina auf und lachte, als wir drei uns verdutzt und fragend ansahen.

»Soll jetzt unsere Burg etwa nach deiner Oma und Manfreds Mutter riechen?«, fragte ich einigermaßen verärgert. Für solch einen Mist hatte ich mich nicht bei meinen Freunden für sie stark gemacht. Manfred stieß mich in die Seite und raunte: »Die spinnt ja.«

»Da drin habe ich Zuckerwasser«, erklärte Regina, »damit bespritzen wir die Türme und Mauern der Burg.«

»Oh, wird ja richtig toll. Eine süße Burg!«, lästerte Herbert.

Aber Regina ließ sich nicht aus dem Konzept bringen und erklärte uns dreien, dass das aufgesprühte Zuckerwasser die Sandkörner verklebe und so die Konstruktion stabilisiere.

Herbert, der im Begreifen von physikalischen Dingen schneller war als Manfred und ich, nickte begeistert und meinte: »Raffiniert!«

Das Zuckerwasser reichte nicht aus. Ich klaute in der Backstube aus dem Zuckersack – auf dem durfte ich nie sitzen, denn der stand im Nebenraum der Backstube – eine Tasse mit Zucker. Den lösten wir in einer Flasche mit Wasser auf und sprühten und sprühten. Mit Löffeln und Küchenmessern konnten wir jetzt einzelne Zinnen auf den Mauern herausarbeiten, Fensternischen auskratzen und Torbögen konstruieren. Wir leckten an unseren klebrigen, sandigen Fingern und lachten und lachten. Der Sand knirschte zwischen unseren Zähnen. Wir lachten noch am nächsten Tag.

Bis zum Abend stand unsere Burg unversehrt auf dem Sandkegel. Dann begann es leicht zu regnen.

III

Es war ein Sommer voller Sonne und Wärme. Abends lag lange und warm das Abendlicht in unserem Hof. Manchmal weckte mich Vater bereits morgens um fünf Uhr, weil ich ihm in der Backstube helfen sollte, oft verzauberte um diese Uhrzeit weit im Osten einer schmaler violetter Lichtstreifen den Horizont.

Denke ich zurück an diesen ereignisreichen Sommer, dann kommt mir alles folgerichtig vor. Der Tuchhändler, Vaters Aktion mit dem Anzug, das Auftauchen von Regina, der Ameisenhaufen – und natürlich Arthur.

Wir alle kannten Arthur, der oben in einem Haus an der Straße wohnte. Wir beobachteten ihn, wenn er am Küchenfenster saß, zwei Finger der linken Hand in den Mund gesteckt, und furchtbar sudelte.

War er im Hof, der durch einen Steckenzaun von der Straße abgetrennt war, lief er am Zaun entlang wie ein eingesperrter Hund. Hundert Mal nach oben, hundert Mal nach unten. Und dabei immer zwei Finger im Mund.

Arthurs Vater war Schuster, hatte drei Ziegen und drei Mädchen, richtige Zicken, und Arthur.

Arthur konnte nicht sprechen. Trotz seiner zwölf Jahre brachte er nur ein Lallen zustande. Sein Pullover war stets vom Speichel feucht. Am schlimmsten aber war, dass er immer mit voll gepinkelter Hose im Hof herumlief und dabei die Leute doof anblickte.

Oft, wenn ich vom Cochemer Schulbus kam, lief Arthur wie ein gefangenes Wildtier am Zaun entlang, ohne mich zu registrieren. Dabei fiel mir Rilkes Gedicht »Der Panther« ein:

Sein Blick ist vom Vorübergehn der Stäbe so müd geworden, dass er nichts mehr hält. Ihm ist, als ob es tausend Stäbe gäbe und hinter tausend Stäben keine Welt.

Autos schienen Arthur zu interessieren. Denn jedes Mal, wenn eins vorbeikam, blieb er stehen, nahm die Finger aus dem Mund und rief laut: »Oh-oh!«

Er schaute dem Auto nach, bis es über die Kuppe hinter dem Friedhof verschwunden war.

Wegen Arthur hatte ich einmal vollkommen unerwartet von Vater eine heftige Ohrfeige erhalten.

Wir waren zusammen sonntags aus der Kirche an Schusters Hof vorbei gekommen. Am Zaun entlang lief Arthur wie immer mit besudeltem Hemd und voll gepinkelter Hose seine monotonen Runden.

»Du Blödmann«, rief ich ihm zu, weil er seine Oh-oh-Rufe ausstieß, als gerade ein Auto vorbeifuhr.

Vaters Schlag traf mich mitten ins Gesicht. Ich war so überrascht, dass ich zur Seite torkelte und fast hingefallen wäre. Völlig orientierungslos schaute ich mich um. Genau in Vaters wütendes Gesicht mit den blitzenden Augen, vor denen ich Angst hatte.

»Nie mehr, nie mehr sagst du so etwas! Nie mehr verhöhnst du mir einen Behinderten!«

Damals hörte ich zum ersten Mal das Wort »Behinderter«. Wir Kinder und auch manche Erwachsenen nannten solche Menschen »Verrückte«. Wenn es gehässig sein sollte, »Bekloppte«, »Blöde« oder »Jeckige«.

Dann sagte Vater etwas zu mir, das ich nie in meinem Leben vergessen sollte: »Ich schäme mich für dich.«

So etwas von Vater zu hören, war schlimmer als zehn Ohrfeigen, schlimmer als eine Tracht Prügel mit dem Stock oder wochenlanges Salzsacksitzen. Ich hatte ihn anscheinend tief getroffen. In seiner Ehre, in seinem Anstand. Aber warum nur?

Ich wagte nicht zu fragen. Den ganzen Tag redete er nicht mit mir und sah durch mich hindurch, als sei ich aus Glas. Mutter merkte natürlich sofort, dass etwas vorgefallen war.

Als wir alleine waren, erklärte sie mir: »Vater hatte eine behinderte Schwester. Sie ist früh gestorben. Er hing sehr an ihr, auf sie musste er immer aufpassen.«

»Aber alle nennen doch solche Menschen so«, schluchzte ich, denn ich fühlte mich wie der letzte Dreck. Ungerecht behandelt und gedemütigt. Die Ohrfeige war nichts gegen Vaters Bemerkung, dass er sich meiner schäme. »Er hat mich gar nicht lieb.«

»Was redest du denn da? Gerade weil er dich lieb hat, reagierte er so.« Mutter tröstete mich: »Ich spreche mit ihm, das kommt wieder in Ordnung.«

In Ordnung kam alles tatsächlich am nächsten Morgen kurz nach fünf Uhr. Vater hatte mich mit einem leichten Berühren an der Schulter geweckt. »Steh auf, du musst mir in der Backstube helfen.«

Ich stöhnte nicht wie sonst manchmal, sondern war sofort nach kurzem Waschen in der Backstube. Dort holte ich meine Schürze vom Nagel und stellte mich an die Mulde neben Mutter, die zusammen mit Vater Brötchenteiglinge mit den Händen ausrollte.

»Komm zwischen uns«, sagte Vater gut gelaunt, »dann haben wir dich besser im Blick.« Mutter lächelte still und nickte mir unmerklich zu.

Ich hatte mich bewusst nicht neben Vater gestellt, denn mir war die gestrige Begegnung mit ihm noch unangenehm in Erinnerung. Die ganze Nacht hatte ich gelitten, hatte darüber nachgegrübelt, wegzulaufen und in die Fremdenlegion zu gehen. Dann hätte er sich meiner nicht mehr schämen müssen. Erst nach Mitternacht war ich eingeschlafen.

»Also das von gestern«, begann Vater, als ich mit dem Ausrollen der Teiglinge begonnen hatte, »ist wieder in Ordnung. Ich schäme mich deiner nicht. Du bist ja mein Junge!« Dabei legte er mir seine mehlige Hand auf die Schulter.

Mein Gott tat das gut! Ich spürte, wie er tief durchatmete und hörte an seiner belegten Stimme, dass auch er gerührt war.

»Mutter hat dir ja von meiner Schwester Anna erzählt. Das arme Ding!« Er drehte sich um und ging zum Backofen. Waren ihm die Tränen gekommen? Oder waren das meine wässerigen Augen, die mir etwas vorgaukelten?

Mutter schubste mich leicht in die Seite und fragte: »Und, besser?« Als ich nickte, sagte sie laut: »Ich geh Kaffee kochen. Ihr zwei kommt ja gut ohne mich zurecht. Oder nicht, Bäckermeister Georg?«

Alle drei lachten wir.

Es war das schönste Frühstück, das ich je hatte, denn ich wusste, ich wurde geliebt. Vater schämte sich meiner nicht, ich war sein Junge. Mit knappen Worten hatte er das Vertrauen zwischen uns wieder hergestellt. Doch entschuldigt hatte er sich nicht. Das kannten wir Kinder auch nicht. Was er tat, war in seinen Augen nicht falsch oder ungerecht. Seine Argumentation war immer, wir hätten ihn durch unser Verhalten in solch eine Situation gebracht, in der er seinem Temperament entsprechend heftig, manchmal sogar wutschnaubend reagierte. Nachher regelte oft Mutter solche Situationen. Dann merkten wir, dass es Vater leid tat und er zeigte sich tagelang von seiner besten Seite. Das war dann seine Art von Entschuldigung.

Im Dorf gab es einen zweiten Behinderten, Karl. Er wohnte in der Nähe der Gastwirtschaft Nahles. Er war so gut wie nie zu sehen. Durfte Arthur im elterlichen Hof wie in einem Käfig herumlaufen, so wurde Karl weggeschlossen. Er lebte auf dem Speicher. So jedenfalls lautete das Dorfgerücht. Schnell war ein Name für ihn gefunden. Er war der »Speicherkarl«.

Karl musste Anfang zwanzig sein. Er war das einzige Kind von Mattes Theisen, dem dicksten Bauern im Dorf. Zwei Pferde und gutes Vieh im Stall und auf fetten Weiden. Wenn Mattes mit dem Pferdefuhrwerk durch das Dorf fuhr, schaute er verächtlich auf die kleinen Bäuerchen, die mit ihrem Kuhgespann noch Ackerwagen mit eisenbereiften Holzrädern zogen. Seine gestriegelten Pferde waren vor einen Wagen mit Gummireifen gespannt. Es ging das Gerücht, nächstes Jahr bekäme Mattes einen Deutz-Traktor.

Ich hatte Speicherkarl schon zwei Mal gesehen.

Einmal sogar, als er von seinem Vater geprügelt worden war.

Ich war damals gegen elf Uhr aus der Schule gekommen, weil ich einen Termin beim Ohrenarzt hatte. Nie hätte Vater einem Morgentermin beim Arzt zugestimmt, hätte ich nicht als Kleinkind eine Ohrenentzündung gehabt, die mit einer Ohrmeißelung endete und fast tödlich verlaufen wäre. So kam es, dass ich morgens in Mattes' Hof einen großen, schwarzhaarigen jungen Mann herumspringen sah, der heulende Töne von sich gab. Er gestikulierte mit den Armen, indem er sie vor und zurück schleuderte und sich dabei rhythmisch ruckartig nach vorne beugte. Ich blieb mehr erschrocken als erstaunt stehen und beobachtete das Schauspiel, als Mattes aus der offen stehenden Scheune wie geschossen kam und mit einer Gerte auf den Jungen eindrosch. Dieser riss die Arme hoch und heulte nur noch lauter. Schließlich schrie er aus Leibeskräften und lief quer über den Hof. Mattes mit der Gerte hinterher.

Er traf den Jungen drei, vier Mal quer über den Rücken, ehe Karl vor der Haustür anlangte. Dort holte Mattes nochmal zum Schlag aus, als die Haustür aufgerissen wurde und eine Hand erschien, die Karl ins Innere des Hauses mehr riss als zog.

Dann sah ich Katchen. Alle Welt nannte Karls Mutter Katchen. Sie war eine kleine schmächtige Frau. Still und unauffällig. Ich kannte sie nur mit Kopftuch und in grauer, dunkler Kleidung. Sie war jeden Tag in der Kirche, wie Mattes jeden Tag in der Wirtschaft saß. Nun stand diese schüchterne, kleine Frau, die immer mit den Augen auf die Erde blickend durchs Dorf ging, in der Tür. An diesem Tag trug sie kein Kopftuch, ihre blonden Haare hingen offen bis auf die Schultern.

Und wie sie da stand!

Mit erhobenem Haupt, funkelnden Augen und die Arme in die Hüften gestemmt, baute sie sich vor dem schäumenden Mattes auf und rief mit einer donnernden Stimme, die mich bis ins Innerste erschreckte: »Wag es noch einmal, Karlchen anzurühren. Du verschlagener, gemeiner Drecksack, dann, dann ...« Ihre Stimme überschlug sich und ich konnte nur noch die letzten Worte verstehen: »... dich und deinen sauberen Bruder!«

Abrupt drehte sie sich um und warf mit einem lauten Scheppern die Tür zu.

Wie vom Donner gerührt stand Mattes mit erhobener Hand, in der er die Gerte hielt, vor der zugeschlagenen Tür. Dann sackten seine Schultern zusammen, er drehte sich schwerfällig um und tappte wie benommen in Richtung der offenen Scheune.

Plötzlich sah er mich auf der Straße stehen. Wutentbrannt warf er die Gerte in meine Richtung und brüllte: »Hau ab, du Mehlwurm, sonst bist du der Nächste!«

Ich lief die Straße hinunter.

Hatte Katchen Karl oder Karlchen gesagt? Ja, Karlchen hatte sie gesagt, dabei war der doch schon über zwanzig.

Das erste Mal hatte ich Speicherkarl gesehen, als ich Mattes ein Brot nachlieferte. Katchen war am Nachmittag im Laden gewesen und musste unverrichteter Dinge wieder gehen, da das Brot noch im Ofen war. Mutter hatte mich geschickt, und so stand ich vor Mattes' Haus, klopfte an die Tür und öffnete.

Abgeschlossen waren die Haustüren im Dorf nie. Auch bei uns nicht. Es sei denn, die Tageseinnahmen wurden am Abend gezählt. Dann wurde für diesen Zeitraum kurz die Tür verschlossen.

Ich öffnete also die Haustür von Mattes' Haus und trat in die offene Küche mit großem Herd, einem Schrank in der Ecke und einem Tisch mit Bank an der Längsseite des Raumes. Am Tisch saßen Mattes, Katchen und Karl beim Essen.

»Ab!«, befahl Mattes seinem Sohn. Karl sprang wie abgerichtet von der Bank auf, wollte das heruntergefallene Kissen noch aufheben, als ein zweites »Ab!« ihn in gebückter Haltung zur Treppe jagte. Karl lief mehr stolpernd als gehend die Treppe nach oben. Wie ein gehetztes Tier kam er mir vor.

»Bezahlt ist es ja schon«, sagte Katchen und nahm mir das Brot ab. Noch ehe ich etwas antworten konnte, hörte ich vom Tisch her Mattes sagen: »Das war's dann, Nacht.«

Nicht »gute Nacht«, nein, nur barsch und hart: »Nacht!«

Ich spürte die Kälte in seiner Stimme und gleichzeitig Katchens Bedrücktheit. Sie bedankte sich mit einem gequälten Lächeln, als wolle sie sich für das Verhalten ihres Mannes entschuldigen.

Ich ging zur Haustür und erspähte mit einem schnellen Blick die offene Treppe hoch, oben zwischen den Stäben des Treppengeländers, Karls Gesicht. Er lag auf dem Flurboden und beobachtete mich.

Hatte ich mich getäuscht, oder hatte er mir mit der Hand gewunken?

Schnell verließ ich das Haus und war froh, auf der Straße wieder frei atmen zu können, denn in diesem Haus, das spürte ich, wohnte keine Freude. Mir fiel das Bild ein, wie Mattes am Tisch gesessen hatte. Breit und mächtig. Das linke Bein mit den hohen Ledergamaschen nicht unter dem Tisch, sondern abgespreizt halb im Raum. Täuschte ich mich, oder lag nur an seinem Platz eine karierte Tischdecke? An Katchens und Karls Platz war nur die blanke Tischplatte mit Frühstücksbrettchen und Besteck zu sehen gewesen. Nur beim Hausherren ein Tischtuch. Feiner Herr, dachte ich.

Bei uns wurde einheitlich der Tisch gedeckt, werktags blanke Tischplatte und sonntags weißes Tischtuch. Es gab zwar öfter Ärger, weil einer gekleckst hatte, aber damit war auch schon entschieden, wer beim Spülen abzutrocknen hatte. Wir hatten schnell gelernt, nicht zu klecksen.

Armes Haus, dachte ich und schaute befreit zurück, als ich am Fenster über der Haustür – es musste das obere Flurfenster sein – ein plattgedrücktes Gesicht an der Scheibe und eine schwach winkende Hand erkannte.

Ich winkte Speicherkarl zurück. Er lachte.

Arthur winkte nicht, als ich ihn bei den Brennnesseln am Straßengraben stehen sah. Er stand genau dort, wo gestern Regina gestanden hatte und schaute uns zu, wie wir nach dem nächtlichen Regen die Burg wieder aufbauten. Natürlich lutsche er wieder am Zeige- und Mittelfinger der linken Hand.

»Der auch noch«, sagte Herbert verächtlich, »der mit seinen Lutschfingern. Ist bestimmt von daheim abgehauen.«

Arthur nahm die Finger aus dem Mund und schaute erwartungsvoll zu uns herüber.

»Komm her, darfst mitspielen«, rief Regina. Sie tat ganz so, als sei sie der Chef vom Sandhaufen.

Ich holte tief Luft und wollte etwas erwidern, aber es blieb nur bei den in Gedanken formulierten Sätzen. Also das ging zu weit! Gestern stand sie selbst dort drüben und guckte zu. Und heute? Na gut, das mit dem Parfümzerstäuber war genial, aber immerhin waren wir drei es gewesen, die sie in unsere Gruppe aufgenommen hatten. Und jetzt spielte sie sich auf, als könne sie bestimmen, wer bei uns mitspielte.

»He, he! Willst du uns nicht mal fragen, ob der uns überhaupt gefällt?«, entrüstete sich Manfred, und Herbert ergänzte: »Der versabbelt uns den ganzen Sand. Sag du doch mal was, Georg. Das ist ja euer Sand.«

Eigentlich hatte ich auf Arthur keine Lust, aber Regina schaute mich einfach nur an. So, als hätte sie schon hundert Mal in mein Gesicht gesehen, und als ob ihre Meinung auch die meine sei. Kein kritischer Blick, keine fragende Falte in ihrem Gesicht, keine hochgezogene Augenbraue. Keine Regung. Nichts!

»Von mir aus«, erwiderte ich. Dabei brauchte ich gar nicht an Vaters Lektion bezüglich Behinderter zu denken. Regina legte den Parfümzerstäuber in den Sand, ging hinüber zu Arthur und nahm ihn an der Hand. Arthur gab ihr ohne Widerstand die Hand, blieb aber stehen, als traue er sich nicht, zu uns zu kommen.

Es war ein seltsames Bild, wie die beiden da standen. Regina mit ihren Schläppchen, den Söckchen, dem geblümten Kleid mit kurzen Ärmeln, daneben Arthur mit seiner Latzhose und einem langärmeligen karierten Hemd, das bis oben zugeknöpft war.

»Der muss«, rief Herbert, denn Arthur hatte begonnen mit der freien Hand hektische Bewegungen zu machen. Dabei fasste er sich, aufgeregte Oh-oh-Rufe ausstoßend, in den Schritt und schlug sich immer schneller in den Genitalbereich.

»Der pinkelt gleich in die Hose und versaut uns den ganzen Sand.«

Regina musste etwas zu Arthur gesagt haben. Sie drehte ihn um, dass er mit dem Rücken zu uns stand und Richtung Straße blickte. Was machte die da? Es verschlug uns die Sprache. Nicht nur ich musste zwei Mal schlucken.

Was Regina genau tat, wussten wir nicht. Wir sahen nur, dass sie an Arthur herumhantierte. Die beiden Hosenträger wurden rückwärts über Arthurs Schulter geworfen. Reginas Hände knöpften die Latzhose an den Seiten auf, die Hose rutschte herunter. Dann stand Arthur in einer grauen Unterhose vor uns. Die wurde heruntergezogen und Arthur zeigte uns seinen blanken Hintern.

Schließlich hörten wir es plätschern.

Ich bekam nur ein stotterndes »Also, jetzt aber!« heraus. Manfred hatte den Mund geöffnet und Herbert brachte es auf den Punkt: »Die alte Sau!«

Regina hatte das nicht gehört, oder wollte es nicht hören. Mittlerweile hatte sie Arthurs Hose hochgezogen und wieder zugeknöpft. Sie drehte Arthur herum, nahm ihn an der Hand und kam frech guckend auf uns zu.

»Euch brauche ich ja nicht zu helfen. Ihr seid ja groß genug«, sagte sie.

Mir war der Hals trocken. Ich bekam kein Wort heraus. Manfred war puterrot im Gesicht geworden. Herbert aber tat vollkommen entrüstet. »Mit so einer spiele ich nicht! Das erzähl ich daheim«, platzte es aus ihm heraus. Wütend zertrat er die Umfassungsmauer der Burg, dann lief er weg.

Ich spürte es, ich musste jetzt etwas sagen. Herbert hatte recht, zumindest teilweise. Würde ich zu Hause erzählen, dass Regina Arthur beim Pinkeln geholfen hatte, ach du lieber Himmel! Allein, dass ich zugesehen hatte, hätte Mutter veranlasst, mich zur Beichte zu schicken. Aber andererseits könnte Mutter auch fragen, warum ich Arthur nicht geholfen hätte, ich sei doch der Ältere, eigentlich der Vernünftigere. Außerdem hätte ich das doch auch bei meinen kleinen Brüdern gemacht.

»Herbert, bleib doch hier!«, rief ich ihm nach.

Aber Herbert hörte nicht mehr. Er war schon die Straße hoch nach Hause gelaufen.

Unterdessen hatte Regina sich und Arthur am Wasserhahn die Hände gewaschen. Sie befahl dem Jungen, dass ab sofort keine Finger mehr in den Mund gesteckt werden.

Aha, sauber ist sie und auch noch Erzieherin, dachte ich.

Arthur kniete im Sand, neben ihm Regina.

»Der soll sich nicht so anstellen. Meinem kleinen Bruder muss ich auch öfter helfen«, sagte Regina über die Schulter. Toll, dachte ich, uns verbindet ja eine interessante Gemeinsamkeit. Pinkelassistent in der Familie.

Regina zeigte Arthur, wie man einen Turm formt und Mauern errichtet und drückte immer wieder seine Hand herunter, wenn er sie in den Mund stecken wollte. Ich hätte das nicht verhindert. Er hätte ruhig etwas Sand schlucken können. Arthur wühlte mehr oder weniger unkontrolliert im Sand herum, ließ ihn durch seine Finger rieseln und lachte.

Ich hatte mich inzwischen mit Manfred auf die andere Seite des Sandkegels verzogen und schaute nur ab und zu verstohlen zu den beiden hinüber. Insgeheim bewunderte ich Regina, mit was für einer Geduld sie Arthur das Modellieren zeigte. Sie sprach mit ihm, fragte wie er heiße, ob er Geschwister hätte und was er am liebsten esse. Arthur lachte nur und machte »Oh-oh«.

Uns hatte sie solche Fragen nicht gestellt. Nein, ich war nicht eifersüchtig, aber mir reichte es langsam, wie sie Arthur betüttelte.

»Der versteht dich nicht«, rief ich zu ihr hinüber.

»Na und, er freut sich aber, wenn jemand mit ihm spricht. Ihr seid ja zu fein dazu.«

Sie zeigte Arthur, wie man mit dem Parfümzerstäuber umgeht.

»Die soll ja nicht den Samariter spielen«, raunte mir Manfred zu. »Komm, wir hauen auch ab!«

Wir gaben vor, zum Essen zu müssen.

»Ach ja, ich weiß, ihr esst jetzt morgens schon um elf Uhr zu Mittag«, antwortete Regina, ohne aufzusehen. Später, als ich aus der Ladentür schaute, sah ich sie mit Arthur an der Hand die Straße hochgehen.

Am Nachmittag erblickte ich weder am Sand noch am Steinhaufen einen meiner Freunde.

Ich machte mir Sorgen um unsere Freundschaft. Und alles wegen Regina. Wie konnte sie mit Arthur nur so unbekümmert umgehen? Sie musste ihn ja am … angefasst haben. Ich wurde rot, als ich mir das immer und immer wieder vorstellte.

Wenn Mutter das erfahren würde, dürfte ich Regina nicht mehr treffen, da war ich mir sicher. »Nein, mit solch einem Mädchen spielst du mir nicht mehr. Wir sind eine katholische Familie.«

Sie würde sich mit Herberts und Manfreds Mutter zusammensetzen. Und auch Reginas Oma würde sie ansprechen. Gäbe das ein Spektakel!

Aber es kam ganz anders. Total anders.

Wenn ich es mir recht überlege, hatte auch da Regina wieder ihre Finger im Spiel.

Ich war mit Vaters Fahrrad durchs Dorf gefahren, war über ausgewaschene Feldwege gestrampelt und hatte mir dabei meine rechte Wade mit Kettenöl beschmiert.

Mit Vaters Rad zu fahren, war eine Kunst, denn die Querstange war so hoch, dass der Abstand zwischen Stange und Pedalen mit meinen Beinen nicht zu bewältigen war. Auf den Sattel kam ich schon gar nicht. Setzte ich mich auf die Querstange, erreichten meine Beine gerade eine der Pedale in oberster Stellung. Ein kontinuierliches Treten war unmöglich. Außerdem schmerzte die Stange im Schritt. Also konnte ich nur schräg unter der Stange fahren. Viele Jungs fuhren so mit den Rädern ihrer Väter und machten das Dorf unsicher.

Um aufs Rad zu kommen, stellte ich mich links daneben, brachte die rechte Pedale in oberste Position, streckte das rechte Bein unter der Stange durch und setze den Fuß auf das Pedal. Abstoßen mit dem linken Bein und treten, treten, treten. Schon fuhr man.

Und wie man fuhr. Während ich links am Rad hing – so sah das aus – musste ich den Lenker nach rechts drücken, um das Gleichgewicht zu halten. Bei jedem Pedaltritt streifte die rechte Wade die Kette und wurde mit Öl beschmiert. Mit einer langen Hose auf diese Art Rad zu fahren, war unmöglich, denn es bestand die Gefahr, dass das Hosenbein sich in der Kette verhedderte. Dann war ein Sturz unvermeidlich.

Nach einem solchen akrobatischen Akt musste die rechte Wade gesäubert werden. Dazu hatten wir unser Spezialmittel: Die gute Sanella.

Vater verwendete die Margarine als Backfett. Sie war in Form quadratischer Würfel in Alufolie eingepackt. Diese Folie wurde gesammelt und später dem Schrotthändler verkauft.

Da nach dem Auspacken der Margarine ein hauchdünner Fettfilm auf der Folie haften blieb, reinigte Vater sich damit die ölverschmierten Hände, wenn er beispielsweise über das

Wochenende das Getriebe der Knet- oder Nudelmaschine auseinanderbaute oder am Auto Ölwechsel machte.

Nie nahm er Benzin zum Händereinigen, das schädige die Haut, behauptete er und außerdem befürchtete er, der Geruch bliebe an den Fingern haften. Margarinepapier, anschließend Kernseife und schon hatte man wieder saubere Hände oder blanke saubere Waden.

Mutter hatte einmal die Bemerkung fallenlassen, da sähe man den sparsamen Schwaben. Aber das hörte Vater nicht gerne. Sie hatten sich dann längere Zeit in der Backstube unter Ausschluss von uns Kindern unterhalten. Nachher lachten beide.

Ich war gerade dabei, auf der Kellertreppe mit Margarinepapier meine rechte Wade zu reinigen, als Mutter zu mir an den Treppenabsatz kam.

»Gut gemacht. Wirklich gut gemacht, mein Junge!«, sagte sie. »Vater und ich sind richtig stolz auf dich.« Weg war sie.

Mutter sagte nie »mein Sohn« oder bei meinen Schwestern »meine Tochter«. Wir – darf ich Männer sagen? – waren die Jungs und unsere Schwestern die Mädchen. Auch Vater hatte sich diese Ausdrucksweise zugelegt. »Mein Sohn«, klang geschwollen, aber »mein Junge«, »mein Mädchen«, drückten Wohlwollen und Stolz aus und gab das Gefühl der Geborgenheit.

Mit diesen Gefühlen ging ich Mutter in die Küche nach und wollte sie fragen, weshalb beide stolz auf mich seien. Doch sie legte den Zeigefinger auf den Mund und sagte, dass ich dies beim Abendessen erfahre.

Na, das musste ja etwas ganz Besonderes sein. Ich hatte keine Ahnung.

Während ich auf der Kellertreppe die letzten Öl- und Fettflecken von meinem Bein wischte, überlegte ich, ob es nicht gut wäre, heute Abend Vater und Mutter von Reginas Aktion zu erzählen und darauf zu bestehen, dass sie nie mehr unser Grundstück betreten dürfe. Denn bei der guten Laune, die momentan bei Vater und Mutter vorherrschte, war dies eine günstige Gelegenheit.

Ich saß mit meinen Vorzeigewaden am Abendtisch, als Mutter begann: »Wir sind richtig stolz auf dich, denn du, Herbert, Manfred und diese Regina, ihr habt euch heute um Arthur gekümmert und habt ihn mitspielen lassen. Wir finden das gut, wo doch jeder auf dem armen Kerl herumtrampelt.«

Oh, was ist denn jetzt los? Ach, wenn ihr wüsstet! Wenn ihr bloß wüsstet.

Vater, der neben mir saß, legte mir seine schwielige Hand auf die Schulter und meinte: »Hast das damals mit Arthur wirklich gut verstanden!«

Ich dachte an seinen Schlag.

Dann spürte ich unter dem Tisch einen heftigen Tritt gegen mein Schienbein. Wieder schaute mich Klaus frech an. Er saß mir gegenüber, obwohl er da gar nicht hingehörte.

Da fiel mir ein, dass ich mit ihm noch eine Rechnung offen hatte. Na warte, bis gleich. Dann aber doppelt, das sage ich dir!

Mutter hatte inzwischen berichtet, dass am Nachmittag Schusters Gerda, Arthurs Mutter, im Laden erschienen sei und erzählt habe, Regina hätte Arthur zurückgebracht. Er wäre von zu Hause ausgerissen und hätte bei uns Jungs mitspielen dürfen. Wir hätten gesagt, das dürfe er jetzt immer.

Dieses raffinierte Weibsstück, kochte ich innerlich. Die mit ihren feinen Söckchen.

Oh, hast du noch Geschwister? Und was ist denn deine Lieblingsspeise? – Ach, du willst pinkeln? Komm her, ich mach dir gerne deine Hose auf und helfe dir dabei.

Dieses Aas! Ich hätte …

Staunend erfuhr ich, dass Arthur immer noch trocken gewesen sei, als er heim kam. Sicher hätte ihm einer beim … Mutter druckste herum. »Na ja ihr wisst schon, beim Pinkeln geholfen.«

Jetzt kommt es. Jetzt muss ich's beichten.

Aber nein! Gerda hatte gesagt: »Bestimmt hat euer Georg ihm geholfen, der ist ja so ein vernünftiger Junge!«

Wieder ein Tritt gegen das Schienbein.

Warte, lass mich erst mal hinter dem Tisch raus, dann …

Ich sagte nichts. Ich wunderte mich nur, was für ein toller und guter Junge ich innerhalb eines Tages geworden war.

Gerda, jubelte ich innerlich, du bist der einzige Mensch, der mich wirklich kennt, der mein großes Herz, mein uneigennütziges Handeln würdigt. Du, du hast es sogar geschafft, dass mein beispielhaftes Handeln, dass meine Wandlung zum hilfsbereiten, vernünftigen Sohn auch noch allen Geschwistern mitgeteilt wurde. Es war fast nicht zum Aushalten.

»Ja, wer denn auch sonst?«, unterbrach Vater Mutters Bericht und meine erhabenen Gedanken.

»Du bist doch der Älteste und somit auch der Vernünftigste.«

Diesmal trat ich, denn ich hatte ein winziges Zucken in Klaus' Gesicht bemerkt.

Und ich traf richtig. Er aber verriet sich mit keiner Miene. Also hatte ich den Richtigen erwischt!

In dieser Nacht schlief ich zum zweiten Mal in dieser Woche schlecht.

Diese Regina! Meine Güte, was war die durchtrieben. Warte nur, darüber werden wir uns noch unterhalten. Ich hielt inne. Aber warum eigentlich? War doch schön, so gelobt zu werden, auch wenn man gar nichts damit zu tun hatte.

Dann fiel mir ein, dass ich mit Klaus immer noch nicht abgerechnet hatte.

IV

Am nächsten Morgen trafen wir uns am Steinhaufen. Alle meine Freunde waren da und auch Regina mit Arthur an der Hand. Ich stellte mit einem Blick fest: keine bepinkelte Hose und keine versabbelten Finger. Jedes Mal, wenn er die Hand zum Mund führte, ergriff Regina bestimmt, aber irgendwie zärtlich – oder vielmehr kameradschaftlich – seine Hand und bog sie nach unten. Dabei sah sie Arthur an und sagte: »Du hast mir was versprochen!«, wobei Arthur nickte und selig lächelte.

Wie soll denn der was versprochen haben, dachte ich bei mir, der kann ja noch nicht einmal reden. Aber anscheinend hatten die beiden irgendwas vereinbart, denn jedes Mal, wenn Regina ihm die Hand nach unten bog, murmelte er etwas, das man als Entschuldigung deuten konnte.

Erst recht staunten wir, als Arthur begann, Steine auf das Feld zu werfen. Und mit was für einer Kraft! Die Steine flogen weit über die Mitte hinaus über jeden je von uns erreichten Punkt. Als Arthur merkte, dass er am weitesten warf, rief er »Oh-oh« und nochmals »Oh-oh«. Wir lobten ihn, und als ich ihm auf die Schulter klopfte, lehnte er seinen Kopf an meine Brust.

Mir war ganz eigentümlich zu Mute. Regina sagte, dass er mich wohl mochte und ich ihm heute beim Pinkeln helfen könnte, ich sei schließlich der Älteste und Vernünftigste. Dabei sah sie mich frech und herausfordernd an.

Ich schwieg weise, so wie gestern beim Abendessen.

Später, als Arthur wieder anfing mit den Beinen zu hampeln, schauten mich alle erwartungsvoll an. Regina schüttelte den Kopf und meinte: »Ich nicht mehr, für euch bin ich ja sowieso die kleine Sau, die Jungs beim Pinkeln zuschaut. Du bist dran, Georg! Ihr könnt euch ja abwechseln.«

Damit schien diese Frage geklärt zu sein. So ganz nebenbei und selbstverständlich waren wir drei innerhalb eines Tages zu Pinkelgehilfen ernannt worden. So drückte sich Herbert aus und weigerte sich konstant, Arthur zu helfen.

Manfred aber kapitulierte und stand mir bei. Allerdings erst nach drei Tagen.

Als wir nach Felchelen hinunterliefen und am Bach die Köcher von geschlüpften Köcherfliegen sammelten, erfuhren wir von Regina, dass sie eine zweijährige Schwester und einen sechsjährigen Bruder habe. Margret und Albert. Albert sei behindert. Sie müsse oft auf ihn aufpassen. Aber er käme jetzt in ein Heim. In Remscheid, wo sie wohne, gäbe es so was.

Bestimmt würde er wieder in die Hose machen, wenn er ins Heim käme. Da würde ihm niemand helfen. Und da gäbe es auch Schläge, hätte sie gehört.

»Da hat es Arthur besser«, sagte sie, stand auf und lief ohne ein Wort der Erklärung davon.

Erst, als sie über hundert Meter entfernt war, begriffen wir, dass sie sich nicht verabschiedet und Arthur einfach bei uns gelassen hatte. Für wie blöd hielt die uns eigentlich? Haute einfach ab und ließ uns den, den … Behinderten zurück!

»He!«, rief Herbert laut mit sich überschlagender Stimme, »du hast den Arthur vergessen. Du hast ihn hergeschleift, jetzt holst du ihn auch mit!«

Aber Regina reagierte nicht. Es kam mir vor, je lauter und wütender Herbert schrie, umso schneller schien sie sich zu bewegen. Verdammt noch mal! Jetzt rannte sie auch noch!

Ohne sich umzuschauen, war sie hinter der Talsenke verschwunden.

Und wir?

Wir standen hilflos da und sahen uns sprachlos an. Noch gestern hatte ich mir arge Gedanken um unsere Freundschaft gemacht. Aber jetzt? Jetzt lag sie in Scherben. Wir keiften uns nur noch an. Laut. Wild mit den Armen gestikulierend. Unter heftigen Drohgebärden wurde mir vorgeworfen, Regina in die Gruppe aufgenommen und ihre dreiste Art geduldet zu haben. Auch hätte ich nichts unternommen, als Arthur auftauchte. Wer hatte denn bei Schusters Gerda geschleimt? Wer hatte uns denn als edle Ritter und Wohltäter geschildert, die ihren ach so lieben, in die Hose pinkelnden und sabbernden Arthur zum Spielen mitnehmen? Wer wohl?

Regina! Dieses Aas!

»Sie hat unsere Geduld und Toleranz«, – sehr gut, Herbert, dachte ich bei mir – »schamlos ausgenutzt und uns in eine Situation gebracht, aus der wir nicht mehr raus kommen. Stellt euch nur mal das Theater vor, wenn wir Arthur jetzt einfach links liegen lassen. Ihr kennt doch unsere Mütter. Und jetzt haut sie ab und lässt uns den Bekloppten hier. War doch klar, jetzt, wo wir in der Scheiße sitzen, seilt sie sich ab.«

»Die, die ist in vier Wochen wieder in Remscheid und wir haben den am Bein!«, entrüstete sich Manfred. »Mit mir nicht!«

Plötzlich begann Arthur zu schreien.

Und wie der schrie!

Er stand am Bachufer. Seine hohe, kreischende Stimme überschlug sich und er hörte nicht auf, dabei mit einem Stock auf den Boden zu schlagen. Es war ein gequältes, schrilles Schreien. Voller Furcht.

Ich bekam Angst, als ich sein verzerrtes Gesicht sah, und er weder auf unser Rufen noch auf unsere Gesten reagierte. Wir schwenkten mit den Händen, winkten heftig mit den Armen. Aber seine Augen erfassten gar nicht unsere Bewegungen.

Wir wagten nicht, ihn anzufassen, denn er hätte uns mit dem Stock treffen können.

Herbert und Manfred nahmen Reißaus und liefen den Weg ins Dorf.

»Sagt seinem Vater Bescheid, er soll Arthur holen kommen. Ich pass so lange auf ihn auf!«, rief ich ihnen nach.

Ich sprach beruhigend auf Arthur ein, in der Hoffnung, er werde endlich aufhören zu schreien. Aber er schrie weiter, dazu dieser leere umherirrende Blick, der nirgendwo haften blieb. Urplötzlich fiel mir wieder diese Rilke-Zeile ein. Seltsam, dass dies in der größten Anspannung, in meiner Hilflosigkeit und Benommenheit geschah.

Sein Blick ist vom Vorübergehn der Stäbe so müd geworden, dass er nichts mehr hält.

Dann, wie aus heiterem Himmel verstummte Arthur. Seine Augen die vorher blicklos umhergeirrt waren, erfassten mein Gesicht. Atemlos lachte er mich an. Zunächst verschämt und zögerlich, mit hochgezogener Stirn, als ob er sich nicht richtig traue. Schließlich verebbte sein Lachen. Er schwieg einen Moment.

Als ich tief und erleichtert durchatmete, lachte er wie erlöst auf.

Oh Gott, dachte ich und schloss erschöpft die Augen. Endlich Ruhe!

Soll ich ihn hier stehen lassen und einfach weglaufen? Meine Zusage, ich würde auf ihn aufpassen, bereute ich schon.

Arthur kam auf mich zu. Sofort machte ich mich bereit, ihm einen Faustschlag zu versetzen, falls er mich attackieren sollte. Er aber nahm zaghaft meine Hand, als sei nichts geschehen und grinste mich fragend und gleichsam furchtsam an. Oder war es ein dankbarer Blick?

Ich stieß seine Hand nicht zurück, sondern ergriff sie fest, um ihn jederzeit mit einem kräftigen Ruck wegstoßen zu können. Dann liefen wir los.

Auf halbem Weg nach Hause kam uns sein Vater entgegen. Wütend und mit hochrotem Kopf.

Als Arthur ihn sah, begann er zu zittern und angsterfüllt »Oh-oh« zu stöhnen. Er drückte meine Hand fester und zog daran, als ob er mit mir weglaufen wolle.

Ich ahnte, was kommen würde. Es krampfte mir das Herz zusammen. Arthur zog den Kopf ein und hob die freie Hand schützend vors Gesicht. Es war offensichtlich, dass dies eine Reaktion auf schmerzhafte Erfahrungen war. Nein, das durfte ich nicht zulassen.

Wenn ich schon dazu berufen war, Arthur beim Pinkeln zu helfen, dann musste ich ihn auch vor seinem prügelnden Vater schützen.

»Er hat sich vor einem Frosch gefürchtet«, rief ich Kläs entgegen, als er wenige Schritte vor uns war. »Arthur hat so was bestimmt noch nicht gesehen. Und als der Frosch auf ihn zusprang, geriet er in Panik.«

Sein Vater, der noch vom Laufen schnaufte, schaute mich misstrauisch an, Arthur drängte sich enger an mich. Die Angst stand ihm im Gesicht. Kläs – wie er im Dorf genannt wurde – traute sich offensichtlich nicht, seinen Sohn in meiner Gegenwart anzufassen.

»Herbert und Manfred haben bestimmt übertrieben«, setzte ich nach.

Arthur machte immer noch »Oh-oh« und hielt nach wie vor schützend seine Hand vors Gesicht.

»Ist gut, Arthur«, sprach sein Vater und wollte ihn bei der Hand nehmen. Arthur aber blieb eng an mich gedrückt stehen und schüttelte den Kopf.

»Lass mal, Kläs«, sagte ich, »ich bringe ihn nach Hause. Der Schreck mit dem Frosch steckt ihm noch in den Knochen. Und schlag ihn nicht. Er hat nichts falsch gemacht.«

Kläs schaute mich entrüstet an. Er schlage doch nicht seinen Jungen. Nein, er doch nicht. Arthur habe genug Leid, da brauche er nicht auch noch Prügel.

Allein das Wort »Prügel« machte mich misstrauisch. Ich wusste aus eigener Erfahrung, dass Gewalt oft die schnellste Art war, jemanden seinem Willen gefügig zu machen.

Eine Ohrfeige, ein Verdrehen der Ohren oder das Zwicken in den Hals waren die praktizierten Methoden, wie sie auch Lehrer Gail anwandte. Wie ich ihn kannte, geschah alles nur aus der Absicht heraus, die Schüler zu vernünftigen Staatsbürgern zu erziehen.

Nein, schwor ich mir. Keine Schläge von deinem Vater, Arthur, nicht in meinem Beisein.

So brachte ich Arthur bis vor seine Haustür. Kläs lief die ganze Zeit schweigsam neben uns her.

Er ärgerte sich sicher, weil ich fast Zeuge der Züchtigung seines Sohnes geworden wäre.

Mir war klar, sobald die Tür ins Schloss fällt, kriegt der arme Kerl seine Abreibung. Das schien auch Arthur zu fühlen, denn je näher wir seinem Wohnhaus kamen, desto stärker wurde sein Händedruck.

»Er wird sich noch öfter über Dinge erschrecken, die er nicht kennt, wenn er jetzt immer mit uns spielt«, sagte ich am Gartentor zu Kläs gewandt. Ich wollte damit ausdrücken, dass trotz dieses Vorfalls Arthur nach wie vor mit uns spielen dürfe. Dann ließ ich Arthurs Hand los und er sauste ins Haus.

»Und, Kläs, versprochen, schlage ihn nicht«, wiederholte ich eindringlich und schaute ihn fest dabei an.

»Bei uns wird niemand geschlagen«, hörte ich Gerdas Stimme von der Tür. »Schön, dass du Arthur nach Hause gebracht hast.«

Beide ließen mich vor der Haustür stehen.

Ob das mal gut wird?, dachte ich bei mir und trat in gedrückter Stimmung den Heimweg an.

Unterwegs überlegte ich: Was hatte er nur gehabt? War es ein Aussetzer im Gehirn? Vielleicht ein plötzlicher Schmerz im Kopf? Bei solchen Menschen kann das ja vorkommen. Ein Anfall aus heiterem Himmel. Oder hat ihn vielleicht doch irgendetwas erschreckt?

Im Grunde genommen wusste ich es. Ich wollte es mir nur nicht eingestehen.

Unsere Zankerei war es gewesen! Die hatte ihn so erschreckt. Aber hatte er das, was wir sagten, wirklich mitbekommen? Er konnte doch weder sprechen noch irgendetwas verstehen. Oder vielleicht doch?

Mir schwirrte der Kopf. Schließlich war ich mir sicher: Ja, das war's. Er musste ein feines Gespür haben für den Ärger, die Wut und die Abfälligkeit, wie über ihn gesprochen wurde. Wahrscheinlich hatte er das am Tonfall unserer Stimmen herausgehört.

Wollten wir ihn, den Bekloppten nicht abschieben? Wollten wir uns nicht ganz von ihm trennen? Wir duldeten doch nur zähneknirschend, dass er bei uns mitspielen durfte. Warteten wir nicht auf den richtigen Augenblick, ihn loszuwerden? Lachten wir uns nicht halbtot, weil er noch in die Hose pinkelte? Ekelten wir uns nicht vor seinem Gesuddel?

All das hatte Arthur gespürt.

Und wer hatte als Erste damit begonnen, ihn abzuschieben? Klar! Regina!

War sie nicht einfach weggelaufen? Dieses Biest!

Dabei hatte sie uns Arthur aufgehalst. Wir wollten ihn gar nicht!

Ich hätte am Sandhaufen sofort klar nein sagen sollen. Aber ich hatte gekniffen. Mit dieser Haltung hatte ich meine beiden Freunde überrumpelt und enttäuscht.

Und jetzt?

Wollten Herbert und Manfred Arthur nicht auch verstoßen?

Sie hatten doch recht. Erst schleppt sie ihn an, und dann »Tschüss« und weg.

Und wir stehen da und haben die Scheiße an der Backe. Ja, aber was für eine Scheiße!

Und ich? Hatte ich mich für die Interessen meiner Freunde stark gemacht? In der Sekunde der Entscheidung? Hatte ich bei der Zankerei für Arthur gekämpft? Hatte ich für ihn Partei ergriffen, mich für ihn eingesetzt? Nein. Ja, aber doch ein bisschen, wollte ich zu meiner eigenen Entschuldigung vorbringen. Was war ich doch für ein Feigling gewesen!

Ich hatte doppelt versagt. Aber ich wollte doch nur unsere Freundschaft retten!

Was war denn da noch zu retten?

Ich fühlte Unbehagen vor dem nächsten Tag und den vielen Gedanken in der Nacht.

Aber dann kam alles ganz anders. Und viel schöner und besser als ich es mir je erträumte.

Im Nachhinein denke ich oft: Was war das nur für ein denkwürdiger Sommer mit seinem zarten Licht am Morgen, mit seiner Hitze über abgeernteten Feldern am Mittag, Salzsacksitzen und mondhellen Nächten, wenn ich am Fenster saß und von Indianern und Rittern träumte. Und von Regina.

Nein, von der nicht.

Nie im Leben!

V

Ich wartete bestimmt schon eine halbe Stunde am Steinhaufen, denn wenn wir noch Freunde waren, musste doch irgendjemand kommen. Ich hatte schon ein gutes Dutzend Steine auf den Acker geworfen, als Regina mit Arthur an der Hand auftauchte. Mir verschlug es die Sprache.

Sie lachte von Weitem und Arthur strahlte übers ganze Gesicht, als er mich sah. Er riss sich von Reginas Hand los, kam sofort auf mich zugelaufen und klopfte mir kräftig auf die Schulter. Als ich nicht reagierte, wurde sein Klopfen zaghafter. Zum Schluss zog er mit einem fast ängstlichen Gesichtsausdruck die Hand wieder zurück und steckte sie sofort in den Mund.

Regina, die mittlerweile bei mir angekommen war, nahm ihm die Hand aus dem Mund und sagte: »Du kennst unsere Abmachung.« Aber Arthur wollte nicht auf sie hören und steckte die Finger trotzig zurück in den Mund.

Ich schaute mit einem verächtlichen Blick auf Regina, dann sagte ich zu ihm: »Hör auf Regina, Arthur. Die meint es gut mit dir, auch wenn sie mal abhaut und dich allein lässt.«

Oh! Jetzt lernte ich sie aber kennen. War meine Schwester Maria schon mal giftig und konnte schreien, kratzen und einen an den Haaren ziehen, war sie gegen Regina eine sanfte Nonne. Denn jetzt erlebte ich zum ersten Mal, dass ein Mädchen mir den Kopf wusch. Und das nicht nur mir, denn mittlerweile waren Herbert und Manfred ebenfalls am Steinhaufen aufgetaucht.

»Oh, ihr zwei kommt mir genau richtig!«, setzte Regina an. Dann zog sie vom Leder.

Wir sollten mal von unserem hohen Ross runterkommen. Die ganze Zeit hätte sich keiner von uns um Arthur gekümmert. Wir hätten ihn immer nur abgelehnt und hinter seinem Rücken über sein Hosenpinkeln und Gesabbere gelacht. Nein, nicht nur gelacht, hämisch gegrinst und hinterhältig getuschelt hätten wir. Das sei einfach nur gemein.

Ich muss gestehen, so hatte ich ein Mädchen noch nie erlebt. Ihre Augen schienen Funken zu sprühen und ihr Gesicht war wie im heiligen Zorn gerötet. Ihr Zorn traf uns mit aller Macht.

»Wenn die« – damit meinte sie sich selbst – »den Bekloppten holt, soll sie auch auf ihn aufpassen. Haben wir doch nichts mit am Hut.« Theatralisch zeigte sie mit dem Finger auf uns. Ich duckte mich fast. Aber nur fast.

»Wieso denn wir? Wir sind ja so tolle Kerle«, fuhr sie lauthals fort. »Ich bin in Felchelen mit Absicht weggegangen, weil ich euch nicht mehr ertragen konnte. Ich wollte euch Arthur überlassen, damit ihr endlich nicht mehr abhauen könnt, sondern für ihn Verantwortung übernehmt und nicht nur bloße Zuschauer seid. – Frösche aufblasen, das könnt ihr Schleimscheißer.« Sie spitzte den Mund, als habe sie einen Strohhalm zwischen den Lippen.

»Keiner von euch hat den Mumm gehabt, dagegen anzugehen. Den Strohhalm stecken wir dem armen Vieh nicht in den Arsch. Ach nein, wie anständig! Aber aufblasen, das tun wir. Das tut ja nicht weh. Ist ja schön, wie ein Ball rumzuhüpfen und dann zu zerplatzen. Ich hab ja nur aufgeblasen. Konnte ich denn was dafür, dass die anderen uns gezwungen haben? Nein, ich, ich«, sie holte tief Luft, »ich war doch selbst so unter Druck!«

Woher wusste die das denn alles? Wer hatte ihr das gesteckt? Doch nicht etwa mein Cousin Paul oder gar Pickelwillem? So langsam wurde sie mir unheimlich.

»Feiglinge seid ihr alle drei, nur keine Verantwortung übernehmen. Das überlasst ihr den anderen. Genauso verhaltet ihr euch bei Arthur. Mitspielen darf er gnädigerweise. Aber bitte mit Abstand. Und pack mich ja nicht an! Ihm beim Pinkeln helfen? Igitt, Igitt, nein! Lass ihn doch ruhig in die Hose pinkeln, so sagt ihr doch in eurem katholischen Daheim. Oder sollte ich lieber pissen sagen? – Aber Kinder! Du, du, du!«, sie hob die rechte Hand, streckte den Zeigefinger hoch und drohte uns wie eine Mutter ihr dreijähriges Kind ermahnt, wenn es beim

Essen einen Pupser macht. »Nein, solche Worte gebrauchen wir nicht zu Hause.«

Sie tänzelte vor uns herum, hielt die Hand scheinbar schuldbewusst vor den Mund und verdrehte die Augen.

»Aber dann hätten wir ja nichts zum Lachen. Lass die mit ihren Söckchen ihm nur helfen. Oh, was ist das denn für eine, die packt ja noch seinen Penis an, damit er nicht in die runter gelassene Hose tröpfelt. Sagte ich Penis? Heißt es bei euch auf dem Schulhof hinter vorgehaltener Hand nicht Pimmel, Rute oder Schwanz? Bah, pfui! Ihr ekelt mich an! Und zwischen all euren Vorurteilen, Verklemmungen«, – was war das denn schon wieder für ein Ausdruck? – »steht Arthur, diese arme, zu Hause geprügelte Sau.«

Ihre Wut schien endlich verraucht zu sein. Sie schaute Arthur an, der Steine aus dem Haufen genommen und begonnen hatte, sie zu einer Pyramide zu stapeln.

Bekam der was mit?

»Ihr macht lieber noch ein paar hämische Bemerkungen, dann kommt der sowieso nicht mehr. Gelobt sei Jesus Christus in Ewigkeit Amen. Ihr Heuchler!«, setzte sie nach. Doch dann veränderte sich ihre Stimme schlagartig, denn Arthur hatte wieder begonnen, laut »Oh-oh« zu stöhnen.

Ich wunderte mich immer wieder, wie Regina in Sekundenschnelle von zornig auf freundlich und einfühlsam umschalten konnte. Ruhig und fast zärtlich sprach sie jetzt zu Arthur:

»Du brauchst nicht zuzuhören Arthur, wirf noch ein paar Steine aufs Feld. Das kannst du doch so gut. Und wenn ich mit den edlen Herren hier fertig bin, spielen wir zwei ganz allein.«

Zu uns gewandt fuhr sie gesammelt und mit ruhiger Stimme fort: »Ich habe gedacht, ihr seid richtige Jungs. Nicht solche, die keinen Mumm haben. Ich dachte, ihr gehört zu denen, die ein bisschen Grips im Kopf haben, die wissen, wie es ist, verstoßen zu werden und allein zu sein, die wissen, wie es ist, von den anderen verlacht zu werden. Ich dachte, ihr gehört zu denen, die nachts nicht schlafen können, weil sie sich gegen Unrecht nicht aufgelehnt haben, weil sie feige den Mund gehalten haben.

Ich dachte, eure Ritterburg ist kein gestalteter Sandhaufen, sondern eine uneinnehmbare Burg von Rittern, die für Recht und Ordnung eintreten. Die den Armen und Unterdrückten helfen.«

Sie machte eine Pause und sah mich an.

Warum immer nur mich?

»Ich habe mich geirrt. Eure Burg ist nur eine Kindergartenburg von kleinen, oder besser, von kleinlichen Jungelchen. Ich habe mich darüber gewundert, dass ihr mit zwölf Jahren noch im Sand spielt. Aber dann dachte ich, das sind sie, die du gesucht hast. Keine Massenware. Die schwimmen gegen den Strom. Die helfen dem Schwachen, die treten keine Mädchen, die sind nicht hinterhältig. Aus denen werden einmal Männer. Solch einen willst du mal heiraten.« Sie schaute uns mitleidvoll und traurig der Reihe nach an.

Ich hatte den Eindruck, auf mir ruhte ihr Blick am längsten.

»Komm, Arthur«, sagte sie, »tut mir leid, dass ich mich derart getäuscht habe.«

Sie nahm ihn an der Hand und ging, ohne uns noch einmal anzuschauen.

Dann rief Herbert ihren Namen.

Ich konnte es nicht fassen.

Herbert!

Regina drehte sich um und kam zurück.

Wir sprachen lange miteinander. Sehr lange.

Danach warfen wir alle zusammen Steine aufs Feld und lobten Arthur.

Befreit und gelöst ging ich an diesem Tag nach Hause.

War das ein Nachmittag!

Ich freute mich auf den Abend, denn heute sollte unsere lang geplante Nachtexpedition starten. Regina hatten wir eingeladen, um ihr zu zeigen, dass wir sie nun voll akzeptierten. Wir wollten neu starten.

Solch eine Tour durch das nächtliche Dorf hatten wir schon einmal gemacht. Und die heutige Nacht war bestens dafür geeignet. Manfreds Eltern waren zu Verwandten gefahren.

Herberts Zimmer lag ebenerdig, weit weg vom Elternschlafzimmer, und ich konnte unbemerkt über das Holzschuppendach nach draußen klettern. Ich hatte deshalb ein eigenes Zimmer, weil Vater mich, als den Ältesten, öfter frühmorgens zum Helfen in der Backstube weckte. Also optimale Bedingungen, um leise zu verschwinden.

Regina versicherte, ihre Großeltern schliefen so fest, dass sie ihre Abwesenheit nicht bemerken würden. Doch wie ich sie kannte, hätte sie ihre Großeltern so lange und erschöpfend belabert, bis diese resigniert ihren nächtlichen Ausflug genehmigt hätten.

Es lief alles nach Plan. Ich hörte Vater kurz vor zehn Uhr die Treppe hochgehen. Mutter räumte noch in der Küche. Kurz darauf spürte ich den Luftzug, wie sie vorsichtig meine Zimmertür öffnete und auf mein Atmen lauschte. Dann hörte ich auch sie die Treppe hochgehen und den Lichtschalter im Flur betätigen.

Ich setzte mich auf die Bettkante, zog mich leise an und wartete. Oben im Bad rauschte Wasser. Ich musste mich noch ein wenig gedulden.

Nach zehn Minuten kletterte ich aus dem Fenster, zog den Fensterflügel bei und sprang vom Schuppendach. Hocken bleiben, nicht bewegen, horchen und warten. Wie in den Indianergeschichten.

Nichts rührte sich. Dann schlich ich durch den Garten zur Straße.

Ich traf Regina und Manfred verabredungsgemäß bei »Kleieheinz« hinter dem Holzstapel an der Hecke. Kleieheinz belieferte mit seinem kleinen Lastwagen im Auftrag der Raiffeisenkasse die Bauern mit Kleie zum Füttern der Schweine und Kühe, außerdem handelte er mit Kunstdüngern und uns brachte er manchmal Mehl oder Brikett.

Der Holzstapel lag wenige Meter von der Straße entfernt und bot einen guten Ausblick die Straße hoch und runter.

Wir warteten und warteten. Aber Herbert kam nicht. Die Kirchturmuhr schlug halb elf. Da machten wir uns auf, ihn zu Hause abzuholen.

Ach, du lieber Himmel! Dort brannte noch Licht in der Küche. Und wer saß am Tisch? Herbert und seine Eltern.

»Den haben sie erwischt. Der kommt heute nicht mehr.«

»Hoffentlich hält der dicht«, bemerkte Regina kritisch.

»Das ist ein Dickkopf, den könntest du foltern«, sagte Manfred. Damit stand aber fest, diese Nachttour würde ohne Herbert stattfinden.

Wir kletterten über zwei Gartenzäune, öffneten bei Pittjes leise das Lattenzauntor und standen vor der Dorfwirtschaft »Zur Winneburg«.

Die Gardinen in den beiden Gastraumfenstern waren zugezogen, nur durch einen schmalen Schlitz fiel Licht. Geduckt huschten wir über den Hof und kauerten uns unter das linke Fenster, an dem der Schlitz etwas breiter war. Vorsichtig hob ich den Kopf und spähte in die Gaststube. An einem Tisch in der Ecke saß »Stecke« – so wurde der Wirt im Dorf genannt. Woher er diesen Namen hatte, wusste ich nicht. Vielleicht weil er wie mit einem Stock im Rücken herumging. Aufrecht und gerade.

Er hatte die Augen geschlossen und zuckte ab und zu mit dem Kopf nach vorne. Er schien mit dem Schlaf zu kämpfen. Neben ihm saß Lehrer Gail mit seinem roten Gesicht und der ewig rutschenden Brille. Diese Brille blieb nur dann an ihrem Platz, wenn er Geige spielte, dann verhinderte das an den Hals gepresste Instrument ein Verrutschen.

Am Kopfende saß, beide Hände auf die Tischplatte gestützt, der alte Kalnisch. Er betrieb mit zweien seiner Söhne neben ein bisschen Landwirtschaft ein Baugeschäft. Das bestand aus zwei Schubkarren, mehreren Schaufeln, Kellen, Mörtelkübeln, Gerüstteilen und einer großen, viereckigen Kalkbütte, in der der Brandkalk gelöscht wurde. Der jüngste Kalnisch, Jupp, ging in die letzte Klasse der Dorfschule.

Vater schätzte den alten Kalnisch als fleißigen Mann, der seinen Söhnen das Arbeiten beibringe, missbilligte aber deren Verhalten. Sie waren dafür berüchtigt, dass sie oft Schlägereien anzettelten.

Am anderen Ende des Tisches flegelte sich breitbeinig auf einem Stuhl Bauer Mattes. Er saß genauso da, wie ich ihn damals zu Hause am Küchentisch sitzen sah, als ich ein Brot nachgeliefert hatte. Seine hohen Ledergamaschen verliehen ihm etwas Gewalttätiges. Und das hatte ich ja schon als Zuschauer erlebt.

Regina zupfte mich am Pullover und flüsterte, sie wolle auch gucken. Während Reginas Kopf am Gardinenschlitz erschien, öffnete Stecke die Augen, schaute verschlafen zum Fenster und war blitzschnell auf den Beinen. Aber er hätte viel schneller sein müssen, um uns zu erwischen. Wir hockten schon im gegenüberliegenden Garten hinter der Bruchsteinmauer, als das Licht der Gaststube durch die geöffnete Tür auf den Hof fiel.

»Ich hab euch erkannt, ihr Saupänz«, schrie er in die Nacht. »Ich sag es dem Gail.«

Er ging ein paar Schritte den Hof rauf und runter, kehrte zur Tür zurück und rief: »Ich krieg euch noch und …« Die zufallende Tür verschluckte den Rest des Satzes.

Ich hielt Reginas Hand fest und verhinderte, dass sie aufstand. Denn keine zehn Sekunden später flog die Gasthaustür wieder auf und Stecke stand erneut in der Tür. Er hatte damit gerechnet, dass wir aus unserem Versteck hervorgekrochen kamen. Aber auch hier bewährte sich die alte Indianertaktik. Warten und nochmal warten. Nicht umsonst verschlang ich in dieser Zeit Bücher wie »Der Wildtöter« und »Der letzte Mohikaner«.

Karl May durften wir nicht lesen. Er stünde auf dem Index, meinte Mutter.

Der Index war eine Liste, auf die die Kirche sittengefährdende Schriften setzte.

Wieso Karl May dort aufgeführt wurde, war für mich unverständlich, wie so vieles in jenen Tagen. Zwei Jahre später nämlich standen Karl Mays Bände in der Pfarrbücherei und jeder durfte sie ausleihen.

Aber an diesem Abend folgte ich Wildtöters Ratschlag.

Wir blieben in Deckung. Mit einem in die Dunkelheit gerufenen »Saupänz!« flog nach einer Weile die Tür zu. Dann rannten wir an der Mauer entlang, kletterten über den hinteren Gartenzaun von Pittjes, krochen durch die Hecke in Leschers Bungert und machten einen großen Bogen um das Bauernhaus meiner Oma. Der traute ich nämlich zu, noch abends um elf nach dem Vieh zu schauen oder im Hof zu stehen.

Oma war eine resolute Frau. Als Mutter von sechs Kindern führte sie die Landwirtschaft alleine. Opa hatte im ersten Weltkrieg ein Bein verloren und betrieb eine kleine Schmiede, in der er Pflugscharen und anderes landwirtschaftliche Gerät schmiedete, als er noch lebte.

Kaum vorzustellen, wenn Oma mich beim nächtlichen Umherstreifen erwischt hätte!

Es kribbelte unter der Haut, als wir wie heimliche Beobachter durch das schlafende Dorf schlichen. Hier hörte man das Schnauben einer Kuh durch eine Stalltür, dort das Grunzen eines Schweins, und wir zuckten zusammen, wenn irgendwo ein Hund anschlug.

Aus den Futterküchen drang der Duft nach gekochten Kartoffeln, Kleie und Schrot, den ich genüsslich einatmete. Ich roch die Wärme des Viehs, konnte Pferde- und Kuhställe am Geruch voneinander unterscheiden und rümpfte die Nase, als wir am Ziegenbockstall vorbeikamen. Wir wussten, wer sich einen Hund hielt, und mieden solche Höfe und Häuser bei unserem Streifzug.

Aber wie es der Teufel wollte, schlug völlig überraschend bei Jierde Kat ein Hund an. Wir hörten, wie er innen am geschlossenen Scheunentor entlang lief und kratzend an den Torbrettern hochsprang. Nicht einmal Manfred wusste, dass die Familie neuerdings einen Hund hatte. Prompt ging auch schon das Licht im Haus an. Kat schaute aus einem der oberen Fenster und rief, als sie eine Weile nach links und rechts in den Hof geschaut hatte: »Ist gut Udo. Aus!«

Der Hund knurrte, bellte noch zwei-, dreimal. Dann waren wir schon die Borgasse entlanggelaufen.

Wie konnte man einen Hund nur Udo nennen?

Eigentlich wollten wir jetzt unsere Tour beenden, denn es hatte schon halb zwölf geschlagen. Wären wir sofort nach Hause gegangen, hätte die Sache mit Vaters Anzug vielleicht ein gutes Ende genommen. Sicher, Vater hatte mit der Geschichte eigentlich nichts zu tun. Aber in gewissem Sinn dann doch.

Regina kam auf die Idee, noch einen Schlenker über den Dreschplatz zu machen, der neben dem Friedhof lag. Der Weg führte über die Queter, eine unbeleuchtete Dorfstraße.

Kaum hatten wir die Einmündung zur Queter genommen, da schlug Hasso, der Hund vom Hennenhof, an. Wir huschten an den Rand eines Getreidefeldes und drückten uns in den daneben verlaufenden Graben, der zum etwa hundert Meter entfernten Dreschplatz führte. Dann war wieder Indianertaktik angesagt: warten, horchen, warten.

Nichts geschah.

Wir wollten gerade aufstehen, als ich eine Bewegung am Ende des Weges am Dreschplatz wahrnahm.

»Zscht!«, machte ich und zog Manfred, der schon halb aufgestanden war, zurück.

»Da vorne ist jemand!«, flüsterte ich und legte den Finger auf die Lippen. Regina und Manfred schauten angestrengt in die Dunkelheit, bis sie ebenfalls eine Bewegung ausmachten. Es war ungewöhnlich, um diese Zeit jemanden am Dreschplatz zu sehen. Zwar hatten dort in den letzten Tagen verschiedene Bauern altes Stroh zur Seite geräumt, um Platz für das bald zu erntende Getreide zu schaffen. Aber nachts um halb zwölf? Das war eher ungewöhnlich. Ich wurde immer aufgeregter.

Dann bemerkten wir zwei Personen und die Umrisse eines Autos. Ich überlegte, ob es das Auto des Tuchhändlers sein könnte, das Regina dort gestern noch gesehen hatte. Mir schien, als schlichen die beiden Schatten in gebückter Haltung um das Auto herum.

»Da stimmt doch was nicht. Da ist was faul!«, Regina drehte den Kopf zu uns beiden.

Wir duckten uns tiefer in den Straßengraben.

Da hatten wir unseren Nervenkitzel. Endlich ein richtiges Abenteuer!

Wir beobachteten zwei Personen, die sich irgendwie verdächtig verhielten. Wenn ich das zu Hause erzählte! Alle würden beim Abendessen ihre Gabeln und Messer zur Seite legen.

Aber dann fiel mir ein, das durfte ich ja nicht. Ich hätte mir damit jede weitere heimliche Nachtexpedition versaut.

Wir konnten nicht richtig sehen, denn der Himmel war bewölkt. Kein Stern funkelte in dieser Nacht. Auch die Lampe am Friedhofstor brannte nicht, wie ich jetzt bemerkte.

Herbert hatte am Morgen berichtet, auf dem Weg lägen Glasscherben. Offenbar hatte wieder jemand mit einem Stein das Lampenglas getroffen. Seltsam. Die Lampe kaputt und zwei schleichende Personen um ein abgestelltes Auto.

Dann hörten wir ein lautes Klicken. Manfred erschrak so sehr, dass er sein Gesicht in das Gras drückte und nach meiner Hand fasste.

»Was machen die?«, murmelte er mit dem Kopf nach unten.

Ich legte den Finger auf die Lippen. Obwohl er das gar nicht sehen konnte.

Dann ein neues Geräusch. Wieder zuckten wir zusammen. Als ich zaghaft den Kopf hob, sah ich, wie sich jemand vorne über das Auto beugte, dessen Kühlerhaube offen stand.

Dann startete stotternd der Motor.

Regina sagte das, was wir alle dachten: »Die klauen das Auto!«

Dann ein weiteres Geräusch, wie von einer zuschlagenden Tür. Der Motor wurde lauter und das Auto bewegte sich. Auf uns zu? Mein Gott, dann sind wir dran!

»Wir müssen weg«, raunte Regina und wollte schon in das Getreidefeld laufen, als wir sahen, dass das Auto Richtung Friedhof auf die Bundesstraße zu fuhr. Der Motor lief mit kleiner Drehzahl, nicht so, wie wenn Vater mit dem Brotauto anfuhr.

Auch war kein Scheinwerfer eingeschaltet. Dann entfernte sich das Auto auf der Bundesstraße in Richtung Büchel.

Wir hörten Schaltgeräusche, danach leuchteten Scheinwerfer auf. Sie mussten Winterfranzekreuz, eine kleine Steigung, erreicht haben. Danach wurde das Motorgeräusch schwächer. Schließlich hörten wir nichts mehr.

Ich atmete tief durch. Mir kam es vor, als hätte ich in den letzten Sekunden die Luft angehalten. Manfred brachte leise keuchend hervor: »Die haben das Auto geklaut. Das müssen wir der Polizei melden. Da kriegen wir noch eine Belohnung.«

»Zuerst kriegen du und ich zu Hause eine Tracht Prügel, weil wir abgehauen sind. Lass uns zuerst mal überlegen, was wir am besten tun.«

Da stieß mich Regina heftig in die Seite.

»Runter! Vorsicht!«, zischte sie und zeigte nach vorne.

Dort erkannte ich beim Spähen durch das Gras am Böschungsrand, dass noch jemand oben am Dreschplatz stand. Unbeweglich. Es schien, als beobachte er Straße, Dorf und Weg, in dessen Graben wir uns verkrochen hatten.

Waren wir gesehen worden? Hatte er unser Flüstern gehört? Oh Gott! Mir krampfte sich der Magen zusammen. Nicht auszudenken, wenn wir von dem Komplizen des Autodiebes – das war der auf jeden Fall – gesehen würden. Meine Augen brannten vom anstrengenden Schauen.

Schließlich bewegte sich die Gestalt und ging langsam Richtung Straße, bis sie in der Dunkelheit verschwunden war.

»Ich will heim«, flüsterte Manfred, »ich habe Angst!«

Die hatte ich auch. Aber jetzt ja keinen Fehler machen. Wenn wir jetzt losliefen, würden wir uns verraten. Also wieder Indianertaktik! Warten, warten, warten.

Wir lagen bestimmt noch fünf schweigende Minuten reglos im Graben, ehe wir auf ein gemeinsames Zeichen von Regina vorsichtig rückwärts weg vom Dreschplatz krochen, bis wir an die Ecke des Getreidefeldes kamen. Dort richteten wir uns auf. Mit einer Geste bedeutete ich den andern, nicht zu rennen! Wir schlichen die Queter runter, kletterten über mehrere Gartenzäune, ich trat in ein Gurkenfeld und Regina zerriss sich ihr Kleid.

Zuerst lieferten wir Manfred zu Hause ab. Regina und ich warteten, bis er am dunklen Fenster erschien und mit dem Daumen signalisierte, dass alles in Ordnung sei.

Wäre ich nicht auf die Idee gekommen, Regina noch zum Scholtese Haus zu bringen, wäre alles anders verlaufen. Aber ich wollte einfach noch ein paar Minuten mit ihr zusammen sein. Besonders nach dieser Standpauke am Nachmittag. Außerdem dachte ich, du kannst Regina nicht allein über die Wiese mit dem Stacheldrahtzaun an der Rückseite vom Scholtese Haus schicken. Geh mit ihr und warte, bis sie im Haus ist, dann kannst auch du beruhigt nach dieser aufregenden Nacht heimgehen.

So stand ich mit ihr hinter der Gartenhecke am unteren Hausgiebel. Vor uns zur Straße hin lag der Garten ihrer Oma mit den Himbeer- und Johannisbeersträuchern, den Dahlien, dem Salat- und Weißkohlbeet, als sie meine Hand nahm und kräftig drückte. Eine nie gekannte Wärme durchströmte mich. War das ein sympathisches Mädchen! Und ich hatte sie gestern noch in meinen Gedanken übel beschimpft. Von seligen Gefühlen durchströmt, drückte ich ihre Hand, bis ich merkte, dass sie heftig an meiner Hand riss. Ein Ruck, der mich fast zu Boden geworfen hätte.

»Da!«, flüsterte Regina, ließ meine Hand los und zeigte auf die gegenüberliegende Seite der Straße. Ich brauchte nur Bruchteile von Sekunden, um festzustellen, dass sie nicht aus Zuneigung nach meiner Hand gefasst hatte, sondern um mich zu warnen.

Auf der gegenüberliegenden Seite, wo Kalnischs Haus lag, hörte man flüsternde Stimmen. Schatten strichen in gebückter Haltung herum. Merkwürdig, dort wurde ein länglicher Gegenstand durch den Hof getragen, der in der Mitte geknickt war, nach unten durchhing und fast den Boden berührte. Für einen Sack war er zu groß, wie ich erkannte. Zwei Personen schleppten das mannsgroße Bündel. Es war sperrig und offensichtlich schwierig zu halten, denn als sie es in den Ackerwagen wuchteten, verkantete es sich.

Kalnischs Ackerwagen stand immer im Hof, weil sie keine Scheune hatten. Nur ein Schuppen war schief an das Haus angeklebt, wo Schubkarren, Maurerwerkzeug, Kisten, Mörteleimer, Gerüstteile und Stützbalken sowie Schalmaterial für Betondecken lagerten.

Einmal hatte ich in den Schuppen hineinschauen können, als das Tor offenstand. Ganz hinten befanden sich ein Verschlag für Schweine und ein mit Brettern abgetrennter Stall für zwei Kühe. Stroh und Heu lagerten auf einer eingezogenen Balkendecke. Von dort oben warfen die beiden Personen nun Strohbündel herunter, die sie auf dem Ackerwagen verteilten, so hoch, bis die obere Querstange der seitlichen Leiterteile des Wagens erreicht war. Dann warfen sie eine Egge oben auf die Ladung.

Plötzlich entdeckten wir eine dritte Person. Sie war kleiner als die zwei anderen im Hof. Das schien Jupp zu sein, der jüngste der drei Kalnischbrüder. Er wurde nicht Jubbi genannt, so wie wir andere Hansi, Gerdi oder Günni im Dorf mit einem verniedlichten Namen riefen. Es gab keinen Grund, ihn mit einem Kosenamen zu versehen. Das hätte weder zu seinem Charakter noch zu seinem Verhalten gepasst. Im Dorf wollte niemand mit Kalnischs Vertraulichkeiten aufkommen lassen. Die ganze Familie war isoliert, nicht zuletzt, weil die beiden Ältesten als Schläger galten.

Der jüngste Bruder Jupp saß nun vorne an der Holunderhecke am Straßengraben.

Wie die anderen Häuser lag auch das Kalnischhaus etwa zehn Meter vom Straßenrand entfernt. Zu jedem Haus führte eine Zufahrt über den verrohrten Straßengraben, durch den das Oberflächenwasser und auch manchmal Abwasser von den Hausparzellen floss.

Die Fläche zwischen Straße und Haus war bei vielen Gehöften als offener Garten gestaltet. Nicht so bei Kalnischs. Dort wucherte eine dichte Hecke aus Haselnuss, Wildkirschen und Holunder und versperrte den direkten Einblick in den dahinter liegenden Garten und Hof.

Genau an der Hauszufahrt am Heckenrand saß Jupp – oder war es doch ein anderer? Nein, die Schatten im Hof waren zu groß. Einer dieser Kerls – jetzt sah ich es, es war der Vater – kam nach vorne zur Hecke, flüsterte etwas, dann gingen beide zurück zum Haus. Man hörte eine Tür knarren. Dann war Stille.

Regina und ich hatten gebannt von der Hausecke aus, auf dem Boden liegend die nächtliche Szenerie beobachtet und uns mehrfach während dieser Zeit bedeutungsvoll angesehen. Wir waren uns, ohne groß zu sprechen, einig: da ist etwas faul.

Jupp auf Beobachtungsposten, zwei Gestalten im Hof, die ein längliches, sperriges Bündel zum Ackerwagen schleppen und dieses mit Stroh zudecken. Nein, so etwas macht kein Mensch bei Nacht. Hier stank es gewaltig! Und wie!

Dann fiel uns auf, dass einer der Kalnischbrüder fehlte. Wo war denn der abgeblieben?

Wir hatten uns hinter Scholtese Haus zurückgezogen, verabredeten, kein Sterbenswort über diesen Vorfall zu verlieren, nicht ehe wir uns noch mal beraten hätten. Dann kletterte Regina durch das angelehnte Fenster ins Haus.

Ich konnte unmöglich über die Straße nach Hause gehen. Es bestand die Gefahr, dass ich von Kalnischs gesehen würde. Vielleicht saß doch noch irgendwo der dritte der Brüder und bewachte die Wagenladung. Sicher! Bei der Heimlichtuerei. Ich musste also den Weg hinter den Gärten parallel zur Straße nehmen. Er führte nach rund zweihundert Metern aus dem Dorf heraus und landete am Schindgraben. Von dort aus konnte ich ungesehen nach Hause gehen.

Es war nicht mehr weit. Ich hatte gerade den Schindgraben überquert und unseren Garten erreicht, da geschah es.

Ich habe Klaus nie einen Vorwurf daraus gemacht. Man muss auch im Alter von zehn Jahren mal nachts auf die Toilette. Aber muss man dann auch noch im Zimmer des größeren Bruders gucken und sich überzeugen, dass der gut schläft? Nein, das muss man eigentlich nicht.

Jedenfalls, den Ärger hatte ich. Und was für einen Ärger!

Ich stand an unserem Gartenzaun und sah schon den Holzschuppen, über dessen Dach ich wieder zurück in mein Zimmer wollte, als im Haus Licht anging. Zuerst auf dem Flur. Und dann Zimmer für Zimmer. Es war wie eine Kettenreaktion. Küche, Wohnzimmer, Laden, Brotraum, Schlafzimmer an der Giebelseite, Kinderzimmer an der Längsfront. Alle Zimmer waren beleuchtet. Sogar die Kellerlichtschächte.

Ach nein, nicht auch das noch, schoss es mir durch den Kopf.

Dann hörte ich zuerst Vaters Stimme, dann Mutters Schluchzen und zum Schluss konnte ich sie alle identifizieren. Am deutlichsten das Weinen meines Bruders Marcus und das meiner Schwester Helga, die beide wahrscheinlich gar nicht wussten, warum sie weinten.

Ich sah die Köpfe von Vater, Mutter und meiner Schwester Maria hinter dem hell erleuchteten Küchenfenster. Mutter hatte die Hände über dem Kopf mehrmals zusammen geschlagen und Vater stand an der Küchentür und zog sich die Jacke an.

Dann ging die Außenlampe über der Haustür an und Klaus' Stimme schrillte laut durch die Nacht: »Georg, Georg!«

»Halt dein Maul! Du weckst das ganze Dorf!«, hörte ich Vaters ärgerliche Stimme. Oh Gott, wenn Vater so sprach, dann musste ich auf was gefasst sein.

Klaus hatte zwar nicht das ganze Dorf geweckt, dafür aber unsere Nachbarn, denn bei Pauli und Hennen ging ebenfalls das Licht an. Hoffentlich haben Kalnischs nichts gehört. Oh Gott, oh Gott! Mir blieb nur die Flucht nach vorne, und so trat ich aus dem Dunkeln in den Lichtkreis der Hoflampe.

»Hier bin ich, Vater!«

Vater stand wie vom Blitz getroffen und starrte mich fassungslos an. Er zeigte, ohne ein Wort zu sprechen, mit der Hand zur geöffneten Haustür. Ich flutschte an ihm vorbei, wobei ich sicherheitshalber schützend beide Hände vor Gesicht und Kopf hielt, so wie Arthur.

Aber kein Schlag traf mich. Vater stand einfach nur da, und mir schien es, als hätte er noch gar nicht begriffen, dass ich zurück war. Er zog Robert und Klaus, die beide barfuß in ihren gestreiften Schlafanzügen auf der Treppe standen, ins Haus, schaltete das Hof- und Flurlicht aus und kam in die Küche.

Mutter war mir entgegen gekommen. Sie weinte und nahm mich an der Hand. Maria, die auf der nach oben führenden Holztreppe saß, hatte die schluchzende Helga neben sich und Marcus im Arm. Der Kleine rief nur immer wieder: »Geo da, Geo da!«

»So, alle ins Bett«, hörte ich Vaters Stimme, »er ist wieder da!«

Es dauerte noch eine Weile, bis meine Geschwister zurück in ihren Betten waren.

»Du bleibst hier, ich glaube, wir haben noch was zu besprechen«, wandte er sich an mich und setzte sich an den Küchentisch.

Es hatte keinen Zweck, ihn zu belügen. So beichtete ich alles von unserem nächtlichen Ausflug durch das Dorf. Moment – alles ist nicht ganz wahrheitsgemäß. Großzügig ließ ich die Beobachtungen am Dreschplatz und an Kalnischs Haus aus. Aber ich versicherte ihm, nichts angestellt zu haben. Wir wären nur durchs Dorf gestromert. Er schaute mich die ganze Zeit kritisch fragend an und schien mir nicht so ganz zu glauben.

»Das letzte Wort ist noch nicht gesprochen, Freundchen. Aber nie mehr haust mir ab!«

Als ich an ihm vorbei in Richtung meines Zimmers ging, gab er mir eine Ohrfeige.

»Damit ich mich abrege. Und damit so was nie wieder passiert: Ab morgen schläfst du oben.«

Dieser Sommer beendete meine Kindheit. Eine Kindheit, die in unserem Dorf so lange behütet und geborgen verlaufen war.

Behütet durch Vater und Mutter, die beide zwar streng, aber voller Hingabe und Liebe zu uns Kindern waren. Ich war getragen in der Familie durch meine Geschwister. Ihre Nähe und Gegenwart bauten einen Schutzwall um mich, und außerdem hatten weder ich noch eines meiner Geschwister Zeit, vor Langeweile im Dorf herumzulungern. Unser Leben war bestimmt durch Hilfe in Haushalt und Bäckerei, was aber auch bedeutete, dass wir über eine knappe Freizeit verfügten. Als Ältester hatte ich eine besondere Stellung inmitten meiner Geschwisterschar, ich war in die betriebliche Arbeit mit eingebunden, musste in der Backstube helfen, sonst wäre vieles nicht möglich gewesen. Aber wir alle mussten entsprechend unseres Alters Arbeiten und Pflichten übernehmen. Mich als Ältesten fragte man um Rat, wollte meine Meinung zu bestimmten Dingen wissen und litt mit mir, wenn ich auf dem Salzsack saß.

In der nächsten Zeit saß ich noch oft auf dem Salzsack und erlebte, wie die schöne Fassade meines kleinen und beschaulichen Eifeldorfes zerplatzte und ekeliges Gedärm wie damals bei dem geplatzten Frosch zutage trat.

VI

Es war ein Uhr vorbei, als ich endlich im Bett lag. Es wurde eine sehr kurze Nacht. Um vier Uhr ging das Licht in meinem Zimmer an. Vater stand an meinem Bett und sagte barsch: »Aufstehen, du musst mir helfen!«

So schnell war ich noch nie aus dem Bett, denn ich wusste, wenn ich heute auch nur den kleinsten Anlass zur Unzufriedenheit gab, drohte mir Salzsack den ganzen Sommer lang. Ich sah mich schon auf der Flucht zur Fremdenlegion, um einer womöglich noch schlimmeren Strafe zu entgehen. Aber mich würde man nicht erwischen, wie die zwei Jugendlichen im letzten Jahr, die die Polizei in Trier aus dem Zug geholt hatte, als sie sich nach Frankreich zur Fremdenlegion absetzen wollten. Ich würde nämlich zu Fuß fliehen.

Aber noch war ich in der Backstube. Ich musste Mehl in die Knetmaschine schaufeln. Viel bequemer und einfacher wäre gewesen, wenn Vater das Mehl, so wie er es immer machte, aus dem Mehlsack in den Kessel gekippt hätte. Aber ich wagte nicht, diesen Vorschlag zu machen. Dann kehrte ich schon um fünf Uhr die Backstube aus, obwohl das noch gar nicht nötig gewesen wäre. Das war eine Arbeit für den Nachmittag.

Danach sollte ich nochmal die vierundvierzig blechernen Kastenbrotformen einfetten, denn er habe den Eindruck, da hätte ich gestern geschludert.

Das Einfetten der Backformen gehörte, wie das Hochtragen von sechs bis acht Brikettkörben aus dem Keller zu meinen täglichen Aufgaben. Das dauerte seine Zeit, denn es waren dreizehn Stufen pro Korb.

Das Frühstück verlief sehr wortkarg. Dann kam die Salzsackmonotonie.

Um neun Uhr war ich so mürbe und müde vom Sitzen, dass ich fast eingeschlafen wäre. Da halfen auch nicht die kurzen Unterbrechungen wie Schüsseln spülen, Brotkörbchen auskratzen oder die Brotkrümel aus dem Auto kehren.

Vater, der meine Müdigkeit natürlich bemerkte, sagte: »Wer nachts durchs Dorf stöbert und die ganze Familie beunruhigt, braucht tagsüber nicht müde zu sein.«

»Mir ist so langweilig«, brachte ich gegen zehn Uhr vor und verstieg mich in die Bitte: »Gib mir lieber eine Tracht Prügel anstatt mich hier ruhig auf dem Salzsack sitzen zu lassen.«

Vater drehte sich erstaunt zu mir um.

»Also, den Vorschlag hätte ich jetzt von dir nicht erwartet! Das Sitzen ist für dich doch ziemlich erholsam. Aber vielleicht habe ich da noch einen anderen Vorschlag.«

Als ich den Vorschlag hörte, hätte ich mich selbst ohrfeigen können. Und heimlich gebrauchte ich Vaters Worte, wenn etwas endgültig nicht mehr vorkommen sollte: »Nie, nie mehr beschwerst du dich über das Sitzen auf dem Salzsack.«

»Weißt du was, wir machen Kopfrechnen, und wenn du das beherrschst, dann kannst du mir vorlesen. Das ›ausreichend‹ in Lesen auf dem letzten Zeugnis war sowieso nichts. Das kommt nie mehr vor, verstehst du. Nie mehr!«

Schon wieder dieses kategorische »Nie mehr!«

An diesem Tag musste ich das kleine Einmaleins vorwärts und rückwärts aufsagen, löste kleine Multiplikations- und Divisionsaufgaben im Zahlenbereich bis 100. Und dann kamen die Kombinationsaufgaben.

»3 mal 7 mal 2 plus 18, davon das Doppelte dividiert durch 4, sind?«

Zuerst kam ich gar nicht nach, so schnell war Vater. Ich brachte richtige und falsche Ergebnisse, verhedderte mich in der Reihenfolge der Schritte, vergaß eine Zahl, dividierte statt zu multiplizieren und verwechselte Quotient mit Multiplikator. Diese Begriffe hatte Vater im letzten Jahr in meinem Mathematikbuch gefunden und sie sich anscheinend gut gemerkt.

Einen Aufgabentyp, der lebenspraktisch ausgerichtet war, lernte ich ebenfalls an diesem Morgen kennen und sofort hassen.

»Da kommt jemand in den Laden und kauft 6 Milchbrötchen à 6 Pfennig, 8 Wasserbrötchen à 5 Pfennig, 3 Amerikaner à 15 Pfennig, 4 Rosinenschnecken à 22 Pfennig, 1 Kastenbrot zu 1,10 DM und 1 Weißbrot zu 85 Pfennig. Wie viel kostet das? Wie viel gibst du ihm an Wechselgeld zurück, wenn er mit 5 DM bezahlt?«

Zwischen den einzelnen Teilkäufen machte Vater zwar immer eine Pause, so dass ich multiplizieren, addieren und mir das Zwischenergebnis merken konnte. Dennoch kam ich jedes Mal durcheinander. Ich kapitulierte, verkaufte die Sachen unter Preis oder gab das Wechselgeld falsch raus. Es war schlimm! Aber Vater blieb hartnäckig und sagte: »Du machst uns noch bankrott! Ich sehe, wir haben noch viel vor.«

Doch er hatte ein Einsehen und gestaltete die Aufgaben etwas einfacher. Die Kunden, die bei seinen weiteren Aufgaben jetzt in den Laden kamen, kauften etwas bescheidener ein und verfielen nicht dem Kaufrausch wie im ersten Rechenbeispiel. Wer konnte sich denn auch vier Rosinenschnecken damals leisten?

Dann kam ich auf die Idee, einfach nur ein Ergebnis zu nennen, ohne wirklich zu rechnen. Aber da hatte ich mich getäuscht. Vater merkte dies sofort, und ich staunte nicht nur an diesem Morgen, sondern auch in vielen nachfolgenden Mathematikstunden, wie gut er rechnen konnte. Ich tat mich schwer, manchmal sehr schwer, ihm zu folgen.

»Da haben wir ja noch viel Stoff nächste Woche«, meinte er, als wir fast eine halbe Stunde geübt, und er den Sauerteig für den nächsten Tag angesetzt hatte.

Mir schwante Böses, zumal er mir eröffnete, dass er die ganze nächste Woche für Mathestunden eingeplant habe. Das mache ihm auch Spaß. So würde er seinen Verstand trainieren. Dass ich nach diesen Ferien in Kopfrechnen in meiner Klasse unschlagbar war, war ein später und schwacher Trost. Besser hätte er jedoch mit mir Latein geübt, denn da versagte ich vollkommen. Aber hätte Vater Latein gekonnt, er hätte bestimmt den Stundenplan für den Unterricht auf dem Salzsack um die a-, e- und i-Deklinationen erweitert, den Ablativus absolutus mit mir gebüffelt und alle Tempora durchkonjugiert.

Mutter war während unserer Exkursion in das Reich der Zahlen drei oder vier Mal durch die Backstube ins Brotlager gegangen. Beim ersten Mal war sie vor mir stehen geblieben und hatte vorwurfsvoll gesagt: »Mir tut jetzt das Herz noch weh. Was hätte dir alles passieren können.«

Ich schaute schuldbewusst zu Boden und wagte nicht, die Sache zu verharmlosen, dachte ich doch an den Autoklau und an die Beobachtungen in Kalnischs Hof. Nicht auszudenken, wenn die beiden anderen nicht dicht hielten. Aber das taten sie, denn sonst wäre schon längst eine aufgebrachte Mutter bei uns im Laden erschienen.

Bei ihrem vierten Gang ins Brotlager tuschelten Vater und Mutter leise an der Mulde. Ich hörte Vater sagen: »Das ist eine gute Idee! Wirklich gut!« Beide schauten mich verstohlen an und lachten süffisant.

Aha, dachte ich bei mir, wieder so eine sadistische – ich kannte mittlerweile die Bedeutung des Wortes – Strafe. Aber was gab es sadistischeres als Salzsacksitzen? Eines musste ich allerdings zugeben – aber um Gottes willen nicht laut – es war nicht mehr so langweilig. Und das sollte es in Zukunft auch nicht mehr sein.

Denn dann kam Mutter mit der »guten Idee« in der Hand in die Backstube.

Es war der »Paulinus«.

Der Paulinus ist das Bistumsblatt der Diözese Trier und enthält, neben Ausschnitten aus der Bibel, Kurzpredigten zum Sonntag, Nachrichten aus kirchlichen Verbänden und Orden, und ist voll von Leserbriefen übereifriger Christen und Leser.

Oh Gott, dachte ich nur, nicht auch noch Religion. Mir wurde der Paulinus in die Hand gedrückt.

»Kannst gleich auf der Titelseite anfangen«, sagte Vater. »Denk dran, ich will nie mehr ein ›ausreichend‹ in Lesen bei dir im Zeugnis sehen!«

Lächelnd fügte er hinzu:

»Ich glaube, deine nächtliche Tour bekommt dir im Nachhinein doch noch ganz gut!«

So begann der Anfang einer weiteren Geschichte, wie sie nur dieser Sommer mit sich bringen konnte. Ich startete meine Lektion im Lesen und begann stotternd den ersten Satz: »Heute empfing Diözesanbischof Dr. Stein ...« Sofort wurde ich von Vater unterbrochen: »Hörst du, wie du stotterst und nuschelst? Deine Sprache ist undeutlich, holperig und monoton. Das muss besser werden. Also nochmal!«

Wie oft hörte ich in den nächsten Tagen – oder waren es Wochen? – diesen Spruch.

Ich fragte mich, wie es sein konnte, dass meine Mitmenschen mich überhaupt verstanden, wenn Vater mir ein so schlechtes Zeugnis meiner Lesekünste und meiner Aussprache ausstellte.

Am Anfang musste ich jeden Satz wiederholen und wurde immer wieder von seinen charmanten Hinweisen ermuntert, wie »lauter«, »nuschel nicht so« und »deutlicher«.

Ich wusste ja selbst, dass ich aufs miserabelste herumstotterte. Insgesamt musste ich den Leitartikel drei Mal laut vorlesen. Dass mein Lesen so hundserbärmlich war, lag natürlich auch am Paulinus.

Diese verdammte Zeitung!

Durfte ich so überhaupt denken? – Musste ich das vielleicht beichten? Ich hätte am liebsten die Zeitung mit den Pastoren- und Klosterfotos quer durch die Backstube geworfen. Und hinterher hätte ich all diese Seiten mit Bildern und Berichten von Kirchenchören, lachenden Ordensfrauen, Mönchen und Kerzen tragenden Messdienern dahin gestopft, wohin das Schicksal den Paulinus in unserer Familie bestimmt hatte. Nämlich ins Klo. Da landete er nach einer Woche, wenn er von Vater und Mutter ausgelesen war. Am Wochenende wurden der Paulinus – später auch die »Rhein-Zeitung« – in etwa DIN-A 5 große Blätter geschnitten und auf eine kleine Konsole im Klo gelegt. Solch wertvolles Material wie Papier wurde nicht weggeworfen. Nein, es wurde weiter verwertet.

Damals, als ich mein Lesetraining mit dem Paulinus begann, lernte ich die Briefpredigt von Bischof Stein kennen, erfuhr von der Einweihung verschiedener Kapellen im Bistum und las die Mustersatzung für kirchliche Schützen- und Rosenkranzvereine. Ich kannte das Evangelium und die Sonntagslesung und wusste, in welchem Dorf Kirmes oder Adventssingen war. Ich erfuhr, dass das Bistum Trier bis nach Frankreich reichte. Auch das Saarland, damals noch französisch, gehörte dazu. Im Laufe der Zeit lernte ich alles kennen, was das Bistumsleben betraf. Allerdings vergaß ich das auch schnell wieder, da ich dieses Blatt unter Zwang lesen musste.

Doch ich merkte schnell, wie sich dies auszahlte: Mit der Zeit konnte ich jeden unbekannten Texte flüssig und fast fehlerfrei vorlesen. Kein Vergleich zu dem verkrampften Herumstottern am Anfang! Das Schriftbild verschiedener Worte erkannte ich zusehends schneller, oft schon an den ersten Buchstaben. Nur wenige Wörter musste ich noch buchstabieren, und blieb ich mal bei einem Fremdwort hängen, kam Vater an den Salzsack und half mir. Auf diese Weise erweiterte sich mein Wortschatz ungemein.

Heute aber mühte ich mich noch mit der Titelseite ab, als die Tür aufging und Pastor Graf in die Backstube trat.

»Der auch noch!«, ging es mir durch den Kopf. Zuerst der Paulinus, dann der Pastor und wahrscheinlich folgte noch Vaters Erklärung, warum ich auf dem Salzsack saß und vorlas. Nein, es konnte nicht schlimmer kommen!

Folgsam und wohlerzogen, wie ich war, stand ich sofort vom Salzsack auf und begrüßte den Pastor mit dem damals üblichen: »Gelobt sei Jesus Christus.«

Er antwortete: »In Ewigkeit Amen«.

Pastor Graf war ein drahtiger, kahlköpfiger Mann, der stets eine Baskenmütze trug, die er jetzt abgenommen hatte.

Er war seit einem Jahr neuer Pfarrer der Gemeinde und hatte sofort zu Vater ein gutes Verhältnis gefunden, weil beide im Russlandfeldzug verletzt worden waren. So hatte sich manch persönliches Gespräch zwischen den beiden ergeben. Aber bestimmt auch, so glaube ich, weil Vater und Mutter sehr spendenfreudig gegenüber der Kirche, der Mission und karitativen Einrichtungen waren.

»Oh, der Sohnemann liest den Paulinus, schön«, begann Pastor Graf und wandte sich Vater zu, der an der Mulde stand.

Was er dann vorbrachte, war so schlau und richtig genial, dass es sogar Vater die Sprache verschlug.

Ich sah ihn zuerst einmal schlucken, dann nachdenklich die Stirn runzeln und zum Schluss schmunzeln. Wahrscheinlich dachte er: Du raffinierter, ausgekochter Kerl.

Man durfte zwar einen Pastor nicht als »raffiniert« oder »ausgekocht« bezeichnen, aber denken durfte man das schon. Und das tat Vater ganz bestimmt! Bei seinem Gesichtsausdruck!

Es ging darum, dass Pastor Graf noch keinen Führerschein und keinerlei Fahrpraxis hatte. Um den Führerschein bei all den Fahrstunden, die er brauche, nicht zu teuer werden zu lassen, wolle er fragen, ob er nicht mit Vater die Brottouren über die Dörfer machen könne. Er würde das Auto unter Vaters Aufsicht von Haltestelle zu Haltestelle fahren, und Vater brauche sich nur auf den Verkauf zu konzentrieren.

Jetzt wagte sogar ich zu denken, dass der Pastor ein ausgekochter Schlauberger war.

Wirklich keine dumme Idee! Besonders auch, weil sie äußerst preiswert war.

»Ja, und die Polizei?«, fragte Vater etwas zögerlich, obwohl ich ihm ansah, dass er nicht nein sagen würde.

»Die kontrollieren keinen Pastor, besonders nicht, wenn er Auto fährt. Außerdem sind die nicht so gewieft wie wir alten Russlandkämpfer.«

Vater lachte gequält. Vielleicht rechnete er nach diesem Stichwort wieder mit einer von Pastors Schilderungen, als er bei Granatbeschuss verschüttet worden war.

Er sagte also zu, und die erste Fahrstunde mit dem Brotauto wurde auf Montag festgelegt.

Es war die Tour ins Nachbardorf Dohr.

Während ihres Gespräches hatte ich still und aufmerksam zuhörend auf dem Salzsack gesessen. Pastor Graf war schon fast an der Tür, als er mich erneut zu bemerken schien, auf mich zukam und mich fragte, ob ich ihm auch etwas vorlesen könne. Ich war so verdattert, dass ich Vater erschrocken ansah. Ja, ich war erschrocken, nicht nur aus Angst, mich total zu blamieren, sondern auch, weil ich noch nie einem Pastor vorgelesen hatte.

Vater nickte mir zu und signalisierte mit mehrmaligem Augenzwinkern – wann hatte Vater mir jemals zugezwinkert? – mein Bestes zu geben.

Und so tat ich also mein Bestes. Ich las den gleichen Text, den ich vorhin Vater schon drei Mal vorgelesen hatte. Den konnte ich jetzt perfekt. Kein Hänger, kein Gestottere. Auch las ich mit richtiger Betonung, die Vater mir vorhin händeringend von der Mulde her beigebracht hatte. Ich hob die Stimme bei einer Frage, machte beim Komma eine winzige Pause, betonte die sinntragenden Worte und ließ den Satz in gleichbleibender Höhe ausklingen, wenn er nur eine Aussage enthielt.

Kaum hatte ich ein Viertel des Textes gelesen, als Pastor Graf mich mit einem lauten »Bravo!« unterbrach.

»Du liest flüssig, hast eine gute Betonung und eine deutliche Aussprache. Du bist mein nächster Lektor. Schlage vor, übernächsten Sonntag darfst du die Lesung im Hochamt vortragen! Üb noch ein bisschen. Alles andere besprechen wir nach der Brottour!« Und weg war er.

Ich Idiot! Warum hab ich denn nur den drei Mal geübten Text vorgelesen? Ich hätte mich in den Hintern beißen können! Wolltest wohl angeben? Super, wirklich toll gemacht!

Ich blies gerade die Backen auf, als die Tür noch einmal aufging, und Pastor Graf uns freundlich zurief: »Hätte ich fast vergessen: Mahlzeit allerseits!«

Mir schmeckte das Essen überhaupt nicht. War der Morgen schon seit vier Uhr in der Früh anstrengend, langweilig und zermürbend gewesen und hatte ich zum Schluss noch zwei Schulhauptfächer, nämlich Mathematik und Lesen, aufgebrummt bekommen, so trat jetzt zur Mittagszeit vollends die Katastrophe ein. Ich wusste, da half kein Lamentieren, keine Hustenanfälle, kein Vortäuschen von Aufgeregtsein. Nein, da biss ich auf Granit.

Ob ich überhaupt wisse, was das für eine Ehre für die Familie sei? Ihr Sohn Lektor! Mutter schien selig bei der Vorstellung zu sein, mich am Ambo stehen zu sehen und die heiligen Worte der Lesung in die vollbesetzte Kirche sprechen zu hören. Überleg doch mal, was das bedeutet: Bis jetzt haben nur Erwachsene die Lesung vortragen dürfen.

Mir wurde fast schlecht vor Ehre.

Vater dämpfte ihre Begeisterung etwas, als er ihr über meine wahren Lesekünste reinen Wein einschenkte. Damit verunsicherte er Mutter dermaßen, dass es schließlich aus ihr herausplatzte: »Und wenn der sich verliest und zu stottern anfängt?«

Daraufhin meinte Vater: »Der Georg hat ja jetzt Zeit zum Üben auf dem Salzsack. Der wird seine Familie nicht blamieren!«

Schon bekam ich einen Tritt von Klaus, der neben mir saß. Zum ersten Mal traute ich mich, ihm vor den anderen auf die Hand zu schlagen, hart und fest. Für alle Tritte und Knuffe vorher. Und siehe da, Vater und Mutter fielen nicht über mich her, nein, sie wiesen den neidischen, missgünstigen Bruder zurecht. Vater verpasste ihm sogar eine halbe Stunde Salzsack für den nächsten Tag.

Ich witterte Morgenluft. Dann war ja der Salzsack für eine bestimmte Zeit besetzt!

Mutter nahm das Gespräch wieder auf und sagte zu mir: »Der Herr Pastor will vielleicht, dass du ebenfalls Pastor wirst.«

Da verging mir endgültig der Appetit. Ich setzte zum Protest an zwischen einer Gabel voller Salzkartoffeln und einem Stückchen der halben Bratwurst, die uns Kindern zustand, als Vater die Diskussion beendete.

»Du liest die Epistel vor. Schluss!«

Trotz meiner sich später abzeichnenden miserablen Lateinkenntnisse hatte ich mir aus dem Unterricht ein Zitat gemerkt: »Roma locuta, causa finita!« Die Sache war damit also erledigt.

Was waren das für vierundzwanzig Stunden gewesen?

Eine nächtliche Tour durchs Dorf gemacht, einen Autodiebstahl beobachtet, ebenso geheimnisvolles Tun um Mitternacht, die Familie durcheinander gebracht, seit vier Uhr auf den Beinen, auf dem Salzsack gesessen, gerechnet, gelesen, zum Lektor erkoren und in den geheimen Wünschen meiner Mutter schon zum Priester geweiht. Mein Gott!

Und bei alledem hatte ich heute noch nicht einmal mit meinen Freunden gesprochen.

Die sah ich auch die nächsten Tage nicht. Ich schwamm in völliger Unkenntnis der Sachlage.

Erst später erfuhr ich, wieso Herbert nicht zum nächtlichen Treffpunkt erschienen war. Nachdem er nämlich aus dem Fenster gestiegen war, war er seinen Eltern praktisch in die Arme gelaufen. Neuerdings war neben der Haustür um die Ecke eine Holzbank aufgestellt, auf der sie manchmal abends saßen. Dass Herbert genau einen solchen Tag ausgesucht hatte, war Pech. Als er seelenruhig in dunkler Kleidung mit einer Taschenlampe bewaffnet um die Ecke bog, war auch schon die Nachtexpedition zu Ende. Manfred hatte recht gehabt mit seiner Annahme, man hätte Herbert foltern können: Er hielt dicht. Und so erfuhr niemand von unserer gemeinsam geplanten Stromerei.

Bei uns zu Hause kursierte eine leicht abgeänderte Version der Wirklichkeit, ich hätte am Kaninchenstall Geräusche gehört und sei aus dem Fenster geklettert, um nachzuschauen.

Genau in diesem Moment hätte Klaus mein leeres Zimmer entdeckt.

Vater und Mutter hatten sich zu dieser Notlüge, wie sie sagten, durchgerungen, um nicht im ganzen Dorf ausgelacht zu werden. Denn welche Eltern geben schon gern zu, nachts ihre Kinder nicht unter Aufsicht zu haben? Wenn so etwas Peinliches auch noch Eltern mit sechs Kindern geschieht, hat so manches Lästermaul Gelegenheit, seine hämischen Kommentare abzugeben. So schützte mich die Furcht meiner Eltern vor dem Dorftratsch. Die Einzige, die über alle wirklichen Geschehnisse der letzten Nacht Bescheid wusste, war Regina.

Bereits einen Tag nach meiner kirchlichen Berufung zum Lektor und der Aussicht auf die niederen Weihen im hohen Dom zu Trier sah ich sie mehrmals wie zufällig die Straße hinunter gehen. Immer, wenn Vater am Ofen beschäftigt war, stellte ich mich auf den Salzsack. So hatte ich einen guten Blick aus dem Backstubenfenster, dessen unterer Teil mit Milchglas versehen war. Sie trug an diesem Tag einen Trägerrock und hatte jedes Mal, ob straßauf oder straßab die unserem Haus zugewandte Hand in den Rockträger gehakt und dabei demonstrativ den Daumen nach oben gereckt. Das Signal für mich: Alles in Ordnung!

Aber als sie bereits das dritte Mal an unserer Straßenfront vorbeilief, hatte ich doch Bedenken, dass ihr Verhalten auffalle. Jedoch war Vater an diesem späten Vormittag so in seine Rechenaufgaben vertieft, die heute das Einmaleins bis zur Zahl 15 umfassten, dass er gar nicht aus dem Fenster schaute.

Was Kalnischs um Mitternacht in ihrem Hof getrieben hatten, ging mir nicht aus dem Kopf.

Darüber, dass sie mitbekommen haben mussten, wie mein Bruder meinen Namen in die Nacht rief, und dass unser Haus hell erleuchtet gewesen war, machte ich mir große Gedanken.

Vermuteten sie, dass ich etwas beobachtet hatte? Glaubten sie, dass ich stummer Zeuge ihrer nächtlichen Aktion gewesen sei? Mit Sicherheit würden sie meine Familie und besonders mich genauestens beobachten und bestimmt irgendwann testen.

Vaters und Mutters Geschichte mit den Kaninchen war gut, und Regina hielt dicht, da war ich mir sicher. Ich musste dennoch sehr vorsichtig sein.

Dann wurde es auch schon brenzlig.

Als am Samstagmorgen, kurz nachdem der letzte Ofen mit Brötchen eingeschossen war, zwei Polizisten in Uniform bei uns in der Backstube standen, wurde mir speiübel. Einer hatte gepetzt! Regina oder Manfred? Jetzt half kein Lügen mehr und ich machte mich auf böse Konsequenzen gefasst.

Wie sich aber herausstellte, wollten die zwei Beamten nur Brötchen kaufen. Sie waren deshalb in die Backstube gekommen, weil im Laden mehrere Kunden auf die Brötchen warteten, die in fünf Minuten fertig sein sollten. Dass sie in der Backstube erschienen, war nichts Außergewöhnliches, denn oft schon hatten die beiden Landgendarmen morgens vor Öffnung des Ladens ans Fenster geklopft und frische Brötchen aus der Nachtstreife mit nach Hause genommen. Sie sprachen übers Wetter, von einer Kuh, die in Gevenich aus dem Gatter ausgebrochen war und von der zertrümmerten Straßenlaterne am Friedhof. Kein Wort über mich. Noch mal Glück gehabt!

VII

Für Sonntag war heißes Wetter angesagt und Vater verkündete froh gelaunt, dass er am Nachmittag mit uns zum Pulvermaar zum Schwimmen fahren wolle. Aber erst nach der Andacht, die – wie um den ganzen Sonntagnachmittag kaputt zu machen – um halb drei begann und eine halbe Stunde später beendet war.

Mutter bestand hartnäckig darauf, dass wir Kinder jeden Sonntagnachmittag zur Andacht gingen. Sie zitierte ein Kirchengebot, in dem es hieß: »Am Sonntag hat der Gläubige eine Messe mit Andacht zu hören.« Auch Vater kam gegen dieses Gebot nicht an, das Mutter dahingehend interpretierte, am Sonntag solle jeder Gläubige eine Messe und eine Andacht besuchen. Unsere großzügigere Deutung des Gebotes, nämlich man solle eine Messe andächtig mitfeiern, ließ sie nicht zu. Dann also zwei Mal zur Kirche gehen! Mutter war unerbittlich.

Nur drei Familien im Dorf praktizierten diese enge Auslegung des Sonntagsgebotes. Das waren meine Eltern, oder besser gesagt, Mutter, Familie Hammes aus dem Unterdorf und Henrichs. Von den anderen Familien sah man nur gelegentlich jemanden in der Kirche. Es sei denn, es war Christenlehre angesetzt, dann mussten alle Kinder ab der vierten Klasse zum Gottesdienst erscheinen. Aber bei der sonntäglichen Andacht saßen eben nur wir Geschwister und die anderen »wirklichen Gläubigen« in der Kirche. Das waren viele Frauen und nur wenige Männer.

An diesem Schwimmsonntag musste ich zuerst im Hochamt dienen.

Als ich um die Ecke von Mertes Haus bog, sah ich unter der großen Eiche Jupp stehen, den jüngsten der Kalnischbrüder. Er war der intelligenteste und hintertriebenste von allen.

Groß und breit trat er mir in den Weg, als ich hüpfend um die Ecke bog. Ich sprang in Gedanken schon vom Einersprungbrett in das Pulvermaar.

»Na, hast du wieder die Altarstufen geküsst?«, fragte er süffisant.

»Ja, aber für dich nicht gebetet«, gab ich zur Antwort.

Jupp grinste verschlagen und warf dabei spielerisch einen Kieselstein von der rechten in die linke Hand. Er verstellte mir den Weg, indem er demonstrativ ein Bein ausstreckte und mich fragte, ob ich drüberspringen wolle. Ich kannte seine hinterhältigen Tricks. Dieses Frühjahr erst hatte er Hanspeter so zu Fall gebracht. Der war vertrauensselig gesprungen und danach auf den Schulhof geknallt, weil Jupp plötzlich das Bein hochzog.

»Deine faulen Tricks kenne ich. Damit es mir wie Hanspeter geht? Hälst du mich für so doof?«, antwortete ich selbstbewusst, denn bei Kalnischs durfte man nicht kuschen.

»Oh, mutig geworden, nachdem man dich letztens nachts gesucht hat. Da war ja allerhand los bei euch. Hast ja deine Familie total durcheinander gebracht. Warst wohl auf Mondscheintour?«, fragte Jupp lauernd.

Jetzt nur keinen Fehler machen! Pass auf, der ist hintertrieben und verschlagen!

»Das geht dich einen Scheißdreck an«, antwortete ich forsch. Damit passte ich mich seinem üblichen Sprachniveau an.

Er schaute mich erst ungläubig, dann lauernd an, weil er offenbar mit einer solchen Antwort nicht gerechnet hatte. Aber er blieb ruhig, man merkte, er wollte etwas wissen.

»Ach, und warum schreit euer Klaus die ganze Nachbarschaft zusammen?«

Vorsicht! Überleg dir deine Antwort, ging es mir durch den Kopf. Und überleg nicht zu lange!

»Er konnte nicht schlafen, er hat von dir geträumt.«

»Du Scheißmehlwurm«, brauste er auf und stürmte auf mich zu. Seine Faust traf mich seitlich ins Gesicht. Mit aller Kraft trat ich gegen sein Schienbein. Ich durfte mich nicht prügeln, das hatten Vater und Mutter mir immer wieder eingebläut. Aber ein Tritt ist ja keine Prügelei!

Der Tritt musste mehr als schmerzhaft gewesen sein, denn Jupp heulte laut auf. Schon lief ich die Straße Richtung Bäckerei hinunter. Da sah ich plötzlich Arthurs wild gestikulierende Arme, die durch die Luft wirbelten. Er vollführte Sprünge im eingezäunten Hof und stieß mehrfach seine »Oh-oh«-Rufe aus.

Er freute sich. Ja wirklich, er freute sich! Daraufhin spürte ich schon nicht mehr den Schmerz in der linken Gesichtshälfte. Von Weitem hörte ich, wie Jupp mir nachrief: »Dich krieg ich noch, du Scheißkerl!«

Zu Hause erzählte ich Vater und Mutter von dem Vorfall. Beide warnten mich und rieten mir, denen aus dem Weg zu gehen. Mit »denen« meinten sie die ganze Sippschaft. »Das sind keine guten Leute!«

Der Ausdruck »Sippschaft« gefiel mir. Musste ich mir merken.

Mit »guten Leuten« verbanden meine Eltern solche Familien, die zur Kirche gingen, Haus und Hof in Ordnung hielten und deren Kinder auf der Straße grüßten und sich nicht prügelten. Es waren solche Eltern, die ihre Kinder nicht grundsätzlich in Schutz nahmen, wenn sie etwas angestellt hatten, sondern sie zur Verantwortung zogen. Dass sie für das, was sie falsch gemacht hatten, gerade standen. Und was Lehrer und Pastor sagten, war für sie unumstößlich. Darüber wurde nicht diskutiert. Zumindest nicht bis zu diesem Sommer, der alles anders machte.

Es war schon nach drei Uhr, als wir im VW-Bus saßen, und Vater uns zum Pulvermaar kutschierte. Mutter blieb mit Helga und Marcus zu Hause. Vorne neben Vater saßen Maria und ich, hinten auf dem Motorblock zankten sich Klaus und Robert.

Mit zwei Decken – eine davon war eine alte braune Bügeldecke – mit Handtüchern und einem aufgeblasenen schwarzen Autoreifen bewaffnet, sprangen wir aufgeregt um Vater herum, als wir den Waldweg vom Parkplatz zum Schwimmbad entlang gingen. Von Weitem hörten wir Lachen, Gekreische und plantschende Kinder und ab und zu den Aufschlag aufs Wasser, wenn jemand vom Dreier sprang.

Das Schwimmbad war eine flache Stelle am Ufer des sonst tiefen und kalten Maares. Ein Gitterzaun grenzte das Nichtschwimmerbecken vom offenen Wasser ab. Hölzerne, grün gestrichene Umkleidekabinen bildeten zum Wald hin mit einem Maschendrahtzaun den Abschluss des Schwimmbades.

Wir wurden immer aufgeregter, als wir zum Eingang kamen. Ich trug den größten Schatz.

Das war ein Sanella-Karton, in dem sich alte Teilchen befanden. Zuckerwecken, wie wir sie nannten, und die es sonst nie gab. Ein Abtrockentuch verdeckte die kostbare Ware.

Diese Teilchen waren wirklich alt und zwar so alt, dass sie beim Reinbeißen fast ganz zerbröselten. Doch wir mochten sie! Allein die Aussicht, einen solchen Zuckerweck essen zu dürfen, war die Fahrt zum Pulvermaar wert.

Bei unseren Dienstagstouren nach Büchel standen oft schon an der ersten Haltestelle Frauen und wollten Zuckerwecken kaufen, die samstags übrig geblieben waren. Weil sie dann statt zwanzig nur fünfzehn Pfennig kosteten.

Soviel zahlte Vater auch pro Kind als Eintritt ins Schwimmbad.

Wir hatten unseren Stammplatz oben an der Hecke mit dem eingewachsenen Maschendraht, der die leicht geneigte Liegewiese zum Wald abgrenzte. Außerdem hatte Vater von oben einen guten Überblick, wenn wir uns im Nichtschwimmerbereich um den Schlauch zankten und Tauchen übten.

Sofort waren wir alle im Wasser. Vater machte einen Kopfsprung vom Dreier und schwamm weit raus. Dann winkte dort irgendwo eine Hand und ein prustender Laut scholl von dem einsamen Kopf zu uns ans Ufer. Maria saß auf den Holzstufen, die zum Wasser führten.

»Ich passe auf Vater auf«, sagte sie mit ernster Miene, »damit ihm nichts passiert.« Schwimmen konnte sie allerdings noch nicht.

Nach seinem Ausflug in die Mitte des Maares legte sich Vater auf unsere Decke und blätterte im Paulinus. Dabei schlief er meistens ein. Manchmal mussten wir ihn sogar wecken, so laut schnarchte er.

Wir waren die heiß begehrtesten Gäste auf der Liegewiese. Besonders bei den anderen Kindern, die wir im Wasser kennen gelernt hatten. Wenn sie zu unserem Platz kamen, brachen wir großzügig mit ihnen die alten Zuckerwecken, zählten die herausgefallenen Rosinen ab, die wir kameradschaftlich aufteilten. War die Schachtel leer, waren wir auch wieder schnell allein, und Vater konnte ungestört schlafen.

Heute trafen wir Irene und Marlene aus unserem Dorf. Sie stakten im Bikini an uns vorbei. »Macht ihr wieder Resteverzehr?«, fragten sie höhnisch feixend und legten sich an einen Platz an der anderen Ecke der Wiese.

Die mit ihren fetten Hintern sollen den Mund halten, dachte ich bei mir.

Die beiden sonnten sich, schauten nach allen Seiten und gingen nicht ins Maar. Doch, das hätte ich ja fast vergessen: Einmal streckte Marlene die Zehen ins Wasser.

Klaus meinte: »Die schauen dauernd nach Jungs. Siehst du, wie die gucken?«

»Die wollten nur ihre fetten Hintern zeigen!« Mutter war außer sich, als sie erfuhr, dass die beiden Mädchen im Bikini am Maar gewesen waren. Habe ich gar nicht so falsch mit der Einschätzung ihrer Hintern gelegen, dachte ich bei mir.

»Dafür fahren die ans Pulvermaar. Hier im Dorf spielen sie die Tugendhaften und dort laufen sie im Bikini rum. Schämen sollten die sich.« Nachdenklich meinte sie: »Ich weiß nicht, Johann, ob es gut ist, wenn du mit den Kindern in so ein Schwimmbad fährst, wo halbnackte Frauleut rumlaufen. Da müssen wir noch mal drüber reden. Oder gefällt dir das etwa?«

Vater spielte den Entrüsteten und sagte, das Schwimmbad sei für ihn der beste Ort zum Schlafen.

Damit war das Thema erledigt.

Es war ein schöner Sonntag gewesen. Auch wenn mich dauernd diese Gedanken an Donnerstagnacht plagten, und meine Gesichtshälfte nicht so gebrannt hätte.

VIII

Am Montag überraschte ich Vater, als ich um halb sieben in der Backstube auftauchte und ihn fragte, ob ich nicht schon auf den Salzsack dürfe. Heute war verabredungsgemäß meine letzte Sitzung, und die wollte ich so schnell wie möglich hinter mich bringen.

»Schön, dass du so früh rechnen und lesen willst«, sagte Vater lächelnd.

In meinem Eifer hatte ich ganz vergessen, dass seit neuestem die Sitzungen wissenschaftlich bereichert worden waren. Nun gut, dann begann ich eben mit dem kleinen Einmaleins, stotterte das große herunter bis 17, erstellte die Rechnung für imaginäre Kunden, die 72 Brötchen, 4 Weißbrote, 5 Kastenbrote und 3 Teilchen kauften und fragte mich, wer in der Realität solch blöde Mengen kaufte und dann auch noch mit einem 50-DM-Schein zahlte. Vater ließ sich durch meine Zwischenfrage nicht beeinflussen und konstruierte weitere Käufe von Brot- und Brötchenmengen, die einen Fußballclub über eine Woche mit Backwaren bestens versorgt hätten. Ehe es zum Frühstück ging, war Lesestunde angesagt.

Im Paulinus stand etwas über die Errichtung einer Quirinuskapelle in Kaisersesch und über den sagenhaften Erlös eines Jungesellenfestes für die Renovierung der Pfarrkirche in Bombogen. Wahnsinnig aufregende Neuigkeiten für einen Zwölfjährigen.

Ich hatte den Eindruck, dass selbst Vater diese Nachrichten aus dem Bistum nicht interessierten und war überrascht, dass man sich nach kurzem Gespräch mit Mutter, die ihm an der Mulde beim Ausrollen der Teiglinge half, auf ein Probeabonnement der Rhein-Zeitung einigte.

Somit war die Grundlage gelegt für den Einzug der großen Politik an die Backmulde, und die zukünftigen Salzsacksitzungen sollten sich mit Berichten und Analysen aus Politik und Wirtschaft befassen. Aber das kam erst viel später, nachdem dieser Sommer längst vorbei war.

Wie schön war es, alle meine Freunde wieder am Nachmittag am Steinhaufen zu treffen. Arthur, der sich am Sonntag so über meinen Tritt gegen Jupps Schienbein gefreut hatte, klopfte ich auf die Schultern. Mehrmals hatte ich die letzten Tage über die Milchglasscheibe auf dem Salzsack stehend sehnsüchtig nach draußen geschaut. Nun war ich endlich wieder frei!

Voller Dramatik führten wir uns nochmals die Geschehnisse jener Donnerstagnacht vor Augen, unsere Beobachtung durch das Wirtshausfenster und das Klauen des Autos am Dreschplatz. Im Dorf erzählte man sich, dass der Tuchhändler viele Stoffe verkauft habe. Bestimmt sei er in den nächsten Ortschaften unterwegs, denn sein Auto, das oben am Dreschplatz neben dem Friedhof geparkt hatte, war weg.

Doch dazu sagten wir nichts.

Aber vielleicht war ja alles ganz anders. Irgendwann streute Herbert die ersten Zweifel und wir begannen aufgeregt durcheinander zu reden. Wir fragten uns, ob wir uns in eine Sache hineingesteigert und das harmlose Wegfahren eines Autos falsch gedeutet hatten.

War der zweite Mann am Fahrzeug gar kein Komplize, sondern ein Bekannter gewesen, der sich verabschiedet hatte? Waren die beiden Männer wirklich um das Auto geschlichen oder hatten sie sich vielleicht nur gebückt, um dem Händler zu helfen, Stoffballen ins Auto zu laden? War das alles nicht viel wahrscheinlicher als das, was wir glaubten, beobachtet zu haben. Herbert, der in dieser Nacht gefehlt hatte, war der Kritischste und entkräftete permanent unsere Deutungen.

»Aber hatten die zwei nicht die Zündung kurz geschlossen, als sie die Kühlerhaube öffneten?«, wandte ich ein. Ich wusste von Vater, wie so was funktionierte, wenn unser VW-Bus nicht ansprang.

»Es kann doch auch sein, dass sie nach dem Öl geguckt oder den Kühlwasserstand geprüft haben. Vielleicht hatte der Tuchhändler vorher die Verteilerkappe ausgebaut, damit niemand das Auto klaut.«

Herbert stampfte uns mit seinem Fachwissen und technischem Verstand förmlich in den Boden. Für jede verdächtige Beobachtung hatte er eine natürliche Erklärung.

Unsere Zweifel mehrten sich. Wir räumten ein, dass er vielleicht nicht ganz unrecht hatte.

Aber was wäre das für ein Abenteuer gewesen, einen Diebstahl beobachtet zu haben!

Ich hatte die zwei Tippelbrüder in Verdacht, denen Mutter letztens ein halbes Brot geschenkt hatte. Oder besser noch die Kalnisch-Sippschaft. Oh toll! Die alle in Haft!

Dann wäre endlich Ruhe im Dorf!

Doch langsam war auch ich davon überzeugt, dass unsere Phantasie mit uns durchgegangen war. Wir hatten in der Aufregung der Nacht herum gesponnen, weil das so schön spannend war. Ach, wie gern hätten wir unser Wunschdenken, Zeuge eines Verbrechens, oder auch nur Zeuge eines Vergehens zu sein, als Realität angesehen. Wie gerne hätten wir als begnadete Ermittler den Fall gelöst, während die Polizei und alle anderen im Dunkeln tappten.

Die einzige neue Information zum Stoffhändler hatte ich von Mutter, die Vater spitz berichtete, dass Hammes, Hennen, Henrichs, Lescher und noch viele andere Familien Stoff für Anzüge gekauft hätten. Sogar der geizige Kalnisch sei mit einem Großauftrag für vier Anzüge bei Scherenpitter erschienen.

»Aber du hast ja die Firma Süß aus Müden!«

»Der Scherenpitter darf meinen Anzug nähen! Ist doch auch was!«, antwortete Vater trotzig.

Regina hatte mich während unserer Diskussion mehrfach angeschaut und unmerklich den Zeigefinger auf die Lippen gelegt, was für mich ein eindeutiges Zeichen war, nichts von unseren Beobachtungen in Kalnischs Hof zu berichten.

»Kein Wort vom Ackerwagen«, zischte sie zwischen den Zähnen hervor, als die anderen begonnnen hatten, Steine zu werfen. »Wir reden noch drüber, ich bin mir sicher, da ist was faul!«

»Und das wird noch fauler«, antwortete ich in dem Moment, als ich Jupp mit seinem Bruder Hannes um die Hecke den ausgefahrenen Ackerweg auf uns zukommen sah.

»Jetzt gibt's Ärger. Die Rache wegen Sonntag«, sagte ich, ohne die Lippen zu bewegen. Noch vor wenigen Minuten hatte ich darüber prahlerisch und mir selbst auf die Schultern klopfend berichtet. Jetzt aber wurde mir angst und bang. Arthur schien aus dem Häuschen zu geraten, denn er sprang aufgeregt mit den Armen schlenkernd und scheu zu den beiden blickend auf einer Stelle auf und ab.

»Ach, da ist ja unser Schienbeintreter«, meinte Hannes, »heute mit seiner Sturmtruppe. Da krieg ich ja richtig Herzklopfen, Jupp.« Er wandte sich hämisch grinsend zu seinem Bruder, »da müssen wir aber gleich wie die Karnickel weglaufen.«

Schon war er bei mir und zwickte mich in den Hals. Genau nach der neuen Methode von Lehrer Gail. Zwischen Daumen und Zeigefinger hatte er die Haut unter meinem Kinn oberhalb meines Kehlkopfes gegriffen und zugepackt. Man merkt den Unterschied, ob ein Mann wie Lehrer Gail mit der Schreibhand zugreift oder ein Achtzehnjähriger mit schwieligen rissigen Maurerhänden.

Ich stolperte zurück, fing mich wieder, versuchte auf seine langen muskulösen Arme einzuschlagen und japste nach Luft. Hannes ließ sich von meiner jämmerlichen Verteidigung nicht beeindrucken. Meine Hände fuchtelten frucht- und schadlos vor seinem grinsenden Gesicht herum. Dann landete der erste Schlag in meinem Magen.

Sein Gesicht verschwamm vor meinen Blicken. Doch das bösartige Leuchten in seinen wimpernlosen Augen konnte ich deutlich wahrnehmen. Ich wunderte mich noch, dass sie wimpernlos waren. Der zweite Schlag traf mich nochmal in den Magen, diesmal nicht ganz so fest, denn ich hatte reflexartig nach der ersten Attacke die Bauchdecke angespannt. Er merkte das und schlug beim dritten Mal auf die Rippenansätze. Mir blieb die Luft weg. Er wusste genau, wo es am meisten schmerzte. Ich würgte, fühlte meine linke Hand brutal gegriffen und nach außen gedreht. Der Ellenbogen begann zu brennen. Der macht dich fertig, schoss es mir durch den Kopf. Du weißt doch, dass der ein Schläger ist! Plötzlich sah ich, wie Hannes' Augen sich erstaunt weiteten und dann glasig wurden. Der Griff am Hals lockerte sich, und seine zur Klaue verkrampfte Hand schrubbte über meinen Brustkorb. Hannes kippte zur Seite und fiel ungebremst mit der vollen Wucht seines kräftigen Körpers in eine tiefe Fahrrinne. Trockener Staub wirbelte auf.

Als mein Blick wieder frei war, bemerkte ich Jupp, der mit einem Knüppel in der Hand seitlich am Weg stand. Und ich sah Arthur, der wieder in die Hose gepinkelt hatte und immer noch aufgeregt auf der Stelle sprang. Er lachte, und wie er lachte! Es war ein beängstigendes, irres, hohes Lachen, das wie das Wiehern eines Pferdes klang. Dabei klatschte er in die Hände.

Jupp warf den Knüppel ins Feld und sprang zu seinem Bruder, der stöhnend in der Wagenfurche des ausgefahrenen Weges lag.

»Ihr habt ihn umgebracht!«, presste Jupp hervor und half seinem Bruder aufzustehen.

Regina war die Erste, die nach dieser dramatischen Änderung der Situation die Fassung wieder fand.

»Holt euch Steine zum Werfen!«, rief sie Herbert, Manfred und mir zu. Und zu Jupp und dem sich taumelnd erhebenden Hannes sprach sie mit fester Stimme: »Haut bloß ab, sonst bewerfen wir euch mit Steinen, dass ihr nicht mehr heim findet.« Dabei machte sie vier, fünf mutige Schritte auf die beiden zu.

Hannes wurde von Jupp gestützt und hielt sich seinen Kopf mit beiden Händen.

Es war ein trauriger Abgang für die beiden Schläger.

Aber was war geschehen? Woher war die wunderbare Rettung gekommen?

Noch immer halb benommen vor Schmerz und nach Luft schnappend, drückte ich mit verschränkten Armen auf Magen und Rippen. Schließlich gelang es mir, mich aufrichten und zuerst flach, dann immer tiefer einzuatmen. Fassungslos schaute ich in die Runde und berührte schließlich meinen schmerzenden Hals.

Regina zeigte mit dem Daumen auf Arthur, der mittlerweile ruhig und zufrieden mit seiner vollgepinkelten Hose am Steinhaufen stand.

»Er hat mit einem Steinwurf den Schläger ausgeschaltet.«

Arthur? Das konnte nicht wahr sein! Er hatte mich verteidigt.

Ich schüttelte ihm die Hand. Es war seine Lutschhand. Ich merkte, dass sie trocken und nicht feucht war wie sonst.

Dass diese Aktion ein Nachspiel haben sollte, war unser gemeinsamer Wille, und so erzählten wir alle aufgeregt und durcheinander Vater den Vorfall. Es waren eher die anderen, die von der Attacke berichteten, denn mir fiel das Sprechen wegen der Quetschung am Hals schwer. Ich war in Tränen ausgebrochen, so elend fühlte ich mich.

Vaters Gesicht verfinsterte sich, auf seiner Stirn trat seine Zornesader hervor. Er band noch nicht einmal seine Schürze ab, nahm mich an der Hand und schon liefen wir die Straße rauf in Richtung Kalnischs Haus. Auf halber Strecke machte ich halt und würgte hervor, dass ich Angst vor dem Schläger hätte und auch Angst um ihn.

»Die sollen mich kennen lernen, dieses Pack«, fauchte Vater.

Ich riss mich von seiner Hand los und blieb wartend stehen. Vater hockte sich vor mich. Wann hatte er das je getan? Er fasste meine beiden Hände, schaute mir in die Augen und begann zu sprechen. Ich spürte eine tiefe Zärtlichkeit und hätte am liebsten wieder losgeheult.

»Du hast Angst. Das ist verständlich. Aber du brauchst vor niemandem Angst zu haben, mein Junge!« Er streichelte mir übers Haar.

Jetzt war ich total verwirrt.

»Komm, denen werde ich das Handwerk legen. Und damit du nie mehr Angst haben musst, erledigen wir das sofort.«

Was hatte Vater vor? Wollte er sich mit der im ganzen Dorf gefürchteten Familie anlegen? Wollte er sich etwa den Hannes greifen? Und wie würde der Alte reagieren? Zum Schluss verprügelten sie noch Vater. Aber ich würde ihn verteidigen und wie ein Löwe kämpfen. Dann dachte ich wieder an die Attacke am Steinhaufen und wusste, dass ich jämmerlich scheitern würde. Oh, mein Gott, dachte ich, lass alles gutgehen.

Als wir in Kalnischs Hofeinfahrt einbogen, riss ich mich erneut von Vaters Hand los und wollte so schnell wie möglich nach Hause. Meine Angst war zu groß.Vater drehte sich nicht um. Für ihn gab es kein Zurück mehr. Und ich türmte und ließ ihn allein.

Nein! Ich stockte. Bei der Überfahrt über den Straßengraben kehrte ich um und stellte mich mit zittrigen Knien neben ihn.

»Gut, mein Junge«, hörte ich ihn sagen, wobei er in Richtung Schuppen schaute.

Man hatte uns anscheinend erwartet. Direkt vor dem Schuppentor stand Walter, der älteste der Brüder. Höhnisch grinsend rief er in Richtung Wohnhaus: »Vadder, Besuch aus der Mehlkammer.«

Aus der Haustür trat groß und bedrohlich, in seiner mit Mörtel beschmutzten Hose, der Alte. Ihm folgten Jupp und Hannes, der sich demonstrativ den Kopf hielt. Der Alte trat auf uns zu. Seine drei Söhne stellten sich hinter ihm in einer Reihe auf. Große, kräftige, dunkelblonde Typen. Alle einen Kopf größer als mein Vater. Sie verschränkten die Arme vor der Brust, und ich kam mir vor, als wäre ich der Zuschauer eines Showdowns in einem Western, wo sich übermächtig das Böse positioniert.

Der alte Kalnisch war sich des Eindrucks bewusst, den er mit seiner Phalanx auf uns ausübte. Breitbeinig stand er im Hof, keine fünf Schritte von uns entfernt. Er schaute überheblich und schräg grinsend auf Vater herab, wobei er den rechten Mundwinkel herunter zog.

Dann verschränkte er die Arme vor der Brust, zog unappetitlich die Nase hoch und rotzte zwei Schritte vor Vater auf den Boden.

Ich hielt die Luft an.

»Was willst du, Bäcker?«

Er nannte Vater nicht beim Namen, sondern wollte ihn durch diese Bemerkung spüren lassen, dass er in seinen Augen ein Niemand sei. Vater aber blieb ungerührt. Er stand dort mit seiner weißen, mehligen Bäckerschürze. Klein und ungeschützt. Dann sagte er ruhig und gesammelt: »Dein Sohn Jupp hat Georg am Sonntag nach der Messe ins Gesicht geschlagen. Heute hat Hannes ihn in der Flur überfallen, am Hals gewürgt und brutal in den Magen geschlagen.«

»Ach?« Der Alte zeigte gespieltes Mitleid. »Aber der Arme lebt ja noch.«

Dabei schaute er Beifall heischend nach hinten zu seinen Söhnen, die frech grinsten und sich mit den Ellenbogen in die Seiten stießen. Wie auf Kommando lachten alle laut auf.

Ich dachte, jetzt rastet Vater aus, denn ich kannte sein überschäumendes Temperament und auch seine Gefühlslage, wenn er sich nicht ernst genommen fühlte. Besonders schlimm war es, wenn ihm das mit dummen Menschen geschah. Aber Vater blieb ruhig.

»Wenn du oder einer deiner Söhne«, – ich hätte gesagt: einer deiner Höllenbrut – »eines meiner Kinder anfasst oder schlägt oder sonst wie drangsaliert, hast du in Nullkommanichts die Polizei im Haus.«

Die Augen des Alten wurden zu Schlitzen. Er öffnete den Mund, um etwas zu sagen. Die verschränkten Arme hatte er gelöst und seine Hände waren zu Fäusten geballt. Aber er bekam kein Wort heraus. Ich dachte, jetzt kommt er und schlägt. Nein, er blieb stehen und schaute gehetzt in die Runde und zur anderen Straßenseite. Dort hatten sich, wie ich beim Rückwärtsschauen aus den Augenwinkeln beobachten konnte, mehrere Leute versammelt, die die Szenerie beobachteten.

Vater fuhr unbeirrt fort: »Das Gleiche gilt, wenn an meinem Haus, meinem Auto oder an meinem Eigentum etwas geschieht, und ich auch nur den geringsten Verdacht habe, dass einer von euch etwas damit zu tun hat. Auch dann wirst du sofort die Polizei in Haus und Hof haben.«

Vater machte eine längere Pause. »Denn das, glaube ich, wird dir gar nicht gefallen«, beendete er seine Ansprache.

Die Lippen des Alten bildeten eine brutale Linie, eine messerscharfe Kante in seinem maskenhaften Gesicht, aus dem alles Blut gewichen schien. Er kam auf Vater zu. Ich wich zurück. Vater aber blieb stehen. Klein und schmächtig. Ich bemerkte, wie abgearbeitet und müde er aussah und wie klein er war. Seine krummen Beine ragten unter der Schürze heraus, an den Füßen trug er Bäckersandalen. Seine Augen aber wirkten ruhig und stark, seine Stimme klang nüchtern, fast geschäftsmäßig und kalt. In diesem Moment erinnerte er mich an David. Seltsam, dass mir gerade diese biblische Geschichte einfiel, die wirklich passend war. Goliath hatte verloren, und der Alte würde auch verlieren. Das spürte ich erleichtert.

»Spiel dich nicht so auf, du Mehlwurm!«, sagte der Alte barsch. Aber der Schrecken in seiner Stimme war deutlich zu hören.

Keiner seiner Söhne wagte durch eine Bemerkung oder Geste ihren Vater zu unterstützen. Mir war aufgefallen, wie sie alle beim Nennen der Polizei blass geworden waren und sich bis ins Tiefste erschrocken angeschaut hatten. Hannes wirkte auf mich sogar panisch, denn er konnte kaum noch ruhig stehen. Die verschränkten Arme hatte er gelöst und schlenkerte sie nervös seitlich hin und her.

Ehe Vater sich umdrehte, sagte er, und jetzt lächelte er sogar dabei: »Na, dann warte mal ab!«

Er winkte mir, und wir verließen zusammen den Hof.

Auf der anderen Straßenseite konnte ich sieben Personen zählen.

Eigentlich hatte ich erwartet, dass man hinter uns herlachte, Beleidigungen oder Drohungen ausstieß. Aber nichts dergleichen geschah! Kein Ruf, kein Wutschrei, kein Wort.

Doch, es waren drei Worte, die ich hören konnte:

»Ab ins Haus!«, zischte der Alte wutentbrannt.

In dieser Nacht spürte ich jedes Mal, wenn ich mich im Bett umdrehte, meine Rippen. Hannes hatte brutal und ohne Schonung zugeschlagen. Vater empfahl uns eindringlich, als wir am Abendtisch saßen, diesen Burschen aus dem Weg zu gehen. Jede Bedrohung oder auch noch so dummes Anmachen sollten wir ihm sofort melden.

Und ich hatte mich so auf den heutigen Tag mit meinen Freunden gefreut. Es war wie verhext, dieser Sommer hatte es wirklich in sich. Ich fragte mich immer wieder, warum ich plötzlich in den Fokus der Kalnischbrüder geraten war. Sie hatten mich bisher nicht beachtet. Klar, denn ich war ja viel jünger als sie. Woher also plötzlich dieses Interesse?

Wir hatten gerade mal eine Woche Ferien und schon war so vieles passiert.

Der alte Kalnisch musste auf die Polizei nicht lange warten.

Bereits am nächsten Tag bog um die Mittagszeit ein Polizeikäfer in die Einfahrt und zwei Beamte stiegen aus. Einer von ihnen war Herry, der dem Alten und seinen Söhnen eine Verwarnung erteilte.

Die Polizei habe in den nächsten Wochen ein besonderes Augenmerk auf die Familie, man würde öfter vorbeischauen. Weder der Alte noch einer seiner Söhne hatten sich in irgendeiner Weise darüber beschwert, wunderte sich Herry, als er uns später davon erzählte. Sie hätten reglos im Hof gestanden und stumm genickt.

Der Besuch bei Kalnisch war das Ergebnis eines morgendlichen Gesprächs gewesen, als Herry mit seinem Kollegen schon vor Ladenöffnung nach der Nachtschicht in der Backstube auf frische Brötchen wartete.

»Na, da schieben wir aber gleich mal einen Riegel vor«, hatte Herry an der Mehlmulde gesagt.

IX

Zwei Tage nach diesem Vorfall wäre fast unser Haus abgebrannt, zumindest wäre die Küche in Flammen aufgegangen, hätten wir nicht rechtzeitig reagiert. Eigentlich haben wir es meinem kleinen Bruder Marcus zu verdanken, dass dieser Brand glimpflich ausging, denn hätte seine voll gekackte Hose nicht so gestunken, wäre Schlimmes passiert.

Meine Schwester Maria und ich durften an diesem Nachmittag mit unserem Nachbarn Philipp mit aufs Feld, um Heu einzufahren. Es war der zweite Grasschnitt, Kromheu genannt.

Schon nach dem Mittagessen waren wir beide losgerannt. Auf dem Hof stand das Fuhrwerk mit zwei Kühen davor. Onkel Philipp wuchtete den Heubaum, einen armdicken Holzstamm, der etwas länger als die Ladefläche war, auf den Leiterwagen. Der Heubaum wurde später längs über das lose Heu gelegt und am vorderen und hinteren Wagenende mit Stricken festgezurrt. Auf diese Weise wurde das lose Heu fest zwischen die seitlichen Leitern des Wagens gedrückt.

»Aufgesessen, ihr zwei!«, rief uns Onkel Philipp frohgelaunt zu. »Irene kommt auch mit und hilft.«

Irene war seine Tochter, die wir am Sonntag im Bikini am Pulvermaar gesehen hatten, heute kletterte sie züchtig mit Rock und Arbeitsschürze zu uns auf die Ladefläche.

Onkel Philipp knallte mit der Peitsche in die Luft, und die Kühe zogen an. Er schwang sich vorne auf den Wagen. Wir saßen hinter ihm und freuten uns auf einen schönen Nachmittag ohne Bleche putzen, Brikettkörbe hochtragen und Backstube kehren. Das war alles schon erledigt.

Wir erreichten die Wiese, auf der das Kromheu zu Haufen zusammengerecht lag.

Ich bekam die Aufgabe, die Kühe mit dem Fuhrwerk von Heuhaufen zu Heuhaufen zu führen.

Onkel Philipp lud es mit der Heugabel auf den Wagen, wo die beiden Mädchen es festtraten und verdichteten.

»Dich kann ich auf dem Wagen nicht gebrauchen. Du bist mir zu wild. Du springst zuviel rum, und nachher fällst du mir noch herunter«, sagte er zu mir.

Ich machte ein beleidigtes Gesicht, denn das Herumspringen war immer das Interessanteste beim Heuladen.

Er drückte mir die Peitsche in die Hand. »Aber nur zum Festhalten, nicht zum Schlagen«, ermahnte er mich und schon hob er die erste volle Heugabel auf den Wagen. Ich schaute sehnsüchtig zu, wie die beiden Mädchen das Heu festtraten und sich hineinfallen ließen.

Ich begann, mich zu langweilen, denn neben einem Kuhgespann zu stehen und zu warten, überforderte meine Geduld. Da entdeckte ich die vielen Mücken, die den beiden Kühen um Gesicht und Hals schwirrten. Durch Wedeln und in die Hände klatschen begann ich das lästige Mückenvieh zu vertreiben. Schließlich zerquetschte ich einige der Plagegeister.

Ich wartete, bis sich eine der Schnaken auf der Kuh niederließ und den Saugrüssel ausfuhr. Das konnte man am Absenken und Anheben des Kopfes beobachten. Und Patsch!

Die Schnake starb in einem blutigen Klecks auf dem Kuhfell. Als wir den letzten Heuhaufen aufgeladen hatten, zählte ich zweiundvierzig Blutflecken.

»So etwas habe ich noch nicht erlebt.« Onkel Philipp schüttelte mehr erstaunt als ärgerlich den Kopf.

Ich kletterte zu den beiden Mädchen hinauf und wir drei schaukelten auf dem hohen Wagen nach Hause. Dort durften wir nach dem Abladen auf dem Heuboden herumspringen. Ich musste niesen, weil mir der Staub der getrockneten Blumen, Gräser und Kräuter in die Nase stieg. Eine Zauberatmosphäre von Wind und Regen, Sonnenschein und schwirrenden Insekten umgab mich.

Komme ich heute an einer Heuwiese vorbei, nehme ich jedes Mal eine Hand voll Heu auf, rieche den Duft der Kindheit und erinnere mich an jene Tage. Ich sehe das dämmerige Licht der Scheune vor mir, der aufwirbelnde Staub steigt mir in die Nase, ich sehe die Blutflecken der zerdrückten Schnaken auf dem hellen Fell der Kuh, spüre das Schaukeln auf dem hohen Heuwagen und höre unser Lachen und Jauchzen beim Springen. Es kitzelt auf der Haut, wenn ich an die weiche Landung nach dem Sprung denke und unwillkürlich fahre ich mir durchs Haar, weil die Erinnerung an die hängengebliebenen Halme so stark ist.

Plötzlich stand Klaus im geöffneten Scheunentor.

»Ihr sollt heimkommen, Mutter schickt mich.«

»Nur noch ein bisschen!« Wir forderten ihn zum Mitspringen auf, schlugen Purzelbäume, hüpften von einem Querbalken ins lose Heu und kletterten die Leiter wieder hoch. War das ein Spaß! Wir hatten völlig die Zeit vergessen, bis Mutters Silhouette im Gegenlicht des offenen Tores auftauchte. Auf dem Arm trug sie Marcus.

»Jetzt aber heim, es reicht.«

Der Ärger in ihrer Stimme war nicht zu überhören. Wir wussten, jetzt gab es keinen Aufschub mehr. Doch dann kam Katrein, Onkel Philipps Frau, zu uns in die Scheune. Ich weiß nicht mehr, wie lange die beiden Erwachsenen sich unterhielten, jedenfalls reichte es noch für ein paar Sprünge im Heu. Irgendwann rümpfte Mutter die Nase und meinte, Marcus habe die Hose voll. Nun aber ab nach Hause!

Ich lief allen voraus und öffnete die Haustür. Sofort schlug mir eine heiße Rauchwolke entgegen, die mir die Luft zum Atmen nahm.

»Unser Haus brennt!«, gellte mein Schrei die Straße hoch, wo Mutter mit Marcus auf dem Arm im Laufschritt ankam. Meine anderen Geschwister hinter ihr her.

Maria heulte sofort los. Angst und Schrecken schrien mit. Das Heulen endete auch nicht, als Mutter ihr Marcus in den Arm drückte. Sie selbst lief mit schnellen Schritten zur Hausecke.

Ich wunderte mich noch, was sie da suchte, als sie noch im Laufen ihre Schürze abband, diese von sich zerrte und in den Wasserbottich tauchte, der dort an der Ecke unter der Regenrinne stand. Sie wrang die tropfnasse Schürze aus, rief mir zu, die Haustür aufzuhalten, presste sich die nasse Schürze aufs Gesicht und stürmte an mir vorbei in den qualmenden Hausflur.

Marcus weinte erschreckt nach allen Seiten blickend, und Klaus trat neben mich und verkrampfte seine Hand in meinen Unterarm.

»Mutter verbrennt, mach doch was!« Maria schrie mich hysterisch an und schaute hilflos und gehetzt um sich. Dann setzte sie den weinenden Marcus hart auf den Boden und lief zurück in Richtung des Hauses Hennen.

Ich merkte, dass der Rauch aus der geöffneten Haustür sich verwirbelte, die Rauchschwaden kräuselten sich, und ich spürte einen Sog. Dann stand Mutter hustend und mit tränenden Augen in der Tür. Sie holte tief ächzend Luft.

»Alles in Ordnung, das Bügeleisen ...«, weiter kam sie nicht.

Sie verdrehte die Augen und fiel um. Einfach so. Lautlos, leicht drehend mit wegknickenden Beinen. In der Hand hielt sie noch die zusammen geknautschte Schürze.

Bruchteile von Sekunden später begann auch Klaus zu schreien. Er warf sich auf Mutter, seine Stimme erstarb zu einem Wimmern.

»Mutter, Mutter, Mami!«

Wann hatte ich ihn jemals »Mami« sagen hören?

Ich stand wie betäubt und hielt immer noch die Tür auf.

Um mich herum war ein Schreien und Wimmern, als ich plötzlich Marcus' Hand an meinem Hosenbein spürte. Er war auf mich zu gekrabbelt. Ich hob ihn auf.

Dann waren Stimmen und Rufe zu hören. Philipp und Katrein stürmten in die Hofeinfahrt.

Katrein beugte sich über Mutter, schlug ihr mit der Hand auf beide Wangen, schüttelte sie.

Onkel Philipp lief zum Regenfass, tauchte seine Mütze ins Wasser, presste sie vor das Gesicht und dann lief er auch schon an mir vorbei ins Haus.

Ein Automotor ertönte. Das Brotauto bog in die Hofeinfahrt. Das Auto kam zum Stehen, der Motor wurde abrupt abgewürgt. Und dann kniete Vater auch schon an Mutters Seite.

»Gertraud, Gertraud!«, rief er immer wieder und richtete Mutters schlaffen Oberkörper auf. Er nahm sie in die Arme und begann zu schluchzen. Er streichelte ihr übers Gesicht, drückte sie, tätschelte ihre Wangen und rief immer wieder ihren Namen.

Ich stand wie angewurzelt an der Tür, Klaus weinend neben mir. Marcus war verstummt und schaute erschrocken auf Vater und Mutter. Er verstand nicht, was um ihn herum geschah.

Endlich öffnete Mutter die Augen, sah sich erstaunt um, als könne sie die Situation – sie am Boden liegend, Vater schluchzend über sie gebeugt – nicht erfassen. Dann ging ein Erkennen über ihre fragende Miene, und sie umhalste Vater, wie ich es noch nie gesehen hatte. Sie streichelte sein wirres, schwarzes Haar und schloss erlöst die Augen, als wolle sie sich ausruhen, als sie den Kopf an seinen Hals legte. Tränen liefen ihr die Wangen hinunter.

Sie gaben sich beide einen Kuss.

Noch nie hatten sich unsere Eltern vor unseren Augen geküsst.

Nun kam es mir vor, als würden beide verlegen werden. Mutter löste die Umarmung und sagte an mich gewandt:

»Ist euch auch nichts passiert? Brennt es noch?«

Onkel Philipp war mittlerweile hustend und prustend in der Haustür erschienen. Dann kamen drei, vier Männer, die mit nassen Tüchern vor dem Gesicht ins Haus gingen.

Aus dem Hausflur drang nur noch wenig Rauch. Vater bestand darauf, dass Mutter im Krankenhaus untersucht werden solle. Die aber wehrte ab.

»Ich habe alle sechs Kinder daheim bekommen. Glaubst du, ich würde wegen dem bisschen Rauch ins Krankenhaus gehen? Außerdem hatte ich die nasse Schürze vor dem Mund.«

Auch die Argumente der anderen brachten sie nicht von ihrer Haltung ab.

Erst eine Woche später, als turnusgemäß Dr. Feldmann bei uns vorbeischaute, ließ sie sich abhorchen. Ergebnis: Alles in Ordnung.

»Sage ich doch«, war Mutters knapper Kommentar.

In der stark nach Rauch riechenden Küche erfuhren wir, was passiert war.

Mutter hatte an diesem Spätnachmittag gebügelt. Dazu hatte sie wie immer auf dem Küchentisch die Bügeldecke ausgebreitet. Vor Wochen hatte sie von Vater ein elektrisches Bügeleisen bekommen, das sie sehr gern benutzte. Es machte ihr jetzt richtig Spaß zu bügeln, denn damit entfiel das lästige Aufwärmen des Eisens auf dem Herd.

Als Klaus, den sie weggeschickt hatte, uns zu rufen, nicht zurückkam, hob sie Marcus aus dem Laufställchen und machte sich mit Helga im Schlepptau zur Scheune auf.

Offensichtlich hatte sie vergessen, das Bügeleisen auszuschalten oder den Thermostat herunter zu drehen. Den Stecker hatte sie auch nicht gezogen.

Während sie uns abholte und noch einen kurzen Schwatz mit Katrein hielt, hatte sich das Eisen überhitzt und durch das Gewebe der Bügeldecke hindurch bis auf die Tischplatte geschmort. Während die Decke in Rauch aufging, fraß sich das Eisen durch das Holz der Tischplatte, fiel durch das entstandene Loch nach unten und baumelte eine gewisse Zeit mit vor Hitze verbogener Bügelfläche glühend unter dem Tisch, bis am ausgebrannten Lochrand die Isolierung des Kabels verschmorte und die Drähte freigelegt wurden. Dann gab es einen Kurzschluss.

Es waren, so schien mir später, viele Umstände zusammen gekommen, die Schlimmeres verhindert hatten. Der Stromkreis, an dessen Stecker das Bügeleisen hing, war von Vater nicht manipuliert worden. Nicht auszudenken, was passiert wäre, hätte er an dieser Leitung die Sicherung mit einem Kupferdraht leistungsstärker und »verbraucherfreundlicher« umgestaltet, wie er es öfter tat. So aber flog die Sicherung sofort beim Kurzschluss heraus.

Auch erwies es sich als vorteilhaft, dass das Kabel nicht so lang war. Hätte es nämlich nicht unter dem Tisch gebaumelt und wäre stattdessen auf dem Linoleumboden gelandet, wäre bestimmt der Boden in Flammen aufgegangen. So hatte es nur ein paar Brandflecken durch das herabfallende, glimmende Holz der Tischplatte gegeben.

Ein weiterer glücklicher Umstand war nach Aussage des Sachverständigen die Tatsache, dass die Faserstruktur der alten Bügeldecke so dicht war, dass sie nicht brennen, sondern nur glühen und qualmen konnte. Die Glut erstickte sich irgendwie selbst.

Dass Mutter das Küchenfenster aufgerissen hatte, war nicht so vorteilhaft gewesen, denn ein Luftzug hätte den Qualm entzünden können, und es wäre zu einer Verpuffung der Rauchgase gekommen.

Hätte, hätte, hätte.

»Unser Herrgott hat uns vor Schaden bewahrt«, war Mutters Antwort. Dabei atmete sie tief und erleichtert ein.

In dieser Nacht standen bei uns im ganzen Haus die Fenster offen, damit frische Luft hereinkam. Was hatten wir für ein Glück gehabt!

Trotz ständigen Lüftens roch unser Haus jedoch auch noch Wochen später nach Rauch.

Die Versicherung übernahm die Kosten für den Neuanstrich der Küche, der Ende August vorgenommen wurde.

War die Küche relativ schnell gestrichen, so ließ sich Vater mit der Reparatur der Tischplatte viel Zeit. Er hatte nämlich etwas entdeckt.

Durch das eingebrannte Loch an seinem Sitzplatz am Kopfende konnte er unter den Tisch schauen und registrieren, wer wann wen mit den Füßen trat. Es gab kein langes Fragen, kein Leugnen, denn Vater war Zeuge jeder Fuß- und Kniebewegung. Er brauchte nur den Teller oder das große Schneidebrett, das ihm als Unterlage diente, etwas zur Seite zu schieben, und die Tischunterwelt eröffnete sich ihm in einem überschaubaren Panorama.

Nur sonntags, wenn Mutter die Tischdecke auflegte, war Vater blind für die Geschehnisse unterm Tisch. Und dies nutzten wir reichlich aus.

Damit die verkohlten Ränder des Loches nicht die Tischdecke beschmutzten, musste ich mit einer Holzraspel und Schleifpapier rundum alle schwarzen Reste beseitigen und das Loch kreisrund schleifen. Somit hatte Vaters Teller beim Essen eine hohe Standfestigkeit.

X

»Morgen kommt Ais das Holz sägen«, sagte Vater beim Abendessen zwischen zwei Bissen. Ich brauchte eigentlich gar nicht weiter zuzuhören, denn ich wusste, was auf mich zukam. Seit April schon saßen an der rechten Hofseite zur Nachbarwiese acht Meter Brennholz. Eigentlich schon viel zu lange. Aber Vater hatte einfach noch keine Zeit gehabt. Jetzt war es schon trocken und würde beim Spalten mehr Kraft verlangen als im Frühjahr, wenn das Holz noch frisch war und leichter riss. Holzspalten durfte ich nicht. Der Umgang mit der Axt war mir verboten. Gott sei Dank!

Aber beim Sägen musste ich helfen. Meine Aufgabe war, die durchgesägten Holzstücke anzunehmen und auf einen Haufen zu werfen.

Das wird morgen ja schön, dachte ich bei mir und führte mir nochmal die Länge des Holzstapels vor Augen. Acht Meter Holzscheite und Knüppel. Und jedes Scheit und jeder Knüppel ergeben vier Holzstücke, die durch meine Hände gehen. Wie viele werden das wohl insgesamt sein?

Komm, denk nicht drüber nach und frag nicht, sonst hat Vater gleich noch eine Matheaufgabe daraus konstruiert.

Es war kurz nach dem Mittagessen am folgenden Tag, als Ais, eigentlich Alois, mit seinem selbstgebauten Maschinenpark anrückte. Auf einer großen Sackkarre brachte er den Motor, anschließend tauchte er mit einem Handkarren auf, worauf die Wippsäge, der Antriebsriemen und der Abstandsbalken lagen.

Mit Vater zusammen positionierte er die Säge, indem er zwei Eisenpins durch an der Wippsäge befestigte Ösen in die Erde schlug. In etwa zwei Metern Entfernung stellten sie den grün gestrichenen Elektromotor auf, der ebenso mit zwei Erdankern gesichert wurde. Seitlich aus dem Motorblock ragte die tellergroße Riemenscheibe hervor. An der Wippsäge befand sich ebenfalls eine Riemenscheibe, aber etwas kleiner. Sie trieb über eine Achse das Sägeblatt. Auf diese beiden Riemenscheiben wurde der lederne Antriebsriemen gezogen, indem man zwischen Motorblock und Säge den Abstandsbalken verkeilte. Dazu wurden Holzkeile verwendet. So erhielt der Riemen seine entsprechende Spannung.

Für den Stromanschluss hatte Ais ein Kabel dabei, doch Vater stellte fest, dass Stecker und Steckdose nicht aufeinander passten.

»Hast einen französischen Stecker. Kein Problem«, meinte Vater und begann mit einem Schraubenzieher den Stecker vom Kabel loszuschrauben. Zum Schluss hielt er das Starkstromkabel, aus dem die blanken Kupferdrähte herausschauten, in der Hand.

Ich wurde jetzt nicht nur Zeuge, wie Vater sich vom Bäcker zum Elektriker wandelte, ich wurde auch sofort verwarnt: »Dass du mir das ja nicht nachmachst oder gar Mutter erzählst!« Ich hatte zwar keine Ahnung, was Mutter mit dem Anschließen eines Motors zu schaffen haben sollte, merkte aber im Verlauf des Geschehens, dass Vater irgendetwas Gefährliches machte. Ich nickte bedächtig und beobachtete, wie Vater die fünf blanken Drahtenden in je eines der Löcher der Steckdose steckte.

»Wichtig ist, dass man vorher die Sicherung herausdreht«, belehrte mich Vater.

Weil aber die Drahtenden dünner als der Querschnitt der Steckdosenöffnungen waren, steckte er zusätzlich ein Streichholz in die Öffnung, zog leicht an dem Draht, merkte aber, dass die Konstruktion noch nicht festsaß. Mit seinem Taschenmesser spitzte er ein zweites Streichholz an und steckte es zusätzlich in das Steckdosenloch. Ein kurzes Wackeln und Ziehen.

»Sitzt!«, meinte er zu Ais und machte sich, nachdem die beiden etwas über Erdung, Polung und Phase gesprochen hatten, daran, die anderen Drähte in die Steckdose einzustöpseln.

Dann wurde die Sicherung wieder eingedreht und der Motor eingeschaltet.

Ich hatte die Aufgabe, draußen zu schauen, ob das Sägeblatt richtig herumlief, das heißt, in Zahnrichtung. Ich konnte durch den Hausflur zur Steckdose, an der Vater stand, Erfolg melden.

Hatte ich gedacht, jetzt ging es ans Sägen, so hatte ich mich getäuscht. Das zweite Experiment stand an.

»Das habe ich schon oft genug gemacht«, sagte Vater und nahm mich mit zum Sicherungskasten auf den Speicher. Dort drehte er die für den Sägestromkreis geschaltete Sicherung aus der Fassung.

Ich schaute interessiert zu. Es war mir neu, dass Holzsägen auch eine elektrotechnische Angelegenheit war. Und dann dazu noch eine solch geheimnisvolle, so wie Vater sich verhielt.

»Wenn die Säge knorriges Holz sägt, braucht der Motor mehr Strom als die Sicherung durchlässt. Dann fliegt die Sicherung raus, der dünne Faden im Innern brennt durch, und der Stromkreis ist unterbrochen. Um das zu vermeiden, schaffen wir uns eine starke Sicherung, indem wir einen dickeren Faden aus Kupferdraht verwenden.«

Fünf Minuten später wusste ich nach einer anschaulichen physikalischen Demonstration, wie man Sicherungen verstärkt, und dass ich niemandem davon erzählen durfte. Weder Mutter noch dem Stromableser oder irgendjemand anderem.

Vater hatte von dem Porzellankörper der Sicherung die obere kleine Metallkappe mit dem Messer entfernt. Aus der Tasche nahm er einen blanken, dünnen Kupferdraht.

»Ist von einer Elektrospule«, erklärte er und klemmte das eine Ende davon mit der vorher gelösten Metallkappe oben in den Porzellankörper. Dann führte er den Draht außen am Porzellankörper an dessen unteren Ende vorbei, stülpte die Halterung darüber und schraubte das Ganze wieder in den Sicherungskasten ein.

»Jetzt bleibt der Motor nicht stehen, soviel knorriges Holz gibt es gar nicht.« Gut gelaunt wie nach einer gelungenen Arbeit klopfte er mir auf die Schulter.

»Aber das darf man doch eigentlich nicht«, meinte ich etwas kleinlaut. Doch Vater winkte ab.

»Man muss es können und man darf nie leichtfertig sein.«

Dann begannen wir mit dem Sägen. Vater reichte die Holzscheite an, Ais legte sie mit wenigen Griffen zurecht und schob mit den Händen und dem rechten Oberschenkel den Wipptisch nach vorne, so dass sich die Säge singend durch das Holz fraß.

Drei Schnitte ergaben vier Holzstücke, von denen ich drei nach dem Zurückschwingen der Wippe mit beiden Händen annehmen und auf einen Haufen werfen musste. Das vierte Holzstück warf immer Ais auf den Haufen.

Nach einer Stunde machten wir eine Pause, weil Ais eine rauchen wollte. Auch ich war froh, dass ich mal verschnaufen konnte.

Dann lief der Motor wieder an, wurde auf Drehzahlgeschwindigkeit hochgeschaltet und die Säge sang erneut ihr gefährliches Lied. Der surrende Lederriemen, der frei auf den beiden Scheiben lief, kam mir gefährlicher vor als das Sägeblatt. Kaum vorzustellen, wenn der Riemen riss und zerfetzt durch die Luft flatterte. Aber Ais tröstete mich, das sei ihm noch nie passiert, außerdem harze er den Riemen regelmäßig. Dazu drückte er ein in ein rundes Papprohr eingewickeltes Harzstück auf die Innenseite des laufenden Riemens. Das Harz wurde sofort aufgenommen, und man hörte ein klebriges Geräusch. Durch die Haftwirkung des Harzes konnte der Riemen nicht über die Scheiben rutschen und hatte somit eine bessere Kraftübertragung.

Wir sägten an diesem Nachmittag insgesamt zwei Stunden, dann musste Ais weg.

Ich war dankbar dafür, denn mir schmerzten nicht nur die Hände, weil die alten Handschuhe durchgewetzt waren, mir tat auch der Rücken weh. Durch das ständige Drehen nach links und rechts beim Wegwerfen des Holzes hatte sich mein Rücken völlig verkrampft.

»Den Rest sägen wir morgen alleine.«

Vater verabschiedete Ais und machte mit ihm aus, er könne Motor und Säge am nächsten Abend abholen.

Fachgerecht wurde die Elektroinstallation wieder in den Normalzustand rückversetzt, die Streichhölzer und die präparierte Sicherung zur Seite gelegt, denn die wurden ja morgen wieder gebraucht.

»Hast heute gut gearbeitet«, sagte Vater zum Schluss und gab mir fünfzig Pfennig, »ist für morgen mit.«

Was war denn in ihn gefahren, dass er mir ein Taschengeld gab? Es war normalerweise nicht üblich, für Arbeiten innerhalb der Familie Geld zu bekommen. Vater war anscheinend ziemlich gut gelaunt.

Am nächsten Tag starteten wir mit dem Sägen in der gleichen Reihenfolge wie gestern. Zuerst die Installationsarbeiten. Sicherung herausdrehen und Drähte in Steckdose mit Streichhölzern festklemmen. Dabei tauchte jedoch schon das erste Problem auf.

»Weißt du noch, ob der rote Draht außen rechts oder links war?«, fragte er mich. Aber ich wusste es genauso wenig wie Vater.

»Kann sein, dass die Säge jetzt rückwärts läuft«, meinte er, und wir machten die Probe.

Klar, die Säge lief falsch herum.

Vater klemmte an der Steckdose zwei Drähte um, schickte mich zum Sicherungskasten, um die präparierte Sicherung einzudrehen und ging selbst zum Motor nach draußen.

Ich kam gerade zur hinteren Tür hinaus, durch die auch das Starkstromkabel in die Backstube zur Steckdose führte, als Vater sich auf den Motor aufstützte, mit der rechten Hand den Schalthebel umlegte und plötzlich wie von Geisterhand berührt zitternd und schlotternd über dem Motorblock gebeugt stand.

Mich durchfuhr ein furchtbarer Schreck. Sofort war mir klar, dass mit Vaters Elektroinstallation etwas schief gegangen war.

Ich griff mit beiden Händen geistesgegenwärtig an seiner grünen Arbeitsjacke und riss ihn mit aller Kraft von dem Motor weg. Wir landeten beide auf dem Boden. Er fiel mit seinem Oberkörper auf meine Brust, und mir bohrte sich ein Stück Holz in den Rücken. Aber ich spürte den Schmerz nicht, zu tief saß der Schock.

Vater stöhnte, erhob sich torkelnd und riss die Hände erschrocken vors Gesicht, als der Motor qualmend einen kurzen heftigen Knall von sich gab.

Ich stand wie betäubt und starrte Vater an, der jetzt tastend nach hinten griff und sich ächzend auf dem Stapel der ungesägten Holzscheite niederließ. Er stütze seinen Kopf mit beiden Händen und bewegte ihn mehrmals, als wolle er etwas abschütteln. Dann schaute er mich mit blassem Gesicht und ein bisschen, wie mir schien, blau um die Lippen, an.

»Danke! Du hast mich vor dem sicheren Tod gerettet. Das hast du gut gemacht!«

Es wollte weder Stolz noch Freude in mir aufkommen, zu sehr bedrängte mich die Sorge, ob es Vater wirklich wieder gut ginge.

»Ja, ja«, winkte er ab, er wolle nur noch einen Moment so sitzen bleiben.

Er blieb eine ganze Weile auf dem Holzstoß sitzen. Es waren bestimmt fünf Minuten. Zwischendurch schüttelte er immer wieder den Kopf, massierte sich die Hände und atmete tief durch, wobei er sich die linke Seite massierte.

»Mein Gott«, entfuhr es mir, »da sitzt ja das Herz.«

Er aber wehrte nur ab und sagte, das sei normal, dass einem das Herz nach einem Stromschlag wehtue.

Hoffentlich stirbt er nicht oder bleibt für immer angeschlagen. Mir wurde schlecht bei dem Gedanken. Wir sechs Kinder mit Mutter ohne Vater oder mit einem kranken Vater.

Ich begann zu weinen.

Vater aber stand auf, nahm mich an der Schulter und drückte mich fest.

»Hast du gut gemacht, Junge. Das vergesse ich dir nie. Nie!«

Wann hatte es so was je gegeben?

Dann sah er auf den Motor und meinte, wenn Ais das sähe, gäbe es bestimmt Ärger.

Vater hatte wirklich großes Glück gehabt. Die Motorspule war durchgeschmort und die manipulierte Sicherung durchgebrannt. Man sah einen schwarzen Rauchfleck an der Schraubfassung.

Als ich mit Vater den technischen Rückbau seiner Elektroinstallation vornahm, fiel mir auf, wie langsam er den Schraubenzieher drehte. Mehrmals musste er ansetzen, um den Schraubenschlitz zu treffen. Ich nahm ihm den Schraubenzieher ab, wortlos ließ er es geschehen. Er war immer noch sehr still.

»Kein Wort zu Mutter oder den anderen«, schärfte er mir ein.

Ich nickte. Wir saßen schweigend ein paar Minuten unter dem Sicherungskasten. Vater mit geschlossenen Augen, während ich ihn sorgenvoll und mit schmerzendem Herzen, denn das tat mir mittlerweile weh, ansah.

Dann hörten wir Ais im Hof. Aber statt Ärger machte er nur ein besorgtes Gesicht.

Vater hatte sich sofort bereit erklärt, den Motor reparieren zu lassen. In Treis an der Mosel gäbe es eine Firma, die Motoren neu wickle, wusste er. Ais wolle mit einem geliehenen Motor und einem passenden Stecker in den nächsten Tagen das restliche Holz schneiden.

Beim Abendessen fiel kein Wort über den glimpflich verlaufenen Vorfall. Nur Mutter fiel auf, dass Vater so still war. Er ärgere sich, dass der Motor, diese schlechte Kriegsware, durchgebrannt sei und er jetzt die Reparatur übernehmen müsse.

»Also«, meinte Mutter, »hättest du das Holz auch fertig geschnitten kaufen können, wenn man nachher die Kosten zusammenzählt.«

Vater gab ihr kleinlaut recht.

Es war das letzte Holz, das bei uns geschnitten wurde, denn im nächsten Jahr heizte ein Ölbrenner den Backofen.

In dieser Nacht horchte ich öfter an der Schlafzimmertür meiner Eltern und ging beruhigt in mein Zimmer zurück, als ich Vater schnarchen hörte. Ich dankte in meinem Abendgebet, dass alles gut verlaufen war.

Als ich am Morgen im Halbschlaf das Motorengeräusch der Knetmaschine unten aus der Backstube hörte, stand ich auf und ging nach unten. Vater schaute mich erstaunt an. Ich wolle ihm helfen, sagte ich.

»Im Moment brauche ich dich nicht, gehe wieder schlafen.«

»Ich will aber ein bisschen bei dir bleiben«, antwortete ich.

»Dann ruhe dich doch auf dem Salzsack aus.«

Wir sahen uns an und lachten laut, herzhaft und befreit.

Und das schon morgens um halb fünf.

XI

Ich hatte zwei Tage meine Freunde nicht gesehen und freute mich, sie am Nachmittag zu treffen.

Wir liefen springend den Feldweg nach Felchelen hinunter. Das waren Ritte auf unseren imaginären Indianerponys. Voran Herbert, einen Stock schwingend, dahinter Regina, gefolgt von Arthur, der eine neue Latzhose trug. Dann folgten Manfred und ich.

An der freistehenden Eiche machten wir Rast und rasten dann die Wiese ins Tal hinab, übersprangen den quer verlaufenden Feldweg, machten einen Bogen um den Stacheldrahtzaun an der Viehweide und trafen uns schnaufend unten am Bach.

»Arthur kann was Neues«, erklärte uns Regina und gab Arthur einen Stein in seine linke Lutschhand, die in letzter Zeit immer öfter trocken blieb.

Arthur hatte die Angewohnheit, Zeige- und Mittelfinger in den Mund zu stecken. Manchmal auch den Daumen. Diese drei Finger konnte er nicht krümmen.

Dachten wir! Als er aber Reginas Stein nahm, sahen wir, wie sich langsam Millimeter um Millimeter Zeigefinger, Mittelfinger und Daumen um den Stein schlossen. Es war eine behutsame, fast zarte Berührung. Arthur strahlte über das ganze Gesicht, das jetzt schweißnass war.

»Und festhalten! Hast du gut gemacht, Arthur!« Regina fingerte aus Arthurs Hosentasche sein Suddeltuch hervor. Damit wischte sie ihm den Schweiß ab.

Wie appetitlich, dachte ich bei mir, sagte aber nichts, zu sehr war ich von dieser Leistung beeindruckt.

Regina nahm Arthur den Stein weg und begann, seine Hand zu streicheln. Behutsam strich sie viele Male über seine abstehenden Finger. Wir standen schweigend daneben. Ich dachte bei mir: Wann hat jemals jemand deine Hand gestreichelt? Vater nicht. Mutter auch nicht.

Vielleicht als ich klein war, aber daran konnte ich mich nicht erinnern.

Regina hatte keinerlei Hemmungen, über diese drei abgelutschten Finger zu streichen. Ehrlich gesagt, es gruselte mich, und ich wandte mich ab. Aber dann schaute ich doch wieder hin.

Arthur hatte die Augen geschlossen und lächelte selig, während Regina mit den Übungen fortfuhr. Wir anderen schauten uns befremdlich an.

Dann krümmte Regina vorsichtig Arthurs Hand, bis sie sich vollständig beugen ließ. Dies wiederholte sie mehrmals hintereinander. Er hielt die Augen geschlossen und schwitzte immer noch. Mit spitzen Lippen blies er seine Atemluft Regina ins Gesicht. Ich glaube, er hatte Schmerzen. Aber Regina bog die Finger immer weiter, streckte, bog, streckte und bog sie im Rhythmus, bis Arthurs Hand den Stein berührte, den sie ihm entgegen hielt.

Er öffnete die Augen, lachte, strahlte uns an, und wir hörten sein erstes deutlich gesprochenes Wort:

»Regina.«

Wir klatschten. Arthur wurde rot.

Regina machte ungerührt weiter mit ihren Übungen, schließlich ließ sie Arthurs Hand los und nickte ihm zu. Er sollte es allein versuchen.

Angestrengt verkniff er das Gesicht, zaghaft und zitternd, die Handfläche nach oben gerichtet, bogen sich seine Finger, so lange, bis sie den Stein umschlossen.

»Er kann es seit vorgestern, ich habe ihm das beigebracht. Wir haben stundenlang geübt. Wir müssen jeden Tag mit ihm üben, damit er es nicht verlernt.«

Sie begann uns dafür einzuteilen: Heute ich, morgen Manfred, und weil sie bei Herbert nicht sicher war, fragte sie ihn vorsichtshalber, ob er das übermorgen tun wolle.

Die Übungsstunde sollte nach folgendem Muster verlaufen:

»Stufe eins: Finger streicheln.«

Wir protestierten und meinten, massieren klinge besser. Welcher Junge streichelt einem anderen Jungen die Hand? Also!

»Gut, also Finger massieren.« Regina korrigierte sich. »Danach langsam Finger krümmen, Stein greifen.«

Stufe zwei: Einen Holzstock greifen.

Stufe drei: Im Bach Finger krümmen und zum Schluss in Matsch fassen, bis er zwischen den Fingern herausquetscht. Und das jeweils zehn Mal.

Am Ende der Ferien konnte Arthur tatsächlich seine Finger vollständig bewegen.

Regina eröffnete uns an diesem Tag auch, dass wir Arthur beim Pinkeln nicht mehr helfen müssten.

»Gott sei Dank!«, entfuhr es mir.

Sie berichtete uns, sie habe mit Arthurs Mutter gesprochen und sie davon überzeugt, dass Arthur eine Hose mit Reißverschluss bräuchte. Denn ehe er die Träger seiner Hose heruntergelassen und einen Knopf geöffnet hätte, was er noch nie konnte, hätte er schon eingenässt.

Eingenässt. Wie vornehm! Den Ausdruck hatte ich noch nie gehört. Wortschatzerweiterung nannten wir das in der Schule.

Mir wurde immer bewusster, dass dieses Söckchen tragende Mädchen hier ganz schön den Ton angab. Aber mit Verstand. Woher wusste sie das mit den Fingerübungen, wie kam sie auf die Idee mit dem Reißverschluss? Das weiß doch ein normales Mädchen mit zwölf Jahren noch gar nicht.

»Scherepitter hat den Reißverschluss eingenäht«, erklärte Regina.

Aber diese Hochnäsigkeit! Sie habe Arthurs Mutter überzeugt. Den Drachen?

Sie trat uns gegenüber wie eine Beraterin für Erziehungsprobleme auf. Eigentlich fehlte ihr nur noch eine Brille und eine Aktentasche.

Und was hatte eigentlich der knauserige Schuster zu alledem gesagt?

Könnte es gar sein, dass Schusters die Sache mit der Hose selbst gemerkt hatten, weil ihnen die Wäscherei langsam zu viel wurde und sie den Urin nicht mehr riechen konnten? Und was machte Regina? Sie hatte uns dies als ihre Errungenschaft verkauft? So durchtrieben wie die ist! Also zuzutrauen wäre ihr das.

Doch niemand sagte etwas.

Heute wollten wir Indianer spielen, und Herbert und ich hatten unsere Taschenmesser mitgebracht, um Bögen und Pfeile zu schnitzen.

Mit meinem Taschenmesser schnitt ich einen schlanken, daumendicken Haselnussstock mit einer Länge von ca. 1,50 Meter aus der großen Hecke am Bach. In das Rundholz wurde im Abstand von zwei Zentimetern vom Stabende her je eine umlaufende Kerbe geschnitten und dort die Kordel verknotet, nachdem der Stab über dem Knie gebogen worden war. Die Kordel hatte Manfred in ihrer Scheune von der großen Rolle abgeschnitten, die für das Binden der Garben gebraucht wurde.

Herbert war der Bogenexperte. Er hatte schon viele Bögen gebaut und nun prüfte er durch Zupfen an der straffen Schnur, ob die Spannung in Ordnung war. Regina hatte darauf bestanden, ihren Bogen selbst zu bauen. Als ich ihr zeigte, wie man die umlaufende Kerbe in das Rundholz schneiden muss, sah sie mir anerkennend ins Gesicht und sagte: »Dich will ich heiraten. Dich will ich als Mann.«

Ich zuckte zusammen und hätte mir fast in die Finger geschnitten.

Es war seltsam, dass ich genau in dem Moment die Vögel in der Hecke zwitschern hörte.

Vorher war mir dies gar nicht aufgefallen. Auch vernahm ich das leise Plätschern des Baches.

Die Wiese, die Obstbäume, das am Hang liegende Getreidefeld, alles schien mir weit weg zu sein. Nicht Wirklichkeit. Es war, als hätte sich eine wunderbare Stille über alles gelegt.

Ich hörte auch nicht die Stimmen der anderen, die in das Schnitzen ihrer Bögen vertieft waren.

Regina betrachtete mich unverwandt und reglos. In ihren braunen Augen sah ich ein stilles, frohes Lächeln und eine tiefe, starke Ruhe. Jetzt fing ich schon an zu spinnen. In den Augen ein Lächeln!

Ich wollte etwas sagen, als sie meine Hand, die das Messer hielt, tätschelte.

»Später, wenn wir groß sind. Jetzt zeig mir mal zuerst, wie man diese Kerbe schnitzt. Aber du sollst es auf jeden Fall wissen.«

Ich hantierte unbeholfen mit dem Messer herum, zeigte, wie man den Stab hielt, die Klinge ansetzte und die Enden rund schnitt.

Sie hatte das mit dem Heiraten so gesagt, als wolle sie ein Brot kaufen.

Ich hätte gerne ein Brot, ein halbes Weißbrot und sieben Milchbrötchen, ach das hätte ich fast vergessen, dich will ich heiraten, und ... mir fehlen noch drei Rosinenschnecken. Komm ich mit zwei Mark hin?

Nee, Mädchen, so nicht! Nicht mit mir!

Aber verflixt, ich spürte ein Kribbeln in meinem Bauch. Es war ein schönes Kribbeln.

Aus dünnen, einjährigen Haselnussschösslingen spitzten wir Pfeile, machten ein paar Probeschüsse und attackierten die imaginären Feinde, die sich über die abgeernteten Felder an uns heranschlichen. Dort waren die Getreidegarben zu Kasten zusammengestellt. In unserer Phantasie waren es jedoch weiße Soldaten, feindliche Indianer, Hirsche und Büffel. Wir schossen unsere Pfeile mit lautem Gejohle auf die goldgelben Garben.

Ich sah es als Erster.

Bedächtig und seelenruhig stolzierte ein Huhn oben am Eichenbaum durch das abgeerntete Getreidefeld. Pickte hier und dort, scharrte, schaute nach allen Seiten und pickte wieder.

Ein Huhn.

Nein, ein Büffel. Ich zeigte es den anderen.

Jagdlust flammte in ihren Augen auf. Keiner von uns brachte zu dem Zeitpunkt irgendwelche Einwände wie Tierquälerei, fremdes Eigentum, verbotenes Spiel oder strafbare Handlung ins Gespräch.

Was sage ich, Gespräch? Es gab überhaupt kein Gespräch. Ich rief: »Das greifen wir uns.«

Im gleichen Augenblick hatte ich ein schlechtes Gewissen, oder sagen wir besser: arge Bedenken. Denn so ohne weiteres ein Huhn zu jagen, das konnte Ärger geben.

Aber dann erkannte ich die Farbe des Huhns und ich wusste sofort, wem es gehörte.

Und ich erklärte meinen mit Pfeil und Bogen schießenden Mitjägern, warum es legitim sei, dieses Huhn zu jagen.

Beim Mittagessen nämlich hatte Vater gesagt: »Jetzt guck dir das mal an.« Mit einem Ruck war er vom Tisch aufgestanden, dass der Stuhl fast nach hinten kippte und hatte gegen die Fensterscheibe geklopft.

»Diese Saubiester!« Seine Stimme wurde lauter. »Macht ihr, dass ihr da wegkommt!«

Aber auf sein heftiges Klopfen und lautes Rufen schienen die Biester nicht zu reagieren.

»Ei, da fahr doch der Blitz rein.«

Er wurde extrem laut und stürzte Richtung Tür.

Wir Kinder standen sofort alle am Fenster oder knieten halb auf der Sitzbank, die bis zur Hälfte unter das Fenster reichte und schauten nach der Ursache von Vaters Erregung.

»Bestimmt sind das wieder Emmas Hühner«, rief Mutter vom Herd herüber, »die habe ich heute Morgen schon mal aus dem Garten gescheucht.«

So war es auch. Emmas Hühner scharrten in unserem Garten und pickten fleißig in allen Beeten.

Wir hörten Vater, ehe er um die Hausecke gelaufen kam. Nicht nur sein lautes Geschrei kündigte ihn an, auch ein Stück Holz flog ihm voraus und landete zwischen den scharrenden Hühnern. Das Federvieh spritzte aufgeregt die Flügel spreizend und gackernd nach allen Seiten auseinander. Es nahm Reißaus in Richtung untere Gartentür, die auf den Feldweg nach Felchelen führte. Diese Tür stand natürlich offen.

Ich wusste, was gleich ablaufen würde, wenn Vater wieder zum Tisch zurückgekehrt war. Keiner von uns war schuld. Keiner hatte die Tür offen stehen lassen, so wurde es von jedem versichert. Ich wusste, dass ich im Kreis der Verdächtigen der Verdächtigste war, weil ich oft durch diese Tür nach Felchelen lief. Doch heute konnte der Täter nicht ermittelt werden. Ich schwieg, obwohl Vater mich lange ansah. Er hatte mein beherztes Eingreifen beim Holzsägen nicht vergessen, so kam ich ungeschoren davon.

Als Konsequenz jedoch verdrahtete er die untere Gartentür, dass keiner mehr ungehindert den Feldweg betreten konnte.

»Die blöden Hühner sollte man allesamt erschießen und im Kochtopf verschwinden lassen. Dieser Emma sage ich heute noch Bescheid«, stieß er hervor.

Es war gar nicht so dumm von Emma, ihre Hühner frei laufen zu lassen. Dann brauchte sie sie nicht zu füttern. Auf den umliegenden abgeernteten Getreidefeldern fanden die Hühner Futter in Hülle und Fülle. Vater selbst hatte vor Jahren, in der schlechten Zeit nach dem Krieg, wie er sich immer auszudrücken pflegte, auf abgeernteten Feldern stundenlang liegengebliebene Ähren aufgelesen, was einen ganzen Zentner Weizen ergab. Daraus hatte er seine ersten Faider Nudeln gemacht.

Doch Emmas Hühner waren dreist und frech. Sie kümmerten sich nicht um Abgrenzungen von Grundstücken, krochen unter Hecken hindurch auf andere Parzellen, fanden Löcher in Zäunen und waren eine richtige Plage geworden.

»Jetzt ist Feierabend«, verkündete Vater. »Jetzt wird da mal ein Riegel vorgeschoben.«

Diesen Riegel würden wir fünf Amateurjäger und kampferprobten Indianer nun vorschieben.

Ich muss sagen, zu dem Zeitpunkt war ich überzeugt, berufen zu sein, hier regulierend einzugreifen und den diebischen Hühnern Respekt und Rechtsbewusstsein beizubringen.

Ich fragte mich auch, ob es nicht ein sichtbares Zeichen war, dass sich ein einsames Huhn an die Eiche verirrte, als klare Silhouette am Horizont auftauchte und auf dem Acker herumstolzierte? Es hätte ja bei der Schar bleiben können.

Aber nein. Es provozierte uns geradezu.

Ich brauchte keine Überzeugungsarbeit bei den anderen mehr zu leisten, nachdem ich ihnen von der mittäglichen Hühnerplage in unserem Garten berichtet hatte. Vaters Vorschlag, durch eine Radikallösung mittels Erschießen und Kochtopf den Weltfrieden zumindest in der Nachbarschaft wieder herzustellen, fand allgemeine Zustimmung.

Wir brachen auf zur Jagd. Arthur trabte schweigend hinter uns her. Er spürte unsere Anspannung und wedelte stumm mit seinen Armen in der Luft herum. Dabei sah er aus wie ein Huhn, das zum Fliegen ansetzt.

Wir fanden die gesamte Hühnerschar auf einem Feld neben der Eiche. Die Getreidekasten boten gute Deckung und ermöglichten uns, nahe heranzupirschen. Die Pfeile hatten wir auf die Bogensehnen gelegt. Dann flog der erste Pfeil.

Regina hatte ihn abgeschossen. Sie stand neben mir hinter einem Garbenkasten, als der Pfeil auf dem Boden aufschlug und durch die Stoppeln auf zwei Hühner zuschlitterte. Sie stoben erschreckt und laut gackernd auseinander. Genau das tat nun die ganze Herde, so dass wir aus unserer Deckung hinter den Garben hervor stoben, hinter den flatternden Hühnern herjagten und unsere Pfeile auf sie abschossen.

Wenn einer sagt, er könne im Laufen zielen und treffen, dann ist er ein hervorragender Schütze. Oder er lügt. Ich bin kein hervorragender Schütze, und ich lüge auch nicht – zumindest nicht hier – und ich erzähle auch kein Jägerlatein. Aber mein zweiter Pfeil traf.

Noch heute sehe ich den Pfeil fliegen. Und auch das flüchtende Huhn, wie es die Flügel gespreizt, den Kopf nach vorne gestreckt, in Richtung Emmas Hühnerstall hetzt.

Mein Pfeil war anscheinend aerodynamischer als die der anderen. Er traf das Huhn genau am Hals und brachte es stolpernd zu Fall.

Da lag es, zappelte und strampelte mit den Beinen, dass herumliegende Halme und Staub durch die Luft wirbelten. Warf noch ein paar Mal den Kopf nach allen Seiten, bäumte den Körper auf, und dann rührte es sich nicht mehr.

Es war, als hätte der Pfeil nicht nur das Huhn getroffen, sondern auch uns. Erschrocken blieben wir stehen, starrten auf das verendete Tier und drehten uns dann langsam wie betäubt einander zu. Ich war wie gelähmt.

In meinen Träumen hatte ich zwar immer den unerschrockenen Indianer gespielt, der sich bis in die Büffelherde wagt und dann den tödlichen Schuss abgibt. Aber jetzt? Ich sah, wie das Blut pulsierend aus dem Hals des Huhns floss und die Federn rot färbte.

Mir wurde schlecht. Richtig schlecht. Ich spürte, wie Ekel und etwas Bedrohliches in mein Bewusstsein krochen. Ein unbekannter dumpfer Schrecken setzte sich fest und wollte mich nicht mehr loslassen. Auch wenn ich das jetzt abschütteln könnte, heute Nacht kommt alles wieder, ging es mir durch den Kopf.

Und dann wusste ich, warum. Ich ekelte mich nicht vor dem Blut, sondern vor mir selbst.

Ich hatte ein Tier getötet.

Regina hatte die Hand vor ihren Mund gepresst und durch ihre gespreizten Finger hörte ich: »Ohwei, das gibt Ärger!«

Herbert begann zu laufen. Zuerst ein paar Schritte rückwärts, dann forderte er Manfred auf, mitzukommen und beide rasten in Richtung Schindgraben davon, um in den Hecken Deckung zu suchen.

Da brach auch schon das Gewitter los. Emma fegte in ihrer blau karierten Kittelschürze, die sie fast jeden Tag trug, aus der Haustür, kam schreiend und wild gestikulierend quer über die Wiese auf uns zugelaufen. Schon war sie auf dem Stoppelfeld. Groß und bedrohlich, immer wieder »Mörder« und »Tierquäler« rufend, umrundete sie zwei Getreidekasten, bis sie nur noch zehn Meter von uns entfernt war. Erst da wich die Starre aus meinen Gliedern. Ich hatte sie zwar rufen gehört und auch gesehen, aber mein Blick hing so gebannt an dem verendeten Huhn, dass mir die Bedrohung durch die blau karierte Kittelschürze erst jetzt, als ich Emmas wütende Gesichtszüge erkennen konnte, klar wurde.

Regina griff mich am Arm. »Weg hier!«

Sie riss mich mit sich und wir rannten in Richtung Schindgraben davon.

Arthur, der bis jetzt bewegungslos am Feldrand gestanden hatte, folgte uns in gebückter Haltung und hielt schützend die Hände über seinen Kopf, als wolle er Schläge abwehren.

Mit dem Bogen und dem letzten Pfeil in der Hand drehte ich mich um. Ich wurde immer schneller, mir schien, als hörte ich Emmas Schnaufen direkt hinter mir.

Ich glaube, wir hätten bis weit nach Felchelen oder gar nach Cochem laufen können, Emmas Geschrei hätte uns überall erreicht. Wir preschten durch die Hecken, sprangen über den stinkenden Bach und jagten im Schutze des Schindgrabens hoch bis zur Steinbrücke, die über die Bundesstraße führte. Schnaufend und nach Luft japsend blieben wir stehen.

Herbert und Manfred, die oben auf uns warteten, waren leichenblass. Aber kriegt man vom schnellen Laufen nicht eher rote Backen und Ohren? Oder saß ihnen derart der Schrecken in den Gliedern?

Regina, die sich um Arthur gekümmert hatte, traf als Letzte an der Brücke ein. Sie übernahm sofort die Leitung unserer Beratung.

»Passt auf«, begann sie. Ich hörte nur etwas von »nicht zu beweisen« und »Schütze könnte jeder sein.« Ich malte mir schon meine Ankunft zu Hause aus. Ich brauchte mir nichts vorzumachen. Egal, wer der Schütze war, ich war der Älteste, der Vernünftigste. Oh Gott, ich konnte dieses Wort nicht mehr hören, denn es stampfte jede Verteidigung meinerseits in den Boden. Ich sah mich schon wieder auf dem Salzsack sitzen, Leseübungen und Rechenaufgaben machen. Ausrechnen, wenn ein Huhn am Tag 67 Körner fresse, wie viele Körner 12 Hühner dann fressen würden und wie viele Eier diese Hühner legen könnten, wenn jedes im Durchschnitt täglich eindreiviertel Ei lege. Meine gedankliche Selbstkasteiung und mein Galgenhumor entwarfen immer bizarrere Aufgabenstellungen, die darin gipfelten, wie viel DM man in einer Woche einnähme, wenn ein Ei 7 Pfennig koste. Dabei sah ich Vater mit fragendem Gesicht an der Mulde stehen.

»Hörst du eigentlich zu?«

Regina riss mich aus meinen selbstzerfleischenden Gedanken.

Jedoch ein mir in Tonlage, Stärke und Stimmlage bekannter Ruf, den ich zwar als vertraut aber nicht als einladend oder gar herzlich bezeichnen würde, drang durch alle abstrusen Rechenaufgaben und durch Reginas Strategievortrag klar und fordernd an mein Ohr.

»Geeee…org.«

Es war Vaters Stimme. Laut, ohne Widerspruch duldend und Unheil verkündend. Der Unterton in seiner Stimme signalisierte mir klar: »Komm sofort aus den Hecken und mach dich hierher!«

Abwarten hätte nur noch mehr Ärger bedeutet. Ich konnte auch nicht argumentieren, ich hätte ihn nicht gehört, die Hecke, in der wir kauerten, war ungefähr 200 Meter von unserem Haus entfernt. Also, auf nach Hause.

Regina hielt mich zurück. Dabei fasste sie ihre Verteidigungsstrategie in knappen Worten noch einmal zusammen und schaute mich dabei eindringlich an.

»Wir haben alle geschossen. Wessen Pfeil traf, wissen wir nicht. Wir sind alle schuld, und deshalb baden wir das auch gemeinsam aus. Klar?«

»Außerdem«, kam Manfred dann noch mit der superschlauen Idee, »haben wir deinem Vater einen Gefallen getan, er meinte doch, man sollte die Biester alle erschießen. Hat er dir damit nicht den Auftrag gegeben?«

»Sag mal«, fuhr ich ihn an und trat als Erster aus der Hecke, »für wie blöd hältst du meinen Vater? Glaubst du, der ist so einfältig und kauft mir ab, ich hätte in seinem Auftrag gehandelt? Der verbannt mich direkt auf den Salzsack.«

»Das macht der auch«, kam es von Herbert zurück, »wie ich den kenne.«

Aber das hätte Vater nicht einfach so gemacht. Vielleicht hätte er sich gefragt, ob er mit seinem Wutausbruch wegen Emmas Hühnern nicht doch vielleicht meine Phantasie und meinen kindlichen Eifer angespornt hätte, jedoch gut geheißen hätte er die Tat nicht.

Noch einmal glitt ich kurz zurück in meine Traumwelt und hörte meinen Vater sagen: »Lieber Junge!« Doch sofort ermahnte mich eine innere Stimme: Dein Vater nennt dich in einer solchen Situation niemals »lieber Junge«.

»Habe ich mich in meinem Sohn so getäuscht, dass er eine achtlos gemachte Bemerkung als Aufforderung ansieht? Ist er nicht so intelligent, dass er zwischen einer im ersten Ärger gemachten Bemerkung und einem klaren Auftrag unterscheiden kann? Ist mein Sohn nicht auch noch der Älteste in dieser mit Pfeil und Bogen schießenden Baggage, dass er solch dumme Kinderstreiche mit solch fatalen Folgen unterbinden müsste? Habe ich mich in dir so getäuscht?«

Diese Worte entsprachen viel eher der Realität, doch Vater hätte solch ein vertrautes Gespräch nie auf diese Weise geführt, sondern es auf das Wesentliche mit der Bemerkung verkürzt: »Du spinnst!«, und damit wäre alles gesagt gewesen.

Wir gingen also alle vier mit Arthur im Schlepptau auf unser Haus zu.

Vater stand in der Tür. Ich hatte die anderen Jagdgenossen gebeten, an der Einfahrt zu warten, bis Vater mit mir fertig war. Wortlos trat ich vor ihn, bemerkte, dass er die eine herabhängende Seite der Bäckerschürze unter das Schürzenband gesteckt hatte. Es sah so aus, als hänge ein weißes Dreieck an seinem Gürtel.

Eine weiße Fahne?

Ein Zeichen, ein Friedenszeichen? Dass alles nicht so schlimm wird?

So trat ich vor Vater ohne Angst, schielte aber gewarnt und vorsichtig zu der Furie, die neben ihm stand, blau kariert und mit hochrotem Kopf. In ihrer rechten Hand baumelte mit dem Kopf nach unten das erlegte Huhn. Mir kam es vor, als seien die Hühnerkrallen mit Emmas Hand verwachsen, denn sie unterschied sich nicht in Farbe, ja, ich glaube nicht einmal in Form von den schuppigen Hühnerfüßen.

»Da kommt er ja«, giftete Emma mit roten Flecken im Gesicht und hielt mir ihre Monstertatze ins Gesicht, so dass ich erschreckt zurückfuhr.

»Mörder und Tierschänder seid ihr alle«, ereiferte sie sich und fuchtelte mit dem schlaffen Huhn in Richtung meiner Freunde.

»Aber geschossen hat euer Georg. Ich hab's genau gesehen. Er ist der Übeltäter.«

Dann kam ich aus dem Staunen nicht mehr heraus.

Vater führte Emma richtig vor. Sie habe doch vorhin gesagt, alle wären mit ihren Bögen und Pfeilen über das Feld gelaufen und hätten geschossen. Und jetzt sollte ich es plötzlich gewesen sein? Vorhin hätte sie alle verdächtigt, und jetzt solle als Täter nur noch »unser Georg« übrig bleiben?

Himmel! Was war mit Vater los? Er sagte wirklich »unser Georg« und verteidigte mich, ohne die Hintergründe zu kennen.

Das Holzsägen und die Folgen kamen mir wieder in den Sinn.

»Dafür werdet ihr büßen und bezahlen und …« Weiter kam Emma nicht, denn Vater unterbrach sie schroff.

»Ich werde das Huhn bezahlen und die Buße, die lege ich allein fest. Da brauche ich keinen Ratschlag.«

Dann wandte er sich an mich und bat mich, ins Haus zu gehen.

Ich hatte gedacht, er würde mich vor Emma maßregeln. Aber was tat Vater? Er bat mich, ins Haus zu gehen. Er sagte wörtlich: »Gehst du bitte ins Haus!«

Total verdattert stand ich im Flur.

Ich weiß nicht, auf welchen Preis sie sich einigten. Ich hörte nur, dass Vater die Eltern der anderen informieren wolle.

Dann erschien er im Hausflur und verschwand, ohne mich eines Blickes zu würdigen, im Laden. Ich hörte die Klingel der Kassenschublade, aus der er Geld entnahm und wieder nach draußen ging. »Damit sind wir quitt«, sagte er zu Emma, »übrigens, bei der Raiffeisenkasse gibt's Maschendraht für Hühnerpferche. Die verkaufen auch Ihnen so was.«

Diese Bemerkung führte dazu, dass Emma bestimmt vier Wochen nicht mehr unseren Laden betrat. Mutter bog schließlich die Sache wieder gerade, als sie Emma nach dem Hochamt auf dem Weg nach Hause begleitete und bestimmt zehn Minuten mit ihr an unserer Einfahrt sprach. Danach war Emma wieder unsere Kundin.

Aber an diesem Treibjagdnachmittag verschwand sie wutentbrannt in ihr Haus.

Vater betrat die Küche, wo ich etwas verloren neben Mutter stand.

»Also, weißt du«, begann er, nachdem er sich an das Kopfende des Tisches mit dem eingebrannten Loch gesetzt hatte, »ihr habt sie ja wohl nicht mehr alle. Erschießt ein Huhn! Habt bestimmt wieder so einen Indianerfimmel ausgelebt mit Büffeljagd und so. Also, ich weiß nicht, was der Kerl noch alles anstellt.«

Der Kerl war ich, wurde mir unmissverständlich klar.

»Da kann noch vieles kommen«, meinte Mutter trocken, »ich glaube, mich zu erinnern, dass einer hier am Tisch sagte, die blöden Viecher müsste man ...«

Weiter kam Mutter nicht, denn Vater sprang erregt auf und wollte sicher etwas nicht sehr Freundliches erwidern. Ihm blieb der Mund offen stehen, denn Mutter trat nah an ihn heran und legte ihren Zeigefinger auf seine Lippen.

»Hast du aber gut hingekriegt mit der Emma, sehr gut, Johann. Wann soll ich das Huhn kochen?«

Dann begannen beide zu lachen.

Sie lachten! Wieder kam ich aus dem Staunen nicht heraus.

An diesem späten Nachmittag musste ich unter Vaters Aufsicht den Bogen und die vom Stoppelfeld aufgesammelten Pfeile auf dem Hauklotz mit der Axt in kleine Stücke hacken. Heute durfte ich die Axt benutzen.

Mutter kam wie zufällig in den Hof, und ich sah, wie sie Vater leicht in die Seite boxte.

»Du weißt ja, wer eigentlich am Hauklotz stehen sollte«, meinte sie vielsagend und grinste vor sich hin.

Aber meine Lektion war für diesen Tag noch nicht beendet.

Denn ich sollte auch noch lernen, wie man ein Huhn fachgerecht zubereitet.

Vater ließ keinerlei Diskussion zu und eröffnete mir, ich müsse das Huhn köpfen und ausnehmen. Er war unerbittlich. Tiere seien für den Menschen da. Für unsere Ernährung. Aber die Würde vor dem Geschöpf müsse bewahrt werden. Das wolle er mir jetzt zeigen.

Er immer mit seiner Pädagogik!

So stand ich nach dem Zerhacken des Bogens mit dem schlaffen Huhn am Hauklotz.

Vater zeigte mir, wie ich den Hals des Huhns an den Rand des Hauklotzes legen und mit dem Beil zuschlagen musste. Ich schloss die Augen, als ich das Beil auf den Hauklotz sausen ließ. Mehr aus Verzweiflung und aus dem dringenden Bedürfnis heraus, Vaters Lektion endlich zu beenden, als aus Würde vor dem Geschöpf. Mir wurde auch bewusst, dass ich ein zappelndes Tier nie hätte halten können. Gott sei Dank köpfte ich ein bereits totes Tier.

Dann gab Vater mir einen Eimer mit heißem Wasser und zeigte mir, wie ich das Huhn zu rupfen hatte. Das alles geschah draußen im Hof.

Auf einmal stand Regina neben mir.

Alle waren nach der Aktion mit Emma verschwunden. Keiner hatte gesehen, wie ich meinen Bogen und die Pfeile zerhacken musste. Keiner sah meine Not beim Köpfen des toten Huhns.

Hatte ich gedacht.

Aber Regina hatte alles beobachtet. Jetzt setzte sie sich neben mich auf die alte Treppenstufe, die Vater zur Gartenbank umfunktioniert hatte.

Ich ekelte mich furchtbar vor dem Gestank der nassen und verbrühten Federn.

»Komm, rutsch mal rüber«, hörte ich sie sagen. Dann rupfte sie die nassen Federn in den Papiersack, den Vater mir hingelegt hatte.

»Wir müssen zusammenhalten, weil ich dich ja heiraten will.«

Nein, bitte nicht, flehte ich innerlich. Verzweifelt schaute ich gen Himmel.

Ein Huhn köpfen, nasse, verbrühte und stinkende Hühnerfedern rupfen und dann noch ... Nein! Nein! Nein!

Aber sie ist da! Sie kneift nicht.

Wir schafften es, das Tier seines Federkleides zu entledigen, und zum Schluss hielt ich ein pickeliges, kahl gerupftes Huhn in den Händen. An verschiedenen Stellen war noch ein leichter Flaum oder eine hauchdünne Feder zu sehen.

Vater entfernte jedes überstehende Restchen mit Feuer. Er zerknautschte eine Zeitung – natürlich den Paulinus – zündete das Papier an und hielt den nackten Torso in die Flamme.

Es stank, als der Federflaum verschmorte.

Als Vater mir ein scharfes Messer in die Hand gab, um den Unterleib des Huhns aufzuschneiden und die Eingeweide herauszunehmen, weigerte ich mich und verschränkte die Arme. Nein! Ich schaute Vater fest in die Augen.

»Ich kann das nicht, bitte.«

Er nickte und nahm mir das Messer ab

»Aber irgendwann musst du es lernen«, sagte er und verschwand in Richtung Küche.

»Nie mehr schieße ich ein Huhn. Nie mehr!«

»Auch nie mehr einen Büffel?« Regina lachte.
Was konnte die so schön lachen.

XII

In diesem Sommer war auch das Malheur mit meinem Hintern. Jedoch einige Zeit, bevor Regina auftauchte.

Ich verbrannte mir die rechte Hinternbacke. So etwas ist eigentlich nicht erwähnenswert, wäre dadurch nicht mein Sitzfleisch, das auf dem Salzsack aushalten musste, beeinträchtigt gewesen. Ich konnte deshalb nur auf einer Backe sitzen und nervte Vater, ob ich mich nicht stellen dürfe.

»Warum das denn, doch nicht wegen der Brandblase, die habe ich dir doch heute Morgen erst frisch verbunden.«

Die Verbandsstation befand sich in der Backstube. Gleich neben dem Salzsack.

Ich drehte mich zur Wand und musste die Hose runterlassen, entblößte aber nur die rechte Backe. Mutter, die gerade zur Tür hereinkam, meinte, das sähe aber gar nicht gut aus und berührte vorsichtig den Rand der vom Verband befreiten Wunde.

Ich stöhnte etwas zu laut, so dass Vater meinte, ich solle mich nicht so anstellen. Doch Mutter wurde ernst.

»Mir kommt es vor, als sei die Wunde seit gestern größer geworden. Ich streiche noch etwas Nivea Creme darauf. Dann wird es bestimmt besser.«

Nivea Creme galt als das Allheilmittel in unserer Familie. Vater benutze sie als Gesichtscreme nach der Nassrasur, Mutter nahm sie für ihre Lippen und Marcus, mein jüngster Bruder, wurde jedes Mal, wenn er frisch gewickelt wurde, von Mutter mit Nivea eingecremt. Damals gab es zwar bereits Penatencreme für Babypopos, aber Mutter schwor auf Nivea. Es gab zwei unterschiedliche Dosen im Bad, die für die verschiedenen Zwecke benutzt wurden. Aber ich glaube, dass es da schon mal Verwechslungen gab. Mutter hatte den Deckel von Marcus´ Cremedose zwar mit einem Kreuz gekennzeichnet, aber da beide Dosen im gleichen Schrank standen, konnte das durchaus vorkommen. Als ich Vater darauf ansprach, meinte er, das sei nicht schlimm, Nivea habe auch eine keimtötende Wirkung.

Während ich nun mit dem Gesicht zur Wand die Plattenfugen der Wandkachelung zählte, horizontal und vertikal, und mir dabei auf die Lippen biss, bestrich Mutter mir mit der allseits einsetzbaren Nivea Creme meine Wunde.

Es wirkte kühlend nach anfänglichem Brennen. Ein Mullbindenläppchen darauf, ein Leukoplaststreifen von Vater kreuzförmig darüber geklebt, und der Verband war fertig und die Behandlung beendet.

»Dann bleib jetzt halt mal stehen«, meinte Vater und verkürzte großzügig die Salzsackzeit von zwanzig auf zehn Minuten.

Das war zwar eine Linderung meiner Strafe, aber keine Linderung der Schmerzen.

Abends stand ich nämlich wieder mit dem Gesicht zur Wand, den Hintern halb entblößt, vor den mich mit medizinischem Kennerblick begutachtenden Eltern.

Dieses Mal war die Heilbehandlung in die Küche verlegt worden. Ich stützte mich mit beiden Händen an der Holzvertäfelung der Wand ab. Im Hintergrund hörte ich das Kichern und Feixen meiner beiden Brüder. Meine Schwestern waren vor der medizinischen Inspektion aus der Küche geschickt worden. Mädchen, katholisch, und ein nackter Jungenhintern? Nein!

Auch in Notsituationen ging sie das Hinterteil ihres Bruders nichts an.

»Wenn nicht augenblicklich Ruhe ist, werde ich gleich sauer«, entfuhr es Vater ärgerlich.

»Über einen Kranken lacht man nicht, auch wenn er mit runtergelassener Hose dasteht.«

»Das sieht alles ja noch entzündeter aus als heute Morgen«, meinte Mutter, die sich gebückt hatte und vorsichtig die wunde Stelle berührte.

Ich zählte die Knoten in der Holzvertäfelung an der Wand und stöhnte leidend und gequält.

Da ich mir meiner besonderen Rolle vor Vater und Mutter, aber besonders vor meinen Geschwistern bewusst war, stöhnte ich umso tiefer und verdrehte dabei die Augen, merkte allerdings sofort, dass dieses Verhalten weder Bedauern noch Bewunderung hervorrief.

»Der Wundrand gefällt mir auch nicht«, diagnostizierte Vater, »der besteht ja fast nur aus faulem Fleisch. Das muss weg!«

Er ging zum Küchenschrank und öffnete die rechte obere Tür, hinter der sich eine bunte ehemalige Pralinendose befand, die Mutter einmal von einem Dr. Oetker-Vertreter geschenkt bekommen hatte, weil wir das meiste Puddingpulver in der Region verkauft hätten.

»Gegen faules Fleisch hilft nur Höllenstein«, sagte Vater und kramte in der Blechdose.

Sofort fing ich an zu protestieren:

»Ich will nichts vom Teufel und der Hölle!«

In Panik zog ich Unterhose und Hose hoch und war schon in Richtung Tür, als Vater mich am Arm erwischte. Beruhigend redete er auf mich ein.

»Das hat nichts mit dem Teufel und der Hölle zu tun«, beschwichtigte er und zeigte mir einen etwa fünf Zentimeter langen bleistiftdicken Holzstift mit einer Plastikkappe.

»Schau mal!«

Er zog die Plastikkappe ab. Hervor kam ein weißer milchiger Stift. Er zeigte den Stift auch meinen beiden Brüdern, die vom Tisch zur Wandvertäfelung gekommen waren.

»Höllenstein, den haben wir im Russlandfeldzug« – wie oft musste ich mir noch die Erfahrungen dieses Feldzuges anhören? – »bei schwärenden Wunden immer um die Wunde herumgestrichen, damit das faule Fleisch weggeätzt wurde und Platz für das gute Fleisch machte.«

Heute weiß ich, dass Höllenstein Silbernitrat, ein Salz der Salpetersäure ist, und eine stark ätzende Wirkung auf der Haut hervorruft.

Ich schaute misstrauisch auf diesen angeblichen Wunderstift und sah trotz all meiner Bedenken Hilfe aus der Hölle kommen, denn die Vorstellung, dass meine linke Hinternhälfte wegfaulen würde, war schlimm! Nein, um Gottes willen, nein!

Auch gar nicht vorzustellen, wie ich auf dem Salzsack sitzen könnte mit halbem Hintern. Jedoch, wenn er nur ein bisschen wegfaulen würde, bräuchte ich vielleicht gar nicht mehr auf den Salzsack. Wäre womöglich eine Überlegung wert, oder? Aber dann dachte ich daran, wie ich später einmal Fahrrad fahren sollte – natürlich über der Stange – dann würde ich bestimmt mit einem halben Hintern vom Sattel rutschen. Also lieber doch Hilfe aus der Hölle. Augen zu und durch!

So stand ich, die Hände zu Fäusten verkrampft, an der Wandvertäfelung und wartete auf Vaters medizinischen Eingriff. Der tauchte, so erkannte ich aus den Augenwinkeln, den Stift mit der Spitze in ein Glas mit Wasser. Damit das Salz sich löse, erklärte er und strich vorsichtig um den Wundrand herum.

Später in der Nacht, als ich von heftigem Jucken und Brennen wach wurde, spürte ich die Wirkung und konnte jedem erklären, warum dieser verdammte Stift Höllenstein heißt.

Weinend lief ich ins Schlafzimmer meiner Eltern, erhielt aber lediglich eine neue Ladung Nivea Creme und die Erklärung, dass gute Medizin nun mal weh tue.

Zwei Tage führte Vater diese medizinische Spezialbetreuung durch, bis Mutter morgens beim Verbandswechsel an der Holzvertäfelung, deren Knoten ich schon zum siebten oder achten Mal gezählt hatte, besorgt feststellte:

»Das gefällt mir nicht, die Wunde wird immer größer.«

Mir wurde heiß. Bekamen sie die Fäulnis der Haut nicht gestoppt? War alles Jucken und Brennen umsonst gewesen? Ich würde nie mehr richtig Fahrradfahren lernen.

»Ich weiß auch nicht, was der für ein Fleisch hat«, meinte Vater.

Von echter Angst erfüllt fing ich an zu schluchzen. Jetzt hatte ich auch noch abartiges Fleisch am Hintern, wogegen selbst die Mächte der Hölle nichts ausrichten konnten. Dann sagte Mutter auch noch:

»Die Wunde ist fast so groß wie ein Amerikaner.«

Ich wusste, wie groß unsere Amerikanerteilchen waren, ich hatte sie oft genug mit Zuckerglasur überzogen. Oh Gott! Dann war die Wunde ja so groß wie meine halbe Backe!

Und als Vater dann noch sagte: »Eher wie die von der Konkurrenz, unsere Amerikaner sind größer«, heulte ich richtig los und war der Verzweiflung nahe.

»So helft mir doch! Ich muss ins Krankenhaus. Sofort! Bitte, bitte, bitte!«

»So schnell muss man nicht ins Krankenhaus. Der Hintern ist ja noch dran. Wir holen Onkel Josef, der war im Krieg Sanitäter.«

Hätte Vater statt »im Krieg«, »im Russlandfeldzug« gesagt, wäre ich weggelaufen. Von seinen Feldzugerfahrungen hatte ich endlich genug. Ich weigerte mich, dass man mich erneut mit Nivea Creme behandelte, lehnte eine weiteren Verband ab und wartete züchtig und nur mit einem langen Hemd bedeckt, stehend in meinem Zimmer. Dabei immer die quälende Frage wälzend: Was hatte ich nur für ein Fleisch am Hintern?

Als Onkel Josef nach einer halben Stunde ankam und den Schaden betrachtete, schlug er die Hände über dem Kopf zusammen.

»Johann«, fuhr er meinen Vater an, »wie kannst du denn Höllenstein nehmen? Der verätzt ja alles. Den nimmt man für Warzen, aber nicht für so was, Mensch! Die Wunde wäre immer größer geworden, wenn ihr mich nicht gerufen hättet.«

Es musste so kommen. Ich hatte es geahnt.

»Aber im Russlandfeldzug …«, begann Vater.

Sofort wurde er ungeduldig und fast schon zornig unterbrochen.

»Du mit deinem Russlandfeldzug! Der ist lange vorbei«, fiel ihm Onkel Josef ärgerlich ins Wort.

Ich sah Vaters Gesicht nicht, konnte mir aber vorstellen, wie er dreinschaute. Bestimmt noch knorriger als die Wandvertäfelung. Er ließ sich nicht gerne belehren oder zurechtweisen. Besonders nicht in der Gegenwart seiner Kinder. Er, der für alles eine praktikable Lösung hatte, musste erfahren, dass seine Therapie nicht richtig war. Und dass seine Russlanderfahrungen Grenzen gefunden hatten.

Onkel Josef reinigte die Wunde mit warmem Wasser, während ich auf meinem Bett lag. Eine Prozedur, die sehr schmerzlich verlief, denn es zeigte sich, dass die allseits einsetzbare Wundersalbe Nivea eben hier nicht hätte angewendet werden dürfen. Sie hatte die Wunde verklebt. Onkel Josef öffnete mit einer Schere ein olivgrünes Verbandspäckchen, aus dem er eine hellrote Kompresse, speziell für Brandverletzungen, hervorholte, die er vorsichtig auf die Wunde legte. Dann sagte er: »Der Verband war schon mit im Russlandfeldzug. Aber der ist noch gut. Wirst sehen, morgen geht es dir viel besser.«

So war es auch. Zuhause wurde jetzt Verbandsmaterial für Brandverletzungen gekauft und nach einer Woche sah ich mit entsprechender Kopfverrenkung im Spiegel eine amerikanergroße Narbe auf meiner rechten Hinterbacke. Zwar nicht so groß wie unsere Amerikaner, eher wie die der Konkurrenz.

Zu der Brandverletzung war es gekommen, als wir samstags badeten.

In der Backstube wurde am späten Samstagnachmittag, nachdem ich mit meiner Schwester Brotkästen, Holzböcke und Fahrgestelle zur Seite geräumt hatte, eine große Zinkwanne auf den Boden gestellt und von Tante Anna mit warmem Wasser gefüllt.

Tante Anna wohnte im Nachbarhaus und kam jeden Samstagnachmittag zu uns, um uns zu baden. Mutter, die im Laden noch bediente, aufräumte und putzte, hatte dafür keine Zeit.

Mitten in der warmen Backstube stand die Badewanne und die ersten, die ins Wasser durften, waren Helga und Marcus. Nachdem das Wasser mit einem Eimer aus der Wanne geschöpft und nachgefüllt worden war, durften Klaus und Robert gemeinsam in die Wanne.

Sie plantschten immer gehörig. Es war auch ihr sauer verdientes Vergnügen, denn beide mussten nach dem Baden den nassen Plattenboden wischen. Da war Mutter eisern.

Sie selbst warf ab und zu einen Blick in die Badelandschaft und ermahnte uns, wenn es zu laut wurde. Vater war um diese Zeit meistens noch auf Brottour. Maria und ich hatten das Privileg, uns duschen zu dürfen.

Der Duschraum, oder besser gesagt, die Duschecke, war durch eine Stahltür, die neben dem Backofen die Feuerung von dem eigentlichen Backraum abtrennte, erreichbar. Wollte man also in den Duschraum, der täglich von Vater und Mutter genutzt wurde, von uns aber nur samstags, musste man an der heißen gusseisernen Ofentür vorbei. Diese Tür war uns allen als Gefahrenquelle bekannt, glimmte doch hinter ihr auch bei Nacht und an Sonntagen immer ein Feuer. Und genau auf dieser heißen Eisentür schmorte eines Nachmittags ein Hautfetzen meiner rechten Hinterbacke.

Ehe ich den heftigen Schmerz spürte, sah ich staunend, wie mein Stückchen Haut brutzelnd zu einem dampfenden Klümpchen zusammenschrumpfte, das anfangs braun und zum Schluss schwarz auf der heißen Feuerungstür klebte. Erst da merkte ich den Schmerz. Heulend riss ich die Verbindungstür zur Backstube auf und sprang wie wild nackt in der Backstube herum, ehe Tante Anna mir ein Handtuch gab und als erste den Schaden begutachtete.

Vater, der gerade von der Tour zurückkam, bemerkte nur, ich solle mich nicht so anstellen – seine Standardbemerkung, wenn er meinte, wir übertrieben – wahrscheinlich sei ich wieder vor der Feuerungstür herum gesprungen. Meine Geschwister begutachteten mitleidvoll durch einen Schlitz im Handtuch meine Hinterbacke.

»Morgen sieht die Welt wieder ganz anders aus. Zuerst aber schmieren wir mal Nivea Creme drauf.« Damit begann die Prozedur, die so höllisch wehtat.

Etwas Gutes hatte jedoch die Brandverletzung. Ich brauchte über eine Woche keine Briketts aus dem Keller hochzuschleppen. Die trug Vater in dieser Zeit abends selbst nach oben. Meinen Vorschlag, dass Maria die Arbeit erledigen könne, lehnte er ab. Sie sei doch ein Jahr älter als ich und auch kräftig genug, hatte ich gemeint.

Vater aber belehrte mich, dass sie vom Kohleschleppen krumme Beine bekäme. Und die sähen bei Frauen nicht gut aus. Mutter hüstelte irgendwie ganz vornehm am Abendbrottisch, als Vater diese Weisheit von sich gab. Maria schaute mich zuerst vorwurfsvoll an, nickte aber anschließend, als wolle sie sagen: Siehst du, du mit deinen blöden Ideen!

Eigentlich dachte ich, sie würde mich nach dem Essen kratzen, beißen oder treten. Aber es kam schlimmer. Sie begann mich auf ziemlich verachtende Weise zu traktieren. An diesem Abend ließ sie mir keine Ruhe, und es gab in der Folge viele solcher Abende. Als Erstes fragte sie mich, ob sie krumme Beine habe. Ihre Beine interessierten mich überhaupt nicht, aber um des lieben Friedens willen antwortete ich:

»Nein, du hast schöne gerade Beine.«

Sie durchschaute mich sofort. »Das sagst du nur so!«

»Nein, sie sind wirklich gerade und schön geformt«, entgegnete ich und hoffte, dass das einigermaßen glaubwürdig klang.

»Hat Josepha schönere und geradere Beine als ich?«, bohrte sie weiter.

Josepha war Marias Freundin und kam tagein tagaus zu uns ins Haus. Jedoch was für eine Art Beine sie unter ihren langen Röcken und Schürzen hatte, war meiner Beobachtung entgangen. Ich musste wirklich überlegen, ob Josepha überhaupt Beine hatte. Musste sie ja eigentlich, denn durch die Gegend zu schweben wie ein Engel konnte auch nicht sein, denn dazu war sie zu kratzbürstig. In völliger Unkenntnis Josephas Beine antwortete ich: »Deine Beine sind viel, viel schöner.«

Aber auch mit dieser Bemerkung war Maria nicht zufrieden. Um ein korrektes Urteil abgeben zu können, müsse ich mir ihre Beine vor dem Schlafengehen oben im Flur genau betrachten, raunte sie mir nach dem Essen zu.

Klaus und Robert saßen schon auf der untersten Stufe der Speichertreppe und verfolgten interessiert die Musterung. Ich stand ans Geländer gelehnt.

Maria vor uns mit hoch gerafftem Nachthemd bis zum mit einer Hose züchtig bedeckten Hintern, drehte sich mal links, mal rechts herum, hob ein Bein hoch, knickte es nach unten, streckte den Fuß wie eine Sportlerin beim Geräteturnen und stand zum Schluss mal in Grätschstellung und mal in Habachtstellung vor uns. Dabei schaute sie uns, mich aber besonders taxierend, mit kritisch fragendem Blick an. Klaus und Robert riefen immer wieder: »Schön, schön!«, und begannen sich ebenfalls zu drehen und die Beine ihrer Schlafanzüge hochzuziehen. So lange, bis Maria der Geduldsfaden riss und sie beiden an den Haaren zog.

»Ihr macht euch über mich lustig. Ihr seid gemein«, kreischte sie.

»Ich werde gleich gemein, wenn ihr nicht sofort in eure Betten verschwindet und Ruhe gebt«, ertönte Vaters Stimme von unten, und er kam ein paar Stufen die Treppe hoch.

Damit war die Musterung von Marias Beinen abgeschlossen, und wir verschwanden in unsere Zimmer. Allerdings nur vorerst, denn es folgten noch weitere Musterungen und Befragungen. Diese beschränkten sich im Laufe der nächsten Wochen nicht nur auf ihre Beine, sondern ich musste ihr allerlei peinliche Fragen beantworten, ob ihr Hintern dick oder dünn sei, oder ob er etwa hänge.

Spät an diesem Abend, als ich vor Schmerzen kaum einschlafen konnte, klopfte es vorsichtig an meine Tür. Maria kam hereingeschlichen.

»Pst, ich bin es. Ich wollte doch nochmal fragen, wie das mit meinen Beinen ist. Sind die wirklich nicht krumm?«

Erst nachdem ich ihr mehrfach versichert hatte, ihre Beine seien ausgesprochen gerade und außerdem viel, viel schöner als Josephas Beine verschwand sie aus meinem Zimmer.

In dieser Nacht stand ich öfter auf, weil die Wunde schmerzte. Ich schaute lange stehend zum Fenster hinaus und zählte, bis es Mitternacht vom Kirchturm schlug, zehn Autos, die die Straße von Cochem hochkamen. Ich traute mich nicht, Vater und Mutter zu wecken und bei ihnen zu klagen, denn die Nacht von Samstag auf Sonntag war die einzige Nacht, in der Vater durchschlafen konnte.

XIII

An dem Tag, als mir zum ersten Mal bewusst wurde, dass eine schützende Hand mich hält und an meinem Schicksal teilnimmt, waren wir im Dorf zur Kirche unterwegs.

Bis jetzt war meine Begegnung mit Gott eher anonym, unpersönlich, und aus der Sicht des behüteten Kindes gesehen, war Gott gegenwärtig in Gebeten, Ritualen und kirchlichen Vorschriften und Pflichten. Gott dankten wir in unseren täglichen Gebeten morgens, abends und vor und nach den Mahlzeiten. Mutter bestand darauf, mit uns Kindern gemeinsam, ehe wir am Morgen das Haus verließen, zu beten. Dann zeichnete sie ein Kreuz auf unsere Stirn mit den Worten: »Gott segne dich.«

Erst danach liefen wir los.

Nach dem Abendessen beteten wir gemeinsam zur Nacht und alle wurden mit einem Kreuzzeichen ins Bett entlassen.

Unsere Geburtstage wurden nicht gefeiert, dafür aber der Namenstag hochgehalten. Nicht mit Kuchen und Freunde einladen. Nein, das nicht. Man erhielt einen Händedruck am Morgen, eine kleine 50-Gramm-Tafel Schokolade und durfte sich beim Mittagessen als Erster bedienen. Wenn es Fleisch oder Bratwurst gab, schnitt Vater ein besonders großes Stück für das Namenstagskind ab.

Wir alle kannten die Heiligenlegenden und besonders die unseres Namenspatrons.

Ein kitschiges Bild des heiligen Georg stand auf meinem Nachttisch.

Überall in unserem täglichen Leben waren Gott und Kirche zugegen. Beim Angelusläuten sah man die Leute im Feld stehen und beten. Das wurde aber bei uns zu Hause nicht praktiziert. Vater hatte sich dagegen ausgesprochen. Er könne nicht mitten im Backen innehalten und beten. Er bete genug. Mutter akzeptierte dies mit der Bemerkung: »Auch wenn es dir gut täte.«

Wer nicht zur Kirche ging, war »Kommunist« und wählte bestimmt die DKP.

Bei uns im Dorf waren es vier.

»Sollen alle nach Russland auswandern«, meinte Vater immer, wenn morgens an der Mulde politisiert wurde.

Kirche, Glaube und Gott waren zentrale Themen in der Familie. So war es keine Frage, dass wir Kinder auch in den Ferien morgens um sieben Uhr zum Gottesdienst gingen.

Das galt auch für mich, es sei denn, in der Backstube war Not am Mann.

Mittwochs und samstags war im Nachbarort Dohr Gottesdienst. Dann stand nicht der obligatorische Kirchgang auf dem Tagesprogramm.

An diesem Ferientag, einem Dienstag, stand Mutter morgens bei mir im Zimmer und weckte mich.

»Hör mal, wie schön und vertraut die Glocken läuten. Sie rufen dich.«

Ich hasste dieses süße Flöten von Mutter und zog die Decke über den Kopf. Sie wollte, dass ich zur Messe ginge, obwohl ich gestern Morgen in der Backstube geholfen hatte.

»Du könntest eigentlich für mich und Vater danke sagen, dass der Brand in der Küche so glimpflich verlaufen ist. Danken könntest du auch, dass Vater wegen des Huhns so großzügig war.«

Sie hatte ihre schärfste Waffe ausgepackt. Oh, sie verstand es, bei mir ein schlechtes Gewissen zu erzeugen.

»Dir geht es doch so gut, du kannst dankbar sein, schau dich doch mal um!«

Ich zog das Kissen enger über Kopf und Ohren. Oh ja, es gäbe für vieles zu danken. Dass mein Hintern nur eine amerikanergroße Narbe zeigte und nicht durch Höllenstein weggeätzt worden war, so dass ich auf dem Salzsack Leseübungen und Rechnungen von 17 Milchbrötchen, 45 Weiß- und 12 Rosinenbroten machen durfte.

Oh ja, ich dankte für die eingesteckte Prügel nach dem Fröscheaufblasen, ich dankte für Vaters Ohrfeige, als ich über Arthur eine hämische Bemerkung gemacht hatte und ich dankte für die Attacke der Kalnischbrüder. Wirklich, ich hatte viel zu danken.

Und für Vaters couragiertes Auftreten bei Kalnischs im Hof, und dass Vater nicht durch den Stromschlag gestorben war.

Ich stand auf, ehe Mutter mich weiter mit ihrer Flötenstimme einwickeln konnte. Aber am Abend dieses Tages hatte ich wirklich zu danken. Ich war froh, noch am Leben zu sein.

Wir waren zur Kirche unterwegs.

Herbert, Manfred, Regina mit Arthur im Schlepptau, und ich.

Eigentlich hatten wir auf dem Kirchhof, der mit einer Bruchsteinmauer umgeben war, und in dessen Mitte die Kirche lag, nichts zu suchen. Außer ein paar alten Basaltsteinkreuzen aus dem 17. Jahrhundert, die längs an dem Kirchenschiff lehnten, und vier dicken, krumm gewachsenen Kiefern, war der Platz unspektakulär. Zwei Kieswege führten durch einen ungepflegten Rasen zum Seiten- und Turmportal. Für uns war nur der raue Außenputz des Kirchenschiffes interessant. Er war für unser verbotenes und risikoreiches Unternehmen bestens geeignet.

Herbert hatte uns vor zwei Tagen ganz aufgeregt gesagt: »Wenn man eine Gewehrpatrone so auf den rauen Außenputz der Kirche wirft, dass das Zündhütchen auf eine scharfe Erhebung trifft, löst sich der Schuss und es gibt einen tollen Knall.«

»Du hast wohl einen Knall«, reagierte Regina, »die Kugel trifft dich und du bist weg.«

»Kann sie gar nicht, denn wenn du dich hinter den dicken Stamm einer Kiefer stellst, bist du voll in Deckung und dir kann nichts passieren.«

Weiter führte er aus, eine Kugel könne einen Stamm von der Dicke, wie sie die Kiefern auf dem Kirchhof hätten, nicht durchschlagen. Wir disputierten hin und her. Heute muss ich zugeben, dass mich damals wohl der Teufel geritten hatte. Als Herbert dann eine mattglänzende Karabinerpatrone aus seiner

Tasche zauberte, hatte keiner mehr Einwände. Nur eben Regina! Wir anderen schwiegen.

War es das matte Messing der Patronenhülse? War es das harmlose Aussehen des Projektils in Herberts Hand? Oder war es das Kribbeln, etwas Riskantes, Verbotenes und Gefährliches zu tun, das uns zum Kirchhof trieb? Regina wollte wissen, woher Herbert die Patronen hatte, er aber fertigte sie knapp und kurz damit ab, das sei ein Männergeheimnis.

Einen ganzen Maschinengewehrgurt mit vierundzwanzig Patronen hatte er oben an der »Schussheck« gefunden, das durften unsere Eltern nie erfahren. Hätte Vater etwas davon gewusst, so hätte das zumindest mir wieder Tage, nein, Wochen auf dem Salzsack eingebracht. Es war mir streng verboten, irgendwelche Munitions- oder Waffenteile anzufassen, geschweige denn, damit zu hantieren. Waren nicht schon genug Unglücke durch gefundene Munitionsteile geschehen? Aber wir schwiegen alle drei.

Die »Schussheck« war eine ungefähr zwanzig Meter lange Haselnusshecke oben an der Bundesstraße. Dort waren im Kugelhagel amerikanischer Panzer am 10. März 1945 zwei Männer des Volkssturms gestorben. Weil es ein verbotener Ort war, hatte diese Hecke stets eine magische Anziehungskraft auf uns ausgeübt. Erstens, weil unsere Eltern uns verboten hatten, dorthin zu gehen und zweitens, weil es ein Sterbeort war, der nicht entehrt werden durfte. Es hieß, dort flüsterten und stöhnten die von Kugeln getroffenen Soldaten.

Bei uns im Dorf gab es keine Ruinen, keinen mysteriösen Zauberwald, keine zugeschütteten Brunnen und auch keine prähistorischen Hügelgräber.

Aber es gab die verbotene Schussheck.

Ich weiß nicht, was ich gemacht hätte, wenn ich die Patronen gefunden hätte. Herbert jedenfalls entschied, die Patronen nicht beim Bürgermeister abzuliefern sondern in seine Verwahrung zu nehmen. Bis heute glaube ich ihm jedoch nicht, dass er die Patronen wirklich dort an der Schussheck gefunden hat, denn viele Kinder spielten an diesem verbotenen Ort. Und ausgerechnet er wollte dort solch gefährliche Munition gefunden haben? Er hat sie sicher sonst irgendwo entdeckt und dann geschickt unter dem Laub versteckt.

Egal. Jedenfalls lag eine der in Verwahrung genommenen Patronen an diesem besagten Tag, als ich die Existenz Gottes im wahrsten Sinne des Wortes erlebte, in Herberts Hand.

»Ob das ein Männergeheimnis ist, ist mir egal. Ihr seid alle Angeber. Alle drei«, schnaubte Regina. Eindringlich sah sie mich an und warf mir frech ins Gesicht: »Und besonders du!« Damit griff sie nach Arthurs Hand. »Komm Arthur, wir wollen das Himmelfahrtskommando nicht stören. Wenigstens zwei müssen hier einen klaren Kopf behalten.«

Mit hochrotem Gesicht verschwand sie in Richtung Sakristei. Ehe sie von dort die Treppe zum Pfarrhof hinunterging, drehte sie sich nochmals um und rief über die Mauer schauend mir zu: »Denk dran, was ich dir in Felchelen gesagt habe.«

»Du wirst immer unverschämter«, rief Herbert laut hinter ihr her, obwohl er nicht wissen konnte, worauf sie anspielte. Doch auf Herberts Ruf reagierte Regina nicht.

»Macht ihr jetzt mit, oder was ist? Die kriegt auf jeden Fall keine von meinen Patronen.«

Herbert war leiser geworden und warf spielerisch das Projektil in die Höhe.

Was Regina mit ihrer Bemerkung meinte, war mir sofort klar und neben dem angenehmen Kribbeln, das ich damals schon im Bauch verspürt hatte, verbreitete sich jetzt ein dumpfes Angstgefühl.

Es war mir durchaus bewusst, dass ein Wurf gegen die raue Kirchenwand nicht ungefährlich war. Was, wenn der Schuss unkontrolliert losginge und jemanden treffen würde?

Nicht auszudenken. Andererseits reizte mich dieses Experiment ungemein.

Zunächst wollte ich mir Herberts Plan einmal genauer anhören. Ich vertraute ihm. Er war immer sehr gewissenhaft, überzeugte uns mit seinem Wissen aus dem Radio und aus Zeitschriften – nicht aus dem Paulinus – und durch seinen gesunden

Menschenverstand und zeigte oft ein souveränes und schnelles Handeln in kritischen Situationen. Er war für mich die Person, die alles genau überlegt hatte. Aber an diesem Nachmittag erfuhr mein Vertrauen – heute muss ich sagen: Gott sei Dank – einen lebensrettenden Dämpfer.

Dass Regina uns frech und beleidigend angemacht hatte, störte mich. Hauptsächlich störte mich ihr dummes Gerede. Nicht, weil sie sagte, dass unser Vorhaben gefährlich war – das hätte ich nachvollziehen können. Vor allem, weil auch mir nicht ganz just bei der Sache war. Aber uns als Angeber zu bezeichnen, war nach der Nachtexpedition und der Hühnerjagd doch verletzend. Deshalb war es auch gut, dass sie nicht mitmachte. Wir hätten es nicht geduldet. Nein, eine solche Person war für so eine Aufgabe einfach zu unreif. Zu weibisch.

»Ich will dich aber heiraten«, klang es mir noch in den Ohren.

Da musst du dich aber noch gewaltig ändern! Du mit deinem blöden Heiraten!

Waren Paare, die einander heirateten, nicht auch verliebt? Aber was das genau war, wusste ich nicht, obwohl ich schon manch verliebtes Pärchen heimlich beobachtet hatte.

Außerdem, Heiraten kommt für mich sowieso nicht in Frage. Wollte Mutter nicht, dass ich Pastor werde? Und leben Pastoren nicht im Zölibat? Aber das Kribbeln blieb.

Wir standen hinter der Kirche, so dass man uns von der Dorfstraße aus nicht sehen konnte. Hier war der Kirchhof durch die Giebel zweier Scheunen und eine hohe Mauer, hinter der ein Garten lag, abgegrenzt. Hier standen auch die dicken Kiefern. Wir hatten uns je hinter einen Kiefernstamm gestellt. Wenn man die Hände dicht an den Körper legte, war man völlig vom Stamm verdeckt. Herbert hatte das vorher ausprobiert.

Er instruierte uns nochmals: Die Patrone so in die Hand nehmen, dass sie längs auf dem Mittelfinger liegt. Ring-, Zeigefinger und Daumen halten die Hülse. Die Patrone so werfen, dass der Hülsenboden mit dem Zündhütchen vorne ist. Nur so schlägt das Zündhütchen voll auf die Mauer. Der Körper bleibt mit dem Kopf während des Wurfs hinter dem Baum.

Sofort nach dem Wurf die Hand in Deckung bringen und ja nicht gucken, wohin die Patrone fliegt. Es wird nacheinander geworfen. Wenn geworfen wird, müssen alle in Deckung sein. Erst wenn er Entwarnung gebe, dürften wir aus der Deckung kommen, ermahnte Herbert uns.

Wir übten zuerst vier, fünf Mal mit Kiefernzapfen, bis Herbert zufrieden war. Dann wurde es ernst. Herbert warf als Erster.

Nichts geschah.

Dann war ich an der Reihe. Mich durchfuhr ein Kribbeln von den Füßen bis zum Kopf. Mein Mund wurde trocken und mir schien, als hätte ein Schleier meine Augen überzogen. Ich fühlte das runde Metall der Patronenhülse und die kegelförmige Spitze. Etwas Drohendes, etwas gefährlich Schlafendes lag hier in meiner Hand, das spürte ich genau. Eine gewaltbereite, zerstörerische Macht, eingeschlossen in eine Metallhülse. Ich ertastete mit den Fingern die Rille am Hülsenboden. Die Patrone lag gut in der Hand

»Was ist?«, fragte Herbert vom Nachbarbaum.

Dann warf ich, wie zuvor mit den Kiefernzapfen geübt, und wartete auf den Knall.

Sekundenbruchteile verstrichen, Sekunden. Nichts.

»Du bist dran, Manfred«, hörte ich Herbert von der Kirchenmauer her. Ich hatte mich noch nicht hinter dem Baum hervorgewagt.

Manfred warf. Wieder nichts.

Wir warfen noch mehrmals.

Meine Patrone hatte Abschürfungen an der Hülse, große und kleine Kratzer, eine winzige Delle und Kalkspuren vom Putz der Kirchenmauer. So richtig anfassen wollte ich sie nicht mehr, denn ich fürchtete, dass die Abschürfungen eine verspätete Zündung bewirken und das Ding mir in der Hand explodieren könnte. Herbert war mit unseren Wurfversuchen nicht zufrieden, hatte er doch geglaubt, bereits bei einem der ersten Würfe gäbe es eine Explosion.

Aber dann geschah es doch.

Herbert hatte gerade geworfen, als ein gewaltiger Knall, hart und laut vom Kirchenschiff und den hohen Scheunengiebeln zurückhallte. Zuvor hatte ich ein hohes Pfeifen, einen dumpfen Einschlag, ein singendes, heulendes Jaulen und das Splittern von Holz gehört. Es roch nach Pulverqualm und harzigem Holz.

Später wunderte ich mich, dass ich alles so präzise wahrgenommen hatte. Aber ich hatte vorher schon bei jedem Wurf, ob von mir oder den anderen ausgeführt, mit hoher Anspannung hinter meinem Stamm gestanden und gelauscht. Als ich den Kopf wendete, sah ich, dass etwa fünf Meter links von mir die Erde aufgespritzt und ein kleiner Trichter im Boden entstanden war. Der Stamm meiner schützenden Kiefer war in Kniehöhe gesplittert und frische Holzfasern standen seitlich ab. Die zerbeulte Patronenhülse war auf den Wurzelstock der Kiefer gefallen. Ich registrierte außerdem, dass meine linke Hand feucht war.

Mir blieb keine Zeit, genauer zu schauen, woher die Nässe stammte, denn ich hörte von der Straße her eine aufgeregte Stimme.

»Franz, da hat jemand geschossen. Das war ein Karabiner. Oben an der Kirche.«

Man vernahm Schritte die Haupttreppe von der Dorfstraße hoch.

Herbert und Manfred waren blass hinter den Kieferstämmen hervorgekommen. Herbert sah die Patronenkartusche und hob sie auf, ließ sie aber sofort wieder fallen. Es schien, als habe er sich die Finger verbrannt. Er gab ihr einen wütenden Tritt, so dass sie ins hohe Gras rollte.

Dann hetzten wir wie auf Kommando zu der Treppe, die zum Pfarrhof führte, sausten über den Hof und fanden uns außer Atem im »Schlöffchen« wieder.

Das Schlöffchen war ein etwa ein Meter breiter Durchgang zwischen dem Pfarrhaus und der alten Pfarrscheune. Es war eine Abkürzung für die Bewohner der »Queter«, wenn sie zur Kirche gingen. Von hier aus konnten wir gut den Kirchhof überblicken, ohne selbst gesehen zu werden. Wir erkannten Franz Herber, einen Bauern aus dem Unterdorf, und Jäb.

Jäb war Gemeindearbeiter und Holzfäller, er versorgte den Gemeindestier und war Schütz, alles in einer Person.

Vor diesem Mann hatten wir Kinder Respekt. Als Beauftragter der Gemeinde hatte er die Aufsicht in der Flur. Er kontrollierte den Brandweiher im Dorf, den Dreschplatz, ging die Feldwege ab und hatte uns Kinder schon öfter, wenn wir im Frühjahr über eine Wiese oder ein Getreidefeld liefen, lautstark vertrieben. Auch hatte er uns schon ein paar Mal beim Steinewerfen auf die Felder erwischt. Mit dem war nicht gut Kirschen essen.

Jäb und Franz gingen über den Kirchhof und schauten nach allen Seiten, guckten hinter die alten Grabkreuze, öffneten die Kirchentür und verschwanden kurz im Kirchenschiff. Als sie wieder herauskamen, bogen sie die Zweige der Holunderhecke an dem vorderen Scheunengiebel auseinander und beugten sich über die Umrandungsmauer des Kirchhofs und …

Mir blieb fast das Herz stehen. Das durfte doch nicht wahr sein!

Sie sprachen tatsächlich da vorne an der Mauer mit Regina und Arthur. Die beiden waren nicht abgehauen, nein, die hatten uns beobachtet. Diese zwei verflixten … verdammten Kreaturen! Was heißt zwei? Es gab nur eine, die so dreist und kaltschnäuzig mit den beiden Männern sprechen konnte. Regina.

Sie stand mit Arthur außerhalb der Kirchhofsmauer und gab bestimmt vor, sie und Arthur seien rein zufällig vorbei gekommen. Regina schüttelte den Kopf, dann nickte sie mehrmals, zeigte mit der Hand rundum und zum Schluss zuckte sie ein oder zwei Mal mit der Schulter.

Jäb und Franz schauten ernst und öffneten noch ein zweites Mal die Kirchentür.

Dann waren sie nicht mehr zu sehen. Wir hörten sie auf der Dorfstraße noch mit jemandem sprechen, und dann kehrte die nachmittägliche Ruhe wieder ein.

Es wäre ein Fehler gewesen, jetzt aus unserer Deckung hervorzukommen, bestimmt wäre dann irgendwo Jäb aufgetaucht, hätte einen am Ohr gekriegt und so lange befragt oder mit Lehrer Gail gedroht, bis wir gestanden hätten. Außerdem hätte er meine linke Hand gesehen.

Die war feucht. Feucht von Blut. Und wie die blutete!

Wir waren kaum im Schlöffchen angekommen, als ich einen stechenden Schmerz im linken Zeigefinger spürte. In der Innenseite des Fingers steckte ein Holzsplitter, das Blut tropfte ziemlich schnell aus einer etwa fünf Zentimeter langen Wunde, die vom ersten Fingerglied bis zum Handteller klaffte. Ich zog den Splitter sofort heraus, wusste ich doch, je länger man wartet, umso mehr schmerzt es nachher beim Entfernen.

Ein Taschentuch hatte ich natürlich nicht dabei, und die beiden Kampfmittelleute ebenfalls nicht, und so biss ich seitlich in den Finger, stoppte die Blutung und linderte damit auch den aufkommenden Schmerz.

Es war also doch nicht so gefahrlos abgelaufen, wie wir das gedacht hatten.

Wie sollte ich nur zu Hause diese Wunde erklären? Die war ja nicht gerade klein und blutete auch noch wie verrückt, wenn ich den Biss lockerte. Ich musste weiter drauf beißen. Irgendwann würden auch Vater und Mutter davon erfahren, dass an der Kirche am helllichten Nachmittag ein Schuss gefallen sei. Sie würden zwar nie vermuten, dass ich Mitverursacher dieses Schusses gewesen bin, aber sie würden Fragen stellen.

Hast du nichts gehört? Du warst doch mit den anderen im Dorf. Und der und der haben dich gesehen. Schon wieder war ich mitten im Schlamassel. In meinem Kopf begann sich alles zu drehen.

Und dann fiel ich. Ich merkte noch, wie mir schwarz vor den Augen wurde, wie der ausgetretene Boden auf mich zukam, und dann war ich weg.

Als ich aufwachte, sah ich in Reginas braune Augen. Sie hatte unglaublich dichte Augenbrauen und lange Wimpern. Ich spürte ihre beiden Hände in meinem Gesicht, wie sie meine Wangen tätschelten. Dann hörte ich Regina sprechen.

»Na, mein großer Munitionsexperte, bist ja wieder da.«

Also die! Ich kippe um, und die, die hat nur einen lockeren Spruch drauf!

Dann sah ich in die anderen Gesichter. Herbert, Manfred und Arthur hatten sich ebenfalls über mich gebeugt.

Ich schaute sie ratlos an. Warum standen die alle so komisch da?

Dann wurde mir bewusst, dass ich auf dem Boden lag. Sofort wollte ich mich aufrichten.

»Nein, nein«, Regina schüttelte den Kopf und drückte mich mit ihren Händen nach unten, »ein, zwei Minütchen bleibst du noch so liegen. Erst dann stehst du auf. Und jetzt machen wir mal deinen Mund sauber.«

Noch ganz benommen sank ich wieder auf den Boden zurück und beobachtete, wie sie ein rotumrandetes Taschentuch hervorholte, darauf spuckte und anfing, mir den Mund abzuwischen.

»Jetzt reicht es aber! Du hast sie wohl nicht mehr alle!« Ich riss ihr das Taschentuch aus der Hand. »Bin doch kein kleines Kind!«

Mühsam rappelte ich mich auf, wankte ein bisschen, aber dann stand ich.

Nein, noch nicht richtig! Ich lehnte mich an die Hausmauer, so wackelig war ich auf den Beinen. Tief durchatmen, Augen nochmal zumachen. Dann konnte ich frei stehen. Bei allen sah ich Erleichterung. Arthur klopfte mir mehrmals auf die Schulter und rief dabei immer wieder »Geo, Geo«.

Regina säuberte dann doch, nachdem alle mich über mein blutverschmiertes Gesicht aufgeklärt hatten, meinen Mund mit ihrem Taschentuch.

Aber nicht mehr mit ihrer Spucke. Darauf bestand ich.

Als ich selbst ins Taschentuch spuckte, färbte es sich rot von Blut.

Ich erfuhr, dass, nachdem ich umgekippt war, Herbert aus unserem Versteck heraus Regina gerufen hatte. Sie war mit Arthur an der Kirchhofmauer stehen geblieben, denn sie wusste ja, dass wir drei uns nach dem Schuss versteckt hatten. Als Herbert sie aufgeregt und ängstlich rief, hatte Regina sofort die Rolle der Krankenschwester übernommen.

Der Schuss, die Angst, entdeckt zu werden, die blutende Wunde und der mögliche Ärger zu Hause waren zu viel gewesen. Und der Munitionsexperte war umgekippt.

Mein Gesicht war inzwischen mit Reginas Taschentuch und – bah – zum Schluss doch noch mit ihrer Spucke gesäubert worden. Ich sehnte mich nach Wasser!

Mein Finger, stellte ich fest, war mit einem anderen Taschentuch verbunden. Beste medizinische Versorgung. Als ich das Stoffmuster erkannte, riss ich angewidert den Verband von meinem Finger, der sofort wieder zu bluten begann. Es war Arthurs Sabbeltuch. Mir wurde fast schon wieder schlecht.

Dieses versabberte Tuch auf meiner Wunde! Ich glaubte zu spüren, wie der ganze Speichel sich in meinem Körper ausbreitete, der durch die Wunde eingedrungen war. Nein, nicht Arthurs Sabbeltuch!

Doch nach knapp einer Minute, als sich der Boden vom Schlöffchen mit meinem Blut immer dunkler färbte, legte mir Regina wieder Arthurs Taschentuch als Verband an. Denn gerade, als ich auf meine Wunde beißen wollte, ging mir durch den Kopf, dass sie bereits von Arthurs Tuch infiziert war. Und jetzt würde ich auch noch mit meinem Mund diese versabberte Stelle berühren und mit dem Blut, das aus der Wunde trat, Arthurs Speichel schlucken. Mich würgte es im Hals. Brechreiz stieg hoch. Angeekelt schaute ich zwischen den beiden Giebeln des Durchgangs nach oben. Dort war ein blauer Himmel zu sehen. Gott sei Dank war die Welt noch heil!

Manfred scharrte mit seinen Schuhen über den Boden und verwischte so die Blutspuren.

Dann machten wir uns auf zu Onkel Josef, dem Sanitäter, der schon meinen Hintern vor allzu großem Schaden bewahrt hatte. Aber wie sollten wir meine Wunde erklären?

Herbert hatte wieder eine Strategie entwickelt. Darin war er wirklich sehr gut. Nur die Sache mit der Patrone war keine so gute Idee gewesen.

Er schlug folgendes vor: Wir hätten bei Herbert im Hof auf dem Stapel Holzschwarten, die letzte Woche vom Sägewerk für den Bau eines Holzschuppens angeliefert worden waren, gespielt. Ich wäre ausgerutscht und hätte mich an dem splittrigen Holz verletzt.

Um unseren Unfallbericht auch niet- und nagelfest zu machen, liefen wir zu dem Holzstapel, ich hob Arthurs Sabbeltuch ein wenig an und ließ Blut auf die Schwarten und auf den Boden tropfen. Dann liefen wir zu Onkel Josef.

Er benutzte keinen Weltkriegsmull, sondern legte mir einen festen Verband an und ging mit mir nach Hause, denn die Wunde müsse genäht werden.

Später saß ich bei Vater im Auto, der mich nach Cochem zu Dr. Feldmann, unserem Hausarzt, fuhr. Es wurde nicht genäht, aber ich bekam zwei Klammern gesetzt und erhielt eine Spritze gegen Wundstarrkrampf.

Es war so spät geworden, dass wir wegen des Antibiotikums an der Apotheke klingeln mussten.

»Wie kann man nur so blöd spielen?« Immer wieder schüttelte Vater auf dem Heimweg den Kopf.

Du hast ja so recht, dachte ich bei mir. Wenn du wüsstest, und ich schickte meiner Bekanntschaft, die bis jetzt anonym gewesen war, aber heute sichtbar in mein Leben eingegriffen hatte, ein Gebet zum Himmel.

Er hatte wirklich sehr gut auf mich aufgepasst. Und auf die anderen natürlich auch.

Es soll Leute geben, die wegen einer kleinen Fingerverletzung nicht arbeiten können. Jede Bewegung schade dem Finger und verzögere den Heilungsvorgang.

Das sei auch richtig so und manchmal auch vernünftig, erklärte mir Vater, als ich ihn auf das Briketthochtragen aus dem Kohlenkeller ansprach. Aber Unternehmer und selbständig zu sein, sei ein gesunder Beruf. Man könne nicht wegen jeder Kleinigkeit krank feiern. Und da er nicht wolle, dass ich ein Drückeberger und Weichling würde, solle ich die Zähne zusammenbeißen.

Also Briketthochtragen, das schaffe man auch mit so einer kleinen Verletzung.

»Du kannst die Körbe ja halb voll machen, dann sind sie auch nur halb so schwer. Und den Griff am Kohlekorb kann man durchaus mit drei Fingern packen.«

Meine Frage, ob ich mit meiner verletzten Hand Kohlekörbe tragen könne, war somit geklärt und pädagogisch klar und einfach begründet.

Am nächsten Tag hatte Herbert alle Spuren auf dem Kirchhof beseitigt. Das Einschlagloch der Kugel hatte er mit Erde zugescharrt und die gesplitterte Baumseite der Kiefer, welche die Kartusche oder das Geschoss verursacht hatten, mit feuchtem Sand eingerieben, damit das frische, zerfaserte Stammholz abgedunkelt wurde. Wie gesagt, Herbert war zuverlässig und ordentlich.

Die verbeulte Patronenhülse hatte er mir stolz gezeigt und wollte sie mir als Souvenir schenken. Ich lehnte dankend ab.

»Aber du kannst mir helfen. Denn eigentlich hast du mir den ganzen Ärger mit deinem Patronenwerfen eingebrockt. Ich muss trotz meiner Verletzung Brikett hochtragen.«

Er wäre nicht Herbert gewesen, wenn er nicht eine Lösung meines, wie er sagte, berechtigten Problems gefunden hätte.

Alle Beteiligten sollten dem Opfer des Experimentes helfen.

»Also, Opfer ist ja wohl übertrieben«, meinte ich, »aber wenn du eine Lösung hast, raus damit.«

Er hatte eine.

Als nämlich im Laufe des Tages alle Experimentteilnehmer auftauchten, um sich nach meinem Finger zu erkundigen, pochte Herbert auf unsere gemeinsame Verantwortung, gegenseitige Hilfe, Unterstützung des leidenden Opfers und Solidarität in Krisenzeiten. Daraus folgerte er, dass jeder mir beim Kohleschleppen helfen müsse.

Alle nickten. Auch Arthur, wobei der offensichtlich gar nicht wusste, worum es ging.

Damals überlegte ich bei mir, ob aus Herbert mal ein Politiker oder zumindest ein Versicherungsagent werden würde.

Am Nachmittag erschienen alle nach Herberts Plan zum Kohleschleppen.

Wir füllten den ganzen Brikettkasten, in den Brennstoff für vier Tage passte.

Oft waren wir alle zusammen im Kohlekeller, auf der Treppe und am Kohlekasten bei der Ofenfeuerung. Wer schafft zwanzig Briketts? Wer fünfundzwanzig? Wer dreißig oder gar vierzig?

Arthur war der stärkste. Er laufe die vielen Treppenstufen – es waren dreizehn, ich hatte sie oft genug gezählt – aus dem Keller hoch wie ein Eichhörnchen, sagte Herbert anerkennend. Arthur strahlte über das ganze Gesicht.

»Aber jetzt bist du dran«, unterbrach Regina Herberts Lobeshymne, »ich sehe nicht ein, dass Arthur auch noch deine Körbe hoch trägt. Wir hatten ausgemacht, jeder hilft. Ich denke, du solltest jetzt ran!«

Alle Achtung! Dieses Mädchen blickt durch. Ich schmunzelte versteckt in meinen vom Kohlestaub geschwärzten Fingerverband.

XIV

»Morgen fährt der Pastor wieder mit Brot aus, hoffentlich ruiniert er mir nicht die Kupplung«, verkündete Vater beim Abendessen und ermahnte mich im gleichen Atemzug, meine Füße bei mir zu halten. Er hatte durch sein Brandloch in der Tischplatte gesehen, dass ich meinen Fuß vorsichtig tastend in die Nähe von Klaus' Beine gestreckt hatte.

Pastor Graf kam bereits seit drei Tagen zum Fahrtraining. Heute hatte er Mutter einen Zettel gegeben, auf dem die Bibelstelle stand, die ich am nächsten Sonntag vorlesen sollte, hatte sich auf den Fahrersitz gesetzt und war fröhlich pfeifend mit Vater auf Brottour nach Büchel gestartet.

Das sei geschäftsschädigend, meinte Vater, als er von den ersten Fahrstunden zurückkam.

Wenn die Leute den Pastor sähen, frage keiner nach Brötchen oder Teilchen. Nein, sie kauften nur Brot. Wahrscheinlich glaubten sie, mitten in der Woche ein Teilchen zu kaufen, sei übertriebener Luxus oder sogar Sünde. Sie fühlten sich vom Pastor beobachtet. Er habe die Angewohnheit, vom Fahrersitz aus über die Rückenlehne das Verkaufsgeschehen zu verfolgen. Manchmal mische er sich auch in Vaters Gespräche mit den Kunden ein.

»Also das mit den Teilchen ist wirklich gravierend. Kaum jemand kauft sie.«

»Wir essen ja auch keine Teilchen in der Woche«, meinte Mutter, »es sei denn, sie sind alt.«

Ich aber freute mich heimlich darüber und rechnete mir aus, dass wir beim nächsten Schwimmen im Pulvermaar mit einem Karton voller alter Zuckerwecken dort auftauchen würden.

Was Vater ebenfalls störte, war die Tatsache, dass die Brottour nun so schnell vorüber war. Das sei zwar für ihn ein Zeitgewinn, aber es sei nicht gut, wenn kaum jemand mit ihm etwas Persönliches spräche. Es gäbe einfach keine zwanglose Kommunikation mehr. Sähen die Leute die Glatze vom Pastor hinter dem Lenkrad, mache sich jeder wieder schnell nach Hause.

Normalerweise hörte Vater in den Dörfern die neuesten Klatsch- und Tratschgeschichten, erfuhr dies und jenes aus der Ortspolitik und wusste so manche persönliche Angelegenheit von guten Kunden zu berichten.

»Niemand erzählt mehr was«, klagte er. »Offensichtlich genieren sich die Leute vor dem Pastor.«

Auch die Fahrkünste seines neuen Fahrschülers beunruhigten ihn dermaßen, dass er regelrecht um sein Auto fürchtete. Der Pastor ließe beim Starten den Schlüssel viel zu lange in Startposition, so dass der Anlasser gefährlich schnurre, er würge den Motor bei fast jedem Anfahren ab und vergesse wie oft, die Handbremse anzuziehen oder sie beim Anfahren wieder zu lösen. Einmal sei sogar, während er am Verkaufen gewesen sei, das Auto rückwärts gerollt.

»Wir können nur hoffen«, schloss Vater seinen Bericht, »dass es beim vierten und fünften Mal besser wird.«

Aber es wurde nicht besser, und Vater begann sich schon laut zu fragen, ob seine Einwilligung, Pastor Graf auf seine Brottouren mitzunehmen, richtig war.

Ich brannte vor Neugierde, Pastor Graf in Aktion zu sehen. Musste ich sonst die großen Touren mitfahren, brachte mir die Fahrpraxiserweiterung unseres Pastors ein Erhebliches mehr an Freizeit. Jetzt aber roch ich das Abenteuerliche und Einmalige.

Vater willigte ein. Er meinte, vielleicht stellt er sich dann nicht ganz so unbeholfen an, wenn ein Kind ihm zuschaut. Vielleicht begreift er dann schneller, wie Kupplung, Gas und Bremse zu koordinieren sind.

Nein, er begriff es nicht. Beim besten Willen, er begriff es nicht. Er begriff überhaupt nichts.

Mir taten Motor, Getriebe und ganz besonders Vater leid, der einmal mit hochrotem Kopf und das andere Mal mit zusammengepressten Lippen neben mir saß. Ich konnte ihn verstehen. Er war froh, wenn wir angefahren waren und die nächste Haltestation erreicht hatten.

Eigentlich war es immer der gleiche Vorgang: Kupplung treten, bremsen, Zündung ausschalten, ersten Gang einlegen, Handbremse ziehen. Ich verstand nicht, warum sich Pastors Fuß vor dem Bremsen noch auf das Gaspedal verirrte.

Nach gut einer Woche kam Vaters Aufkündigung. Es geschah im Ort Driesch. Leider war ich nicht dabei. Aber Vater hat uns die Geschichte in aller Ausführlichkeit erzählt.

An unserem VW-Bus gab es viele schöne Details. Da war das gerade mal fingerdicke Lenkrad, der Abblendknopf unten links neben der Kupplung, der unendlich lange Schaltknüppel. Auch der quer über die Vorderfront verlaufende Frischluftgrill ist mir noch gut im Gedächtnis, ebenso das runde Tachometerglas mit dem weißen Geschwindigkeitsanzeiger. Besonders aber erinnere ich mich an den Blinker.

Der Blinker war kein phantasieloses rundes Licht mit Bimetalllämpchen, nein es war ein kleiner Arm, der beim Betätigen des Blinkerhebels in Kopfhöhe aus dem Fahrzeugrahmen unmittelbar hinter der Fahrer- oder Beifahrertür heraussprang und orange leuchtete.

Mit meinen Brüdern hatte ich oft heimlich in der Garage den Blinker eingeschaltet, was uns großen Spaß machte.

Aber dieser Blinkerarm lebte äußerst gefährlich. Besonders der auf der rechten Seite, der Beifahrerseite. Dort befand sich nämlich die seitliche, doppelflügelige Klapptür des Laderaumes für das Brot. Wurde sie geöffnet, schwang sie genau dorthin, wo der Blinkerarm herausklappte. Man durfte diese Tür nie – Vater hatte das jedem von uns eingebläut, auch Pastor Graf – nie bei herausgeklapptem Blinker öffnen. Ebenso durfte der Fahrer nie bei laufendem Motor oder bei eingeschalteter Zündung den Blinker betätigen, wenn die Seitentür des Laderaumes offen stand. Dann nämlich bräche der Blinkarm mit einem knirschenden Geräusch ab.

Genau dieses Geräusch hörte Vater damals in Driesch.

Sie hatten an der Verkaufshaltestelle gebremst, der Motor war fachgerecht ausgeschaltet worden, und die Handbremse war angezogen. Vater stieg aus, öffnete die seitliche Klapptür.

Dann fummelte sein begabter Fahrschüler am Zündschlüssel und am Blinkerhebel gleichzeitig herum.

»Es tat richtig weh, das Geräusch ging mir durch Mark und Bein«, berichtete Vater.

Danach hing der Blinkerarm traurig an zwei Kabeln aus dem Rahmen. Er sei ganz ruhig geblieben, habe aber zum Pastor gesagt, er solle sich auf den Beifahrersitz setzen, die Fahrstunden seien beendet und den Schaden müsse er bezahlen. Dann seien sie, ohne viel miteinander zu sprechen, die zwölf Kilometer zurück nach Hause gefahren.

Am Pfarrhaus ließ Vater Pastor Graf aussteigen.

»Du hast was? Du hast den Pastor nicht mehr weiterfahren lassen und kein Wort mehr auf der Heimfahrt mit ihm gesprochen? Nein, Johann, das glaub ich nicht!« Mutter schnappte nach Luft. »Das durftest du nicht machen, das ist der Pastor. Ein heiliger Mann! Den kann man doch nicht so behandeln.«

Sie setzte sich, ergriff einen Zipfel ihrer Schürze und begann, diesen nervös mit ihren Fingern zu kneten. Ich glaubte, sie finge gleich an zu weinen.

»Du gehst sofort zum Pfarrhaus und entschuldigst dich. Mein Gott! Wie kannst du nur so mit dem Pastor umspringen? Und unser Georg soll auch noch am Sonntag die Lesung vortragen. Ich schäme mich, ich schäme mich so für dich. Wie soll ich denn dem Pastor noch unter die Augen treten? Nein, diese Schande ertrag ich nicht. Ich, ich gehe nie mehr in die Kirche. Ich werde ja meines Lebens nicht mehr froh. Und schuld daran bist du!«

Die Küchentür flog zu und dann hörten wir Mutter die Treppe hochstürmen.

Wir saßen bedrückt am Abendtisch. Es fiel kein Wort mehr und keiner schubste.

Maria und ich brachten Helga und Marcus ins Bett. Um neun Uhr war das Haus dunkel und still.

Am nächsten Morgen half ich in der Backstube. Mutter hantierte in der Küche und im Laden. Sie ließ sich nicht blicken. Vater sah unglücklich aus. Dann brach es aus ihm heraus.

»Was meinst du, was die Kupplung unter ihm gelitten hat!«

Ich brauchte nicht zu fragen, wen er meinte.

»Es hat manchmal richtig nach Gummi gestunken, wenn er angefahren ist. Besonders am Berg. Ich weiß nicht, wie man so wenig Gefühl für Motor und Getriebe haben kann. Und als er dann noch den Blinkerarm abgebrochen hat, konnte ich nicht mehr. Hab ich denn so Unrecht, wenn ich dann die Reißleine ziehe? Aber bei deiner Mutter bin ich ja wieder der Verbrecher, der die kirchliche Autorität untergräbt.«

Ich antwortete nicht, nickte nur und litt unter Vaters Zerknirschtheit. Die Stimmung war weiterhin bedrückend. Wie sollte je wieder Glück in unser Haus einziehen, wenn Mutter so sauer war? Nicht nur das, ich machte mir auch ernsthafte Gedanken um ihr Seelenheil, wenn sie nicht mehr in die Kirche gehen wollte, weil sie sich wegen Vaters Verhalten schämen musste. Oh Gott! Mutter ohne Kirche! Sie und wir würden alle in der Hölle landen.

Ich kann es mir nicht erklären, dass dies alles in jenem Sommer geschah mit seinem besonderen Licht, mit seinen klaren mondhellen Nächten und dem Geruch von Ähren und Stroh. Aber auch diese Sache wurde wieder ins rechte Lot gebracht.

Zwei Stunden später wurde in unserem Haus wieder gelacht, und ich lief erlöst trällernd und pfeifend am Nachmittag nach Felchelen in mein Traumtal.

Kurz vor neun Uhr ging die Backstubentür auf und Pastor Graf trat ein, als ob es nie eine Verstimmung zwischen ihm und Vater gegeben habe.

»Na, ihr Mehlwürmer«, grüßte er, »lasst ihr einen reuigen Sünder und furchtbar schlechten Fahrschüler in eure geheiligten Hallen?«

Vater wechselte die Farbe. Er stand gebückt am Ofen und warf gerade ein paar Briketts ins Feuer. Fast hätte er vergessen, die Ofentür zu schließen, so verdattert war.

»Blinker wird bezahlt, hier sind vorerst einmal zehn Mark. War mir gestern wirklich peinlich. Hab mich nicht gerade fachgerecht verhalten. Aber wir zwei mit unserer Russlanderfahrung lassen uns von so was nicht irritieren, nicht wahr?«

Er legte einen Zehnmarkschein auf die Mulde und stellte sich lachend neben Vater.

Der stand wie ein armer Tropf mit gequältem Gesicht neben ihm, wusste nicht, wohin mit seinen Händen, öffnete schweigend den Mund und schaute mal auf den Boden und dann wieder hilflos zu mir.

»Wo ist denn eure Mutter? Hab sie vorhin gar nicht im Flur gesehen. Ist sie nicht da? Es ist so still im Haus.«

Vater sagte immer noch nichts. Entweder war Pastor Graf ein hervorragender Schauspieler, der seine gestrige Abkanzelung und Demütigung – ja Demütigung, so hatte Mutter doch gesagt – überspielte, oder er war sich bewusst, dass er Vaters

Geduld wirklich bis zum Zerreißen strapaziert hatte, und er das Verhältnis wieder normalisieren musste.

»Geh sie mal holen«, brachte Vater hervor. Seine Stimme war belegt und verriet, dass er Hoffnung auf Erlösung aus dieser Situation hegte.

»Pastor Graf ist in der Backstube?« Mutter schüttelte ungläubig den Kopf. Nein, sie komme auf gar keinen Fall hinüber, wie könne sie bei solch einem Ehemann, der Kirche und Glauben missachte, dem Pastor unter die Augen treten?

Wieso Glauben, überlegte ich und fand mich mit meiner Weisheit am Ende. Was sollte ich bloß tun? Dann ging die Tür auf, der Pastor trat ein und bat Mutter, in die Backstube zu kommen.

»Du bleibst hier«, beschied er mir zugewandt, »du kannst ja schon mal die Lesung für Sonntag üben.«

Es dauerte bestimmt eine Viertelstunde, ehe sie alle drei lachend in der Küche erschienen. Vater und Mutter noch ein bisschen verlegen. Ich hatte zwischenzeitlich drei Mal im Laden bedient. Mutter kochte Kaffee. Vater ging zum Küchenschrank, kramte oben rechts, brachte einen Umschlag zum Vorschein und gab ihn dem Pastor.

»Wie gesagt, für die Steyler Missionare.«

Pastor Graf nickte dankend und steckte den Umschlag ein.

Dann tranken sie Kaffee und ich durfte meine Backstubenschürze ablegen. Er brauche mich heute Morgen nicht mehr, hörte ich von Vater, und Mutter lächelte mir irgendwie erlöst zu.

Beim Mittagessen erfuhren wir, dass der Pastor nächste Woche noch zwei Mal mit auf Brottour fahre.

Wie gesagt, es war ein Sommer wie im Märchen. Was ich aber bei all dem Märchenhaften nicht verstand, war die Frage, was denn die Steyler Missonare mit dem abgebrochenen Blinker zu tun hatten?

Das hatte bestimmt wieder Mutter eingefädelt.

XV

Ich lief den Weg hinter unserem Haus Richtung Felchelen hoch zur Eiche und wusste sofort: Sie waren gekommen!

Ich blieb stehen, schloss die Augen und sog vorsichtig die Luft ein, behutsam schnuppernd, weil ich fürchtete, ich könne den Geruch verlieren. Ja. Sie waren da! So roch ihr Lagerfeuer.

Ich rannte durch die ausgefahrenen Rinnen des Ackerweges, sprang über Pfützen und patschte durch schlammigen Matsch, der sich an der Holunderhecke gebildet hatte.

Zwischen dem Rauch nahm ich den bitterherben Duft von abgeschlagenen Ginsterbüschen wahr, ehe ich die Kuppe erreichte.

Oben verharrte ich kurz. Dann ging ich die letzten fünf, sechs Schritte bis zur Eiche. Mit geschlossenen Augen ertastete ich den Stamm, fühlte die raue Rinde und die spröden Flechten auf der Westseite. Ich ließ meine Hand über den Stamm gleiten, ging um ihn herum und blieb rechts daneben stehen. Noch einmal sog ich den harzigen Duft des Feuers ein. Wieder ganz behutsam und vorsichtig, als könne durch zu schnelles Einatmen etwas verloren gehen. Dann öffnete ich die Augen. Von hier aus hatte man den besten Ausblick ins Tal.

Ihre Wigwams standen unten auf der Wiese. Es waren fünf.

Eines erhob sich am Bachrand neben dem alten Apfelbaum, der helle Augustäpfel trug. Die anderen Zelte gruppierten sich halbkreisförmig im hinteren Teil des kleinen Talkessels.

Bunte Federn flatterten an gespannten Schnüren und Zeltstangen.

Auf der gegenüberliegenden Wiese weideten ihre Pferde. Braun und gescheckt. Edle Tiere, die kauend zu mir herüberschauten und die Köpfe zum Grasen senkten. Sie scheuten nicht und wurden nicht unruhig. Sie hatten mich erkannt.

Ihr Lagerfeuer konnte ich nicht sehen, es wurde von einem Busch verdeckt. Aber der aufsteigende Rauch, der manchmal mit aufwirbelnden Funken durchsetzt war, verriet mir, dass sie am Feuer saßen und Holz aufwarfen.

Warm lag das Licht der späten Nachmittagssonne auf den hellen Zelthäuten der Wigwams.

Die Luft flirrte auf den Schieferfelsen am Waldrand und die Blätter der Buchen glänzten in der Sonne. Ich sah ihre Bogen und Speere und aufgespannten Felle vor den Zelten.

Eine tiefe Ruhe erfasste mich und eine drängende Sehnsucht wärmte mein Herz.

Immer wieder kamen sie ins Tal, schlugen ihre Zelte auf und blieben einige Zeit.

Ich breitete die Arme aus und begann auf ihr Lager mit den Wigwams zuzulaufen. Nur zehn Schritte durfte ich gehen, ehe der Weg nach links abbog. Als ich an der Kehre angelangt war, rannte ich geradeaus über die gemähte Wiese. Dort zögerte ich etwas, dann jedoch lief ich einfach durch das reife Weizenfeld. Hier gab es keinen Schütz, der mich zurückrufen würde.

Mit meinen Händen streifte ich über die Spitzen der Ähren, spürte die Grannen an den Fingerkuppen und rief laut: »Ich komme, ich komme!«

Ich näherte mich den Wigwams, übersprang mit einem Anlauf einen quer verlaufenden Hangweg, nahm mit einem Sprung die letzte Böschung und dann …

»Georg, Auto laden!«

Der Ruf hallte hinab ins Tal und traf mich hart und erbarmungslos.

Ich stoppte abrupt, so dass ich fast hingefallen wäre, und obwohl ich mir mit beiden Händen die Ohren zuhielt, vernahm ich den durchdringenden Ruf ein zweites Mal.

»Georg, Auto laden!«

Ich blinzelte irritiert. Traurig und enttäuscht. Nein, zornig und wütend.

Mit dem Blinzeln verschwanden meine Freunde. Meine Traumwelt zerstob. Oben an der Eiche erschien die Zopf tragende Silhouette meiner Schwester. Die Wigwams mit ihren goldgelben Häuten und Lederbahnen schrumpften zu erbärmlichen Heuhaufen. Die Bogen und Speere verdampften in der Sonne. Die Pferde, die friedlich am Hang geweidet hatten, wurden zu gemeinen, hundsgewöhnlichen und blöd dreinblickenden Rindviechern.

Ja, zu blöden, dämlichen Kühen, nicht etwa zu einer grasenden Büffelherde mit zottigem Fell.

Und als noch eines dieser Viecher muhte, zerplatzte mein Traum endgültig. Das Lagerfeuer hinter der Hecke entpuppte sich als das kokelnde Feuer von Hammes Karl, der dort altes Reisig verbrannte.

Ich stand an dem Hangweg, den ich gerade übersprungen hatte und weinte.

Wütend stampfte ich mit den Füßen auf den Boden, sah meine Tränen in den aufgewirbelten Staub tropfen und verschwinden wie meine Indianerfreunde, die eben hier noch ihr Lager aufgeschlagen hatten. Gern hätte ich geschrien und mit den Fäusten auf meine Schwester eingeschlagen. Aber es nutzte ja nichts. Ich musste zurück, zurück ins Brotlager und in die traumlose Realität den blöden VW-Bus beladen. Maria würde warten, bis ich oben an der Eiche angelangt war. Ich hatte schon öfter, wenn sie mich in Felchelen rufen kam, das Nachhausekommen hinausgezögert. Es gab dann jedes Mal Ärger für sie und für mich sowieso. Also wartete sie, bis ich oben war. Ich kroch unter dem Weidezaun hindurch, kletterte über die Böschung und schlenderte den Weg gemütlich hoch.

»Du sollst dich beeilen, Vater wartet schon«, fauchte mir Maria entgegen.

»Immer muss ich dich rufen kommen. Du bist der unzuverlässigste Kerl, den ich kenne.«

Ich gab keine Antwort. Frag du mich noch einmal nach deinen Beinen! Die sind so krumm wie ein Bogen, so krumm wie die Eiche, unter der du stehst. Du dumme Kuh!

Alles in diesen Momenten war dumm, blöd und bescheuert. Besonders die Teilchen, die ich dann im Brotlager in einen Karton packte. Vor lauter Wut zerbröselte ich einen Amerikaner und warf die Krümel in den Eimer, in den ich samstagabends die Brotkrumen aus dem Auto kehrte. Noch nicht einmal einen geklauten Amerikaner wollte ich haben. Hätte Vater mich dabei erwischt, hätte es wieder Salzsackzeit gegeben. Es war mir egal.

Diese lästigen Termine!

Spielte ich irgendwo mit meinen Freunden, musste ich immer den Zeitpunkt des Autoladens oder des Mitfahrens auf Brottour im Hinterkopf behalten. Es wäre kein Problem gewesen, dies korrekt einzuhalten, hätte ich noch meine Uhr gehabt.

Von meiner Patin hatte ich eine Kienzle-Uhr zur ersten Heiligen Kommunion geschenkt bekommen. Die Uhr aber hatte den Wassertest nicht überstanden, denn nachdem sie einen ganzen Nachmittag am Pulvermaar an meinem Arm mittauchte, bewegte sich kein Zeiger mehr. Auch als Vater sie öffnete und das Uhrwerk trocknen ließ, kam kein Leben mehr hinein. So musste ich mich mehr oder weniger auf mein Zeitgefühl verlassen.

Und das versagte oft kläglich. Manchmal brachte es mir eine Ohrfeige ein, wenn das Zeitlimit zu weit überschritten war. Dann war die Brottour mit Vater in der ersten halben Stunde etwas belastet und mir durfte kein Fehler unterlaufen. Wenn dann noch ein Kunde unzufrieden war, war Vaters Laune vollkommen dahin.

Auch heute schwante mir, dass es eine belastete Tour nach dem Ort Weiler gäbe.

Die Vorzeichen standen nicht optimal. Vater hatte am Morgen unfreiwillig, wahrscheinlich auf Mutters Betreiben hin, für die Mission gespendet. Die beiden hatten sich zwar wieder vertragen, aber noch nicht so ganz ausgesprochen. Und ich musste von meiner Schwester zum Autoladen in Felchelen gerufen werden. Keine optimalen Bedingungen für eine harmonische Verkaufstour.

An der vierten Haltestelle, als ich mit einem Brot im Arm in einen Bauernhof kam, passte mich die Hausfrau an der Haustür ab und teilte mir süffisant lächelnd mit:

»Heute nehme ich nichts und in Zukunft auch nicht. Sag deinem Vater, sein Brot kann man nicht fressen.«

Schon sah ich das Unwetter heraufziehen. Als ich zum Wagen zurückkam, war Vater glücklicherweise noch nicht aus dem Nachbarhaus zurückgekehrt. Schnell legte ich das Brot ins Auto zurück. Er würde es nicht merken.

»Und, alles in Ordnung?«

»Ja, haben bezahlt«, log ich.

Natürlich wollte ich ihn schonen. Wer kann seinem Vater ungerührt eine solche Nachricht überbringen und ihm sagen: Das Brot, das du produzierst, kann man nicht fressen. Das Wort »fressen« hatte mich am meisten geschockt. Schmeckt uns nicht, hätte ich mir noch gefallen lassen, aber fressen? Hätte diese Frau nicht auch sagen können: »Wir kaufen das Brot jetzt bei der Konkurrenz?«

Nein! Sie wollte Vater beleidigen. Und ich wollte und konnte das nicht. Eher wollte ich lügen.

Aber das misslang kläglich. Andere konnte ich belügen, ohne rot zu werden oder verlegen zu wirken, aber Vater und Mutter nicht.

»Du hast das Geld nicht in den Geldbeutel gelegt«, begann Vater an der nächsten Haltestelle, ehe er laut hupte, um sein Kommen anzukündigen.

»Wo hast du es? Du beklaust mich doch nicht?«

Ich begann zu stottern, drückte mich verschreckt und voller Angst an die Beifahrertür, weil ich fürchtete, er würde mich schlagen.

»Wo hast du es? Zeig deine Taschen!«

»Ich bestehle dich nicht, Vater«, brachte ich tief getroffen hervor. Wenn er mich für einen Dieb hielt, brauchte ich ihn auch nicht zu schonen. Ich berichtete. Er wurde blass, schaute wortlos zum Fenster hinaus und fuhr sich über die Stirn.

»Ich erlebe momentan eine schlimme Zeit. Einer ruiniert mir fast mein Auto, deine Mutter beschuldigt mich, gegen Kirche und Glauben zu verstoßen, ich spende mein hart verdientes Geld für die Mission, eine Frau kann mein Brot nicht mehr fressen, und du belügst mich.«

Er schwieg und schaute weiter zur Frontscheibe hinaus.

»Belüg mich bitte nie mehr, auch nicht aus Mitleid. Mich schmerzt es mehr, aus Mitleid von meinem Sohn belogen, als von einem Fremden beleidigt zu werden.«

Dann kamen die ersten Kunden ans Auto und unser Gespräch war vorläufig beendet.

An der zweitletzten Haltestelle gab es für Vater eine weitere Enttäuschung.

Diese Familie war gute Kundschaft. Jede Woche kauften sie vier Kastenbrote. Die Bäuerin, eine resolute, kräftige Frau mit einer lauten Stimme, und, wie Vater sagte, auch mit einer spitzen Zunge, erschien immer mit ihren beiden Töchtern, die etwa in meinem Alter waren, am Brotauto. Mit dabei stand seit ein paar Wochen abwartend hinter den dreien ein ungefähr gleichaltriges schwarzhaariges Mädchen mit einem schmalen Gesicht. Zöpfe, Kleid, Schürze, Nagelschuhe. Ich hatte sie noch nie sprechen hören.

Als ich sie zum ersten Mal sah, wusste ich nicht, wo ich sie einordnen sollte.

»Das ist unser neues Pflegkind Irmgard«, beantwortete die Bäuerin Vaters Frage, ob sie Besuch hätten.

Eine Woche später hätte ich Irmgard fast nicht mehr wieder erkannt, denn die Zöpfe waren verschwunden und sie trug einen struppigen Bubikopf.

»Haben der mal die Haare geschnitten. Die wurde ja morgens nie fertig mit dem Flechten, und ich hab Besseres zu tun, als mich darum auch noch zu kümmern. Kostet sowieso nur, bleibt nichts vom Pflegegeld übrig.«

Irmgard wurden die vier je zwei Kilogramm schweren Brote auf die Arme gelegt, sie sagte: »Auf Wiedersehen«, drehte sich um und verschwand ins Haus. Die beiden Töchter durften sich jede ein Teilchen aus dem großen Karton aussuchen. Die Blonde nahm eine Apfeltasche, die Rothaarige eine Rosinenschnecke. Letzte Woche hatte ich Irmgard ausdruckslos aus dem Küchenfenster schauen sehen, als sie den Teilchenkauf der beiden Mädchen beobachtete. Für Irmgard gab es nichts. Heute sollte sie auch ein Teilchen bekommen.

Ich hatte an der vorherigen Haltestelle eine aus der Form und zu klein geratene Rosinenschnecke aus dem Karton genommen, ohne dass Vater dies bemerkte, und sie zwischen die Kastenbrote gesteckt. Während Mutter und Töchter die Teilchen im Karton inspizierten, lud ich Irmgard die Brote nacheinander auf die ausgestreckten Arme. Zwischen den letzten beiden Broten lag die Rosinenschnecke. Irmgard bemerkte sie sofort und schaute mich teilnahmslos an, als ob sie das gar nicht interessiere. Ihr Gesicht zeigte keinerlei Reaktion. Es enttäuschte mich ein wenig, dass sie sich so gar nicht über dieses Geschenk zu freuen schien.

Ich nickte ihr still zu. Dann ging sie.

Ich hatte keine Bedenken, ihr die missratene Schnecke, die man niemandem verkaufen konnte, zu schenken. Sie wäre entweder von einem meiner Geschwister gegessen worden oder in den Karton für die harten Teilchen gewandert für den Sonntag am Pulvermaar.

Ich wollte gerade die Tür an der nächsten Haltestelle zuklappen, da hörten wir lautes Rufen.

Die resolute Bäuerin kam mit schnellen Schritten auf unser Auto zu, hinter sich her an einer Hand zog sie Irmgard.

»He, Bäcker, hier hab ich eine Diebin. Die hat was aus deinem Auto geklaut.« Triumphierend hielt sie die verhutzelte Schnecke hoch. Mir wurde heiß. Abrupt ließ sie Irmgard los und schlug ihr ins Gesicht. Das Mädchen duckte sich nicht, verzog keine Miene. Nur ihre Augen füllten sich mit Wasser.

»Die hab ich ihr geschenkt«, brachte ich geschockt hervor.

»Du hast was?« Ihre schneidende Stimme hatte einen gefährlich lauernden Unterton.

Ich sah Vater an und wartete auf seine Reaktion. Schon hörte ich ihn im Beisein der beiden anderen mich einen Dieb nennen, weil ich dies ohne sein Wissen getan hatte. Und in was für eine peinliche Situation ich Irmgard gebracht hätte. Oh Gott, ich hatte alles vermasselt.

Aber dann wurde mir bewusst, dass Vater noch gar nichts gesagt hatte. Es war die Bäuerin, die mich so angefahren hatte.

Vater saß im Führerhaus, schaute nach hinten über die Sitzlehne und sagte ruhig: »Ja, ich habe Georg gesagt, er soll dem Mädchen die Schnecke zustecken. Sie ist keine Diebin.«

Ich hörte, wie die Alte, ja ich nenne sie Alte, nach Luft rang. Dann schubste sie Irmgard, ohne den Kopf zu wenden, mit der Hand in Richtung ihres Hauses und zischte: »Mach, dass du heimkommst! Und du, Bäcker, und du ...«

Offensichtlich suchte sie nach einer Beleidigung. »Wer kauft dir denn jede Woche vier Brote ab? Wer? Ein hergelaufenes Weibsstück oder unsere Familie? An wem verdienst du dein Geld? Schon mal überlegt? Hast du jemals meinen Mädchen einen Zuckerweck geschenkt? Hier hast du deine verkrüppelte Schnecke!«

Wutentbrannt warf sie das Teilchen in den Karton, drehte sich um – und weg war sie.

Vater saß unbeweglich auf seinem Sitz und schaute mich über die Rückenlehne an.

»Komm, mach die Tür zu. Wir fahren heim.«

Wir fuhren ein Stück, ohne dass einer von uns etwas sagte. Dann begann Vater zu reden:

»Du hast uns, deine Familie, durch das Verschenken einer Schnecke bestohlen, weil du mit Irmgard Mitleid hattest. Ich habe für dich gelogen, weil du ein gutes Herz hast.«

Wieder schwiegen wir beide eine Weile. Dann fuhr er fort: »Du wolltest dem Mädchen etwas Gutes tun, aber sie wurde als Diebin beschimpft und geschlagen. Was glaubst du wohl, was Irmgard bei dieser Frau, die sich vorhin bis auf die Knochen blamierte, noch zu leiden hat? Warum hast du mich nicht gefragt, ob du ihr die Schnecke schenken darfst? Ich hätte bestimmt nicht nein gesagt.«

»Doch, das hättest du«, entfuhr es mir, »wir bekommen ja von dir und Mutter auch nie ein Teilchen geschenkt. Ihr seid überhaupt nicht großzügig.«

Im selben Augenblick erschrak ich über meine Ehrlichkeit und Offenheit. Vater schwieg betroffen. Lange, zu lange. Erst als das Ortsschild unseres Dorfes im Scheinwerferlicht auftauchte, antwortete er. »Du hast recht, wir verwöhnen euch nicht. Wir sind auch nicht großzügig. Ihr sollt so erzogen werden wie andere Kinder auch. Wie Kinder in Familien, die es nicht so gut haben wie wir. Ihr wisst genau, Mutter und ich leisten uns keinen Luxus. Wir sind eine große Familie und wir müssen das Geld zusammenhalten. Schau mal, du gehst zum Gymnasium und das kostet Schulgeld. Ihr alle kostet Geld. Und du siehst ja, wie schwer es ist, eine Bäckerei auf dem Land zu führen. Mein Brot ist ja so schlecht, dass man es nicht einmal fressen kann.«

Das klang äußerst bitter.

Wir waren zu Hause angekommen, wo wir sofort die übrig gebliebenen Brote ausluden. Es waren heute mehr als sonst.

»Siehst du, verlorenes Kapital. Einen Teil der Brote können wir morgen noch verkaufen. Der Rest ist verlorenes Geld. Wir können nur noch unsere Schweine und die Hühner damit füttern. Vielleicht denkst du mal darüber nach, was für ein Verlust diese übrig gebliebenen Backwaren jedes Mal sind. Vielleicht verstehst du dann, warum Mutter und ich nicht immer großzügig sein können.«

Beim Abendessen staunte ich. Vater forderte mich auf, von dieser Brottour zu berichten und alles zu erzählen. Wirklich alles. Und das tat ich auch. Vom Brot, das man nicht fressen kann, und auch von dem Brot, das übrig war. Alle waren betroffen.

»Und noch etwas«, sagte Vater, »es geht niemanden etwas an, was bei uns an Brot übrig bleibt. Ich will nicht, dass sich die Lästermäuler und Neider über meinen Verlust freuen.«

XVI

»Bleib ruhig liegen«, hörte ich Vaters Stimme im Dunkel meines Zimmers.

»Hab im Moment ein bisschen Zeit in der Backstube. Wollte nur kurz mit dir sprechen.«

Ich war schneller wach, als wenn er mich zum Helfen geweckt hätte.

So etwas war unnormal, fast besorgniserregend. Vater hatte Zeit zum Sprechen und das am frühen Morgen.

»Guck mal, den Sonnenaufgang«, hörte ich ihn vom Fenster her sagen. »Willst du dir das nicht mal ansehen?«

Eigentlich interessierte mich der Sonnenaufgang nicht, dafür war ich noch zu müde. Aber heute war etwas anders. In Vaters Stimme war etwas Melancholisches, das mich aufhorchen ließ. Ich stellte mich neben ihn im Schlafanzug ans weit geöffnete Fenster.

»Wie in den Bergen«, begann Vater mit belegter Stimme und zeigte nach Osten, wo die noch nicht sichtbare Sonne mit einem rosaroten Streifen den Horizont bemalte und die Dämmerung verzauberte. Die Konturen der Eifelhöhen lagen in einem zarten, schemenhaften Nebelschleier, der sich vom Moseltal hochzog und bis in den hohen Himmel reckte.

Vater begann zu erzählen:

»Wir stiegen am frühen Morgen gegen drei Uhr von der Berghütte auf. Der Fußpfad war noch feucht von der Nacht und die Latschenkiefern bildeten seltsam monströse Gebilde. Die felsige Kalkwand lag still und Ruhe ausstrahlend vor uns, als ob sie noch schlafe. In den Almwiesen, durch die sich der steile Pfad schlängelte, lagen wie schlafende Tiere die mächtigen Gesteinsbrocken. Wir kannten den Weg zum Gipfel. In dem dämmerigen Licht der endenden Nacht konnte man kaum eine Markierung erkennen. Wir hatten am Tag vorher mit dem Hüttenwirt durch einen Feldstecher das Gelände erkundet und uns den Verlauf des Weges anhand von markanten Geländeeinschnitten, vorspringenden Felsen und Scharten gemerkt. Hätten wenigstens ein paar Bäume dort gestanden, wäre die Orientierung einfacher gewesen, aber auf der Höhe gab es nur Latschen.«

Ich hörte Vater tief durchatmen und sehnsuchtsvoll zu der mittlerweile intensiver rot werdenden Horizontlinie schauen.

»Wir waren zu dritt, allesamt gute Bergkameraden. Jan, Karl und ich. Wir teilten das letzte Wasser und brachen das letzte Butterbrot. Als wir am Gipfelkreuz standen, ausgepumpt und müde, ging die Sonne über den Bergspitzen und Gletschern auf. Es war wunderschön.

Aus den Nebelschwaden, die in den Tälern lagen, ragten die Gipfel hervor und leuchteten in einem warmen roten Licht. Um einige Gipfel hatten sich leichte Wolkenkränze rings um den Berg gelegt und sahen aus wie die Tonsur eines Mönchskopfes. Du hättest die Schneefelder sehen müssen. Nicht wie am Tag in grellem Licht, dass es dir die Augen schmerzt, nein, es war ein goldenes Schimmern, das sie überzog. Sie hatten von hier oben ihre tückische Gefährlichkeit verloren und sandten ein einladendes warmes Glitzern zu uns herauf.«

Dann schwieg er.

»Sehnst du dich nach den Bergen?«, fragte ich beeindruckt von seinen Erinnerungen und der poetischen Weise, wie er sie schilderte.

Vater hatte noch nie derart von seinen Bergen erzählt. So bewegt, ja beinahe sentimental. Seine Stimme war leiser geworden, als wolle er den Zauber des Morgens, den auch ich empfand, nicht stören oder zerbrechen. Wir Kinder wussten, dass er bei den Gebirgsjägern in Garmisch-Partenkirchen gewesen war. Und dass der Krieg und die Liebe ihn in die Eifel verschlagen hatten.

»Ja«, antwortete Vater. »Es war meine schönste Zeit. Einen Sonnenaufgang in den Bergen zu erleben, das prägt für immer.«

Wir schauten schweigend aus dem Fenster. Ich blinzelte, denn die Sonne hatte sich über den Horizont getastet, und ihre Strahlen übers Land gegossen, so dass es mich blendete.

Die Nebel- und Dunstschwaden aus dem Tal der Mosel waren in Bewegung geraten und schwammen über die Hügel. Weit hinten sah man die Silhouette der Winneburg. Wie ein Märchenschloss ragte sie mit ihren Ruinen und dem Bergfried aus dem Nebel hervor. Sie schien über den Wolken im goldroten Licht der Sonne zu schweben. Abgehoben von dem Bergkegel, auf dem sie stand. Die dunklen Wälder im Schatten auf der Westseite der Hügel warfen das Licht schwach und gedämpft zurück.

Durch Vaters Bericht sah ich den Sonnenaufgang vor meinem Fenster mit anderen Augen. Jetzt konnte ich seine Empfindungen bei längst vergangenen Gipfelbesteigungen nachempfinden. Ich hörte ihm weiter aufmerksam zu.

»Dann packten wir unsere Rucksäcke aus und vesperten. Pfefferminztee aus der Feldflasche, ein Stück Käse, einen Rohesser. Es gibt nichts Besseres! Und Brot natürlich.« Unwillkürlich stutzte er.

»Ach, du lieber Himmel. Ich hab das Weißbrot im Ofen vergessen.«

Schon war er an der Tür und rief: »Hilf mir grad das Brot aus dem Ofen zu holen, dann darfst du wieder ins Bett.«

Ich lief im Schlafanzug hinter ihm her in die Backstube und traf ihn an der geöffneten Ofentür. Mit einem Schieber holte er die einzelnen Brote aus dem Ofen, die ich sofort mit einer Bürste abfrischte. Dazu verwendeten wir in Wasser aufgekochte Stärke, die dem Brot eine glänzende Oberfläche verlieh.

»Da haben wir aber noch mal Glück gehabt«, meinte Vater, »sind zwar gut braun geworden. Aber ein Brot soll ja nach Backofen und nicht nach der Mehlmulde schmecken.«

Ich hatte keine Lust mehr, ins Bett zu klettern, zog mich an und half Vater bei den Brötchen.

»Ach, was ich noch sagen wollte, wir haben ja gestern beide gelogen. Du, um mich zu schonen und ich, um dein eigenständiges Handeln vor dieser Furie zu decken, was ja auch nicht ganz korrekt war. Du siehst, man will etwas Gutes bewirken durch Unrecht und verletzt doch den anderen oder erzeugt wieder neues Unrecht. Meinst du nicht auch, wir sollten beide in Zukunft ehrlicher sein?«

Dann erzählte er noch mehr vom Bergsteigen. Aber an der Mulde wollte der Zauber von vorhin nicht mehr aufkommen. Es fehlte die aufgehende Sonne und die fast heilige Stille, die ich in meinem Zimmer an Vaters Seite gespürt hatte, es fehlte die Frische des Morgens mit ihrem Duft nach Stroh und erdigen Feldern, ebenso die Ruhe und der Frieden des noch schlafenden Dorfes. Was ich ebenfalls vermisste, war Vaters belegte Stimme, die oben in meinem Zimmer zart und bewegt geklungen hatte.

Was für ein wunderschöner Morgen in diesem Sommer.

XVII

Jeden Samstag und Sonntag trank Vater abends eine Flasche Bier. Diesen Luxus leistete er sich zu Hause. Nie wäre er auf die Idee gekommen, in die Gaststätte zu gehen oder sich einen Kasten Bier in den Keller zu stellen, wie das in einigen Familien der Fall war.

Nein, da hatte Vater seine Prinzipien. Wenn im Keller ein Kasten Bier stünde, dann wäre man versucht, sich ein Bier zur Belohnung zu leisten, zum Beispiel, wenn man angestrengt gearbeitet hätte, einem etwas gut gelungen wäre oder einfach, weil man Durst hatte. War nun kein Bier im Haus, kam man auch nicht in Versuchung. So einfach und einleuchtend war Vaters Logik.

Das Bier kauften wir abwechselnd in den beiden Gaststätten. Einmal bei Nahles und das andere Mal beim Stecken. Bei Nahles gab es Königsbacher und beim Stecken Casparybräu. Das kam aus Trier. Das Besondere an Casparybräu war, dass es in Flaschen mit unterschiedlichen Farben abgefüllt war. Es gab sie in Braun oder Grün.

Vater trank am liebsten aus braunen Flaschen. Es schmecke aus diesen nicht ganz so herb, meinte er.

Ich drängte mich immer vor, das Bier kaufen zu dürfen, denn beim Stecken gab es jedes Mal ein Karamellbonbon, oder wie wir sagten, ein Zuckersteinchen. Bei Nahles hingegen machte ich Maria den Biereinkauf nicht streitig. Dort bekam man nichts geschenkt.

So kam ich an diesem Samstagnachmittag mit zwei braunen Casparybierflaschen und einem Karamellbonbon im Mund aus der Wirtschaft »Zur Winneburg«. Ich hüpfte die Straße hinunter, winkte mit den beiden Flaschen Arthur zu, der seine Runden hinterm Zaun drehte, als der Jüngste von Kalnischs, Jupp, mir in den Weg trat.

»Aha, da kommt ja unser Supermesssdiener«, begann er höhnisch grinsend und mit einem Lauern in den Augen. »Hat der Mehlwurm Durst? Ich dachte immer, der säuft nur Wasser.« Er stellte sich breitbeinig mitten auf die Straße, so dass ich weder links noch rechts an ihm vorbeigehen konnte.

Ich begriff nicht, was die Kalnischbrüder neuerdings für ein Interesse für mich entwickelten.

Nachdem ich stehen geblieben war, erfasste ich sofort, dass weit und breit niemand zu sehen war, der mir hätte Beistand leisten können. Bis zu unserem Haus waren es etwa zweihundert Meter. Ich schätzte ab, ob ich vielleicht durch den Straßengraben an Jupp vorbeilaufen konnte. Aber der war an dieser Stelle sehr tief und auch angesichts der steilen Böschung war es chancenlos, zu flüchten. Aus den Augenwinkeln sah ich Jupps Brüder, Walter und Hannes, mit den Händen in den Taschen aus ihrem Hof Richtung Straße schlendern. Sie schienen gespannt darauf zu sein, was nun ablaufen würde.

Was Vater den Kalnischs angedroht hatte, war offensichtlich ohne Wirkung geblieben.

Jupp sah, dass ich nach irgendeinem Fluchtweg spähte und ging in die Knie wie ein Tormann, der einen Elfmeter halten will.

»Also, wie ich sehe, ist der Mehlwurm unter die Alkoholiker gegangen. Ist aber ein bisschen früh für dich.« Dann rief er laut fordernd und mit einem gefährlichen Unterton in der Stimme: »Los, komm, reich die Flaschen rüber!«

»Ihr alle zusammen seid Alkoholiker, besonders euer Alter«, dachte ich. Aber weil ich keinen Ausweg sah, ging ich langsam auf Jupp zu und wollte ihm die Flaschen geben. Da bekam ich unerwartete Hilfe.

»Lass den in Ruhe!«, ertönte eine scharfe Befehlsstimme aus dem geöffneten Schuppentor in Kalnischs Hof. Ich sah den Alten aus dem Schuppen treten. Jupp erstarrte, zuckte zusammen und stand wie ein geschlagener Hund abwartend auf der Straße. Er ballte die Fäuste.

Wie bei einem Hund kam bereits der nächste Befehl:

»Mach dich hier rüber!«

»Ich krieg dich noch!«, zischte Jupp mir zu und ging rückwärts schreitend zu ihrem Hof.

Das war meine Chance, abzuhauen. Ich lief und lief und lief.

Plötzlich stolperte ich. Nicht über einen Stein, nicht über ein Stück Holz oder irgendetwas auf der Straße. Nein, ich stolperte über meine eigenen Füße. Ehe die beiden Flaschen sich selbständig machten, hörte ich schadenfrohes Lachen von der gegenüberliegenden Straßenseite, das aber sofort erstarb. Währenddessen glitten die beiden Bierflaschen aus meinen verschwitzen Händen. Ich sah sie zwei, drei Meter durch die Luft segeln und dann auf der Straße landen.

Es machte zweimal »Plopp«, als die beiden Flaschen zerbarsten.

Ich hätte nie gedacht, dass Bier so schäumen kann. Es schoss aus den gezackten Flaschenrümpfen in die Luft, zog eine fast graziöse Schleife und platschte dann auf den Asphalt. Aus den Splittern und Flaschenresten quoll eine weiße Schaumwolke, die sich immer mehr aufblähte, bis die Schaumbläschen geräuschlos zerplatzten.

Jetzt würde der Ärger erst richtig losgehen! Wenn ich Vater erzählte, was passiert war, hatte das schlimme Folgen. Ich sah ihn bereits bei Kalnischs im Hof stehen, sah die drohende und gefährlich wirkende Phalanx der Söhne breit und höhnisch grinsen. Und Vater, wie er hartnäckig auf Ersatz bestand. Ich schloss die Augen und wollte sie nicht mehr aufmachen. Ich glaubte sogar, den Alten zu hören, wie er Vater auslachte:

»Wenn dein Sohn so blöd ist, dass er die Flaschen fallen lässt, dann ist das sein Pech.«

Aber das Schlimmste war, dass ich noch nicht einmal von Jupp attackiert worden war. Der hatte ja wirklich nichts gemacht. Er hatte nur mit mir gesprochen. Ich hörte sie schon lachen und rufen, ich hätte mir alles aus den Fingern gesogen.

Vater würde mir glauben, davon war ich fest überzeugt. Er aber hätte sich gegenüber Kalnischs blamiert. Nein, das durfte ich auf keinen Fall zulassen. Vor Wut und Hilflosigkeit standen mir die Tränen in den Augen.

Dann kam mir die Idee. Besser, viel besser wäre, darüber überhaupt kein Wort daheim zu verlieren. Ich würde umkehren, beim Stecken zwei neue Flaschen auf Kredit kaufen, und nachdem ich meine Spardose geknackt hätte, könnte ich meine Schuld begleichen.

Stecke konnte mich gut leiden, der würde mir aus der Patsche helfen. Aber ich brauchte Stecke nicht. Ein anderer half mir aus der Patsche. Er half mir sogar aufzustehen.

»Du brauchst nicht zu heulen, geht schon in Ordnung.«

War das nicht die Stimme des alten Kalnisch? Ungläubig tastete sich mein Blick an dem Arm hoch, der mich aufhob. Es verschlug mir die Sprache. Über dem Arm erkannte ich tatsächlich das Gesicht des Alten. Und nicht einmal drohend, wütend oder ärgerlich. Nein, nett und freundlich lächelnd.

»Komm, steh auf, ist ja nichts passiert.« Scharf und befehlend rief er in Richtung seines Hauses: »Jupp, geh zum Stecken und hol auf meine Rechnung zwei neue Flaschen. Und beeil dich!«

Ich glaubte damals nicht an Märchen und auch nicht an Wunder. Aber in diesem Moment geschah eines von beiden.

Jupp aber stand mit offenem Mund mitten auf der Straße und schien den Auftrag seines Vaters nicht zu verstehen.

»Muss ich dir in den Arsch treten, oder begreifst du nicht?«

Mir klopfte er versöhnlich auf die Schulter und grinste breit. »Bier ist bestellt, kommt gleich. Warte einen Moment.« Damit ließ er mich stehen.

Ich war wie erschlagen. Erschlagen von der wunderbaren und märchenhaften Wendung, die die Dinge genommen hatten, erschlagen von der Freundlichkeit des Alten, die ich niemals erwartet hätte, und von der Art und Weise, wie seine Stimme einmal freundlich und in Sekundenschnelle hart und barsch klingen konnte. Zu mir war er der hilfsbereite, sanft und Trost sprechende Helfer, zu seinen Söhnen der keinen Widerspruch duldende Vater.

Als ich mit den beiden neuen Flaschen die Einfahrt zu unserem Grundstück einschlug, blickte ich zurück und sah Jupp, wie er mit Besen und Eimer die Scherben beseitigte.

Erst jetzt holte ich tief, tief Luft.

Als ich Vater den Vorfall berichtete, wurde er nachdenklich und schweigsam. Dann räusperte er sich und sagte, während er sich das Kinn rieb: »Hier ist was faul. Man kann es greifen. Aber was? Nie, nie im Leben hätte der Alte uns die Flaschen ersetzt. Der hat Angst vor meiner Drohung, ich würde ihm die Polizei auf den Hals hetzen. Aber andererseits hat er Respekt, das ist schon mal gut.«

Er wandte sich an mich und auch an meine Geschwister:

»Seid ja vorsichtig und geht denen allen aus dem Weg!«

Mutter sah sehr besorgt aus und sagte immer wieder: »Johann, hoffentlich kommt da nicht noch was. Der Kalnisch ist heimtückisch.« Gedankenverloren nahm sie, wie so oft, wenn Sorgen sie belasteten einen Zipfel ihrer Schürze in die Hand und knetete ihn.

»Er hat zwar neues Bier besorgt«, entschärfte Vater die bedrückende Situation, »aber in was für Flaschen? In grünen!«

Wir alle lachten. Nicht herzhaft und froh, aber zumindest entspannt.

Ich war allerdings nicht entspannt, und während ich an diesem Samstagabend in der Nähe der hautfressenden Feuerungstür duschte, gingen mir immer noch viele Gedanken durch den Kopf.

Warum hatte der Alte seinen Sohn zurückgepfiffen, als er sah, wie er mich bedrohte?

Hatte er Angst vor der Reaktion meines Vaters? Nein, das glaubte ich nicht.

Aber er hatte bestimmt Angst vor der Ankündigung, dass die Polizei bei ihm aufkreuzen würde. Doch warum? Bei uns könnte die Polizei jederzeit kommen, bei uns gab es nichts zu verbergen. Dann fiel es mir heiß ein, dass ich eine von Herberts Patronen hinter dem Kaninchenkasten versteckt. Doch das war mein Geheimnis.

Aber wie freundlich der Alte zu mir gewesen war! Das war ja schon fast peinlich. Ich glaubte nicht, dass der jemals ein Kind aufgehoben hat, das hingefallen war. Das passte so gar nicht zu der barschen und harten Art, wie er Jupp angefahren hatte. Und wie seine Söhne reagiert hatten. Ich wusste, die waren an Drohungen und wahrscheinlich auch an Prügel gewöhnt.

Trübe Gedanken und Fragen, Fragen, Fragen, auf die ich zunächst keine Antworten wusste.

XVIII

»Wirst du heute noch fertig?«, hörte ich Vater durch die Tür zum Duschraum.

»Wir wollen doch deine Lesung hören.«

Ach, du lieber Himmel, daran hatte ich ja gar nicht mehr gedacht.

Jetzt wurde mir warm, ohne dass ich mich in der Nähe der Feuerungstür aufhielt.

Morgen war ja mein erster Auftritt als Lektor. Dann kam in der Backstube meine Trainingseinheit Lesung vortragen.

Es waren alle da. Vater stand an der Mulde und reparierte ein Rollholz, bei dem der Griff abgebrochen war. Mutter band Marias Haare zu einem Pferdeschwanz. Klaus und Robert saßen erwartungsvoll auf Holzböcken, auf denen sonst die Brotkasten lagen, und Marcus und Helga bauten auf einem an den Nähten aufgeschnittenen Salzsack Häuser mit ihren Holzklötzen.

Ich schlug den »Schott« auf, eine Art Gebetbuch, in dem alle Lesungen und Evangelien der einzelnen Sonn- und Feiertage des Kirchenjahres verzeichnet sind.

»Lesung aus dem Brief des heiligen Apostel Paulus an die Römer«, begann ich.

»Johann, guck mal, wie der da steht«, unterbrach Mutter meinen Einleitungssatz. »Also wirklich, so eingesunken, so gar nicht frei und aufrecht.«

»Stell dich mal grade! Brust raus, Bauch rein.« Vater demonstrierte dies an der Mulde. Ich befolgte seine Anweisung.

»Nein, das ist zu verkrampft, zu gestellt. Das ist keine natürliche Haltung, also ich weiß nicht, von wem er das hat.« Mutter schüttelte den Kopf und schaute dabei Vater an, meinte dann aber, ich solle weiter lesen. Die Haltung könnten wir nachher noch korrigieren.

Dann brach ein Entsetzensschrei in die Familienidylle ein, dass ich erschrocken bis ins Innerste den Schott zuschlug und ihn fast fallen ließ. Alle starrten Mutter an, die diesen Schrei ausgestoßen hatte. Marcus fing an zu weinen, so sehr hatte er sich erschrocken.

»Majo, Johann. Nicht auszudenken, wenn der das morgen so vorgelesen hätte.«

»Majo« oder auch »Maju« war die Abkürzung für den gegen Himmel gerichteten Hilferuf an Maria und Josef. Wir Kinder hörten diesen Ruf bei den unterschiedlichsten Anlässen. Als Ausruf des Erstaunens und der Verwunderung, als Schreckensschrei, als Ausdruck der Verlegenheit oder bei echter seelischer Not. So wie jetzt.

Ich hatte gerade mal einen oder zwei Sätze vorgelesen, da ertönte bereits dieser bis ins Mark gehende Entsetzensschrei. Irritiert schaute ich zu Vater. Was hatte ich nur falsch gemacht? Ich hatte doch die ganze Woche vor seinen kritischen Ohren geübt. In seinem Gesicht war ebenfalls Erstaunen über den lauten Aufschrei zu erkennen. Fragend und etwas hilflos sah er Mutter an.

Klaus und Robert aber, die sich wissend angeschaut hatten, nickten wichtigtuerisch.

Wartet nur, dachte ich. Ihr habt keine Ahnung, tut aber so, als wärt ihr die Superlektoren. Wartet bis gleich!

Dann schlug ich meinen Schott wieder auf, blätterte darin, fand meine Lesung wieder, und wagte endlich zu fragen:

»Was hab ich denn falsch vorgelesen?«

Mutter rang nach Luft. »Das fängt ja gut an«, sagte sie zu Vater und zu mir gewandt: »Lies noch mal vor!«

Dann begann ich ein zweites Mal aus dem Römerbrief vorzulesen, in dem es heißt:

»Denn ihr habt nicht einen Geist der Knechtschaft empfangen, dass ihr euch abermals fürchten müsstet, sondern ihr habt einen Geist der Knechtschaft empfangen, in welchem wir rufen Ubba Vater.«

Wieder ertönte Mutters Aufschrei.

Dann wurde ich aufgeklärt. In der Bibelstelle bei Johannes heißt es:

»Abba Vater« und nicht »Ubba Vater«.

Es war ein alter Schott mit einer Druckschrift, die ich nicht recht kannte. Ich hatte den Großbuchstaben A als U gelesen, da sich die beiden zum Verwechseln ähnlich sahen.

Hätte ich nun am Sonntag »Ubba« statt »Abba« gelesen, hätte ich auf Lebzeiten den Spottnamen »Ubba« weggehabt, meinte Mutter. Sie kenne die Neider und Spötter zu Genüge.

In gelockerter Atmosphäre las ich dann noch vier Mal den Bibeltext vor, wurde ermahnt, nicht zu nuscheln, laut und klar zu sprechen, die Endsilben nicht zu verschlucken, nach einem Punkt eine Pause zu machen, bei einer Frage die Stimme zu heben – und vor allen Dingen gerade zu stehen.

Nun konnte nichts mehr schief gehen.

Es ging auch nichts schief.

Am Sonntag trug ich die Lesung fehlerfrei vor, obwohl mir das Herz bis zum Halse klopfte. Ich bekam einen anerkennenden Schulterschlag von Pastor Graf, und von Vater zu hören, dass ich mich das nächste Mal aufrechter hinstellen sollte. Na ja!

Es war ein gelungener Auftakt.

Nur endete dieser Auftakt mit je einer halben Stunde Salzsack für mich und für Robert am nächsten Tag, denn ich hatte ihn an den Haaren gerissen und getreten.

Als wir nämlich wieder zu Hause waren, sagte Robert zu mir: »Gut gemacht ›Ubba!‹«. Da war ich ausgerastet.

Wirklich, das musste ich mir als Lektor nicht gefallen lassen, egal wie viele Salzsackstunden das einbrachte. Außerdem, und das muss unbedingt erwähnt werden: Drei Tage nach meiner ersten Trainingsstunde hatte Mutter einen neuen Schott besorgt. Den gab es bei Pastor Graf aus der Pfarrbücherei, dem Boromäusverein. Dieser Schott war in neuer Druckschrift gesetzt, wie ich sie aus meinen Schulbüchern kannte.

»Damit du mir nie mehr ›Ubba‹ liest«, meinte Mutter und strich mir verlegen übers Haar.

XIX

Schließlich kam der Tag, an dem Arthur ein zweites Mal schrie. Er schrie so laut, dass wir glaubten, er hätte einen Anfall. War sein Schreien damals in Felchelen schon beängstigend gewesen, so bekamen wir heute regelrecht Panik. Es war der Schrei, der wie eine Explosion die Dorfidylle zerriss.

Wir hatten uns nach dem Mittagessen wie üblich am Steinhaufen getroffen. Es war ein heißer Tag, und wir wussten nicht so recht, was wir machen sollten.

Indianer spielen? – Nein.

Baumhäuschen bauen? – Nein.

Fußballspielen? – Zu heiß.

Steine werfen? – Keine Lust.

Ich weiß nicht mehr, wer auf die Idee kam, auf den »Stiffel« zu gehen und dort den großen Ameisenhaufen anzuschauen. Der Stiffel war eine Gemarkung, etwa zwei Kilometer vom Ort entfernt. Er bestand aus einer großen Ackerfläche und einem angrenzenden Mischwald aus Kiefern, Buchen und Eichen.

In diesem lichten Wald lag der große Ameisenhaufen.

Wir alle außer Regina und vielleicht Arthur kannten ihn, denn Frau Weyer, die Lehrerin der Unterklasse, ging jedes Jahr im Frühjahr mit den Klassen eins bis vier dorthin. Und das schon seit ewigen Zeiten. In dem Aufsatz, den wir anschließend schreiben mussten, durfte nie fehlen, dass die schwarze Waldameise ihren Bau zu einem Drittel über und zu zwei Dritteln unter der Erde habe. Und wenn der Ameisenhaufen genauso groß wie Fräulein Weyer war, kann man sich vorstellen, was für ein riesiges Röhren- und Gängesystem sich im Boden befand.

Wir trabten los, und nachdem wir die Hühnerfarm von Peter Irmen passiert hatten – nicht ohne vorher ein paar Steine in den Pferch zu werfen – standen wir an der Waldspitze am Stiffel und beobachteten die Ameisen. Rund um den kegelförmigen Haufen war ein ständiges Gekrabbel. Hunderte von Ameisen, groß und dunkel glänzend, zogen Kiefernnadeln und winzige Holzstückchen in Richtung ihres Baues. Auch auf dem Hügel war ein wimmelndes Kommen und Gehen. Und aus den vielen Löchern und Röhren krabbelte die schwarze Insektenmasse.

Ich hatte den Ameisenhügel anders in Erinnerung, gleichmäßiger und auch höher. Jetzt waren mehrere Einbuchtungen und Dellen in dem Haufen zu sehen, als hätte jemand darin herumgewühlt. Herbert warf ein Taschentuch auf den Hügel, sofort schossen von allen Seiten die kleinen Tierchen darauf zu. Im Nu war das Taschentuch voller schwarzer Ameisen, dass man kaum noch das Karomuster erkennen konnte. Das Tuch bewegte sich hin und her, mit den Ameisen obenauf, wie von einer nicht wahrnehmbaren Windböe angehoben und wieder abgesenkt.

Wir standen etwa zwei Meter vom Kegel entfernt und beobachteten gespannt, wie die schwarze Schar den vermeintlichen Feind attackierte. Wie erwartet, roch es bereits nach kurzer Zeit nach Essig. Wenn man sich bückte und über das wabernde Taschentuch blickte, konnte man winzige Spritzer erkennen. Die Attacke war in vollem Gange. Wir wahrten Abstand, denn jeder von uns hatte schon schmerzliche Erfahrungen mit Ameisen – oder »Seichoamese«, wie wir sie nannten – gemacht.

Eine Begegnung mit ihnen hinterließ ein schmerzhaftes Jucken, verursachte schon mal Blasen, in jedem Fall aber brennende Rötungen.

Wir achteten auf unsere Schuhe und Beine, dass sich ja kein Insekt unter die Socken oder gar in die Unterwäsche verirrte. Wenn das geschah, musste man sofort alles ausziehen und die Tiere suchen, sonst war man nachher von ihren Bissen übersät.

Arthur, der anscheinend noch keine Erfahrungen mit Ameisen gemacht hatte, wurde immer wieder von Regina zurück gehalten. Als er auf einmal laut »Oh-oh!« rief und auf seine nackten Arme klopfte, lachten wir.

Herbert fischte mit einem Stock das Taschentuch aus dem Gewimmel heraus, warf es auf den Boden, ergriff eine Ecke davon und schüttelte es kräftig. Die abgeschüttelten Ameisen landeten auf dem Waldboden und krabbelten davon, als hätte der Sturz ihnen nichts ausgemacht. Die restlichen Ameisen schlug Herbert mit einem Blätterbüschel ab.

Dann rochen wir daran. Eine scharfe, saure Brise, die einem die Tränen in die Augen trieb, schlug uns entgegen.

»Das ist gut gegen Schnupfen«, erklärte Herbert, »meine Mutter sagt, wenn man mehrmals am Tag daran riecht, vergeht der Schnupfen in wenigen Stunden.«

Ich hatte von dieser Heilmethode noch nichts gehört. Ich kannte nur Vaters Rezept gegen Schnupfen, das diesmal nicht aus einer Behandlung mit Höllenstein bestand und auch nicht auf Russlanderfahrungen beruhte. Vaters Schnupfen- und Erkältungsmedikament befand sich in einer großen braunen Dose. Diese wurde auf einem Regal hinter der Brotraumtür neben der Rumflasche und anderen Aromaflaschen aufbewahrt. Die braune mit einem Deckel verschlossene Dose enthielt Hirschhornsalz. Dieses Salz war ein teigtreibendes Backmittel und wurde für Amerikanerteilchen genutzt. Ihnen verlieh es den charakteristischen Geruch und Geschmack.

Chemisch gesehen ist Hirschhornsalz Ammoniumkarbonat und riecht stark nach Ammoniak.

Hielt man das Gesicht über die geöffnete Dose, begannen die Augen zu tränen und die Nase zu brennen. Wir Kinder durften nicht daran riechen, sondern uns lediglich mit der Hand den beizenden Geruch zufächeln.

Vater aber nahm einen kräftigen Zug an dem weißen, klumpigen Pulver, sobald er auch nur die ersten Anzeichen eines Schnupfens bemerkte. Tatsächlich hatte er fast nie Schnupfen.

Ich als Ältester durfte im Bedarfsfall ganz vorsichtig daran riechen, oder besser gesagt, schnuppern. Dann tränten meine Augen und der scharfe Salmiakgeruch schien mir bis ins Gehirn zu schießen.

Damals, als wir alle am Taschentuch die Ameisensäure rochen, konnte ich fachmännisch den Unterschied bestimmen. Gegen Vaters Hirschhornsalz war dieser Duft fast als zart zu bezeichnen, und er schmeichelte geradezu den Schleimhäuten. Er reizte zwar und kitzelte auch in Nase und Rachen, aber er war nicht so ätzend und nahm einem auch nicht den Atem.

Auch Arthur durfte daran riechen, lachte meckernd vor sich hin und zeigte auf ein paar abgeschüttelte Ameisen auf dem Boden.

»Ich hab hier noch etwas Besonderes«, sagte Regina und zog aus ihrer Tasche ein leicht zerknittertes grünes Päckchen hervor. Es war eine Packung Eckstein.

Eckstein war eine Zigarettenmarke, die bei uns im Dorf viele Männer rauchten.

Zwei Zigaretten zauberte Regina aus der zerknautschten Packung hervor.

Sie weigerte sich, uns zu sagen, woher sie sie hatte. Sie wolle uns nicht zu Mittätern machen.

Ach, wie schön sie das gesagt hat, dachte ich bei mir. Also sind die irgendwo geklaut.

In Gedanken ging ich alle Ecksteinraucher in meiner Bekanntschaft durch. Es blieb nur Herberts Vater übrig. Das konnte doch nicht wahr sein! Dieses Biest! Wie hatte sie das denn wieder angestellt?

Ich beobachtete sie. Wie ein Profi klopfte sie die filterlosen Enden auf den Daumennagel, dann steckte sie die Zigarette in die linke Ecke ihres Mundes und hielt sie fest. All das zeigte mir, dass sie nicht zum ersten Mal rauchte.

»Die könnt ihr euch teilen«, brachte sie zwischen zusammengepressten Lippen hervor. Mir gab sie die zweite Zigarette, während sie ein Streichholz anriss und mit festem Zug die Flamme in die Spitze ihrer Zigarette hineinzog.

Ich stand mit offenem Mund daneben. Ei Donnerwetter! Trägt Söckchen und Schläppchen und raucht wie ein Alter. Und dann machte sie auch noch einen Lungenzug.

Was für ein Biest! Wer von all den Mädchen in meiner Klasse bekäme so einen Lungenzug hin? In meinem Gedächtnis schwirrten die Gesichter der Pferdeschwanz, Zöpfe und Bubikopf tragenden Mädchenköpfe herum. Keine! Wirklich keine!

Ich persönlich hatte einen Höllenrespekt vor Lungenzügen. Nach dem wichtigtuerischen Zug aus einer selbst gedrehten Zigarette hatte ich im Frühjahr erbärmlich gekotzt.

Und die? Nein, mit was für einer Routine die das macht.

Profimäßig kniff sie das linke Auge zu, um den aufsteigenden Rauch abzuhalten.

»Willst du nicht ziehen, oder was?«

Ich starrte auf ihre halb geschlossenen Augen mit den langen Wimpern. Hatte Regina wirklich so lange schöne Wimpern?

Ich erinnerte mich ans Schlöffchen, als ich umgekippt war und sie sich über mich beugte.

»He, wo bist du?« Reginas Stimme holte mich in die Wirklichkeit zurück.

Erst da sah ich das brennende Streichholz in ihrer Hand nah vor meinem Gesicht. Ich schob die Zigarette in den Mund, spürte den würzigen Rauch, blies gönnerhaft aus und gab an Manfred weiter.

Manfred war Lungenzugexperte, das wusste ich. Er öffnete die Lippen und inhalierte für jeden vernehmbar den Rauch tief in seine Lungen.

»Kann ich auch«, sagte er mit Blick auf Regina und ließ während des Sprechens wie ein Könner den Rauch aus seinem Mund kräuseln. Mir entging nicht, dass bei dieser eindrucksvollen Demonstration seine Augen ein bisschen zu weit aufgerissen waren. Vielleicht war der Lungenzug doch zu kräftig geraten. Klar, er wollte Regina zeigen, dass sie nicht die Einzige sei, die mit dem Rauchen Erfahrung hatte.

Dann setzte er noch einen drauf. Nach einem zweiten recht professionell anmutenden Lungenzug erfasste seine Zungenspitze einen Tabakkrümel, der an seiner Unterlippe hängen geblieben war. Den spuckte er auf den Boden.

Regina reagierte nicht darauf.

Ich paffte nur. Lungenzüge, so glaubte ich, würden den Rauchgeruch in Mund und Atemluft länger halten. Es sollte aber auf keinen Fall zu Hause auffallen, dass ich geraucht hatte.

Ich gab die Zigarette weiter an Herbert und beobachtete weiter unsere beiden Rauchexperten Regina und Manfred, die ihre Zigaretten während des Sprechens zwischen den Lippen geklemmt hielten. Beim letzten Zug spuckte Regina mit spitzer Zunge einen Tabakkrümel auf den Ameisenhaufen.

Plötzlich begann Arthur zu schreien.

Er schrie laut, tierisch tief und abgründig, dass ich bis ins Innerste erschrak. Sein Schrei war so schrill, dass er in den Ohren schmerzte. Dabei starrte er wie gelähmt auf den Boden, und hielt mit spitzen Fingern einen Stock in der Hand. Seine Augen waren geweitet, er fing an zu zittern, warf den Kopf hin und her, so wie ich es mal bei meinem Bruder Marcus gesehen hatte, als er fiebernd im Bett lag. Arthur schrie nicht sein bekanntes »Oh-oh«, sondern ein gellendes Lautgetümmel von »Iiii«, und »Eeee« und »Ääää« entrang sich seinem Mund, aus dem jetzt nach langer Zeit wieder Speichel tropfte. Das musste ein Anfall sein. Nicht schon wieder!

Arthur ließ den Stock fallen. Dann rannte er an mir vorbei, rempelte mich dabei ungestüm an – ich glaube, er merkte es gar nicht – und stürmte durch die niedrigen Hecken am Waldrand auf die offene Flur, quer über das abgeerntete Getreidefeld in Richtung Dorf.

Wie gehetzt schaute er sich dabei immer wieder um.

»Den hat eine Ameise gebissen«, meinte Herbert erschrocken.

Der ist nicht von einer Ameise gebissen worden, dachte ich, der ist ausgerastet und weiß nicht mehr, was er tut.

Ich erinnerte mich daran, wie die Frau von August Föhr ausgerastet war, als sie ohne Vorwarnung auf ihren Mann am Brotauto einschlug, als der ihr mit barschem Ton verboten hatte, für sich und die Kinder Teilchen zu kaufen. Vater und ich mussten die wie von Sinnen tobende Frau festhalten, in deren Mundwinkel sich Schaum sammelte.

Ich sah noch genau vor mir, wie Vater sie so lange schüttelte, bis sie wieder zu sich kam.

Regina brachte uns zurück in die Wirklichkeit.

»Auf! Den müssen wir einholen!«

Ich lief los. Hinter mir war Reginas Schnaufen.

Ich hätte nie gedacht, dass Arthur so schnell rennen konnte, war er doch bestimmt die Hälfte seines Lebens hinter dem Gartenzaun eingesperrt gewesen. Aber jetzt legte er ein Tempo vor, das für uns Verfolger volle Leistung verlangte. Arthur rannte weiter mit rudernden Armen vor uns her. Dabei schrie er immer weiter.

Den hört man bis ins Dorf, dachte ich.

Obwohl ich keuchend hinter ihm her rannte, so schnell ich nur konnte, kam ich nicht näher an ihn ran. Und das, obwohl er mit den Armen rumfuchtelte, schrie und sich zwischendurch die Ohren zuhielt.

Da erfasste mich Wut, Wut auf Arthur. Ich konnte ihn zwar gut leiden und fühlte mich für ihn auch irgendwie verantwortlich, aber dass er, der eigentlich ein Behinderter war, schneller lief als ich, das ärgerte mich. War ich die ersten zweihundert Meter auf Arthur sauer, beschimpfte ihn innerlich mit unschönen Ausdrücken und wollte nie mehr mit ihm was zu schaffen haben, so wuchs nach den nächsten hundert Metern mein Respekt und meine Achtung vor ihm.

Arthur hatte wahrhaftig eine tolle Kondition. Er machte mich nass! Ich, der ich beim Sportfest zu den besten Läufern der Schule gehörte und im letzten Jahr sogar die begehrte Tafel Schokolade für hervorragende Leistungen erhalten hatte, lief abgeschlagen hinter ihm her.

Dann sah ich ihn stolpern. Er fiel in den Schlamm.

Keuchend und nach Luft schnappend stand ich schließlich über ihm, als er sich aus der Fahrrinne, die die Ackerwagen tief in den Weg gekarrt hatten, hochstemmte. Ich hielt ihn am Arm fest. Aber mit einer wilden Kraft riss er sich los und schleuderte mich dabei auf den Grünstreifen am Wegrand.

Er strauchelte, kam auf die Knie, erhob sich und ... war still.

Kein Schrei, nichts. Arthur schwieg. Ich wusste zuerst gar nicht, was geschehen war.

Arthur stand mit Schlamm beschmutzt auf dem Weg, die Augen zusammengekniffen.

Wie im Krampf waren sie geschlossen, als wolle er nach seinem Sturz nicht in die Realität zurückkehren.

Vor ihm stand Regina. Sie hatte seine rechte Hand ergriffen und hielt sie fest umschlungen.

Dann erinnerte ich mich.

Sie hatte, Arthurs gellendes Schreien übertönend, seinen Namen gerufen. Nicht mit schriller oder hysterischer Stimme. Nicht befehlend, nicht drohend. Nein, nur laut.

Sie hatte ihn beim Namen gerufen, und Arthur hatte sofort geschwiegen. In all dem unartikulierten Lautgetümmel seiner heulenden Stimme, in all dem unkoordinierten Schlenkern und Schwenken seiner Arme hatte er Regina gehört. Jetzt stand er zitternd da. Die Augen zugepresst, die Stirn von Angstfalten durchzogen. Der Mund eine schmale, blutleere Zeile in seinem gequälten Gesicht.

Sein Atem ging flatternd. Sein Arm, der mich auf den Grünstreifen geschleudert hatte, hing schlaff an seinem Körper herunter, aber mit krampfhaft geballter Faust. So fest, dass die Knöchel weiss hervortraten.

Ich stand auf, besah mir meine schlammbespritzte Hose und wusste, dass ich das zu Hause erklären musste. Dann hörte ich erneut Reginas Stimme.

Ich mochte ihre Stimme, die so sanft und anheimelnd war wie die meiner Mutter, wenn sie abends meinen Geschwistern eine Gute-Nacht-Geschichte vorlas.

»Arthur«, sagte Regina leise, fast flüsternd, »schau mich an. Was ist los mit dir?«

Aber Arthur presste sein Gesicht weiter zusammen, seine Lippen schienen noch dünner und blutleerer zu werden.

»Arthur, ich bin es, Regina. Was ist?«

Ihre Stimme war schmeichelnd, beruhigend und tief klingend.

Er schüttelte den Kopf. Regina redete weiter sanft auf ihn ein:

»Arthur, du bist doch mein Freund. Ich bin deine Freundin. Komm, mach die Augen auf und schau mich an. Alles ist gut. Alles ist gut.«

Sein Kopfschütteln wurde schwächer, sein Gesicht schien sich zu entspannen, so als würde er Regina verstehen.

»Knall ihm eine. Damit er wieder zu sich kommt«, warf ich dazwischen und versuchte den Matsch von meiner Hose abzustreifen. »Siehst du doch, der spinnt total.«

»Halts Maul«, fauchte Regina mich an, dass ich zusammenzuckte.

Und ich hatte noch vor wenigen Minuten ihre langen Wimpern bewundert. Unter denen blitzten mich jetzt zwei wild funkelnde Augen an, als ob sie mich fressen wollte.

»Hau ab, lass mich mit ihm allein!«

Ich drehte mich um und kochte innerlich vor Wut und Enttäuschung. Dafür war ich dem, dem, dem … Blödmann nachgelaufen, um mir von dem Schläppchen tragenden Biest das sagen zu lassen? Oh wie ich sie hasste!

Jetzt nahm sie seinen Kopf zwischen ihre Hände, strich ihm übers Haar und sprach weiter mit beruhigender Stimme auf ihn ein. Doch Arthur blickte nur in panischer Angst zurück, gab unartikulierte Laute von sich, hielt Regina immer wieder seine Hand vors Gesicht und streckte sie dann mehrfach in Richtung

Waldstück. Ich hatte den Eindruck, als sei er verzweifelt, weil er einfach nicht erklären konnte, was los war.

Nun schaute er mich Hilfe suchend an. Ich drehte mich um. Ich konnte einfach nicht mehr hinschauen.

Jetzt kamen auch Herbert und Manfred gemütlich angetrabt.

»Was ist?«, fragte Herbert, »ist er mal wieder durchgedreht?«

»Ja, und jetzt ist die große Psychologin bei ihm und hält ihm das Händchen«, antwortete ich sarkastisch.

»Weiberkram, alles Weiberkram!« Ich nahm einen Stein auf und warf ihn vor Wut weit auf das abgeerntete Getreidefeld. Wie gerne hätte ich Regina damit getroffen.

»Ich soll abhauen. Und das mach ich jetzt auch. Ich habe einfach keine Lust mehr.« Ich drehte mich um und machte mich auf den Weg nach Hause.

Ich spürte, dass sie hinter mir herkam. Außerdem konnte ich sie hören. Sie schnaufte, genauso wie vorhin, als wir hinter Arthur her waren. War etwas mit ihrer Lunge?

Dann stupste sie mich in die Seite.

»Nimmst du uns mit?«, fragte sie mit genau der weichen Stimme, mit der sie auch zu Arthur gesprochen hatte.

Ich verschränkte im Gehen die Arme vor der Brust, schaute in den heißen Sommerhimmel und dachte bei mir: Du kannst mich mal! Unbeeindruckt ging ich weiter. Jetzt hörte ich auch Arthurs Atem hinter mir.

»Ich weiß, was du denkst. Du denkst, du kannst mich mal! Das sehe ich an deinem Gesicht«, sagte Regina, die jetzt neben mir war.

»Tu ich auch. Und noch viel mehr.«

»Siehst du, wusste ich doch.« Nach einer Pause fügte sie hinzu: »Er hat wieder in die Hose gepinkelt.«

Da riss mir der Geduldsfaden, ich schrie sie an:

»Was glaubst du, wie scheißegal mir sein Pinkeln ist? Der kann von mir aus morgens, mittags und abends in die Hose pinkeln. Er hat ja psychologischen Beistand. Er hat ja die tolle Regina.«

Sie verzog keine Miene, schaute mich nur mit ihren dichtbewimperten braunen Augen an, wartete, bis ich Luft schnappte, dann sagte sie ruhig: »Du hast keine Angst vor Ameisen. Aber Arthur. Er hat anscheinend solche Panik, dass er ausrastet. Aber gibt das dir das Recht, ihn und mich so zu attackieren? Du bist doch der Intelligentere, oder?«

Sie nahm meinen Arm und hielt ihn fest. Ich wusste es, sie hatte mich wieder genau an der Stelle gepackt, die ich fürchtete. An der Stelle, an der ich schwach war. Ich wollte sie anfahren und klarstellen, wer hier wen attackiert und beleidigt hatte. Aber ich machte den Fehler, dass ich ihr in die Augen schaute.

In diesem Moment fasste auch noch Arthur nach meiner Hand. So lästig, aufreibend und nervig er auch manchmal sein konnte, mochte ich ihn doch einigermaßen leiden. Er tat mir auch leid. Aber jetzt reichte es. Ich schüttelte beide Hände ab.

Wären wir jetzt nach Hause gegangen, wäre die Geschichte anders verlaufen. Alles wäre erst Wochen oder Monate später, oder vielleicht auch gar nicht entdeckt worden.

Wer weiß?

Aber ich wollte meine Verlegenheit überspielen. Manfred und Herbert sollten nicht sehen, dass Regina und Arthur – peinlich, peinlich – meine Hand hielten. So fragte ich geschäftsmäßig, ob einer am Ameisenhaufen die Kippen unserer Zigaretten ausgetreten hätte? Beide schüttelten die Köpfe.

»Und wenn jetzt der Haufen anfängt zu brennen, dann kriegen wir richtig Ärger. Für heute reicht mir Arthurs Galavorstellung. Es ist ja alles so dürr, wenn da ein Funke überspringt, brennt der Wald.«

»Ich laufe zurück und gucke, wartet hier«, sagte Regina sofort, »ich glaube, ich habe noch was gut zu machen.«

Hatte sie auch! Schon lief sie los.

Arthurs panische Flucht hatte uns gut einen Kilometer vom Ameisenhaufen entfernt.

Wir legten uns auf die Garben eines Kornfeldes am Wegrand, die noch nicht zu Kasten aufgestellt waren. Erschöpft und gleichzeitig entspannt ließ ich mich fallen, schloss die Augen, sog den Duft des frischen Strohs und der Körner ein und war glücklich. Glücklich, dass ich mich mit Regina und Arthur ohne große Worte wieder vertragen hatte.

Als ich die Augen einen winzigen Spalt öffnete, brachen sich die Sonnenstrahlen an meinen Wimpern und Spektralfarben verschleierten meinen Blick.

Wenn man die Augen ganz vorsichtig und langsam öffnet, dann kommt der Moment, in dem sich das weiße Licht der Sonne in ein prächtiges Bunt verwandelt. Man muss diesen Punkt beim Augenöffnen suchen. Suchen wie Blumen auf einer Wiese.

Ich fand ihn, als ich einmal geweint hatte. Wie erstaunt war ich, als sich aus meinen Tränen der Farbenzauber des Regenbogens entfaltete.

Auch jetzt sah ich das Spektrum von Rot bis Violett zwischen meinen Wimpern.

Eine tiefe Gelöstheit durchdrang mich.

Bis auf einmal Reginas aufgeregtes Rufen an mein Ohr drang.

Nein, es war nicht aufgeregt. Eher hysterisch. Ihre Stimme hatte einen erschreckend panischen Klang. Die Regenbogenfarben zerbarsten im grellen Licht der Sonne, als ich die Augen öffnete. Nur die Farbe Rot hielt sich noch eine Weile.

Von Weitem fuchtelte sie mit Armen und Händen und deutete uns, zu ihr zu kommen.

Sie rief etwas, aber wir konnten sie nicht verstehen.

»Die hat was entdeckt«, entfuhr es Manfred, »sonst würde die nicht so hektisch winken.«

Wir begannen, in ihre Richtung zu laufen. Doch dagegen protestierte Arthur. Wieder fing er mit seinem hohen, lauten Geschrei an.

Ich hätte den Kerl ...! Ach!

So blieben wir stehen und warteten, bis Regina wieder bei uns angelangt war.

Atemlos, nach Luft ringend, brachte sie stockend hervor:

»Da liegt eine Hand im Ameisenhaufen.«

Wir wollten direkt zurück. Aber es war unmöglich, Arthur auch nur einen Schritt in Richtung Ameisenhaufen zu bewegen.

Er saß auf einer Garbe, schaute uns mit panikstarren Augen an und war nicht dazu zu bringen, aufzustehen und mit uns zu kommen. Weder mit guten noch mit bösen Worten. Zum Schluss warf er sich auf den Boden wie ein trotziges Kind.

»Mir ist jetzt klar, dass ihn das so erschreckt hat«, sagte Regina leise und berichtete, dass genau an der Stelle, wo Arthur gestanden hatte, die menschliche Hand aus dem Ameisenhaufen herausrage.

»Eine Hand? Dazu gehört auch eine Leiche«, stellte Herbert trocken fest.

Regina hob die Schultern. »Ich habe nur die Hand gesehen.«

Das mussten wir unbedingt zu Hause melden!

Doch vorher wollten wir uns das erst ansehen. Das reizte uns ungemein. Aber was sollten wir nur mit Arthur machen? Regina bot sich an, bei Arthur zu bleiben, und wir drei liefen von Neugierde und einer gewissen Sensationslüsternheit angetrieben, zur Waldecke zurück.

Wir betraten nicht sofort den Fundort, sondern blieben an der gegenüberliegenden Seite des Ameisenhügels stehen und lugten wie heimliche Beobachter auf die Stelle.

Ich sah nur wimmelnde Ameisen. Von Fingern oder einem Handgelenk konnte ich nichts erkennen. Vorsichtig umrundeten wir den Hügel. Ich ertappte mich dabei, wie ich auf Zehenspitzen ging.

Dann sah ich den Daumen. Oder vielmehr das, was von ihm übrig war. Ein breiter Nagel und das charakteristische Gelenk des ersten Daumengliedes. Graues Gewebe von faserigem und klebrigem Fleisch. Zwischen den glänzenden Körpern der flinken Ameisen konnte man eine matschige Substanz erkennen. Wir hatten uns in etwa einem Meter Entfernung hingehockt und beobachteten mit einem gruseligen Schauer im Nacken, aber auch mit einer prickelnden Neugier die menschlichen Überreste.

Wer aus unserem Dorf hatte je so etwas erlebt?

Ich kam mir toll vor, dass gerade meine Freunde und ich dieses Abenteuer praktisch beim Spielen erleben durften. Wir waren Helden. Was alles könnten wir auf der Lay den anderen berichten. Mit wichtiger Miene könnten wir Einzelheiten zur Farbe des Fleisches, zur Stellung der Finger und dem Krabbeln der Ameisen angeben. Alle würden sich um uns scharen. Wir wären der Mittelpunkt. Ein tolles Gefühl überkam mich.

Erst da wurde mir bewusst, dass dort eine Menschenhand lag und der Ameisenhaufen ein Verbrechen verbarg. Ein Verbrechen an einem Menschen.

Dass hier nicht nur eine abgetrennte Hand lag, war uns in dem Moment klar geworden, als Herbert mit einem Stock die Tannennadeln rund um das Handgelenk beiseitegeschoben hatte. Ein Unterarm mit blanken Knochen war in dem Heer von Ameisen zu erkennen.

»Elle und Speiche«, erklärte Herbert fachmännisch.

Im gleichen Augenblick, als ich die Hand erkannte, durchfuhr mich ein Schauer.

»Ich weiß, wer das ist«, sagte ich.

Herbert und Manfred sahen mich fragend an. Ich war mir ziemlich sicher, dass der lederne Fingerling des Mittelfingers auf der teilskelettierten Hand derselbe war, den der Tuchhändler vor drei Wochen bei seiner Vorführung bei uns zu Hause getragen hatte. Das Leder war zwar dunkler geworden und schien an den Rändern angenagt zu sein, aber die Form war eindeutig. Ganz sicher wäre ich mir gewesen, wenn ich den Nagel und die wulstige Narbe hätte erkennen können. Außerdem fehlte etwas, und zwar der kleine Finger mit dem Knopfring. Vielleicht war es doch nicht der Stoffhändler? Dort, wo der Ansatz des kleinen Fingers an der Handfläche war, erkannte ich ein großes, schwarzes Loch, in dem sich die Ameisen zu tummeln schienen. Hatte ich mich schon als wichtigsten Zeugen gesehen, der den entscheidenden Hinweis auf das Opfer geben würde, nagten nun ernste Zweifel an mir. Jedoch bei dem Fingerling war ich mir weiterhin sicher.

Aber gab es nicht Hunderte davon?

Als Herbert meinte, jetzt ginge meine Phantasie aber mit mir durch, stimmte ich kleinlaut zu.

Das war auch gut so, denn immer wieder tauchte das Gesicht des enttäuschten Mannes vor meinen Augen auf, weil er Vater nichts verkauft hatte, und ich schämte mich.

Es wäre zu absurd gewesen, ihn im Ameisenhaufen zu finden.

»Wir müssen es unseren Eltern sagen«, war nun die einhellige Meinung.

Wir rannten zurück, holten Regina und den mittlerweile wieder ruhigen Arthur am Getreidefeld ab und machten uns auf zum Dorf.

Wir sprachen über meine Vermutung, dass dies vielleicht die Hand des Tuchhändlers sei, diskutierten, was wir der Polizei sagen sollten, rätselten, wer ihn umgebracht haben könnte, und wie lange die Leiche, oder vielleicht auch nur der Arm, schon im Ameisenhaufen lag.

Wir stellten Überlegungen an, wie lange Ameisen brauchen, eine Leiche komplett zu skelettieren und stellten uns die Frage: Bleiben eigentlich von einem Menschen nur die Knochen übrig? Auch Fingernägel?

Den Daumennagel hatten wir jedenfalls gesehen.

»Mich juckt es an allen Stellen«, unterbrach uns plötzlich Regina, »mir kommt es vor, als ob überall Ameisen an mir und in mir rum krabbeln. Hört endlich auf.«

Wir beschlossen, Arthur zu Hause abzugeben und dann zu uns zu gehen. Ich hatte die drei davon überzeugt, dass es am besten wäre, wenn Vater die Polizei informierte, weil er die Landstreife vom Brötchenkauf her kannte.

Vater trafen wir im Hof beim Holzhacken an.

»Ihr habt euch auch wirklich nicht verguckt?«, fragte er ungläubig. Aber ich merkte sofort, er war überzeugt davon, dass wir die Wahrheit sagten. So etwas Schlimmes war nicht unserer Indianerphantasie entsprungen.

Mutter schlug die Hände vors Gesicht.

»Mein Gott, und das in unserem Dorf. Mein Gott, mein Gott!«

Dann saßen Regina und ich vorne bei Vater auf dem Beifahrersitz des VW-Buses. Vater wollte den Fundort sehen, damit er der Polizei genau berichten könne. Herbert und Manfred standen hinter uns und hielten sich an der Rückbank fest. Den Lattenrost, auf dem sonst das Brot im Laderaum lag, hatten wir entfernt und die beiden standen nun in den Brotkrumen, die für unsere Hühner bestimmt waren. Aber auch Vater dachte heute nicht an Hühnerfutter.

Wir mussten einen Umweg zum Stiffel fahren, weil der Weg, den wir am Nachmittag gegangen waren, von Ackerwagenrädern total zerfahren und matschig war. Deshalb nahm Vater den Weg über »Bohnert Kump«. Das war eine Waldwiese, auf der ein hölzerner Trog stand, in den kalkfreies Wasser aus einer Quelle floss. Vor dem Krieg hatte man das sehr weiche Wasser zum Wäschewaschen und die Wiese zum Bleichen genutzt.

Als wir am Stiffel ankamen, zeigten wir Vater die menschlichen Überreste, die unverändert aus dem Ameisenhaufen herausragten. Auch er erkannte den ledernen Fingerling.

Schweigend fuhren wir zurück.

Vater schickte alle anderen nach Hause. Sie sollten ihre Eltern informieren, dann sollten sich alle bei uns treffen, er würde auch die Polizei in die Bäckerei bestellen.

Ich stand mit Vater im Hausflur am Fuß der Treppe, die hoch zu den Schlafzimmern führte, als er mit der Polizeistation in Cochem telefonierte. Unser Telefon hing an der Wand im Hausflur.

Ja, sein Sohn und dessen Freunde hätten eine menschliche Hand im Ameisenhaufen gefunden.

Ja, die Meldung sei echt, er habe sich selbst davon überzeugt.

Ja, der Fundort sei unberührt.

Ja, alle Beteiligten kämen gleich in seiner Backstube zusammen.

Ende des Telefonats.

Es dauerte keine halbe Stunde, bis ein Polizeiwagen in unseren Hof einbog und zwei Beamte ausstiegen. Ich kannte keinen von ihnen.

Wir waren alle in der Backstube versammelt. Es waren insgesamt elf Personen, die auf Holzböcken, Hockern oder auf der Mulde saßen. Wir drei Jungs mit unseren Eltern, Regina mit ihrer Oma. Arthur und seine Eltern fehlten, obwohl wir auch die informiert hatten. Noch nie waren so viele Personen in unserer Backstube gewesen.

Es war nur eine kurze Befragung. Gleich kämen zwei weitere Kollegen, die sich eingehend mit uns unterhalten würden, hieß es.

Dann fuhr Vater, begleitet von Herberts und Manfreds Vater im VW-Bus voran zum Fundort, dahinter die beiden Beamten. Wir anderen sollten auf die Polizisten warten, die noch kommen wollten.

Es war eine ewig lange Warterei. Dann endlich tauchten sie auf. Zwei Männer und eine Frau in Zivil.

Die Backmulde wurde zum Schreibtisch umfunktioniert und die Vernehmungsunterlagen darauf ausgebreitet.

Es gab nicht viel zu berichten, nachdem unsere Personalien aufgenommen waren. Wir wurden nach der Uhrzeit gefragt, ob wir beobachtet worden wären, ob wir Personen im Bereich des Fundortes gesehen hätten, und ob uns sonst etwas Besonderes aufgefallen wäre.

Die Befragung war abgeschlossen, ehe unsere Väter mit einem Polizisten vom Ameisenhaufen zurückkehrten.

Als ich dann mit meiner Vermutung herausplatzte, ich wisse, wer der Tote sei, wurde es beklemmend still in der Backstube. Eigentlich wollte ich nichts von meinem Verdacht sagen, aber ich glaube, es war die Eitelkeit, die mich trieb. Ich wollte gerne im Mittelpunkt stehen, das Interesse der ermittelnden Beamten auf mich ziehen. Vielleicht wollte ich auch nur als aufmerksamer Jugendlicher mit kriminalistischem Gespür vor der Polizei dastehen.

»Es ist der Tuchhändler, der Vater Stoff für einen Anzug verkaufen wollte. Der hatte genauso einen Fingerling.«

Wenn ich den gespaltenen Nagel des Fingers sähe, gäbe es keinen Zweifel mehr, beendete ich meine Vermutung. Dann erwähnte ich noch, dass an der Hand der kleine Finger mit dem Knopfring gefehlt habe. Aber ansonsten sei ich mir sicher. Das sagte ich, obwohl Herbert, Manfred und auch Regina auf dem Nachhauseweg diese Sicherheit erheblich erschüttert hatten.

Die Beamten sahen mich an, dann tauschten sie bedeutungsvolle Blicke, wandten sich an Vater und ließen sich kurz über den gescheiterten Verkauf informieren. Sie fragten, ob der Tuchhändler auch andere Leute im Dorf besucht hätte, und ob Vater Namen wisse.

Die konnte Mutter nennen.

Im Anschluss daran unterhielten sich die Polizisten alleine im Hausflur.

Dann telefonierte einer der Beamten lange mit der Mordkommission in Koblenz.

Mittlerweile war es nach acht Uhr geworden.

Mutter hatte einen schweren Stand in der Küche, denn sie musste meine neugierigen Geschwister hinhalten. Langsam leerte sich die Backstube.

Was nun alles geschah, erfuhren wir später.

Der Fundort wurde weiträumig durch ein Band abgesperrt und eine Wache für die Nacht abgestellt. Zwei Polizisten postierten sich mit ihrem Auto am Waldrand und vertrieben neugierige Gaffer.

Nachdem wie ein Lauffeuer durch das Dorf gegangen war, dass wir im Ameisenhaufen eine Leiche entdeckt hatten, setzte eine wahre Völkerwanderung ein. Neugierige, ob jung oder alt, hatten sich zu Fuß oder mit Fahrrädern zum Stiffel aufgemacht. Einige seien sogar zu dritt auf Motorrädern angekommen, hieß es. Was mich am meisten irritierte, war, dass man die Dreschmaschine, die sonst bis abends um zehn Uhr auf dem Dreschplatz lief, schon um acht Uhr abstellte.

Erst als es endgültig dunkel geworden war, versiegte der Strom der Neugierigen.

Auf der Dorfstraße hatten sich Gruppen von Menschen gebildet, die aufgeregt miteinander sprachen, Mutmaßungen anstellten, Gerüchte über vor Zeiten verschwundene Personen aufleben ließen und die schöne schaurige Nachricht genossen, in unserem Dorf sei ein Mord geschehen. Es war völlig klar, dass diese Leiche Opfer eines Gewaltverbrechens geworden war. Sie konnte ja schlecht von allein in den Ameisenhaufen gefallen sein.

Stecke und der alte Nahles freuten sich, denn bis spät in die Nacht hinein wurde in den beiden Wirtschaften diskutiert und spekuliert, wer der oder die Tote sei. Ob aus der Gegend oder fremd, jung oder alt. Ja, und es wurde fast wissenschaftlich gestritten, ob Ameisen überhaupt Fleisch fressen und wie lange sie fürs Verspeisen eines Menschen brauchen. Eine Woche, zwei Wochen? Oder sogar Monate?

Die Experten gerieten sich bei Bier und Schnaps fast in die Haare. Und wer war der Mörder? Oder waren es mehrere? Kamen sie etwa aus unserem Dorf, wo jeder jeden kennt?

Es gab kein Haus, in dem nicht an diesem Abend darüber gesprochen wurde.

Auch bei uns zu Hause verlief das Abendessen nicht in der gewohnten Atmosphäre. Es lag eine unsichtbare Last auf uns allen, weil wir nichts Konkretes wussten und dennoch spürten, dass etwas Unheilvolles in unser Leben eingebrochen war.

Die Polizei in unserer Backstube, das Getuschel der Beamten im Flur und das lange Telefonat mit Koblenz hatten alle in der Familie miterlebt.

Wir ahnten, dass der grausige Fund unser Leben verändern würde. Dass wir nun mit Dingen konfrontiert würden, die nicht zum normalen Leben eines Jugendlichen und Kindes gehörten. Ich spürte, dass unsere Geborgenheit und unser Behütetsein einen Riss bekommen hatten, und dass sich die Realität außerhalb unserer Familie mit Grauen zeigte.

Wie gerne hätte ich am Tisch ausführlich geschildert, dass die Ameisen über die Hand wie besessen gekrochen seien, dass man noch Fleisch und Hautfetzen hätte sehen können, und dass die Unterarmknochen bleich und wie poliert geschimmert hätten.

Aber Vater unterbrach mich sofort.

»Wir wollen heute Nacht nicht davon träumen!«, ermahnte er mich.

Ja, ich gebe zu, ich hätte diesen Auftritt genossen. Ich, nicht Klaus, nicht Robert oder Maria, nein ich, ich finde mit meinen Freunden eine Leiche, und die auch noch in einem Ameisenhaufen. Wir zerren ans Licht, was ein feiger Mörder verbrochen hat. Ich kam mir wie ein Held vor.

Dann räusperte sich Mutter. Sie hatte ihre Hände gefaltet und vor ihren Teller gelegt.

Wenn Mutter so am Tisch saß, wussten wir, dass sie etwas Wichtiges sagen wollte. Etwas, was sie bewegte, was aus ihrem tiefsten Innersten kam.

»Ein furchtbares Verbrechen ist passiert«, begann sie. »Ein Mensch ist getötet worden. Wir wissen noch nichts. Wir kennen nicht das Opfer, wir kennen nicht denjenigen, der eine solch schlimme Todsünde begangen hat.« Mit ernster Miene sah sie in die Runde.

»Wir wollen für das Opfer beten und auch für den Mörder, dass er sein Verbrechen bereue, seine gerechte Strafe erhalte, und er in Gott einen gnädigen Richter finde.«

Mutter, Mutter, dachte ich bei mir. Auch noch für einen Mörder hatte sie Mitgefühl.

Beim »Vater unser« und »Gegrüßet seist du Maria« flüsterte ich nur. Mir war nicht nach Beten.

Auch Vater bewegte nicht die Lippen.

Dann standen wir auf und wünschten uns eine gute Nacht.

XX

Es war keine gute Nacht.

Um drei Uhr ging die Sirene auf dem Dach der Schule. Sie heulte wie vor Schmerz in den mondlosen Himmel.

Hatten viele in dieser Nacht unruhig und vielleicht von wirren Träumen gequält, keine Ruhe gefunden, so riss sie der gellende Ton brutal in die Wirklichkeit. Als mich Hunderte von Ameisen attackierten, Arthur schreiend über ein Getreidefeld lief, Regina mir Zigarettenrauch ins Gesicht blies und mich dabei mit einer Skeletthand berührte, schreckte mich der anhaltende Ton auf und vertrieb den schlimmen Traum.

Noch verstört von den wirren Bildern hörte ich das heftige Klopfen an der Haustür und dazwischen die lauten Rufe: »Johann, Johann, mach auf, es brennt!«

Vaters schnelle Schritte rauschten die Treppe hinunter, ein Schlüssel drehte sich in der Tür.

Ich sprang aus dem Bett und war auf dem Flur. Dort stand Mutter im Nachthemd über das Geländer gebeugt.

»Steff, bist du es? Wo brennt es?«, rief sie nach unten, wo Vater aufgeregt mit jemandem sprach.

Dann erkannte auch ich die Stimme von Onkel Steff.

»Am Stiffel, das Waldstück am Stiffel brennt. Johann muss die Feuerwehr mit dem VW rausfahren.« Mutter griff sich an die Brust.

Dann hörte ich Vater und Steff unten durch die Backstube laufen, eine Autotür schlug zu, der Motor startete, mit hellem Scheinwerferlicht wendete der VW-Bus im Hof, und dann hörte ich, wie Vater den zweiten und den dritten Gang einschaltete, als er aus unserer Ausfahrt auf die Hauptstraße bog. Vater musste, wenn ich das richtig mitbekommen hatte, im Schlafanzug ins Auto gesprungen und sofort mit Steff losgefahren sein.

Mittlerweile waren alle im Haus aufgewacht, nur Helga und Marcus schliefen fest. Wir anderen standen bei Mutter im oberen Flur.

»Wenn es am Stiffel brennt, dann hat der Mörder das Feuer gelegt. Der wollte seine Spuren vernichten«, sagte sie.

»Und für den haben wir heute Abend noch gebetet«, entfuhr es mir.

Mutter schüttelte den Kopf. »Mein Gott, was ist das für eine Welt geworden!«

Wartend blieben wir oben stehen.

Es war bestimmt eine Stunde vergangen, bis Vaters Auto unten im Hof zu hören war.

Mit müden Schritten kam er die Treppe nach oben.

Wir setzten uns alle im Elternschlafzimmer auf das Ehebett und hingen an Vaters Lippen.

»Jemand hat den Ameisenhaufen angezündet. Die Polizisten haben es erst gemerkt, als das dürre Unterholz drum herum in Flammen aufging. Die haben bestimmt geschlafen.«

Drei Mal musste Vater Feuerwehrmänner vom Spritzenhaus aus zum Stiffel fahren, wo sie mit Schaufeln und grünem Reisig versuchten, das Feuer auszuschlagen. Dann haben sie mit Spaten und Hacken einen Graben gezogen und so verhindert, dass das Feuer über den Weg in das nächste Waldstück übersprang.

Aber drei Getreidekasten auf dem neben dem Wald liegenden Feld von Kalnisch seien verbrannt.

»Kalnisch?«, entfuhr es mir.

»Ja, die haben doch dort ein Getreidefeld.«

»Und jetzt?«, fragte Mutter. »Ist das Feuer aus?«

»Die Flammen sind zwar gelöscht, aber der Ameisenhaufen glüht noch. Auch im Waldboden sind noch Glutherde. Eigentlich bräuchten sie dort Wasser. Aber da oben gibt es keins. Jetzt müssen sie Meter für Meter kontrollieren und die Glut ausschlagen.«

»Und was ist mit der Leiche im Ameisenhügel?«, wollte ich wissen.

»Das ist sehr problematisch«, erklärte Vater. »Wenn man den Haufen auseinander zieht, entfacht man die Glut immer wieder neu, weil Luft an den Glutherd kommt. Das Feuer sitzt tief im

Innern des Haufens. Und mit jedem Aufglühen kann die Leiche geschädigt und damit Beweismaterial vernichtet werden.«

Jupp Theisen sei jetzt mit Traktor und Jauchefass unterwegs, um Wasser herbeizuschaffen, damit man die Glutnester im Ameisenhaufen löschen könne.

»Hier ist ein raffinierter Mörder am Werk«, beendete Vater seinen Bericht. Damit schickte er uns ins Bett. Aber an Schlaf war nicht zu denken.

Ein raffinierter Mörder in unserem, in meinem Dorf. Die Gedanken drehten sich hin und her in meinem Kopf und kamen nicht zur Ruhe. Als ich schließlich Vater aufstehen hörte, es war halb fünf, entschloss ich mich, in die Backstube nach unten zu gehen. In der Backstube lief die Knetmaschine an. Ich glaube, nicht nur ich war froh, dass die Nacht vorbei war, auch Vater freute sich, jemanden zum Sprechen zu haben.

Die ersten Brötchenkäufer brachten die neuesten Nachrichten.

Man hätte die Glutnester im Ameisenhaufen mit dem Wasser aus dem Jauchefass löschen können. Aber die noch in der Nacht aus Koblenz angerückten Experten der Spurensicherung hätten die Hände über dem Kopf zusammengeschlagen. Durch das Wasser und die Glutnester sei die Leiche, die man jetzt freigelegt habe, so in Mitleidenschaft gezogen worden, dass eine Spurensicherung und genaue Analyse fast unmöglich seien.

»Da hat jemand sehr genau nachgedacht«, meinte Vater am Frühstückstisch.

»Ich will keine Vorentscheidungen fällen, aber ich bin sicher, der Mörder ist aus unserem Dorf.«

Als wir mit Arthur nach dieser aufregenden Nacht am Steinhaufen standen, wusste jeder von uns ein bisschen mehr über die vergangenen Geschehnisse, denn im Dorf brodelte es vor Neuigkeiten, Vermutungen und Beobachtungen, aus denen man Schlussfolgerungen zog.

Herbert und Manfred, deren Väter in der Feuerwehr waren, hatten berichtet, dass jemand Benzin über den Ameisenhaufen gegossen und ihn dann angezündet habe. Das ganze Waldstück habe nach Benzin gerochen.

Und die Leiche?

Die Leiche sei halb verschmort.

Herbert war in seinem Element und gab seines Vaters Bericht kennerhaft und wie ein Brand- und Leichenexperte wieder. Sowohl das noch an den Knochen haftende Fleisch als auch die Knochen selbst wiesen Brandschäden auf. Aber Teile vom Skelett seien total verschmort.

Was die Kriminalexperten am meisten aufgeregt hätte, sei die Tatsache, dass Wasser eingesetzt worden sei. Wer den Wassereinsatz befohlen hatte, war nicht mehr festzustellen. Jetzt sei die Leiche nichts als ein schmieriges Etwas aus teilverwestem Fleisch, verschmorten Knochen, gegrillten Muskeln und aus Innereien, die von gefräßigen Ameisen zerbissen und angenagt worden seien.

Ich versuchte, mir nicht zu genau vorzustellen, wie dieser geschundene Menschenleib aussah.

Als Herbert dann noch von den verkrümmten Ameisen, ihren beinlosen Körpern, ihren verkohlten Gliedmaßen und von den wie Plastik verschmorten Chitinpanzern anfing, fuhr ich ihn an, er solle die Klappe halten.

»Ich dachte immer, Ameisen brennen nicht«, meinte Regina und beendete das Thema, indem sie sich Arthur zuwandte und ihm kumpelhaft auf die Schulter schlug. »Du bist eigentlich der Held des Tages, Arthur, du hast die Leiche entdeckt. Dir muss man dankbar sein, dass durch dich ein Verbrechen ans Tageslicht kommt.«

Arthur, der immer noch seinen Stein knetete und damit gewissenhaft die von Regina verordnete Therapie befolgte, lachte verlegen. Offenbar hatte er sie genau verstanden.

Inzwischen hatte ich den Eindruck, er verstehe Regina bei allem, was sie sagte. Er registrierte jeden Blick, jede Schwankung ihrer Stimme, jede Mimik und Gestik. Bei ihr konnte er sicher sein, dass sie es gut mit ihm meinte. Anders als bei uns.

Bestimmt hatte er mitbekommen, dass ich ihm eine runterhauen wollte, als er am Ameisenhaufen so geschrien hatte. Mittlerweile fragte ich mich, ob er überhaupt eine andere Möglichkeit hatte, sich uns mitzuteilen, als zu schreien.

Deutlich sah ich vor mir, wie er unartikulierte Laute ausstoßend Regina seine Hand vors Gesicht gehalten hatte, und wie sie versucht hatte, ihn zu beruhigen Plötzlich fiel es mir wie Schuppen von den Augen: Das war eine klare Botschaft gewesen. Er hatte seine Hand hoch gehoben und damit in Richtung des Ameisenhaufens gezeigt. Meine Güte, wir waren diejenigen, die nichts kapiert hatten, nicht Arthur! Somit war er im Grunde genommen der Held des Tages. Anerkennend klopfte auch ich ihm auf die Schulter.

Und dann stand der Kerl auf und umarmte mich.

Ich war so überrascht, dass ich mich nicht dagegen wehrte und mich auch gar nicht dagegen wehren konnte, denn er hatte mich so gepackt, dass er meine Arme fest an meinen Körper drückte. Ich spürte die Kraft seiner Arme und hatte keine Chance, seinem Griff zu entgehen.

Dann legte er auch noch den Kopf auf meine Schulter.

Ich hielt die Luft an, diese Art der Zuwendung war mir doch etwas zu viel des Guten.

Als er mich losließ, schaute er mich verlegen an, als ob er ein schlechtes Gewissen habe und vielleicht zu weit gegangen sei.

»Er mag dich«, hörte ich Regina neben mir flüstern, »aber heiraten tue ich dich.«

Sie schmunzelte mich frech und herausfordernd an.

Ich dachte bei mir: Du Biest! Warte nur ab. Laut erwiderte ich: »Lass mich mit dem Mist in Ruhe!«, und ließ sie einfach stehen.

Am Nachmittag wurden wir nochmals von der Polizei vernommen. Kommissar Klaus Kugel aus Koblenz hatte sich in der Schule ein Büro eingerichtet. Wegen der Ferien waren die Räume nicht belegt. Auf dem erhöhten Lehrerpult stand ein Telefon, das mit einer langen schwarzen Schnur, die durch den Schulflur aus dem Keller hochkam, verbunden war.

Der Kommissar stand an das Pult gelehnt. Ich saß in einer Schulbank, Vater neben mir auf der Tischplatte. Eine Frau schrieb alles mit.

Auf den ledernen Fingerling angesprochen, sagte ich: »Ja, ich glaube, es ist der, den ich an der Hand des Tuchhändlers gesehen habe.«

Vater bestätigte meine Aussage.

»Aber nur wenn ich den Nagel sehe, bin ich mir sicher«, ergänzte ich.

Herr Kugel fragte, wie genau der Nagel verformt gewesen sei. Ob er eine andere Farbe als normale Nägel gehabt habe, vielleicht blau, wie bei einem Bluterguss oder blass wie bei einer Durchblutungsstörung.

Das alles irritierte mich, hilflos schaute ich Vater an.

»Ich weiß es nicht, ich sah den Nagel nur ganz kurz.«

Dann beugte sich der Kommissar nach hinten und nahm etwas vom Pult.

Es war ein Foto. Das hielt er mir vors Gesicht. Die Plötzlichkeit seiner Bewegung erschreckte mich derart, dass ich zurückzuckte. Was mich aber wirklich erschreckte, war der gespaltene Nagel auf dem Foto, der genauso aussah, wie ich ihn in Erinnerung hatte, als er vor Wochen aus dem verrutschten Fingerling hervorschaute.

Dann konnten wir gehen.

Am nächsten Tag um die Mittagszeit tauchte ein junger Polizist auf und fragte, ob er ein Fahndungsfoto im Laden aufhängen dürfe. Es war das Foto, das ich gestern im provisorischen Polizeibüro in der Schule gesehen hatte.

In einem kurzen Text wurde die Bevölkerung aufgefordert, mögliche Beobachtungen zu dieser Hand im Büro der Schule zu melden. Das Fahndungsplakat, das etwa die Größe eines DIN-A4-Blattes hatte, wurde mit vier Streifen Leukoplast – jenem Leukoplast, das auch bei meinem verbrannten und von Höllenstein geschundenen Hintern Anwendung gefunden hatte – an der Außenseite der Ladentür befestigt. Mutter hatte sich geweigert, das Plakat an der Innenseite aufzuhängen.

»Das Bild kommt mir nicht in den Laden. Da vergeht einem ja der Appetit.«

Wir Kinder standen teils ehrfurchtsvoll, teils angeekelt vor dem Plakat, auf dem ein Fingerskelett abgebildet war, bei dem der Nagel vom Nagelbett bis zur Nagelspitze gespalten war. Der Spalt zeigte eine wulstige Verdickung an den Rändern. Der Fingerknochen – Fleisch war keines zu sehen – wies abwärts des Nagelbettes bis zum zweiten Glied fünf runde, dunkle Mohnkörner große Erhebungen auf. Im Text wurde erläutert, dies seien verknorpelte Einstiche, die wahrscheinlich durch die Nadel einer Nähmaschine verursacht worden seien.

Außerdem wurde erwähnt, dass der Finger von einer linken Hand stamme. Von dieser Hand sei erst kürzlich der kleine Finger abgetrennt worden.

»Wer hat diese Hand mit oder ohne kleinen Finger gesehen, oder wer kann Angaben dazu machen, wie die Verwundung entstanden sein könnte?«, las Maria uns laut vor.

Sie drehte sich um und verkündete, dass sie ab jetzt nur noch mit geschlossenen Augen an der Ladentür vorbeigehe. So etwas Ekelhaftes schaue sie sich nicht mehr an.

Auch an den Ladentüren der beiden Lebensmittelläden im Dorf hätte sie mit geschlossenen Augen vorbei gehen müssen, denn dort hingen ebenfalls Plakate. Genau wie in den Gaststätten. Und auch aus dem Bekanntmachungskasten an der Kirche drohte der skelettierte Finger mit gespaltenem Nagel.

Todesursache, so hatte Vater von Herry am Morgen erfahren, sei eindeutig Genickbruch. Keine Wunde am Kopf, keine Prellungen, Schürfungen, keine Knochenbrüche. Nichts weise auf äußere, sichtbare Gewalteinwirkung hin. Im Kopf- und Nackenbereich sei kein Blut gewesen. Ein Sturz oder ein Schlag auf den Kopf schieden also aus. Man rätselte,wie der Genickbruch zustande kam.

Auskunft gab der Text des Plakates. Lapidar hieß es dort: »Dem Opfer wurde durch rohe Gewalt das Genick gebrochen.«

Als wir uns am Nachmittag aufmachten, um am Stiffel von Weitem die Spurensicherung zu beobachten, sahen wir den Traktor von Jupp Theisen mit einem Hänger aus dem Waldstück kommen. Er kam direkt auf uns zu gefahren. Wir standen vielleicht zwei-, dreihundert Meter vom Wald entfernt. Als er uns passierte, würdigte Jupp uns keines Blickes. Mir kam es vor, als sei er in wichtigem, staatstragendem Auftrag unterwegs.

Auf dem Hänger befand sich eine lange, flache Kiste, die mit einer Kunststofffolie zugedeckt war. Quer über diese Folie verliefen Stricke, die seitlich an den Ladebracken des Hängers befestigt waren. Hinter dem Traktor bog langsam ein Auto aus dem Waldstück. Darin sahen wir einen uniformierten Fahrer und zwei Zivilisten.

»Die Spurensicherung bringt die Leiche weg«, erkannte Regina sofort.

»Aber wieso mit einem Traktor?«, fragte Manfred und verfolgte mit seinen Blicken erstaunt das langsam auf die Hauptstraße einbiegende Gefährt.

»Die fahren nicht weit. Komm, wir laufen hinter denen her!«

Schon folgten wir Herberts Vorschlag.

Herbert hatte richtig kombiniert. Der Traktor, dem wir in einem Sicherheitsabstand von rund hundert Metern folgten, bog ins Dorf ein, an der Wirtschaft »Zur Winneburg« vorbei, passierte die Schule und hielt dann vor den geöffneten Flügeltoren des Spritzenhauses.

Dort parkte ein Polizeiauto. Scheffe Wern, unser Bürgermeister, und Jäb, Gemeindearbeiter und Schütz, standen mit wichtiger Miene neben dem geöffneten Tor zusammen mit drei Zivilbeamten. Sie schienen auf etwas zu warten. Wir schauten interessiert zu, was geschehen würde, nachdem der Traktor zum Stehen gekommen war.

»Macht, dass ihr wegkommt!«, rief Jäb und kam wütend auf uns zu. Einer, der so wichtige Aufgaben hat, wie neugierige Beobachter und lästige Kinder und Jugendliche fernzuhalten, musste sich ja so gebärden. Er war dafür berüchtigt, dass ihm ab und an mal die Hand ausrutschte. Aber danach fragte keiner.

Er schüttelte drohend die Faust in unsere Richtung. »Habt schon genug Durcheinander gemacht.«

Wieso das denn? Wir hatten lediglich einen Leichenfund gemeldet.

»Lass ihn, den Wichtigtuer«, meinte Herbert, »wir gucken von der Ley zu, was die jetzt machen.«

Die Ley war eine felsige Abbruchkante aus blaugrauem Schiefer mitten im Dorf neben der Kirche. Bis auf zwei Ginsterbüsche wuchs dort kaum etwas. Im hinteren Teil kümmerten drei mannshohe Holunderhecken vor sich hin, die im Frühjahr weiß blühten und im Herbst voller Beeren hingen. Die Ley war vielleicht zwei Meter höher als die unbefestigte Dorfstraße mit einer Länge von ungefähr dreißig Metern und einer Tiefe von zwanzig bis fünfundzwanzig Metern. Das ausgedörrte Brachland gehörte zum Kirchengrundstück. An dessen linker Seite stand die Kirche und am hinteren langen Ende erhob sich das Pfarrhaus. Vom Pfarrhaus aus konnte man über die ganze Ley blicken, hatte den Abschnitt der Dorfstraße im Blick und die Häuser an der unteren Straßenfront bis in das Saarburger Wiesental. Auf der kahlen Fläche fristeten Moos und graue Flechten mit Mauerpfeffer und blauen Disteln ein kärgliches Dasein. In den mageren Boden hatte sich breitflächiges, stacheliges mit winzigen Blüten blühendes Unkraut gekrallt. Schaute man im Liegen über diese triste Fläche, so war man überrascht, was für ein Farbenteppich sich aus dieser Perspektive auftat. Zarte Blau- und Lilatöne harmonisierten mit kräftigem Gelb und Rot. Das triste, staubige Grau der Blätter verwandelte sich in helles Grün, das wie verschämt sich gerade mal vier, fünf Zentimeter über den Boden wagte. Über der heißen Ley lag im Sommer ein Duft von Blüten und zauberhaften Aromen, wie ich sie in späteren Jahren erstmals wieder in der Toskana einatmete. Vater meinte, die Fläche sei ein einmaliges natürliches Rückzugsgebiet für Pflanzen und Tiere.

Er hatte Recht. Eidechsen, Hummeln, wilde Bienen und verschiedenartige Schmetterlinge hatten hier ein Paradies gefunden. Und auch wir Kinder und Jugendlichen.

Ich weiß nicht, an wie vielen Sommertagen wir auf der Ley herumlungerten. Hier lagen wir in der Sonne und liefen vor Verlegenheit rot an, wenn die Großen uns von Dingen zwischen Mann und Frau erzählten, von denen wir noch keine Ahnung hatten. Hier spielten wir Murmeln, oder wie wir sagten, Klicker. Oft sprangen wir von dem blauen Schieferfelsen direkt neben dem Brandweiher, der neben der Ley hinter einer ein Meter hohen Mauer mit aufgesetztem Maschendrahtzaun lag, auf die Straße.

Es war genau festgelegt, wie zu springen war. Anlauf nehmen bei dem ersten Ginsterbusch. Also höchstens zwei Meter. Dort war mit einer Eisenstange, wie mir schien, vor vielen Generationen eine Rinne in den felsigen Boden gescharrt worden.

Die ganze Abbruchkante entlang der Straße war aus grauem Schiefergestein, aber die Absprungstelle war eine Felsnase aus metallisch glänzendem blauem Schiefer. Ich weiß nicht, wie viele Kinder seit Generationen von dieser Kante auf die unbefestigte Straße gesprungen waren. »Scheuere Karl«, der damalige Champion, konnte bis auf die andere Seite der Straße springen, wo er in Osters Gartenhecke gelandet war.

Von dieser Absprungkante hatte man einen hervorragenden Blick zum Spritzenhaus. Wir merkten sofort, dass da etwas Besonderes im Gange war. Denn warum sollte sonst aus einem Kellerfenster der gegenüberliegenden Schule ein Stromkabel quer über die Dorfstraße führen und durch einen Lüftungsschlitz im Inneren des Spritzenhauses verschwinden?

Den Ackerwagen mit der verschnürten Kiste darauf hatte man rückwärts in das Spritzenhaus geschoben und danach das doppelflügelige Rundtor geschlossen. Scheffe Wern und Jäb verließen zusammen das Gebäude. Jäb sah uns auf der Ley, hob wieder drohend die Faust in unsere Richtung und rief etwas, das wir nicht verstanden. Offenbar wollte er uns vom Felsen vertreiben. Er drehte sich um und sprach mit ein paar Leuten, die sich vor dem Spritzenhaus versammelt hatten, und machte ihnen mit einer Handbewegung deutlich, dass sie den Bereich um das Gebäude verlassen sollten.

»Was machen die mit unserer Leiche?«, fragte Herbert.

Genau, die von Ameisen, Feuer, Wasser und durch Verwesung geschundene Leiche war unsere Leiche! Obwohl – eigentlich hatte Arthur sie entdeckt.

In diesem Moment fühlte ich, dass er einer von uns war. Trotz seiner Lutschfinger, trotz seiner unartikulierten Laute, trotz – nun ja, die bepinkelte Hose war Vergangenheit.

Da es unsere Leiche war, hatten wir die Verpflichtung, zu erfahren, was mit ihr geschah, beziehungsweise geschehen war. Es konnte doch nicht sein, dass wir eine Leiche finden und dann enthält man uns die Information über Todesursache, Motiv des Mörders, Identität des Opfers und mögliche Hinweise auf den Mörder vor.

Mich hatte wieder dieses Gefühl erfasst, eine wichtige Person bei der Aufklärung zu sein.,

Es war unmöglich, jetzt an das Spritzenhaus heranzukommen. Dazu war für den Schießhund Jäb die Sache zu wichtig, das wussten wir. Auch, dass das etwas anderes war als den Schellenmann spielen und Polizist in der Flur zu sein. Wir mussten einen günstigen Augenblick abwarten, um durch die Lüftungsschlitze in der Außenwand ins Innere des Spritzenhauses schauen zu können.

Dies ging eigentlich nur von der Gartenwiese der Familie Hammes oder vom Kirchweg aus, der unmittelbar am Spritzenhaus vorbeiführte.

Der Kirchweg lag unter der Aufsicht von Jäbs diensteifrigen Augen. Aber der Garten?

Nein, der war nicht einsehbar und außerdem konnte man sich in der Begrenzungshecke verstecken, die für unseren Plan wie geschaffen war.

»Wir schleichen uns vom Garten an.« Manfred war unser Anführer.

Da fast alle Bauern draußen auf den Feldern Getreide einbrachten, war es im Dorf relativ ruhig und niemand sah uns durch das Gartentor schlüpfen. Bei Familie Hammes war kein Mensch weit und breit zu sehen. Wir huschten über die Gartenwiese unter die Hecke bis an die Mauer des Spritzenhauses, bogen vorsichtig die Äste zur Seite und schlichen uns an die Lüftungsschlitze.

Diese Lüftungsschlitze – es waren je sechs in den beiden ungefähr zehn Meter langen Wänden – sahen aus wie Schießscharten in einer Burgmauer. Sie lagen etwa einen Meter über dem Boden, waren einen Meter hoch und handbreit. Innen war ein engmaschiges Schutzgitter angebracht. Die seitlichen Lüftungsschlitze und das große Rundfenster über dem Tor waren für die Zirkulation der Luft in dem Gebäude wichtig, damit Schläuche, Spritzen, Helme und Schutzkleidung keinen Schimmel ansetzten oder Feuchtigkeitsschäden entstanden. Bei einem Besuch der Unterklasse im Spritzenhaus war uns das alles erklärt worden. Damals hatten wir noch lederne Löscheimer gesehen. Sie waren inzwischen einer motorbetriebenen Pumpe zum Opfer gefallen.

Ich hob meinen Kopf und schaute gespannt in einen Lüftungsschlitz.

Im Innern brannte helles Licht. Es kam von zwei großen Strahlern, die seitlich an dem Kasten standen, den wir auf dem Wagen gesehen hatten. Ich zählte fünf Männer in blauen Overalls, die sich über den Kasten beugten und darin herum hantierten. Neben der Kiste auf Holzböcken war ein Sarg. Die Männer standen mit dem Rücken zu mir.

Herbert schubste mich und gab mir zu verstehen, dass er jetzt gucken wollte. Ich machte bereitwillig Platz. Regina und Manfred spähten durch den Schlitz rechts neben mir ins Spritzenhaus.

Dann hörte ich, wie alle die Luft anhielten. Herbert reckte sich höher, um durch den oberen Teil des Lüftungsschlitzes zu sehen und wies mir den unteren Bereich zu. Es war mucksmäuschenstill an der Mauer. Wir sahen, wie die fünf Männer, deren Gesichter mit Mundschutz versehen waren, die Leiche, oder besser gesagt Leichenteile, behutsam aus der Kiste anhoben und wie zerbrechliches Glas in den Sarg legten.

Ich schloss die Augen und wandte mich ab, denn ich wusste, dass mich dieser Anblick bis in meine Träume verfolgen würde. Ich hatte vielleicht nur sekundenlang hingeschaut, aber das Bild brannte sich ein: Der Anblick einer Knochenhand, an der ein Finger fehlte. Der Handballen, der wie vom Knochen abgeschält herunterhing. Ich sah einen Oberarm mit angefressenem, schleimig grauem Muskelfleisch. Zwischen zwei blauen Overalls erkannte ich den Brustkorb mit seinen freigelegten Sehnen, Rippen und dem bläulich schimmernden Brustbein.

Ich begriff nicht, wie die anderen drei so intensiv hinschauen konnten. Arthur wollte nicht gucken, Regina hatte ihm vorsorglich seinen Stein zum Kneten gegeben.

Aus dem Lüftungsschlitz drang ein süßlicher, widerlicher Geruch. Zwei schwarze Waldameisen verschwanden in einer Mauerritze. Sie ekelten mich an, denn ich sah genau vor mir, wie sie an der Leiche gefressen hatten.

Ich konnte nicht mehr rechtzeitig reagieren. Ich hatte es gar nicht bemerkt, so unverhofft und heftig kam es mir hoch. Ich erbrach mich mit einer solchen Eruption, dass ich nicht einmal dazu kam, den Kopf zur Erde zu senken, um auf den Boden zu kotzen. Der Strahl traf die Außenwand und spritzte zurück.

Arthur schrie laut auf.

Alle schauten entsetzt erst zu ihm und dann auf mich. Ich würgte hundserbärmlich.

Im Innern des Spritzenhauses musste man etwas bemerkt haben, denn ich hörte das Tor schlagen und dann stand Jäb auch schon auf der Gartenwiese und brüllte uns an: »Ihr verdammten Saupänz, hab ich euch jetzt! Wartet nur!« Er lief auf uns zu.

Alle rannten an Jäb vorbei. Sogar Arthur an Reginas Hand schaffte es. Nur ich nicht. Mich erwischte er am Pullover.

Jäb nahm es nie so genau mit einer Ohrfeige, mit einem Tritt in den Hintern oder mit einem kräftigen Reißen an den Haaren. Und keiner im Dorf stellte ihn deshalb zur Rede. Er sah es als sein gutes Recht an, Kinder und Jugendliche zu ohrfeigen, genau wie Lehrer und Pastor. Scheffe Wern jedoch hätte so etwas nie getan. Jäb hatte – und diese Formulierung fiel mir bei einem der späteren James-Bond-Filme ein – die Lizenz, nicht zum Töten, aber zum Schlagen.

Schon hatte ich die Arme schützend hochgehoben. Ich rechnete mit seinem ganzen sadistischen Repertoire und war auf alles gefasst. Doch er stieß mich von sich.

»Du hast dich voll gekotzt, du Ferkel. Bah. Iieh! Du stinkst ja noch schlimmer als die Leiche da drin.«

Er verzog das Gesicht zu einer angewiderten Grimasse.

»Hau ab, sonst verdresche ich dich, dass du nie mehr ...«

Ich hörte nicht mehr, was er sagen wollte, denn ich war durch das Gartentor verschwunden.

Ich lief, ohne mich umzusehen, den Kirchweg hinunter, bis ich atemlos bei uns in der Küche stand. Mutter schickte mich sofort in die Dusche und brachte meine vollgekotzten Sachen in die Waschküche.

»Was habt ihr auch dort zu suchen?« Sie schüttelte den Kopf. »Habt ihr immer noch nicht genug von eurer Leiche?«

Richtig, Mutter, es war unsere Leiche.

Eine andere Information brachte Bewegung in die Sache.

Regina stand plötzlich kurz vor dem Abendessen bei uns im Laden und fragte nach mir. Sie eröffnete mir, wir müssten unbedingt von unseren nächtlichen Beobachtungen berichten.

Unser Disput endete damit, dass sie mich anschrie. Ja, anschrie. Und so was sollte ich mal heiraten? Nein, nie im Leben! Nie!

Aber dann überzeugte sie mich doch, denn sie hatte ja Recht.

Vater und Mutter schauten uns entgeistert an, als wir auf einem Holzbock in der Backstube traut nebeneinander saßen. Vater war kurz vor dem Explodieren.

»Also seid ihr damals doch nicht nur durch das Dorf gestromert, wie du gesagt hast.«

»Aber sie haben doch bei ihren Beobachtungen, die ja vielleicht eine natürliche Erklärung haben, nichts angestellt. Sie haben doch nur geguckt, was sich nachts im Dorf tut«, entgegnete Mutter.

Mutter, Mutter! Du bist die beste Mutter der Welt!

Ja, das war sie. Oft hatte sie in brenzligen Situationen das richtige Wort oder die rettende Geste gefunden, die uns vor Vaters impulsivem Aufbrausen schützten.

»Ruf die Polizei an und dann stehst du zu deinem Jungen. Er hat nichts verbrochen, ist nachts mit Freunden durchs Dorf gelaufen, na und? Er hat dafür seine Strafe von uns erhalten. Und sonst war und ist nichts.«

Vater schaute Mutter verwundert an, wollte noch etwas antworten, kam aber nicht dazu, denn sie stand schon im Hausflur mit dem Telefonhörer in der Hand.

»Ich sehe, du brauchst noch Zeit zum Überlegen, ich ruf schon mal an.«

Sie kannte Vater zu gut, um nicht zu wissen, dass er jetzt begriffen hatte, worauf es ankam.

Fast demütig übergab sie ihm den Telefonhörer, kam zurück zu uns beiden und schloss die Backstubentür.

Ich dachte, sie schmunzle über ihren kleinen Triumph, aber sie fuhr mich hart an.

»Ich hoffe, Freundchen, dass das jetzt alles war. Wenn noch was rauskommt, dann kann ich dir sagen, dass wir zu wenig Salzsäcke für dich haben!«

Zu Regina gewandt, fügte sie hinzu: »Das gilt auch für dich!«

Regina verzog keine Miene.

Wir hatten alles wahrheitsgemäß Vater und Mutter berichtet. So glaubte ich jedenfalls. Mit was für einer Neuigkeit meine Schläppchen tragende Freundin – hatte die eigentlich keine anderen Schuhe? – bei der späteren Vernehmung aufwartete, erfuhr ich erst, als Kommissar Kugel mit einem Kollegen in der Backstube auftauchte.

Herr Kugel setzte sich mit seiner guten Hose auf die Mulde und hörte uns aufmerksam zu. Er ließ seine Beine baumeln und stellte uns hin und wieder eine Frage.

Dann ließ er Manfred rufen. Der kam mit seinem Vater. Reginas Oma wurde ebenfalls gerufen, weil bei Vernehmungen von Kindern immer ein Erziehungsberechtigter dabei sein muss, wie uns der Kommissar erklärte. Es war fast eine gelöste und harmonische Atmosphäre in unserer Backstube, wäre es nicht um einen Mord und um vielleicht belastende Beobachtungen gegangen.

Regina, Manfred und ich saßen auf zwei aneinander geschobenen Holzböcken. Wir berichteten, was wir in jener Nacht am Friedhof beobachtet hatten, wie das Auto ohne Licht abgefahren sei, und wie eine Person anschließend nach allen Seiten geschaut habe, als ob sie sicher sein wollte, dass niemand den Vorgang beobachtete.

Wir erklärten auch, warum wir bis jetzt geschwiegen hatten, und dass Herbert damals für unsere Vermutungen nachvollziehbare Erklärungen fand. Herr Kugel nickte verständnisvoll.

Dann konnte Manfred mit seinem Vater wieder gehen.

Mit wachen Augen verfolgte der Kommissar meinen und Reginas weiteren Bericht von den nächtlichen Beobachtungen bei Kalnischs Haus, stellte Fragen nach den Personen, nach der Uhrzeit und nach dem Ackerwagen. Ich hatte den Eindruck, als höre Reginas Oma zum ersten Mal von unserem Nachtausflug. Sie starrte ihre Enkelin wortlos an.

Kommissar Kugel wollte wissen, ob wir irgendein Licht gesehen hätten, oder ob der Wagen in tiefster Dunkelheit beladen worden sei. Wie groß der Gegenstand gewesen sei, den die Kalnischs aus dem Haus getragen hatten. Ein Meter, zwei Meter oder gar größer? Ob der Gegenstand starr wie ein Brett ausgesehen habe, oder ob er eher kantig und eckig gewesen sei? Hatte er den Durchmesser eines Balkens oder glich er eher einem Getreidesack?

»Er war etwa so groß wie Sie und dünner als ein Getreidesack. Er sah aus wie ein menschlicher Körper, wie eine Leiche.«

Ich erschrak über meine Worte und war mir im selben Moment der Ungeheuerlichkeit bewusst. Gleichsam geschockt hielt ich den Atem an. Ich hatte das gar nicht so formulieren wollen. Es war unbewusst, ohne Überlegung passiert. Die Schlussbemerkung war wie unter hohem Druck aus mir herausgesprudelt, so als wolle sich ein eingesperrter Gedanke schlagartig Luft machen, als wolle er sich aus fesselnden Zwängen befreien.

»Ihr habt also Jupp, den Jüngsten, vorne an der Hecke gesehen und zwei Mann, die den Gegenstand auf den Ackerwagen hievten. Das sind drei. Aber wo war denn der vierte von Kalnischs?«, fragte Kommissar Kugel.

»Das war Walter, er hat das gestohlene Auto weggebracht und kam erst nach drei Tagen wieder nach Hause. Er stieg abends aus dem Zehn-Uhr-Bus aus Richtung Ulmen. Das hab ich genau beobachtet.« Regina holte Luft, schaute mich groß an, als ob sie sich entschuldigen wollte – denn von dieser Beobachtung wusste ich nichts – und fuhr fort: »Er war auch drei Tage nicht auf der Baustelle, dort hinten im Winneburger Weg, wo er sonst mit seinem Vater und Mattes arbeitet.«

»Hast du das auch beobachtet?«, wandte sich Kommissar Kugel an mich.

»Nein, der Georg hat das nicht sehen können, denn der musste ja auf dem Salzsack sitzen.«

Jetzt holte ich tief Luft.

Also dieses Biest! Sie enthält mir und all ihren Freunden eine wichtige Beobachtung vor und erzählt dann auch noch von …! Also jetzt reichte es!

Der Kommissar zog fragend die Stirn in Falten. »Auf dem Salzsack sitzen? Das verstehe ich nicht.«

Ich sah seinem Gesicht an, dass er es auch dann noch nicht verstand, als Vater verlegen und seine Bäckerschürze knetend seine neueste Erziehungsmethode erklärte. Ich bildete mir ein, Herr Kugel schaue mich nach diesem Pädagogikvortrag irgendwie mitleidvoll an. Dann wandte er sich wieder an Regina.

»Und du hast dich jeden Tag davon überzeugt, dass Walter nicht dabei war?«

Ja, sie habe jeden Tag die Baustelle mehrfach beobachtet. Er habe drei Tage lang gefehlt.

Diese Baustelle lag im Winneburger Weg etwa zweihundert Meter vom Dorfrand entfernt auf einer Wiese. Dort baute die

Firma Kalnisch einen größeren Hühnerstall mit Nebenräumen für Peter Irmen.

Kommissar Kugel sprang von der Mulde, winkte seinem Kollegen und verschwand mit ihm im Hausflur. Die Beamten sprachen etwa fünf Minuten miteinander, dann hörte ich die Wählscheibe des Telefons.

»Ihr habt eine wichtige Aussage gemacht. Wir werden sehen«, sagte Herr Kugel, als er zurück in die Backstube kam. Gerne hätte ich gefragt, ob unsere nächtlichen Beobachtungen von Bedeutung gewesen seien, aber der Kommissar kam meiner Frage zuvor.

»Wir werden alles überprüfen und dann sehen.«

Dann meldete sich Vater zu Wort. Ich hatte eigentlich die ganze Zeit schon damit gerechnet, und es war mir furchtbar peinlich, als er fragte: »Was ist eigentlich mit den Telefongebühren?«

Kommissar Kugel schaute zuerst mich an, ich weiß bis heute nicht, warum. Dann wandte er sich Vater zu und meinte: »Diese Frage führt uns in unseren Ermittlungen jetzt am weitesten!« Er holte tief Luft und ergänzte: »Sie kriegen nach Abschluss dieser Angelegenheit eine großzügige Vergütung.«

Dann musste Vater den Sauerteig auffrischen, und das Gespräch war beendet.

Regina winkte von der Backstubentür verstohlen und flüsterte mir lautlos etwas zu. Ich zuckte die Schultern. Ich hatte nichts verstanden. Dann formte sie nochmals die Lippen.

Das war doch die Höhe!

Ich schnappte nach Luft. Diese eingebildete blöde Kuh mit ihren Schläppchen. Die glaubt wohl, sie müsse mir das Händchen halten. Mir, dem armen kleinen verstörten Bäckerjungen.

Ach der Arme, er musste sich ja so viele Fragen von der Polizei gefallen lassen! Ob er das wohl psychisch unbeschadet übersteht?

Oh, dieses Aas! Lass mich die morgen erwischen!

»Hab keine Angst, ich bin bei dir.« Das hatte sie mir zugeflüstert und war dann mit strahlenden Augen durch die Backstubentür verschwunden. Warte, Fräulein!

Der Kommissar blieb bei Vater an der Knetmaschine stehen und ließ sich über Sauerteig, Teigführung, Abhängigkeiten von Außentemperatur und Roggen- und Weizenmehlanteilen belehren. Er klopfte sich das Mehl von der Hose.

»Sie alle beeinflussen den Gär- und Reifeprozess im Sauerteig«, schloss Vater seinen Vortrag.

»Genau wie in der Kriminalistik. Jedes kleinste Detail, jede noch so beiläufige Bemerkung, jede noch so unscheinbare Beobachtung bringen den Gärprozess, wo sich Wahrheit von Lüge, Täuschung und Verschleierung trennen, zum Ende. Und der Täter wird entlarvt. Das werden wir hier schnellstens in die Wege leiten. Und das mit den Telefonkosten erledigen wir wie besprochen.«

XXI

Er hielt Wort. Und das schon am nächsten Tag.

Die Sache mit den Telefonkosten musste allerdings noch warten, denn davon entstanden mehr als vorhersehbar. Jedoch später wurde alles zu Vaters vollster Zufriedenheit geregelt.

Mit der Ermittlung des Täters jedoch hielt der Kommissar Wort.

Ich glaube, die ersten Brötchenkunden waren noch nicht im Laden, da standen schon zwei Polizeiwagen in Kalnischs Hof, und acht Beamte begannen, das Haus zu durchsuchen.

Vater und ich standen in der Auffahrt zu unserem Grundstück und hörten den Alten schreien.

»Ich will einen Anwalt. Ihr habt kein Recht, mein Haus zu durchsuchen. Macht, dass ihr weg kommt!«

Eine scharfe Stimme – ich erkannte die von Kommissar Kugel – fuhr dazwischen.

»Schreien Sie nicht so, kommen Sie mit ins Haus. Wir haben einen Durchsuchungsbescheid.«

Die protestierende Stimme des alten Kalnisch verlor sich hinter einer zugeschlagenen Haustür.

Es war, als hätte jemand die Sturmglocke geläutet und das Dorf alarmiert.

In der Nachbarschaft öffneten sich die Fenster und die ersten neugierigen Köpfe erschienen. Ich sah Philipp, Pitter und Johann, die unmittelbaren Nachbarn, in ihren Höfen stehen. Drei Frauen in Kittelschürzen kamen die Hauptstraße herunter, Stecke stand vor seiner Gastwirtschaft. Die Straße belebte sich. Immer mehr Leute kamen. Es bildeten sich Gruppen von Menschen, die zum Haus Kalnisch hinüber sahen.

Vater schaute mich an und sagte: »Du gehst da nicht hin. Wir halten uns zurück.« Seine Stimme klang sorgenvoll, als er weitersprach. »Ich glaube, das gestrige Gespräch hat zu der Durchsuchung geführt. Halt ja den Mund. Wenn Kalnischs das rauskriegen, werden sie sich rächen. Außerdem hat der Kommissar absolutes Stillschweigen angeordnet.«

Wir gingen zurück ins Haus. Das Brot im Gärraum musste in den Ofen geschoben werden. Ich half Vater.

»Weißt du noch, wie der alte Kalnisch reagierte, als ich ihm drohte, die Polizei ins Haus zu schicken? Und erinnerst du dich, als Jupp dich anmachte, als du Bier kaufen warst? Das war kein normales Verhalten. Bei denen ist etwas faul. Glaub mir.«

Aber es war offenbar nichts faul. Am späten Nachmittag zog die Polizei wieder ab. Sie nahm zwar zwei Kartons mit beschlagnahmten Sachen mit, aber das war es auch schon.

Keine Festnahmen. Leider. Zu gerne hätte ich Jupp in Handschellen gesehen.

Man hatte zwar im Laufe des Morgens den alten Kalnisch vorübergehend in ein Polizeiauto verfrachtet, weil er andauernd lautstark protestiert hatte. Einige Nachbarn wollen gesehen haben, dass er Handschellen trug. Aber dann durfte er wieder aussteigen und konnte als freier Mann auf seinem Grundstück bleiben. Ich hätte furchtbar gerne die Polizeiaktion beobachtet, aber Vaters Warnung saß tief, und so gehörte ich nicht zu den Gaffern, die sich immer wieder auf der gegenüberliegenden Straßenseite trafen.

An diesem Tag fuhr ich mit Vater nach Büchel Brot aus. So war ich abgelenkt. Ich hätte zwar gerne meine Freunde getroffen und Regina die Meinung gesagt, aber mich heute rar zu machen, hielt ich für das Klügste.

Als wir am Abend nach Hause kamen, stank es bei uns in der Straße erbärmlich nach Jauche.

Nun muss man sich fragen, wer um alles in der Welt pumpt zur Erntezeit seine Jauchegrube leer? Bestimmt kein Bauer. Nein, das war die Polizei.

Eine elektrisch betriebene Pumpe hatte über einen armdicken Schlauch die stinkende Brühe aus der Grube in mehrere bereitgestellte Bütten und Wannen gesaugt, über denen eines von Kalnischs Sandsieben lag. So sollte sichergestellt sein, dass kein Gegenstand im Strahl der sprudelnden Stinkbrühe verschwand.

Mutter, der man im Laden alles berichtet hatte, konnte uns ausführlich informieren.

Beim Abendessen brauchte Vater nicht durch sein Loch im Tisch nach unseren Füßen zu gucken. Wir waren alle viel zu gespannt und aufgeregt.

»Stellt euch vor, die Polizei ließ sogar Kalnischs Misthaufen umschichten. Das Stroh im Schuppen wurde Ballen für Ballen durchsucht und der Heuboden leer geräumt. Der Garten abgesucht und die Ställe auf den Kopf gestellt«, erzählte Mutter.

Sogar auf dem Dreschplatz wurden Kalnischs Getreidegarben und Strohballen untersucht.

Aber keiner der Beobachter wusste genau, wonach die Polizei suchte. Alle Beamten gaben sich wortkarg und schwiegen auf jede noch so geschickt gestellte Frage. Man wusste noch nicht einmal, was der Grund der Hausdurchsuchung war, vermutete aber, dass sie etwas mit dem Toten im Ameisenhaufen zu tun hätte.

Die verworrensten Gerüchte entstanden.

Kalnischs seien verdächtigt, den Mann aus dem Ameisenhaufen ermordet zu haben.

Sie hätten den Mann in ihrem Haus umgebracht, ihm dann den kleinen Finger mit dem Knopfring abgeschnitten – vielleicht saß der Ring zu eng, dass man ihn nicht abziehen konnte. Anschließend hätten sie die Leiche zum Ameisenhaufen gebracht.

Auch der Brand sei von ihnen gelegt worden, um alle Spuren zu verwischen.

Ja, und sei es nicht sonderbar, dass Kalnischs ein Feld genau am Waldrand der Gemarkung Stiffel hätten? Dort hätten sie ohne großes Aufsehen die Leiche entsorgen können. Sie brauchten nur mit ihrem Fuhrwerk zum Arbeiten hinzufahren, und keiner hätte etwas gemerkt. Die Leiche in dem Ameisenhaufen zu vergraben, sei dann ein Kinderspiel gewesen.

Den Kalnischs traute man solch ein Verbrechen durchaus zu.

Außerdem seien sie alle Schläger und bestimmt auch Diebe. Man habe im Haus Diebesgut, das von einem Raub in Ulmen stamme, und Waffen gefunden. Anne, die schon seit Wochen verschwundene Frau vom Kalnisch, sei tot in einem Waldstück in der Nähe des Nürburgrings bei Müllenbach gefunden worden.

»Das ist doch alles Quatsch und an den Haaren herbeigezogen. Wenn die Polizei irgendetwas Belastendes gefunden hätte, säße die ganze Bagage im Gefängnis. Und, was ist? Nichts«, erregte sich Mutter.

»Auch der Spürhund wird nicht viel bringen«, meinte Vater. »Natürlich wird er dort im Haus Witterung aufgenommen haben. Hätte er bei uns auch! Ist doch klar, der Tuchhändler war bei denen im Haus und hat ihnen Stoff verkauft. Ich weiß, dass der alte Kalnisch beim Scherenpitter Anzüge bestellt hat. Heute Abend wird er bestimmt wieder in der Kneipe groß den Mund aufreißen und sich brüsten, wie er die Polizei abgefertigt hat. Man habe ihn, einen unbescholtenen Mann, beschuldigt.«

»Aber was ist denn mit Anne, der Frau vom Kalnisch? Die ist doch schon wie lange weg?«, fragte ich und schaute Mutter an.

»Die Anne ist seit Juni bei ihren Eltern in Köttelbach am Nürburgring«, bestätigte sie. »Der alte Kalnisch hat sie wieder mal geschlagen, da ist sie fort gelaufen. Sonst ist sie immer wieder zu den Kindern zurückgekehrt. Aber diesmal scheint es ernst zu sein. Die zieht nichts mehr nach Faid. Ist ja auch kein Wunder. So manches Mal hat sie mir ihr Leid geklagt. Wie gestraft sie ist mit diesem Mann und diesen Söhnen. Da hab ich wirklich Glück.« Mutter strich Marcus über den Wuschelkopf, wobei sie Vater bedeutungsvoll anschaute.

Ich erinnerte mich. Es war eine Woche vor den Sommerferien gewesen.

Ich war mit dem Ein-Uhr-Bus nach der Schule von Cochem nach Hause gefahren und wollte am Gasthaus Nahles, der Poststelle, aussteigen, als ich eine weinende Frau an der Haltestelle bemerkte. Ich hatte sie zuerst gar nicht erkannt. Anne Kalnisch war eine große blonde Frau, die einen Haarknoten trug und die man selten im Dorf sah. Wenn sie in den Laden kam, wirkte sie auf mich stets gedrückt und voller Gram. Sie war auch jedes Mal sofort nach dem Kauf verschwunden, selten, dass sie mit Mutter ein persönliches Wort sprach. Mutter hatte uns damals schon erzählt, Anne werde von ihrem Mann geschlagen.

Genau das schien an diesem Tag wieder einmal geschehen zu sein, denn Anne stand mit geschwollenem Gesicht, einer Tasche in der Hand an der ewig schiefen Stange mit dem Bushaltezeichen.

Wir Kinder drängten zur vorderen Bustür, da die hintere Tür seit einiger Zeit nicht mehr funktionierte. Anne versuchte vergebens, sich an der dicken Train, die den Einstieg blockierte, vorbei in den Bus zu drängen. Es half nichts, dass Anne aufgebracht rief: »Lasst mich durch, oh Gott, er schlägt mich!«

Train stieg behäbig und langsam mit ihrer voll gefüllten Tasche aus. Es sah so aus, als habe sie die Not von Anne gar nicht bemerkt.

Dann kam der Alte angeschnaubt. Mit langen kräftigen Schritten. Erhitztes, wutverzerrtes Gesicht, wirres Haar, geballte Fäuste. Der Inbegriff von Jähzorn und Gewalt.

Er packte Anne am Kragen und riss sie mit einem gewaltigen Ruck von der Bustür zurück, dass sie strauchelte und zu Boden ging.

»Du bleibst hier, von wegen deine Familie im Stich lassen!«

In wilder Angst riss Anne die Hände hoch, wobei ihre Tasche quer über die Bushaltestelle schlitterte. Es war ein erschütterndes Bild, das sich mir von der Bustür her bot, denn ich war noch nicht ausgestiegen.

Anne mit ihrem Gesicht, dessen linke Hälfte eine starke Rötung zeigte, kniete gekrümmt und schluchzend zwei, drei Schritte vor mir. Ich konnte ihr heftiges Atmen hören und sah ihre abgearbeiteten, rissigen Hände, die sie schützend über ihr blondes Haar gelegt hatte. Nicht nur Tränen tropften auf das Pflaster, auch Schleim und Speichel hingen zäh aus ihrem verweinten Gesicht.

Ich erinnerte mich daran, dass sie eigentlich eine schöne Frau war. Aber jetzt? Gedemütigt. Geschlagen. In den Schmutz getreten.

Eine unheimliche Wut packte mich und am liebsten wäre ich dem Alten ins Gesicht gesprungen. Aber meine Angst vor ihm und meine Scham vor meiner fehlenden Courage lähmten mich.

Nur einer war nicht gelähmt. Er hatte die nötige Courage.

Nie hätte ich gedacht, dass so eine kleine, unscheinbare Person, die auch noch den Ruf hatte, versoffen zu sein und im Dorf nicht die beste Reputation besaß, so viel Mut aufbringen konnte.

»Lass sofort die Anne los, sonst schlag ich dich zum Krüppel, du widerwärtiges Stück Aas!«, erklang eine Stimme.

Ich blickte auf und erkannte Stecke in der Tür zur Gaststätte Nahles. Was hatte der denn bei der Konkurrenz zu suchen? Stecke stand mit seiner Hochwasserhose, die von seinen dünnen Hosenträgern gehalten wurde, und seinem karierten Hemd hinter Kalnisch. Wahrlich kein Held. Kein Kämpfer für Recht und Freiheit mit heroischem Blick und Furcht einflößender Statur. Eher eine Witzfigur mit seinen Hosenträgern, den hell- und dunkelbraun karierten Pantoffeln und seinem roten Gesicht.

Kalnisch war so überrascht, dass er den Griff an Annes Kragen lockerte und sich wütend umwandte, um den Störenfried, der es gewagt hatte, ihm zu drohen, abzukanzeln. Entweder hatte er Steckes Stimme, die ihm eigentlich von vielen Wirtschaftsbesuchen her vertraut war, nicht erkannt, oder seine Rage hatte ihn blind und taub gemacht.

»Hau ab, du alter Kommunist, sonst landest du noch mal im KZ!«, schleuderte er Stecke hasserfüllt entgegen und wandte sich wieder seiner Frau zu.

Diese aber hatte sich blitzschnell erhoben, zerrte mich aus der Tür und stürmte in den Bus.

Ich sah in das wutverzerrte Gesicht des alten Kalnisch, wurde umweht von seiner Alkoholfahne und fühlte mich grob und brutal zur Seite gestoßen, als er an mir vorbeistürmen wollte. Doch er wurde in seinem Lauf gebremst. Der Busfahrer, ein Mann, den ich in meiner dreijährigen Schulzeit in Cochem nie etwas anderes hatte sagen hören, außer: »Die Fahrkarte!« – das Wort »Bitte« kannte er nicht – dieser unscheinbare Mann stand mit ausgebreiteten Armen im Türeinstieg. Blass. Mit zitternder Oberlippe.

»Hier kommst du nicht rein!«, sagte er mit einer Stimme, die mehr Angst als Mut verriet. Dann drehte er sich um, schlug die Tür zu und warf knirschend den Gang ein.

Der Postbus, mit gaffenden Gesichtern hinter den Scheiben, rollte auf die Straße und nahm Fahrt auf.

»Und wenn du jetzt nicht abhaust«, vernahm ich die Stimme von Stecke, »dann jage ich dir meine Bulldoggen auf den Hals. Darauf kannst du dich verlassen, danach sieht dein Gesicht schlimmer aus als das von deiner Frau, du Frauenschänder.«

Er drehte sich um, nahm mit seinen Großvaterpantoffeln den Weg Richtung Oberstraße auf und schlappte davon. Ich dachte, er drehe sich noch einmal um, aber er schritt seelenruhig, die Hände in die Taschen seiner Hochwasserhose gesteckt, die Straße hinunter.

Ich weiß nicht, wie der alte Kalnisch auf Steckes Äußerung reagierte, denn ich war schon längst aus der Gefahrenzone verschwunden. Als ich mich einmal kurz umdrehte, sah ich Kalnisch, wie er Annes Tasche, die noch an der Bushaltestelle lag, einen Tritt verpasste, dass sie in den Wassergraben flog.

An jenem Abend in unserer Küche sah ich diese Szene noch einmal deutlich und in all ihrer Ekelhaftigkeit vor mir. Ein Mann, der so brutal seine Frau schlägt, könnte durchaus der Mörder gewesen sein.

Vater und Mutter gehörten nicht zu den Leuten, die sich über Gerüchte und Klatsch stundenlang unterhielten, und so war das Thema an diesem Abend schnell beendet.

Stattdessen ging es um den Schulanfang am kommenden Montag, um Hefte, Tafeln, Griffel und Bücher, als die Haustür aufging. Es war halb acht.

Wurde die Haustür geöffnet, hörte man dabei immer ein helles Schnappen des Schlosses, dann konnte man bis drei zählen, ehe es an die Küchentür klopfte und die Person eintrat. Aber heute klopfte es nach fünf Sekunden immer noch nicht. Wir alle warteten.

»Geh mal gucken«, sagte Vater zu mir. Ich stand auf und ging etwas unsicher und auch ein wenig ängstlich zur Küchentür. Nach all den Geschehnissen waren die Vertrautheit und Unbekümmertheit, mit der man sonst lebte, verschwunden. Ich hatte die Hand schon auf die Klinke gelegt, als es leise und fast zart klopfte. Ich öffnete die Tür und ... schaute in Reginas Gesicht.

Mir stockte das Herz. Kalnischs haben herausbekommen, dass wir durch unseren Bericht die Hausdurchsuchung verursacht haben, war mein erster Gedanke. Jetzt werden sie sich rächen. Regina ist gekommen, um uns zu warnen.

»Darf ich reinkommen?«, fragte sie und trat hinter mir in die Küche.

Alle starrten sie an und ich spürte die Unruhe, die sich mit ihrem Eintreten in der Küche ausgebreitet hatte.

»Ah, du bist es, Regina. Komm setz dich. Was hast du denn?«, durchbrach Mutters Frage die unnatürliche Stille.

»Kann ich den Georg mal alleine sprechen?«, hörte ich Regina neben mir in der noch geöffneten Tür fragen.

Verwunderung auf allen Gesichtern. Nur Klaus lächelte dümmlich, zog eine Grimasse, blickte mit verdrehten Augen zur Decke und machte einen spitzen Kussmund.

Warte, Freund! Nachher sprechen wir uns noch. Dann gebe ich dir einen Kussmund!

Vater sagte nichts. Ich ging mit Regina hinaus. Und so saß ich dann mehr verklemmt als neugierig mit ihr auf der zur Sitzbank umfunktionierten alten Treppenstufe, auf der wir gemeinsam das Huhn gerupft hatten, im Vorgarten.

»Ich wollte dir Tschüss sagen«, begann Regina, ohne mich anzusehen, »meine Eltern sind eben ohne Vorankündigung gekommen und nehmen mich morgen früh mit zurück nach Remscheid. Wir fahren schon um fünf. Der Urlaub ist für mich eine Woche früher vorbei als geplant.«

Sie schaute geradeaus auf die Fliederhecke am Gartenzaun und knetete ihre Hände.

Wie Arthur, ging es mir durch den Kopf, wenn er seinen Stein knetet.

Ein nie gekanntes, warmes Gefühl durchströmte mich. Es begann mich vom Herzen her zu durchfluten, bewirkte ein Kribbeln im Bauch und trieb mir – das fühlte ich am Glühen meiner Ohren – die Röte ins Gesicht. Es war gut, dass ich saß, denn mir wären die Beine weggeknickt, als ich einen hastigen Kuss auf meiner rechten Wange spürte.

Noch nie hatte mich jemand außer Mutter geküsst. Aber das war schon Ewigkeiten her. Und jetzt dieses Schläppchen und Söckchen tragende … Mädchen. Dieses … mir fehlte sogar in Gedanken das richtige Wort.

Regina stand auf und war schon einen Schritt zurückgetreten, ehe ich begriff, was geschehen war.

»Es war schön mit euch, in Felchelen, am Steinhaufen, im Dorf auf der Ley. Es waren richtige Abenteuer. Und dann die Nachtexpedition und zum Schluss die Leiche. Das glaubt mir keiner, wenn ich das in Remscheid erzähle.«

Sie stand vor mir und schaute mich mit ihren Augen mit den langen Wimpern an. Um ihren Mund spielte ein kleines schalkhaftes Lächeln.

»Warte auf mich, denn ich will dich ja heiraten – und kümmere dich um Arthur. Ich schreibe dir.«

Mein Mund war trocken. Das Kribbeln im Bauch verstärkte sich. Aber ich hatte keine Zeit, zu antworten, denn ein Kichern ließ mich zusammenfahren. Ich entdeckte Klaus, Robert und Maria oben am Flurfenster.

»Ihr seid gemein«, schrie ich ihnen wütend entgegen. Aber dann wurde das Fenster schon wieder geschlossen und alle drei winkten mir lachend zu.

Ich drehte mich zu Regina um, fühlte total verwirrt, wie ihre Hand die meine schüttelte, hörte wie aus weiter Ferne: »Danke! Für alles.«

Dann sah ich nur noch, wie Regina den Weg hochlief in Richtung Scholtese Haus.

Ihr Rock flatterte beim Laufen. Sie schaute sich nicht mehr um.

Ich vergaß an diesem Abend wieder einmal, Klaus die verdiente Abreibung zu geben. Ich hatte Vater und Mutter informiert, dass Regina sich verabschiedet habe und war dann zu Bett gegangen.

Am nächsten Morgen war ich barfuß die Treppe zum Speicher hochgeschlichen, hatte dort das Fenster geöffnet und Scholtese Haus, das man von hier aus sehen konnte, beobachtet.

Als ein Motor ansprang und ein Auto aus dem Hof bog, winkte ich wie verrückt mit beiden Händen.

Ich konnte nicht sehen, ob jemand zurückwinkte.

XXII

Dann begann die Schule, und mit dem ersten Schultag wurde das Fingerfoto von der Ladentür genommen.

»Wir wissen jetzt sicher, wer der Tote ist«, hatte Herry am Morgen in der Backstube Vater berichtet. »Wie vermutet, ist es tatsächlich der Tuchhändler, der hier im Dorf und in der Umgebung Stoffe verkauft hat. Er stammt aus Wickrath bei Mönchengladbach. Er heißt Walter Leimpfad. Seine Familie hat eine Vermisstenanzeige aufgegeben. Er wurde eindeutig identifiziert.«

Aber noch immer laufe der Mörder hier im Ort oder woanders frei herum. Kommissar Kugel befrage alle Kunden, die Stoff bei Leimpfad gekauft hätten. Und Kugel sei ein zäher Brocken.

»Der bleibt bei der Heck, der gibt so schnell nicht auf.«

Sein Hauptaugenmerk läge jetzt auf dem verschwundenen Auto. Man habe zwar Walter Kalnisch verdächtigt, das Auto gestohlen und weggebracht zu haben, da er drei Tage verschwunden gewesen war. Aber wie sich herausstellte, habe er seine Mutter in der fraglichen Zeit am Nürburgring besucht. Das sei aber alles sehr, sehr undurchsichtig. Man glaube der Mutter nicht so ganz. Auch die Suche im Großraum Adenau und Ahrtal nach dem Auto habe keinen Erfolg gezeigt.

Mehr Aufklärung erhoffe man sich bei dem abgetrennten kleinen Finger. An dem habe Leimpfad einen Goldring getragen. Man nehme an, der Mörder konnte den Ring nicht abstreifen, so hatte er kurzerhand den Finger abgeschnitten.

Nach diesem Bericht wollte ich nicht mehr frühstücken und ging den ersten Tag nach den Ferien hungrig in die Schule.

Die Tage zogen ins Land, wurden zu Wochen, ohne dass etwas Aufregendes geschah. Wenn ich mittags aus der Schule kam, stand Arthur immer am Lattenzaun und begrüßte mich nicht mehr mit seinen »Oh-oh«-Rufen, sondern mit »Geo«. Dabei knetete er liebevoll seinen Stein. Er erinnerte ihn an Regina. Und mich auch.

Ich gebe zu, ich nutzte damals seine Einsamkeit aus. Er durfte zwar mit Herbert, Manfred und mir in Felchelen spielen, aber oft holte ich Arthur nur ab, damit er mir beim Briketthochtragen half. Ich füllte unten im Keller die Körbe und Arthur durfte mir dann zeigen, wie stark er war. Ich sparte nicht mit Lob, bis Mutter mir eines Tages sagte, ich entwickle mich zu einem Ausbeuter der Schwachen. Ich solle mich schämen. Ab da trugen Arthur und ich immer abwechselnd die Körbe nach oben. Aber auch da mogelte ich, seine Körbe waren immer eine Idee voller als meine.

In diesen Tagen bürgerte sich ein, dass Arthur samstags von Mutter einen Zuckerweck bekam. Einen frischen! Darüber war er so glücklich, er hätte mir Brikett ohne Ende hochgetragen.

Meine Vorleseübungen in der Backstube für die sonntägliche Epistel beim Gottesdienst waren zu einem beliebten Ritual geworden. Ich las immer besser, nuschelte nicht mehr und stand, laut Mutters Begutachtung, nicht mehr so krumm am Vorlesepult.

»Du gäbst schon einen guten Pastor ab«, sagte sie scherzhaft. Aber Vater meinte: »Lass den zuerst einmal seine Schule machen.«

Nach dem Familienbaden hatte Vater oft etwas zu reparieren, er zerlegte ganze Getriebe, ölte und fettete Zahnräder und Gewindeschnecken ein, Mutter faltete und bügelte mit Maria die Wäsche und Klaus und Robert machten an der Mulde Hausaufgaben. Auf der Spieldecke, einem aufgeschnittenen Salzsack, bauten Helga und Marcus Häuser und friedvolle bunte Landschaften.

Dass diese heile Welt nur auf der Spieldecke in der Backstube existierte, in diesem Raum der familiären Sicherheit und Geborgenheit, wo das Lachen echt war, wo Zankereien nicht verbiestert, nicht hasserfüllt waren, sondern immer mit Versöhnung endeten, wurde mir seit dem Mord nur allzu deutlich bewusst.

Der Täter war noch immer nicht gefasst.

Dann trat auch noch der »saubere Bruder« von Mattes – wie wir Fränz innerhalb unseres Dorfes nannten – in mein Leben und mit ihm eine Ekelhaftigkeit, die ich nicht kannte, von der ich nicht wusste, dass es so etwas überhaupt gab.

Es begann damit, dass ich an einem Sonntag Mitte September aus dem Hochamt durch die Dorfstraße nach Hause ging. Weil es heute meine Aufgabe war, nach der Messe alle Kerzen auszumachen und das Weihrauchfass zu reinigen, waren meine Mitministranten schon nach Hause gegangen.

Ich lief über die Ley, setzte zum Sprung über den Felsvorsprung an und landete vor Josi und Edwin, die tuschelnd dort standen. Beide waren ein Jahr älter als ich, gute Fußballer, aber keine Messdiener. Sie sagten, sie seien ins Oberdorf unterwegs. Ich wusste, dass sie dort weder Verwandte noch Fußballfreunde hatten und wunderte mich, was sie dort wollten.

Erst nach mehrmaligem Fragen gab Josi mir zur Antwort, sie gingen ihr Sonntagsgeld abholen. Dabei verhielt er sich merkwürdig.

Sein blödes Getue störte mich ganz erheblich. Er grinste Edwin verschwörerisch an, stupste ihn mit dem Ellenbogen laut lachend in die Seite und klopfte mir zum Schluss gönnerhaft auf die Schulter:

»Wäre auch was für dich, Georg. Kannst ja bestimmt bei dem Knaschtsack von deinem Vater ein bisschen Taschengeld gebrauchen.«

Eigentlich wollte ich Vater verteidigen, aber ich musste zugeben, dass er beim Taschengeld wirklich mehr als knauserig war. Ich bekam fünfzig Pfennig die Woche und musste die Münze, wenn ich keine hieb- und stichfeste Begründung für meine Ausgaben hatte, unter Vaters Augen in die Spardose werfen.

»Und was muss ich dafür machen?«, fragte ich treuherzig.

Die beiden fingen dreist an zu lachen und schauten mich von oben herab an, was ich albern und reichlich kindisch fand. Wenn Erwachsene sich beim Lachen auf die Oberschenkel klopfen, kann ich das schon nicht ausstehen, aber wenn zwei Gleichaltrige sich so verhalten, werde ich sauer. Besonders sauer werde ich, wenn ich den Eindruck habe, man macht sich über mich lustig. Oft endet so etwas – ich weiß, ich bin aufbrausend und jähzornig – in einer Rangelei. Aber bei zwei guten Fußballern, und die noch ein Jahr älter als ich waren, wollte ich es nicht drauf ankommen lassen.

»Ihr könnt euch selbst verarschen«, platzte es aus mir heraus und ich machte mich in Richtung Elternhaus auf den Weg.

Beide liefen mir nach. Am Spritzenhaus holten sie mich ein und versicherten mir, sie wollten sich nicht über mich lustig machen. Ich hätte nur so ungläubig geguckt. Und wenn ich mit ihnen käme, könnte ich noch vor dem Mittagessen zwei Mark in der Tasche haben.

Es bestünde aber absolutes Redeverbot. Wenn ein Wort darüber falle, sei die Geldquelle versiegt. Sie hätten ihr Fußballerehrenwort gegeben. Ich müsste mein Messdienerehrenwort geben.

Jetzt kam ich ins Grübeln. Da ist etwas faul. Du kriegst zwei Mark und musst dein Ehrenwort geben, den Mund zu halten? Georg, sei vorsichtig! In was begibst du dich da?

Aber zwei Mark, das ist wesentlich mehr als dein übliches Taschengeld. Und das zur freien Verfügung. Nicht unter Vaters strengen Blicken in die Spardose geworfen.

Was man damit alles machen kann! Nach der Schule ein Eis für zehn Pfennig im Café Rünz in Cochem kaufen. Mensch, zwei Mark, das gäbe zwanzig Portionen Eis!

Oder: Ich sah mich ein Päckchen Zigaretten der Marke »Tula« für dreißig Pfennig kaufen. Schon roch ich den feinen herben Geruch der vier in Silberpapier eingepackten Zigaretten, sah mich als großzügigen Spender am Steinhaufen und sagte laut, obwohl ich nicht wusste, auf was ich mich da einließ: »Mein Messdienerehrenwort gilt.«

»Dann komm!«

Wir steuerten auf Mattes Hof zu.

»Da geh ich nicht mit.« Abrupt blieb ich stehen. »Mattes kann mich nicht leiden, der hat mir mal mit der Peitsche gedroht, als ich beobachtete, wie er Speicherkarl verprügeln wollte.«

Mattes? Vor dem brauche ich keine Angst zu haben, der sei jetzt in der Wirtschaft. Da sei niemand zu Hause außer Fränz, dem Bruder von Mattes. Und Mattes esse sonntags immer in der Wirtschaft, weil seine Frau mit Speicherkarl bei ihren Eltern sei.

Zögernd folgte ich den beiden. Der Hof war wirklich verlassen. Die obere Hälfte der zweiflügeligen Stalltür stand offen, so dass man im Halbdunkel die Hinterteile der Kühe sehen konnte

Josi öffnete die Seitentür im Scheunentor. Wir traten ein. Hinter uns fiel die Tür ins Schloss und wir standen in der dämmerigen Tenne, die nur von zwei geöffneten Luken über dem Scheunentor erhellt wurde. Rechts an der Längsseite zum Stall hin konnte man fünf Schiebeelemente aus Brettern von etwa einem Meter mal einem Meter erkennen. Sie verschlossen die Luken, durch die das Vieh im dahinter liegenden Stall gefüttert wurde. Das letzte der Schiebeelemente war zur Seite geschoben und ließ diffuses Licht auf eine Gestalt fallen, die ich jetzt erst erkannte.

Es war Fränz, Mattes lediger etwa vierzigjähriger Bruder, der ihm in der Landwirtschaft half.

Die Ärmel seines weißen Sonntagshemdes hatte er bis zu den Ellenbogen hochgekrempelt. Seine Hose wurde von breiten Hosenträgern gehalten.

»Na, ihr zwei, habt ihr Besuch mitgebracht?« Er trat aus dem Halbdunkel der hinteren Scheune und kam breit grinsend mit einem lauernden Blick auf uns zu.

»Wollt euer Sonntagsgeld?« Er warf zwei Geldstücke in die Luft. Geschickt fing er sie auf, schaute in die geöffnete Hand mit den Münzen und meinte: »Muss heute wohl noch was dazulegen.« Damit fasste er nochmals in die Hosentasche und ließ klirrend ein weiteres Geldstück in die andere Hand fallen.

»Weiß er Bescheid?«

Fränz grinste den beiden komplizenhaft und verschwörerisch zu. Dabei klimperte er mit den Geldstücken.

»Was muss ich denn tun?«, fragte ich.

Unwillkürlich wich ich vor Fränz zurück, der fast auf Körpernähe an mich herangetreten war.

Alle drei lachten, während Josi mir kameradschaftlich auf die Schulter klopfte.

»Nichts musst du tun, musst nur stillhalten.«

»Stillhalten?«

Erstaunt schaute ich die drei der Reihe nach an. »Ich brauche wirklich nichts weiter zu tun?«

Wieder lachten alle auf eine merkwürdig hämische Art.

»Nein, dir geschieht etwas Schönes, gell, ihr zwei?«

Fränz, der seine Daumen herrschaftlich und Selbstbewusstsein ausstrahlend unter seine Hosenträger geklemmt hatte, nickte den beiden zu.

Jetzt wurde mir die Sache doch etwas suspekt. Tief in meinem Innern schrillten plötzlich die Alarmglocken. Ich wollte sie zunächst nicht hören. Dachte nur an das leicht verdiente Geld.

Du kannst immer noch schnell durch die Tür verschwinden, wenn es brenzlig wird, sagte ich mir. Die Alarmglocken waren nur noch schwach zu hören. Bleib auf der Hut, ging es mir weiter durch den Kopf. Du lässt dich von den dreien nicht austricksen.

Dann waren die Alarmglocken verstummt. Nur der verlockende Gedanke, für Nichtstun Geld zu bekommen, blieb bestehen.

Aber wie kann das sein? Ich rief mir meine Arbeit ins Gedächtnis, die ich für fünfzig Pfennig in der Woche leisten musste. Jeden Tag Brikett hochschleppen, täglich über vierzig Brotpfannen einfetten, Auto laden und mit auf Brottour fahren, Backstube kehren und zweimal in der Woche während der Schulzeit schon um halb sechs aufstehen, um Vater zu helfen.

Die Geldstücke in Fränz' Hand klimperten leise und holten mich in die Wirklichkeit zurück.

Die drei schauten mich unverhohlen an.

»Und?« Langsam wurde ich ungeduldig, »was ist jetzt?«

»Sag du's ihm«, hörte ich Fränz mit belegtem und rauem Unterton zu Josi sagen.

Sofort schrillten die Alarmglocken wieder.

»Er spielt an unserem Pimmel.«

Ich schaute mit offenem Mund von einem zum anderen. »Er tut was?«

»Bist du schwerhörig? Er spielt mit unserem Pimmel«, herrschte Edwin mich an.

Bei diesen Worten erfasste mich eine leere, lähmende Stille, die mich mit Angst und Schrecken erfüllte. Fränz' Gesicht schien zu einer Fratze geworden zu sein, aus der mich gierige Augen anstarrten. Blöde und dümmlich schimmerten daneben die Gesichter von Josi und Edwin im Dämmerlicht der Scheune. Die Stille in mir füllte sich mit erschreckendem Wundern über das Gehörte, wurde zum Rauschen und schließlich zum Ekeln, dass ich mich schüttelte. Sie sahen mir an, was in mir vorging.

»Nein! Nein, mit mir nicht!«, schrie ich laut und befreiend, das Geklimper der schäbigen Münzen übertönend. Fränz war mit wenigen Schritten bei der Scheunentür und versperrte mir den Weg.

»Nun reg dich wieder ab. Ist doch alles gut.«

Ich schaute nach allen Seiten. Durch die geöffnete Futterluke abhauen?

Sie hätten mich gefasst, ehe ich den Durchstieg erreicht hätte, geschweige denn hindurch geklettert wäre. Ich musste auf meinen Moment warten.

Sie begannen, auf mich einzureden. Ich könnte zuerst ja nur einmal zusehen. Dann könnte ich mich daran gewöhnen. Bei ihnen hätte das auch etwas Zeit gebraucht.

Ich hielt mir die Ohren zu und rief immer lauter: »Nein, nein, nein!«

Das Vieh im Stall nebenan wurde unruhig.

»Ich schreie das ganze Dorf zusammen, wenn ihr mich nicht gehen lasst.«

Fränz hatte ein gefährliches Glühen in den Augen. Er schien ratlos zu sein, als habe er so eine Reaktion nicht erwartet. Dann fuhr er die beiden an:

»Nur Zuverlässige solltet ihr mir bringen, nicht so eine Memme wie den da. Ihr Trottel! Und jetzt?«

»Er hat uns sein Ehrenwort gegeben«, sagte Josi, »er hält dicht.«

»Ich scheiße auf euch und sein Ehrenwort. Was seid ihr nur für Idioten!«

Fränz war außer sich vor Wut. Seine Hemdsärmel waren heruntergerutscht und gaben ihm das Aussehen einer Vogelscheuche mit flatternden Armen. Noch immer versperrte er mir den Weg zur Tür. Dann hörte ich Josi aus dem Hintergrund:

»Wenn du etwas sagst, trifft dich der Schlag. Du hast uns dein Ehrenwort gegeben, zu schweigen. Das ist wie ein Schwur. Und du weißt ja, was bei einem Meineid passiert.«

»Ja, das weißt du!«, entfuhr es ungestüm Fränz.

Was hatten wir in der Schule nicht alles für Geschichten, Sagen und Legenden gelesen, in denen der Wortbrüchige in die Hölle fuhr, die Sprache verlor oder dass ihm die Zunge abfaulte. Mir wurde bei dem Gedanken schlecht, und ich schluckte unwillkürlich. Die Zunge war noch da. Aber mein Speichel schmeckte bitter.

Die Eifel war voll von Geschichten des Meineids, des Wortbruchs und der Unehrenhaftigkeit von Tagedieben, von schlauen, gierigen Bauern und von durchtriebenen Bürgermeistern, wie zum Beispiel dem Gevenicher Breitzähner, der angeblich heute noch wegen Meineids nachts durch den Wald rast. Sie alle waren bestraft worden. Selbst in unseren jugendlichen Spielen war das Ehrenwort ein zuverlässiger Garant von Wahrheit und Treue. Sogar das manchmal mit einem Schmunzeln gegebene große Indianerehrenwort wurde ernst genommen und nie der Lächerlichkeit preisgegeben. Ganz hoch im Kurs stand das Ehrenwort eines Ritters.

All das ging mir durch den Kopf. Ich fühlte mich in einer Falle. Hineingetappt wie ein dummer Schuljunge!

Was die drei hier trieben, war sündhaft und abartig. Und eines wusste ich auch: Wenn ich darüber berichten würde, würde Fränz strafrechtlich verfolgt werden. Mit einer Geldstrafe war das nicht getan.

Aber wer würde mir so etwas glauben? Ich war ein Idiot.

Und mein Ehrenwort? Oh Gott!

Also musste ich schweigen. Unter allen Umständen. Und was macht man mit einem frommen Messdiener, der auch noch Lektor ist? In dessen Familie Religion und alle damit verbundenen christlichen Werthaltungen eine wichtige Rolle spielen?

Es ist ganz einfach. Man setzt auf ebendiese Religion.

Genau das taten Fränz und seine beiden Zöglinge. Josi und Edwin wahrscheinlich eher unbewusst, aber Fränz mit kalter Berechnung, weil er wusste, wo meine Schwachstelle war. Er tat es so kaltschnäuzig, was mich vermuten ließ, dass er auf diese Weise schon öfter seine Opfer mundtot gemacht hatte. Er wusste, dass man sich hinter der Angst von Kindern und hinter der Furcht vor einem strafenden Gott gut verstecken und sicher sein konnte.

»Du hast versprochen, kein Wort zu sagen. Wenn du von uns erzählst, wird dich eines Tages Gottes Strafe treffen.«

Das saß.

Es war genau dieselbe Stelle, an der Schule, Pastor, Vater und Mutter ansetzten, um unseren Widerspruch zu bremsen. Gegen einen strafenden Gott war nicht anzukommen. Es genügte ein Fehler, schon konnte einen Gottes Strafe treffen. Das hatte ich in der Bibelstunde der Unterklasse gehört, im Kommunionunterricht und in der Christenlehre. Den strafenden Gott hatte dieses Schwein von Fränz, den ich ganz selten in der Kirche sah, als schärfste Waffe eingesetzt.

»Damit du eine kleine Entschädigung hast, und du dir die Sache später nicht doch noch anders überlegst. Hier, nimm!«

Er hielt mir mit geöffneter Hand eins der Geldstücke hin.

Mit einem Schlag gegen seine Hand beförderte ich die zwanzig Portionen Eis und ich weiß nicht wie viele Zigaretten hoch in das dämmerige Licht des Heubodens. Ich hörte die Münze raschelnd ins Heu fallen.

Dann drehte ich mich um und rannte los, riss die Seitentür im Scheunentor auf und stolperte ins helle Licht des Vormittags. Der Hof und die Straße waren menschenleer. Im Laufschritt erreichte ich unser Grundstück.

»Ich hab keinen Hunger. Mir ist nicht gut«, war meine Begründung, warum ich nichts zu Mittag essen wollte. Dabei gab es mein Lieblingsessen, Schweinebraten mit Kartoffeln und Wirsing. Den ganzen Nachmittag schlich ich in Felchelen herum, doch keiner meiner Freunde war zu sehen, weder im Dorf, noch auf der Ley oder am Steinhaufen.

Mein Ehrenwort belastete mich enorm.

Der Sonntag verging, ohne dass ich mit jemandem hätte sprechen können.

»Was hast du?«, fragte mich Vater erstaunt am Montag, als ich, ohne dass mich jemand geweckt hatte, frühmorgens in der Backstube stand.

»Ich kann nicht schlafen, mir ist auch noch nicht ganz just im Bauch.«

»Aber in die Schule solltest du schon gehen«, meinte Vater, »dann wirst du von deiner Übelkeit abgelenkt.«

Das war Vaters Grundhaltung, Übelkeit bekämpfte man mit einem starken Willen, indem man sie erst gar nicht aufkommen ließ.

Die ganze Zeit beschäftigte mich die Frage: Wie konnte ich Erlösung aus meinen Qualen finden? Ich hatte ein Ehrenwort gegeben und verschwieg damit ein strafbares Vergehen. Oder war es gar ein Verbrechen?

An einem der nächsten Tage kam Vater auf Graf Stauffenberg zu sprechen. Vater verehrte diesen Offizier, weil er sich mit anderen Widerstandskämpfern gegen Hitler aufgelehnt hatte.

»Der Mann hatte Mut. Er gehorchte seinem Gewissen, er hat es für all die Versager, diese ewig Feigen, getan.«

»Aber er hatte doch seinen Eid auf Hitler geschworen und ihn dann gebrochen«, warf ich ein. In den kommenden Tagen sprachen wir viel über die Begriffe Eid und Ehrenwort, und welche Bedeutung es hatte, zu seinem Wort zu stehen.

Vater argumentierte: Wenn mit einem Schwur ein Verbrechen gedeckt, begünstigt oder gar verursacht würde, dann sei dieser

Schwur fast gleichbedeutend mit einem Verbrechen, denn man rufe Gott als Mitwisser an. Das könne niemals dessen Wille sein.

In diesem Sinne habe Stauffenberg richtig gehandelt. Er habe, wenn man so wolle, den Eid aus Verantwortung für die Kriegsopfer und all das unmenschliche Leid gebrochen. Sein Gewissen sei noch nicht infiltriert von der menschenverachtenden Propaganda und Rassenpolitik gewesen, sein kritischer Geist habe noch funktioniert. Allerdings verlange die Entscheidung, ein gegebenes Versprechen zu brechen, Aufrichtigkeit vor einem selbst und auch den Mut, verlieren und versagen zu können. Nie aber dürfe die Würde des Menschen in den Schmutz getreten oder das Leben eines Menschen verachtet werden.

Oh ja, Vater konnte sich in solche Themen richtig hineinsteigern. Er bekam dann rote Längsstreifen am Hals, so sehr ereiferte er sich.

»Ich hab das Leid in Russland gesehen. Wir haben alle, ob einfacher Soldat oder Offizier, weggeschaut und uns hinter unseren Fahneneid und die fragwürdigen Werte von Treue und Pflicht gestellt. Weil wir alle Angst hatten. Angst vor der Gestapo, vor dem KZ, vor dem Erschießen. Wir waren zu feige, um uns aufzulehnen. Zu feige, zu sagen, dass Treue keine Menschen zweiter Klasse kennt, dass Pflicht heißt, Menschenleben zu retten.« Dann macht er eine lange Pause und schaute mich verzweifelt und etwas verloren an. »Auch ich habe mich versteckt.«

Es war lange still an der Mulde. Erst als er den Teig aus der Knetmaschine genommen und mit stiller Wut auf die Mulde geknallt hatte, fuhr er fort: »Auch die offizielle Kirche hat zu all den Verbrechen geschwiegen. Nur Pater Rupert Mayer nicht.«

Vater berichtete weiter aus seiner Zeit als Bäckergeselle vor dem Krieg in München. Dort hatte er als Mitglied des Kolpingvereins jenen engagierten Priester persönlich kennen gelernt.

»Er stand auf der Kanzel, und die Kirche und der Kirchenvorplatz waren voller Menschen. Er führte die von den Nazis verbotene Fronleichnamsprozession an. Seine Predigt rüttelte die Menschen auf. Und dann ... kam er ins KZ.«

Ich täuschte mich nicht. Vater hatte Tränen in den Augen.

Zwei Jahre später war ich mit Vater auf dem Katholikentag in München gewesen. Er stand damals lange im Bürgersaal, der Begräbniskirche von Pater Rupert Mayer, an dessen Grab und hatte seine Hand auf die Bronzebüste des Paters gelegt.

Damals in der Backstube waren seine Ausführungen noch nicht zu Ende. Ein gegebenes Wort verlange oft auch Durchhaltevermögen, Unannehmlichkeiten zu ertragen und Last und Schmerz auszuhalten. Es verlange den ganzen Menschen. Eine Ehe zum Beispiel habe so viele belastende Momente durch die Kinder, durch den Beruf oder auch nur durch unterschiedliche Meinungen von Vater und Mutter. Aber man könne deswegen nicht weglaufen, den einfacheren und bequemeren Weg suchen. Man habe mit der Eheschließung versprochen, zueinander zu stehen.

»Du erlebst das ja auch bei uns«, meinte er, als wir am Ofen Brötchen einschossen.

Ich mochte diese tiefsinnigen Gespräche mit ihm. Sie verliefen nicht so, dass wir uns irgendwo hinsetzten und miteinander sprachen, nein, die Diskussionen fanden während irgendeiner Arbeit statt. Sie waren Teil des Arbeitsprozesses. Beim Teigmachen, beim Wirken der Brotlaibe, beim Brötchenrollen wurde das Thema behandelt.

»Man kann auch beim Arbeiten reden und beim Reden arbeiten«, war Vaters Meinung.

Diese langen Gespräche hatten mir zwar Vaters innerste Gedanken, Zweifel und Selbstvorwürfe offenbart, aber mir mit meinem Problem nicht weiter geholfen.

Fest stand nur, ich selbst musste entscheiden: Wortbruch, um eine Straftat aufzudecken, oder mein Ehrenwort halten und ein Verbrechen decken. Doch allmählich kamen mir Zweifel, ob das, was in der Scheune geschah, überhaupt ein Verbrechen und vielleicht gar nicht so schlimm war.

Wurde denn nicht alles, was mit Sexualität zu tun hatte, in der öffentlichen Dorfgesellschaft als Tabuthema behandelt? Womöglich hatten Kirche und Religion nur verkrampfte und hilflose Antworten darauf und boten für gestörte Menschen absolut keine Hilfe, obwohl das christliche Pflicht gewesen wäre. Nach Vaters Ausführungen hatten klügere Leute als ich und er Verbrechen an der Menschheit wegen Führereides mit verantwortet, gedeckt und geduldet. Und ich stand da mit einer Verfehlung, die womöglich gar keine war, sondern nur eine harmlose Abartigkeit.

Ich kam zu dem Schluss, dass es mich nichts anging, was die drei dort in der Scheune trieben. Ich hatte mein Ehrenwort für etwas gegeben, über das es sich nicht lohnte, weiter nachzudenken. Ich hatte mir schon viel zu viele beunruhigende Gedanken gemacht.

Dabei war die Sache überhaupt nicht wichtig.

Aber sie wurde wichtig. Sogar so wichtig, dass Vater und Mutter darüber den größten Krach bekamen.

XXIII

Die Herbstferien waren gekommen und mit ihnen die schöne Zeit der Kartoffelernte.

Während wir auf dem Feld Kartoffeln einsammelten, schmorten am Feldrand in einem Feuer die ersten Knollen. Sobald sie gut waren, scharrten wir mit einem Stock die mit verbrannter Schale aus der Glut rollenden Kartoffeln auf ein Rasenstück, ließen sie abkühlen und schälten sie mit spitzen Fingern. Ich konnte dies am besten, denn meine abgehärteten Finger waren gegen die Hitze eher unempfindlich. Wenn ich beim Helfen in der Backstube die Brotlaibe nach dem Backen aus den heißen Blechformen kippte, musste ich meistens nachhelfen. Anfangs hatte ich mir öfter die Finger verbrannt, aber mit der Zeit waren sie unempfindlich geworden. Mit rußigen Fingern löste ich jetzt die schwarz verkohlte Schale und heraus kam goldgelb und dampfend das Innere. Ein vorsichtiger Biss in die heiße Erdfrucht, mit offenem Mund Luft einsaugen, um die Kartoffel abzukühlen, und dann füllte sich der Mund mit erdigem Geschmack.

Das war das schönste Erlebnis dieses Herbstes. Und ich erzähle dies bewusst, damit in meiner Erinnerung auch das Schöne jenes Herbstes erhalten bleibt.

Der dramatische Umschwung kam morgens, als ich mit Vater Brot rund wirkte und in die Blechformen legte. Ich sah Fränz durchs Fenster mit seinem Ackergaul. Er ging in seinen hohen schwarzen Ledergamaschen neben dem Pferd, das er am langen Zügel hielt. Hinter dem Pferd rutschte ein Pflug auf einem hölzernen Schlitten über den Asphalt.

»Guck dir mal an, wie großartig der die Straße runterkommt. Und dabei fährt er doch nur zum Pflügen. Der Fränz und sein Bruder Mattes sind die reichsten, aber auch die geizigsten Bauern im Dorf«, bemerkte Vater.

Da rutschte es aus mir heraus: »Der Fränz hat mir aber einmal zwei Mark geben wollen. In der Scheune.«

Vater schaute mich ungläubig an.

»Zwei Mark? Der? Soviel Geld? Wofür das denn?«

Jetzt gab es kein Entkommen mehr. Verzweifelt suchte ich nach einer Antwort, fand aber keine. Wie vom Blitz getroffen stand ich in meiner kurzen Bäckerschürze vor Vater. Jetzt war die Zeit der Wahrheit gekommen. Ich begann zu stottern und lief rot an.Vater hatte aufgehört, die Teigstücke abzuwiegen.

»Hast du was angestellt?«

Ich schüttelte heftig den Kopf.

»Ja, was denn, erzähl!«

Ich wollte etwas sagen, aber ich bekam keinen Ton heraus. Wasser schoss mir in die Augen. Mir wurde richtig schlecht und ich spürte, wie meine Beine wegknicken wollten.

Ich wandte mich von Vater ab, setzte mich auf den halbhohen Salzsack, nahm das Gesicht in die Hände und weinte. Ich durfte doch nichts sagen. Ich hatte doch mein Ehrenwort gegeben!

Vater kam zu mir, hockte sich vor mich und legte seine Hand auf mein Knie. Dieser Moment, diese Geste war so voller Zuwendung und Teilnahme, dass ich alle mir angedrohten

Strafen vergaß, und alle wütenden Ausbrüche und jähzornigen Reaktionen in weiter Ferne verschwanden.

Er hatte gemerkt, dass mich ein großes Leid bedrückte. Er kannte mich gut und wusste, ich war nicht der Typ, der schnell weinte oder einfach losjammerte, um ein Problem zu lösen oder Mitleid zu erwecken. Das hatten wir Geschwister schnell gelernt, weder Vater noch Mutter konnte man damit beeindrucken.

»In der Scheune war etwas, sagst du? Was denn?«

»Ich kann nicht«, sagte ich unter Tränen und schaute Vater gequält an, der auf Augenhöhe vor mir kniete, »ich habe mein Ehrenwort gegeben.« Meine Stimme bebte.

Dass er sich zu mir gehockt hatte, drückte so viel Mitgefühl aus, dass ich wusste, ich würde ihm alles erzählen können, und er würde mir helfen. Sein Verhalten und der Ton seiner Stimme machten deutlich, dass er die Position des Familienoberhauptes verlassen hatte und er in diesem Moment nicht der autoritäre Vater, sondern mein Verbündeter war.

»Hast du mich deshalb vor Tagen nach Schwur, Ehrenwort und Meineid gefragt«, hörte ich seine Stimme unmittelbar vor meinem Gesicht.

Ich nickte. Dann folgte langes Schweigen. Ich hörte ihn atmen.

»Wenn dein Ehrenwort ein Verbrechen, ein Vergehen oder eine Schandtat deckt, musst du der Wahrheit ans Licht verhelfen, sonst kannst du selbst schuldig werden.«

Ich nickte wiederum.

»Ist es so schwer?« Er legte seine Hand auf meine Schulter. »Ich helfe dir.«

Ich holte tief Luft und begann zu erzählen. Mit jedem Wort und jedem Satz merkte ich, wie ich mich entkrampfte und der Druck aus meinem Herzen wich. Das Weinen ließ nach und ich sah nicht mehr alles um mich herum durch einen Tränenschleier.

Vater hatte seine Hand von meiner Schulter genommen, war aufgestanden und hörte mir aufmerksam zu. Aber je mehr ich erzählte, umso mehr vertieften sich seine Zornesadern auf der Stirn. Plötzlich hatte ich Angst, weiter zu erzählen. Meine Rede begann zu stocken und ich spürte mein Herz. Vater fuhr mich ungeduldig, sogar grob an:

»Und weiter?«

»Du bist böse mit mir, ich sehe es an deiner Stirn«, brachte ich kleinlaut hervor.

»Ich bin nicht böse mit dir, du brauchst keine Angst zu haben, erzähl weiter.«

Ich beendete meinen Bericht damit, dass ich Fränz das Geldstück aus der Hand geschlagen hatte und aus der Scheune gelaufen war. Dann verstummte ich.

Ich hatte die ganze Zeit meistens auf den Boden geblickt und nur manchmal aufgeschaut, um Vaters Reaktion zu beobachten und sein Gesicht zu sehen. Seine Zornesfalten waren noch tiefer geworden und um seinen Mund zuckte es. Das war das Zeichen, dass er kurz vorm Explodieren war.

Ich hörte ihn schwer atmen und sah, wie er seine mehligen Hände zu Fäusten ballte.

»Dieses Schwein kaufe ich mir«, brach es aus ihm heraus. Mit einem Ruck drehte er sich um, griff nach seiner Jacke und öffnete die Tür zum Brotlager.

»Komm!«, sagte er ohne sich nach mir umzudrehen und stürmte durch den Lagerraum auf die Garagentür zu.

Ich rannte hinter ihm her, verstört, hilflos und unfähig zu fragen, was er vorhatte.

Mit einem Ruck riss er das hölzerne Rolltor nach oben, dass es gefährlich gegen den Türsturz knallte, ich dachte schon, die untere Abschlussleiste würde abreißen.

Er sprang ins Auto, startete den Motor, winkte mir hektisch, einzusteigen und warf mit einem knirschenden Geräusch den Rückwärtsgang ein. In diesem Moment musste ich an unseren Pastor denken, der ebenso laut und erbarmungslos mit dem Getriebe umgegangen war.

Mutter trat aus der Haustür. Ich sah, wie sie verständnislos hinter uns her starrte, mit den Armen winkte und etwas rief. Vater beachtete sie nicht, wendete im Hof, fuhr halb auf den Sandhaufen, der einmal unsere zuckrige Ritterburg getragen hatte, brauste die Auffahrt zur Bundesstraße hoch und bog Richtung Cochem ab. Hier war vor wenigen Minuten Fränz mit seinem Pferdegespann verschwunden.

Am Schindgraben bog Vater nach links mit laut heulendem Motor in den geschotterten Feldweg ein. Dort war Fränz mit seinem Pferd beim Pflügen.

Obwohl der Weg jetzt unbefestigt war, fuhr Vater immer weiter.

»Das werde ich dir heimzahlen, du Dreckschwein«, knirschte er und schaute dabei auf die immer tiefer werdenden Fahrgeleise im Weg. Er verlangsamte das Tempo und kuppelte mit Zwischengas.

Ich sah Fränz in etwa hundert Metern Entfernung. Er hatte drei, vier Furchen eines Stoppelfeldes gepflügt und ging in seinen hohen Gamaschen neben der frisch aufgeworfenen Erde hinter dem Pflug her, den er mit beiden Händen an den Haltegriffen hielt.

Auf einmal drehte er sich im Gehen um und schaute erstaunt auf den schaukelnden VW-Bus, der sich ihm auf dem ausgefahrenen Feldweg näherte.

Es rumpelte, wir setzten auf dem grünen, unbefahrenen Mittelteil des Weges auf. Der Motor wurde abgewürgt. Dann war Vater mit einem Sprung draußen.

Fränz ließ den Griff des Eisenpfluges los und verharrte einen Moment mit verblüfftem Gesicht. Ich bildete mir ein zu sehen, wie sich seine Augen weiteten, und wie sich sein Mund vor Schreck öffnete. Er warf die Peitsche, die er in der rechten Hand hielt, auf den Boden und rannte vor uns weg über das Stoppelfeld. Vater folgte ihm quer über den Acker und rief: »Bleib stehen, du alter Schweinehund!«

Aber Fränz, der mittlerweile auf der neben dem Acker liegenden Wiese angekommen war, schaute sich noch nicht einmal um, sondern rannte weiter auf den Waldrand zu, wo er zwischen den Bäumen verschwand.

Ich sah Vater mit seiner flatternden Bäckerschürze und der geöffneten weißen Jacke über den gepflügten Acker torkeln.

Mit seinen Bäckersandalen, die er wegen der Wärme in der Backstube immer trug, hatte er es schwer, Halt in den Furchen zu finden. Er ruderte mit den Armen und hielt zwischendurch mit einer Hand die Bäckerschürze fest, die ihm bis unter die Knie reichte.

Es konnte nicht gut gehen. Vater stolperte und dann lag er der Länge nach auf der umgepflügten Erde. Ich erwartete einen Fluch oder einen Schrei vor Wut, Ärger und Enttäuschung. Aber nichts geschah. Er bewegte sich noch nicht einmal, sondern blieb ruhig liegen.

Mir fuhr ein Stich durchs Herz. Hatte er sich verletzt, vielleicht ein Bein gebrochen, oder einen Arm? Oh Gott, nur das nicht! Wer soll denn dann Brot backen? Ich sah mich schon die Schule abbrechen und in der Backstube stehen, um meine Geschwister zu ernähren.

Ich lief auf Vater zu. Der kräftig herbe Geruch der frisch aufgebrochenen Erde stieg mir in die Nase. Ehe ich ihn erreichte, erhob er sich. Dabei stützte er sich auf beide Hände wie im Liegestütz, zog das rechte Knie an und dann stand er aufrecht vor mir. Er sah erbärmlich aus. Die Schürze mit brauner Erde beschmutzt, die weiße Bäckerjacke hing ihm grau um seine Schultern.

Ruhig und fast gelassen klopfte er den Schmutz von Schürze und Jacke, doch als dies nichts nutzte, zog er beides aus, wickelte die Teile zu einer Rolle zusammen und klemmte sie unter den linken Arm. Dann trat er zur Seite, bückte sich, hob eine beim Sturz verlorene Sandale aus der Ackerfurche und zog sie auf einem Bein stehend an.

Er sah jämmerlich aus. Ich hatte Mitleid mit Vater, der jetzt nur mit seinem weißen T-Shirt, das er immer in der Backstube trug, auf dem zugigen umgepflügten Acker stand. Mit gerunzelter Stirn schaute er zum Waldrand hinüber, hinter dem Fränz verschwunden war.

Er zögerte einen Moment. Dann wandte er sich dem Pferd zu, das ruhig auf dem Feld stand und mit gesenktem Kopf an ein paar Stoppeln zupfte.

Vater ging zu dem Pferd, klopfte ihm beruhigend auf den Hals, sprach mit ihm und begann es auszuschirren. Die Ketten, mit denen der Pflug gezogen wurde, fielen zu Boden. Das Pferd warf den Kopf nach hinten, bewegte sich aber nicht von der Stelle. Vater gab ihm einen Klaps. Es machte zwei, drei Schritte nach vorn, dann blieb es wieder stehen.

Ich hörte, wie Vater etwas zu dem Pferd sagte, das sich wie »Entschuldigung« anhörte. Dann ging er zurück zu dem ausgeschirrten Pflug, hob die Peitsche auf und zog dem Pferd einen kräftigen Schlag über die Kuppe.

Der dünne Lederriemen hinterließ einen Striemen auf dem hellbraunen Fell.

Das Pferd stieg hoch, wieherte laut auf und galoppierte wild nach hinten austretend, dass die Erdkrumen aufstoben, auf den Wald zu. Bevor es die ersten Bäume erreichte, bog es mit wehender Mähne nach links in den Waldweg ein, der hinab in das Feitschbachtal führte.

Vater drehte sich um, klemmte das Kleiderbündel fester unter seinen Arm, klopfte an seiner Hose noch ein paar Erdkrumen ab und warf die Peitsche wie einen Speer quer über das Feld. Sie blieb wippend in circa zehn Metern Entfernung in der gepflügten Erde stecken.

Dann kam er auf mich zu.

Ich hatte ihn die ganze Zeit wie erstarrt beobachtet, und ich muss sagen, sein Verhalten verlangte mir einiges an Bewunderung ab. Wie er aufgestanden war, mit was für einer Selbstverständlichkeit er die schmutzige Kleidung zu einem Bündel zusammen gewickelt hatte, wie professionell er das Pferd ausgeschirrt hatte, als sei er ewig Bauer gewesen, und wie er dann mit dem Pferd gesprochen und sich bei ihm auch noch wegen des Peitschenhiebes entschuldigt hatte. Einfach super!

»Komm«, sagte er froh gelaunt zu mir, »müssen sehen, dass wir wieder in die Backstube kommen. Jetzt geht es mir viel besser.«

Es war ein Wunder, dass wir den aufgesetzten VW-Bus freibekamen. Es war ein Wunder, dass Vater sich nicht verletzt hatte, aber das größte Wunder war Vaters gute Laune.

Es machte ihm auch nichts aus, dass der Brotteig inzwischen zu viel gegangen war. Wenn der aufgeblähte Teig in diesem Stadium nochmal bearbeitet wurde, bestand die Gefahr, dass er in sich zusammenfiel, das Brot nicht mehr sein Volumen erreichte und flach wurde. Die Porenbildung konnte geringer ausfallen, und es geschah dann, dass sich in der Mitte des Brotes eine feste matschige Masse bildete. Sonst war er immer ärgerlich, wenn ihm das passierte, aber heute konnte er darüber lachen.

»Wo kommt ihr denn her? Darf man mal erfahren, was hier los ist? Du fährst wie verrückt aus der Garage, reagierst nicht auf mein Rufen und Winken und jetzt kommst du mit verdreckter Kleidung zurück«, fuhr Mutter Vater gereizt an, während sie uns beide herausfordernd anschaute.

Vater berichtete kurz, erwähnte aber nicht, warum er Fränz zur Rede stellen wollte.

»Was habt ihr gemacht? Ihr habt den Fränz über den gepflügten Acker verfolgt? Dass der kein sympathischer Mann ist, das weiß jeder im Dorf, aber warum nennst du ihn einen Schweinekerl?«

Vater forderte mich auf, zu erzählen.

Mutter von meiner Begegnung in der Scheune zu berichten, war nicht einfach. Jedes Mal, wenn bei uns auch nur andeutungsweise das Thema Sexualität zur Sprache kam, reagierte sie mit den Worten: »Hört auf, ich will nichts davon hören.«

Sogar als sie mit Marcus schwanger war, brachten es weder Vater noch Mutter fertig, mich aufzuklären. Das übernahm Pastor Graf, der mich bat, nach dem Hochamt noch in der Sakristei zu bleiben. Nach diesem Gespräch wusste ich allerdings nicht mehr, als das, was ich auf Schulhöfen und in Gesprächen auf der Ley aufgeschnappt hatte. Was mich dort am meisten ärgerte, war, wenn die älteren Jugendlichen besserwisserisch lachten, uns jüngere wegschickten oder geheimnisvoll miteinander tuschelten. Das alles und was man in den schnell verstummenden Gesprächen der Erwachsenen mithörte, schuf oft ein bizarres und verworrenes Bild. Es war dieses nebulöse Wissen, das Platz für allerlei Phantasien und Vorstellungen schuf. Und wenn man sich den Beichtspiegel im Gebetbuch ansah, in dem die möglichen Sünden des sechsten Gebotes in vagen Umschreibungen aufgelistet waren, hatte man oft Schuldgefühle, ohne zu wissen warum.

So wurde ich auch diesmal bereits nach den ersten Sätzen von Mutter unterbrochen: »Ich will nichts hören, mach das mit deinem Vater aus.«

Aber hier wurde Vater laut.

»Nein, du hörst dir das auch an, was dieser Schweinekerl mit deinem Sohn vorhatte und was er mit anderen treibt. Davor kannst auch du nicht die Augen verschließen. Auch wenn dir das peinlich ist.«

Er nickte mir auffordernd zu.

Und was machte Mutter? Sie drehte mir den Rücken zu, blieb aber stehen und hörte sich meinen weiteren Bericht auf der Stelle verharrend an. Jedes weitere Wort schien sie wie ein Schlag zu treffen. Ihr Gesicht konnte ich nicht sehen, aber ich sah ihre Nackenhaare, die sich bewegten, ohne dass sie den Kopf hob. Sie stand mit hängenden Armen da, als habe sie bei Vaters Einwand resigniert. Dann hob sie den Arm, und führte die Hand erschrocken zum Mund. Schließlich drehte sie sich zu mir um, sah mich mit geweiteten Augen an und schüttelte den Kopf.

»Das kann nicht wahr sein! Sag, dass das nicht wahr ist.«

»Jedes Wort stimmt, ich gebe dir mein Ehrenwort«, antwortete ich mit fester Stimme und erwiderte offen und frei ihren Blick.

Vater und Mutter sahen sich an.

»Und jetzt, Johann?« Mutters Stimme klang erschöpft wie nach langem Kampf.

»Mit dem bin ich noch nicht fertig. Den werde ich zur Rede stellen.«

»Hoffentlich geht das gut aus. Ich habe Angst.« Dann war sie aus der Backstube verschwunden.

Wäre Mutter an diesem Nachmittag zu Hause geblieben, hätte sich ihre Angst noch verstärkt, dessen war ich mir sicher. Aber sie war mit Marcus und Helga auf die Queter zu ihrer Mutter gegangen. Dort ging sie meist hin, wenn sie mit jemandem ihre Probleme besprechen wollte. So bekam sie nicht mit, dass gegen drei Uhr Mattes, Fränz' Bruder, im Laden erschien.

Ich hatte Dienst. Vater, der heute keine Brottour fuhr, reinigte in der Backstube mit Nadeln und einer Messingbürste die Nudelformen von Teigresten.

Als ich Mattes groß und breit im Laden stehen sah, erschrak ich. Sein Gesicht war rot angelaufen und eine Zornesader auf der Stirn war gefährlich angeschwollen.

»Ist dein Vadda da? Hol den mal her!«, knallte mir seine harte Stimme entgegen.

»Ich guck mal.« Nichts Gutes ahnend verschwand ich in Richtung Backstube.

Genauso, wie Mattes mich im Laden empfangen hatte, erzählte ich es Vater.

»Sag ihm, ich sei beschäftigt. Er könne um fünf Uhr wiederkommen«, antwortete Vater von der Mulde her.

»Was soll ich? Um fünf Uhr wiederkommen? Ich will ihn jetzt sprechen.« Mattes versuchte sich durch den Durchgang zwischen Theke und Kühlvitrine zu drängen, um die Tür zur Backstube zu erreichen. Obwohl mir das Herz bis zum Hals schlug, stellte ich mich in den Durchgang. Erstaunt über meine Couragiertheit zögerte er, blieb stehen, schaute mich zuerst erbost und wütend, dann höhnisch grinsend an und sagte: »Dann um fünf, du Klugscheißer«, drehte sich um und knallte die Ladentür hinter sich so fest zu, dass die Klingel laut schepperte.

Mutter war noch nicht zurück, als Mattes um fünf Uhr wieder auftauchte. Vater erwartete ihn im Laden.

»Sag mal, Bäcker, wenn du glaubst, du …«, fuhr er Vater an, ohne zu grüßen und die Ladentür zu schließen. Vater aber fiel ihm ins Wort und sagte mit ruhiger und beherrschter Stimme: »Wenn du so mit mir sprichst, Bauer, bist du sofort wieder draußen.«

Auf den Dörfern wurde Vater immer mit »Bäcker« angesprochen, das war normaler Sprachgebrauch. Er war der »Nudelebäcker«, es war für ihn eine Art Auszeichnung, so genannt zu werden. Aber Mattes meinte dies anders. Er wollte offensichtlich demonstrieren, dass er es nicht für nötig hielt, Vater mit Vor- oder gar Nachnamen anzureden. Er wollte ihn von Anfang an demütigen.

»Bauer, komm mit in die Backstube«, fuhr Vater seelenruhig fort und merkte mit Wohlgefallen, wie seine Spitze wirkte, denn Mattes lief rot an, wechselte die Farbe und wurde aschgrau vor Wut im Gesicht. Somit hatte Vater sofort geklärt, wer hier im Haus das Sagen hatte.

Beide verschwanden in der Backstube, während ich in der Küche warten sollte, um notfalls zur Stelle zu sein, falls er mich rief.

Ich konnte nicht alles verstehen, was hinter der Tür gesprochen wurde, aber ich hörte Mattes' laute Stimme und konnte einzelne Worte heraus hören wie »Tierschänder«, »Schadenersatz«, »Unverschämtheit«, was in der lauten Beleidigung gipfelte: »Du Zugezogener hast uns gerade noch gefehlt!«

Vater sprach leiser, aber offensichtlich wirkungsvoll, denn Mattes schwieg einen Moment, wurde aber dann wieder laut.

»Alles gelogen und erfunden von deinem Saupanz. Hat er denn Zeugen?«

Ich konnte Vater nicht verstehen. Mit sich überschlagender Stimme antwortete Mattes:

»Du kriegst eine Anzeige wegen Tierquälerei und dein Klugscheißer wegen Verleumdung. Wollen doch mal sehen, wer hier am längeren Hebel sitzt!«

Die Backstubentür ging auf, Vater trat in den Flur, dann hörte ich das Drehen der Wählscheibe des Telefons, das im Flur an der Wand hing.

»Kannst deine Anzeige sofort aufgeben, dann brauchst du nicht zur Polizei nach Cochem. Aber zuerst berichte ich, was unser Georg in der Scheune erlebt hat.«

Ein Klicken war zu vernehmen. Die Hörergabel war heruntergedrückt worden.

»Lass uns noch mal reden«, hörte ich Mattes' Stimme. Dann schloss sich die Backstubentür wieder. Im gleichen Moment kam Mutter in die Küche. Sie war leichenblass.

»Ist der Mattes bei Vater in der Backstube?«, fragte sie und setzte sich wie erschöpft auf die Küchenbank. »Ich wusste, das gibt Ärger. Dass du aber auch mit den beiden in die Scheune gegangen bist! Wir wüssten von nichts, von gar nichts. Und alles ginge uns nichts an. Aber jetzt? Dein Vater gibt nicht nach, wie ich den kenne.«

Dann stand Vater in der Küche und Mutter sagte ängstlich von der Bank her nur das eine Wort: »Und?«

Mattes habe ihm Tierquälerei wegen des Peitschenhiebes vorgeworfen. Sie hätten das Pferd erst am Nachmittag gefunden. Über die Sache in der Scheune habe er nur gelacht und gemeint, ich hätte eine verdorbene Phantasie. Außerdem gebe es keine Zeugen. Er habe ihm gedroht, habe ihn als zugezogenen Wichtigtuer beschimpft, der die Eifel verbessern wolle.

Er habe mit einer Verleumdungsanzeige gedroht, aber als Vater ans Telefon gegangen sei, habe er sofort die Gabel heruntergedrückt.

»Und jetzt, was machst du jetzt?«

»Ich werde Fränz wegen Kindesmissbrauch anzeigen.«

»Das habe ich mir gedacht. Aber da mach ich nicht mit«, fuhr Mutter heftig dazwischen und sprang von der Bank auf. Sie stand vor Vater, zitterte, suchte nach Worten und dann sprudelte es aus ihr hervor. So hatte ich sie noch nie erlebt.

»Willst du denn deine ganze Familie und Georg insbesondere in diese unappetitliche Sache hineinziehen? Glaubst du, ich will von jedem im Laden dumm angeguckt oder gar angesprochen werden und Rechenschaft abgeben? Und wie stehen wir denn im Dorf da? Du, sei mir bitte nicht böse, aber du als Zugezogener willst Anzeige erstatten gegen eine alteingesessene und reiche Familie? Ja, der Herr vom Bodensee, der in keinem Verein ist, der – ich sage Gott sei Dank – nicht in der Wirtschaft sitzt, der strebsam ist, der einen Betrieb aufbaut und sich sonst aus Dorfpolitik und Dorftratsch zurückhält. Der kommt jetzt daher und hält denen den Spiegel vor und sagt ihnen, wie schlecht und sündig ihr Verhalten ist?«

Mutter, Mutter dachte ich bei mir, dass du so leidenschaftlich reden kannst.

»Was ist Georg denn geschehen? Nichts! Er wurde von einem Perversen angesprochen. Ja. Aber unser Junge hat richtig reagiert. Du bist doch nicht verantwortlich für anderer Leute Kinder. Dazu hast du gar kein Recht. Und hast du dir schon mal überlegt, gegen wen du eine Anzeige erstattest? Weißt du nicht, wie groß der Familienclan von Mattes ist? Soll ich dir all die Verwandtschaft aufzählen? Alles Kunden von uns. Dann kannst du dein Brot nur noch auf den Dörfern verkaufen. Das halbe Dorf ist doch mit denen verwandt. Von denen kommt keiner mehr in unseren Laden.« Sie hielt einen kurzen Moment inne, bevor sie fortfuhr: »Na ja, ist für mich eigentlich gar nicht so schlecht. Weniger Stunden im Laden, morgens nicht mehr in der Backstube helfen. Kann mich dann mehr dem Haushalt widmen und muss nicht noch spät abends bügeln, sonntags Socken stopfen und zwischendurch putzen. – Hab ich denn für irgendetwas richtig Zeit?«

Mit hochrotem Kopf stand sie vor Vater. Sie hatte während des Sprechens mehrmals mit den Händen wild gestikuliert und ihr Haar, das sich gelöst hatte, mit einem Ruck des Kopfes zurückgeworfen.

»Nein, ich muss alles gleichzeitig machen. Kinder, Laden, Backstube, Kochen, Haushalt und im Sommer noch den Garten. Zeig sie ruhig an, den Fränz und den Mattes und was weiß ich, wen sonst noch.« Sie atmete tief durch. »Ach Johann, warum machst du mir nur das Leben so schwer?«

Tränen standen ihr im Gesicht.

An diesem Abend verlief das Abendessen schweigsam, eine bedrückende Stimmung hatte sich ausgebreitet. Außer mir wusste keiner, was geschehen war, und warum es so unheilvoll still zwischen Mutter und Vater brodelte. Keiner wagte zu fragen.

Unmittelbar nach Mutters Ausbruch war Vater wortlos in der Backstube verschwunden und bis zum Abendessen nicht mehr aufgetaucht. Ich wagte mich nicht in die Backstube, denn ich wusste, Mutters Vorwürfe, Ängste und die vorgebrachten täglichen Belastungen, die sie mit dem Betrieb und uns sechs Kindern zu bewältigen hatte, waren Vater unter die Haut gegangen. Er war tief getroffen.

Sein Schweigen tat mir weh. Ja, Mutter hatte Recht, warum bin ich auch – geldgierig wie ich war – den beiden in die Scheune gefolgt? Alles wäre anders gekommen. Der Familienfrieden wäre unangetastet geblieben. Ich war unglücklich, weil ich der Verursacher der ganzen Misere war.

Es kam aber noch schlimmer.

Wir waren noch nicht ganz mit dem Essen fertig, da hörten wir die Haustür aufgehen und warteten angespannt, bis es klopfte. Ich spürte eine Enge in der Brust, dass ich hätte laut schreien können, weil ich mit Mattes, Fränz oder irgendeinem aus deren Verwandtschaft rechnete.

Aber wer kam herein? Unser Bürgermeister Scheffe Wern. Den hätte ich jetzt wirklich nicht erwartet. Dann ging es bestimmt um etwas anderes als um meine leidige Angelegenheit.

»Johann, hast du mal Zeit? Ich muss dich unter vier Augen was fragen.«

Als er so begann, hätte er auch sofort sagen können: Was euer Georg da erzählt hat, ist Quatsch, spiel die Sache nicht so hoch, halt dich da raus. Das alles geht dich nichts an.

Genau so lief auch das Gespräch ab, wie Vater mir später berichtete.

Wir Kinder waren zwar von Mutter ins Bett geschickt worden, doch als wir oben vor unseren Zimmern im Flur standen, wollten alle wissen, was los sei. Ich spielte den Unwissenden. Aber so wie Maria mich anschaute, glaubte zumindest sie mir nicht.

Dann hörten wir nochmal die Haustür aufgehen. Ich wusste sofort, wer hier hüstelte.

Ich hatte es einmal beim Brotausfahren und hundertmal in der Sakristei gehört.

Es war Pastor Graf.

Er begrüßte Mutter in der offenen Küchentür und ging mit ihr in die Backstube.

Jetzt wollte natürlich keiner mehr ins Bett, denn alle ahnten, dass in der Backstube etwas vorging, was wir nicht hören sollten.

»Wenn Scheffe Wern und der Pastor mit Vater sprechen wollen, dann ist etwas passiert. Hoffentlich nichts Schlimmes«, meinte Maria und machte mir Platz am Treppengeländer. Sie, Klaus, Robert und ich hatten uns auf den hölzernen Dielenboden gelegt und schauten zwischen den Geländerpfosten des Treppenabsatzes nach unten in den Hausflur. Wir konnten den oberen Teil der Backstubentür sehen und hörten jetzt Vater, Scheffe Wern und Pastor Graf laut und heftig miteinander diskutieren. Doch wir konnten nichts verstehen, obwohl wir absolut leise waren.

Dann erschien Mutter an der Küchentür, und ehe sie die Treppe hinaufschaute, rief sie: »Geht endlich ins Bett, was die sprechen geht euch nichts an.«

Später hörte ich die Stimmen von Scheffe Wern und Pastor Graf im Flur. Die Haustür fiel ins Schloss. Dann erkannte ich Mutters schlurfenden Schritt die Treppe heraufkommen. Von Vater war nichts zu hören, weder sein charakteristisches Räuspern noch sein kräftiger Tritt.

Mitten in der Nacht schreckte ich aus einem traumlosen Schlaf auf.

Ich stellte mich ans Fenster und lauschte in die Nacht. Ein Auto kam die Straße von Cochem her. Seine Scheinwerfer waren in der Apfelbaumallee zu erkennen.

Am Himmel zogen Wolken vor einem hellen Vollmond vorbei. Im Haus war es beklemmend still. Es war eine unnatürliche Stille, die sich wie eine Lähmung anfühlte. Die dich zwingt, untätig der Dinge zu harren, die dir Angst machen. Ich spürte, dass etwas Unheilvolles sich in's Haus geschlichen hatte. Ich schloss die Augen und wusste: Jetzt bin ich an der Reihe. Jetzt bin ich derjenige, der handeln muss.

Ich ging zur Tür und öffnete sie geräuschlos. Ich horchte ins Haus.

Nichts.

Durch das Flurfenster fiel ein schräger Lichtfleck auf die Wand, die zur Treppe führte. Hinter der Tür zum Elternschlafzimmer war das sonst vertraute Schnarchen von Vater nicht zu hören.

Plötzlich fiel mir auf, dass der Lichtfleck auf der Wand heller war als vom Mond verursacht.

Ich schlich auf Zehenspitzen zum Treppengeländer und schaute nach unten in den Hausflur. Irgendwo schien Licht zu brennen. Tatsächlich, aus dem Oberlicht der Backstubentür drang ein schwacher Lichtschein.

Jetzt? Um diese Zeit?

Ich wusste zwar nicht, wie viel Uhr es war, aber wenn Vater in der Backstube arbeitete, hätte man Geräusche gehört. Vertraute Geräusche. Doch im ganzen Haus war es noch immer gespenstisch still.

Mich befiel Panik. Blitzschnell, trotz der Dunkelheit zwei Stufen auf einmal nehmend, stürmte ich die Treppe nach unten.

Als ich vor der Backstubentür stand, zögerte ich. Was erwartete mich dort drin?

Die beiden Neonröhren waren nicht eingeschaltet. Nur das Licht über der Brötchenmulde brannte. Seltsam.

Mich befiel ein ungutes Gefühl. Zaghaft, aber mit dem Willen zu erfahren, was sich in der Backstube tat, drückte ich den Griff nach unten.

Dann sah ich ihn. Erstaunt stellte ich fest, dass Vater auf meinem Salzsack saß und schlief.

Das Kinn auf der Brust, die schwieligen Hände im Schoß gefaltet, vollkommen in sich zusammengesunken saß er dort und atmete gleichmäßig und ruhig. Sein schwarzes, wuscheliges Haar hing ihm wirr um den Kopf. Dort sitzt ein müder Mann, dachte ich. Ein Mann, der vom ständigen Gefordertsein erschlagen ist. Ein Mann, der alleine und vollkommen geschafft ist. Er tat mir richtig leid.

In meinem Rücken spürte ich einen leichten Windzug. Mutter stand im Nachthemd in der Tür. Sie legte den Zeigefinger auf die geschlossenen Lippen und ging an mir vorbei zu Vater.

Mit einer zärtlichen Geste fasste sie ihn an der Schulter. Vorsichtig und zart wie bei einem kranken Kind, bei dem man prüft, ob es Fieber hat.

Vater öffnete die Augen. Er blinzelte kurz, schaute verständnislos von einem zum anderen, dann ging ein Erkennen durch sein Gesicht, sein Körper straffte sich.

»Johann, komm schlafen«, sagte Mutter leise. »Komm ins Bett.«

»Ja«, war seine kurze Antwort. Dann erhob er sich vom Salzsack. Mich sah er dabei verwundert an, als ob er sich nicht erklären könne, was ich in der Backstube mache, nahm meine Hand und sagte: »Auch du musst ins Bett.«

Wortlos gingen wir alle drei die Treppe hoch.

Als ich im Bett lag, begriff ich erst, was geschehen war. Vater hatte offensichtlich nach dem langen Disput mit Scheffe Wern und Pastor Graf auf Mutter in der Backstube gewartet, um sich mit ihr auszusprechen. Aber sie war nicht mehr gekommen. Mir war klar: In dieser bedrohlichen Sache, die mich betraf, beharrte jeder der beiden auf seiner Meinung. Weder Vater noch Mutter waren bereit, einzulenken. Mutter war verärgert alleine ins Bett gegangen, und Vater war dickköpfig in seiner Backstube geblieben, wo er irgendwann auf dem Salzsack einschlief.

Oh, ich kannte Vater. Er hätte diesen Konflikt ein, zwei Tage schweigend ausgehalten, dann aber wäre es aus ihm herausgebrochen. Er hätte Mutter morgens an der Brötchenmulde zur Rede gestellt, hätte ihr seine Gründe zuerst leise versöhnlich, dann lauter werdend dargelegt und sie zu überreden versucht. Mutter gegenüber wäre er nicht aggressiv geworden. Aber an uns hätte er sich seinen Ärger gekühlt. Ich hätte bestimmt aus irgendeinem läppischen Grund die Backstube drei bis vier Mal kehren müssen. Hätte vielleicht auf dem Salzsack wieder Rechenaufgaben lösen müssen und Klaus und Robert hätten zerbrochene Nudeln aussortieren müssen. Eine furchtbare Arbeit! Spaghetti und Makkaroni mussten in verschiedene Kästen einsortiert werden. Erste Wahl, zweite Wahl. Wenn etwas den Nerv tötete, dann dieses Sortieren.

Schlimm war aber das Schweigen zwischen den beiden, das so lange andauerte, bis Vater entweder ein Stück Teig mit solcher Gewalt auf die Mulde knallte, dass es wie ein Lebewesen erbärmlich aufzujaulen schien oder er gab einem Brotkasten einen Tritt, dass er quer durch die Backstube schlitterte.

»Hast wieder Recht mit deiner Meinung«, rief er in solchen Momenten. »Dann machen wir das eben so, wie du das willst. Wirst schon sehen, was dabei rauskommt.«

Egal wo Mutter im Haus war, sie hörte immer Vaters dramatisches Einlenken. Wenn sie dann in der Backstube erschien, wurden wir rausgeschickt und nach zwei, drei Minuten kamen die beiden nach und verteilten sofort Aufgaben an uns, damit wir ja nicht fragen konnten, wie ihre Einigung aussah.

Wenn Mutter dann merkte, dass sie klein beigeben musste, verhielt sie sich vollkommen anders als Vater. Auch sie verfiel in Schweigen und ging ihm erst mal aus dem Weg. Doch nach einer Weile lenkte sie jedes Mal ein, ging sie auf ihn zu und fragte: »Haben wir das nötig, uns zu streiten? Haben wir nicht besseres zu tun?«

Und der Streit und die Meinungsverschiedenheit waren beendet.

Aber was war heute geschehen?

Erst viel später ist mir klar geworden, was damals in Mutter vorgegangen war. Sie wusste, mit ihrer Bemerkung, Vater sei ein Zugezogener, der das Dorf ändern wolle, hatte sie eine Grenze überschritten. Sie hatte genau gespürt, wie sehr sie Vater mit diesen Worten verletzte.

Doch wie konnte sie ihre Bemerkung wieder gutmachen? Sie war ja stolz auf ihn, auch darauf, dass er nicht in den Zwängen der Dorfgemeinschaft gefangen war. Sie war stolz darauf, dass er unternehmerisch, mutig und kreativ war. Und sie war stolz auf uns, ihre gemeinsamen Kinder.

Ich glaube, sie hatte in dieser Nacht nicht geschlafen. Sie hatte sich unruhig im Bett hin und her gewälzt und über eine Lösung nachgedacht.

Als ich am frühen Morgen im Halbschlaf aus der Backstube das Motorengeräusch der Knetmaschine hörte, drehte ich mich im Bett um und atmete tief und erleichtert durch, denn ich wusste, Vater und Mutter würden gemeinsam dieses leidige Thema beenden und eine Lösung finden.

Und sie fanden sie auch.

»Ich werde mit den Eltern von Josi und Edwin sprechen. Wenn die mitmachen, erstatten wir Anzeige.«

»Wir«, sagte Vater. Nicht ich. Wir. Also er und Mutter.

Ich war glücklich, dass beide nicht schweigend durch den Tag liefen. Sie hatten sich geeinigt. Die Spannung hatte sich gelöst.

Er holte tief Luft und sagte zu mir: »Anscheinend sind Mutter und ich die einzigen, die dir glauben. Auch wenn Mutter gestern so dagegen gesprochen hat, steht sie hinter dir. Sie macht sich halt Sorgen um dich, um das Geschäft und das mögliche Gerede im Dorf. Und was den Pastor und Scheffe Wern angeht, kann ich nur sagen, das sind erbärmliche Personen. Wieso sind die beiden überhaupt hier aufgetaucht? Und was die für dummes Zeug geredet haben, alles nur vorgeschobene Gründe. Alles nur deswegen, weil sie unbedingt eine Anzeige verhindern wollen. Und weißt du auch, warum? Weil etwas faul ist an der Sache.«

Zu meinem großen Erstaunen setzte er sich wieder auf den Salzsack und legte die Hände in den Schoß.

»Und dann ihr schlagendes Argument: ich würde mein gutes Ansehen im Dorf verlieren, weil ich meinem Sohn glaube, der nicht gerade das Beispiel eines wohlerzogenen Kindes sei. Was die sich plötzlich für Sorgen um mich, einem Zugezogenen machten.« Vater schüttelte immer wieder den Kopf.

»Vater, nein, mach es nicht!«, entfuhr es mir. Ich fühlte einen Stich im Herzen und begann zu weinen. Denn ich erkannte schlagartig, dass mir Scheffe Wern und Pastor Graf nicht glaubten. In ihren Augen war ich ein ungezogener, frecher Panz, der mit einer verleumderischen Lüge einen ehrbaren Mann beschuldigte, sich an Kindern zu vergehen.

»Bitte Vater, bitte tu gar nichts. Siehst du, weil ich mein Ehrenwort gebrochen hab, bist du und wir alle in Schwierigkeiten. Ich wusste es, ich wusste, dass so etwas kommt.«

Vater fasste meine Hand, drückte sie fest und schaute mich ernst an.

»Hör auf zu weinen! Was du gesagt hast, muss ganz einfach wahr sein. Allein schon deshalb, weil alle Welt die Sache vertuschen will. Du sollst wissen, dass Mutter und ich dir glauben.

Und wenn Josi und Edwin deine Aussage bestätigen, erfolgt Anzeige. Aber wie ich den Verein kenne, sind alle schon dermaßen beeinflusst, dass sie kneifen. Feige Bande.«

Dann griff er in die Hosentasche, nahm sein Taschentuch heraus und reichte es mir.

»Jetzt wische dir die Tränen ab, der Drecksack hat es nicht verdient, dass du wegen ihm weinst.«

Vater sollte recht behalten. Er kannte den Verein! Sie kniffen. Alle.

Er saß wieder auf dem Salzsack, als er mir von dem Gespräch berichtete.

»Als ich zu Josis Vater kam, saß auch schon Edwins Vater dort in der Küche. Klar, dass die beiden sich abgesprochen haben. Die waren richtig aggressiv mir gegenüber.«

Vater und mir wurde unterstellt, ihre Kinder in den Schmutz zu ziehen. Was er sich einbilde, ihre Söhne und Familien in solch eine unappetitliche, strafbare Sache zu verwickeln. Sie seien gläubige Familien und solche Sauereien gebe es bei ihnen nicht. Sie wüssten noch, was sich gehöre und was Anstand und Ehre sei. Ihre Kinder seien untadelig, gläubig und ehrlich. Im Gegensatz zu mir. Sie hätten mit ihnen gesprochen. Nein, sie würden Vater auf keinen Fall erlauben, mit Josi und Edwin zu reden. Er solle lieber seinem missratenen Sohn den Arsch versohlen.

»Und dann kam der Hammer.« Vater wurde laut und stand abrupt vom Salzsack auf, »ich solle mich lieber um meine Bäckerei und meine sechs Pänz kümmern anstatt angesehene Familien zu belästigen.«

Schon wieder kamen mir die Tränen. Nicht nur, weil Vater mir leid tat wegen dieser beleidigenden Abfuhr.

Einerseits freute mich, weil Vater nun keine Anzeige machen würde. Gleichzeitig schämte ich mich, weil ich mich ja gar nicht freuen durfte nach Vaters böser Erfahrung.

»Hör auf jetzt«, fuhr er mich barsch an, »ich kann diese Heulerei nicht mehr ertragen. Der Fall ist erledigt. Sie haben gesiegt. Besonders Fränz. Aber eines glaube mir, er wird seiner gerechten Strafe nicht entgehen. Noch gibt es einen Herrgott auf Erden.«

XXIV

Wieder sollte er Recht behalten. Fränz entging nicht seiner Strafe.

Nur, ob sie gerecht war, daran zweifle ich bis heute. Und ob Gott dafür verantwortlich sein soll, weiß ich auch nicht. Uns Kindern wurde zwar bei jeder Gelegenheit von einem strafenden Gott erzählt, der alle Sünden ahndet. Aber da gab es auch diesen Kaplan am Gymnasium, meinen Religionslehrer. Er sprach von einem lachenden, fröhlichen Gott, der eine Welt voller Wunder und Schönheiten geschaffen hatte.

Nach zwei Jahren Unterricht am Gymnasium ging dieser Kaplan nach Südamerika in die Mission, später wurde er Bischof. Er war keiner der üblichen Kirchenfürsten, sondern ein richtiger Seelsorger. Er vermittelte mir, dass sich hinter allen verzerrten, kirchlichen Drohungen, eingebläut in Christenlehre und Religionsunterricht, hinter göttlichen Strafen und Höllenqualen ein liebendes und verzeihendes Wesen verbarg. Ein menschliches Wesen.

Und ich wünschte, dass Fränz, nachdem sich Schock und atemloser Schrecken gelegt hatten, solch einen Gott finden würde.

Es war wieder ein Sonntag. Vierzehn Tage nach meinem Geständnis.

Bis zu diesem Tag hatte ich noch manche Grübelei hinter mich gebracht und manche Stunde in meinem Bett wach gelegen. Aber jetzt war ich froh, dass alles vorbei war, obwohl mir die Sache sehr zu schaffen gemacht und mich in tiefste Skrupel gestürzt hatte. Doch als ich am vergangenen Sonntag zuerst die beiden Lügner Josi und Edwin an der Kommunionbank sah und dann auch noch Fränz, da wurde mir fast schlecht. Fränz bei der Kommunion?

Er schritt, andächtig die Hände gefaltet nach vorn, schloss unterwürfig die Augen und empfing die Hostie.

»Das geht uns nichts an. Das hat er mit seinem Gewissen auszumachen«, war Mutters Kommentar. Damit war die Sache fürs Erste erledigt.

Es dauerte noch eine Woche.

Dann kam der nächste Sonntag.

Vater war mit uns Kindern gegen zehn Uhr zum Äpfelsammeln nach Weiler gefahren. Dort hatte er das Obst von zwei Apfelbäumen bei einem Bauern gekauft. Vorher mussten wir vier Älteren nach Dohr in die Frühmesse. Ein Sonntag ohne Andacht, das ließ Mutter gerade noch durchgehen. Aber ein Sonntag ohne Messe? Nie!

Unsere Apfelernte ließen wir später in der Obstmosterei Zentner in Mendig keltern. Für uns gab es dann fruchtig trüben Apfelsaft und für Vater Apfelviez.

Am Nachmittag kamen wir mit ungefähr fünfzehn Säcken voller Äpfel nach Hause und wunderten uns über die Leute, die vor Mattes' Haus standen. Nach und nach erfuhren wir, was sich dort abgespielt hatte.

Katchen, die Frau von Mattes, hatte an diesem Sonntag das Hochamt früher verlassen, weil ihr behinderter Sohn alleine zu Hause geblieben war. Sonst war Speicherkarl, während seine Mutter den Gottesdienst besuchte, immer in der Obhut seiner Großeltern, die im Unterdorf wohnten. Heute aber konnten die

Großeltern aus irgendeinem Grunde nicht aufpassen, so dass Karl in seinem Zimmer auf dem Speicher eingeschlossen wurde.

Sein Vater Mattes fühlte sich nicht verantwortlich, auf das behinderte Kind aufzupassen, das war seiner Ansicht nach Frauensache. Lieber verbrachte er seine Zeit in der Wirtschaft, wo er jeden Sonntag gegen zehn Uhr auftauchte, dort zu Mittag aß und er erst am frühen Abend, wenn Zeit zum Viehfüttern war, nach Hause ging.

Als Karls Mutter nach Hause kam, wunderte sie sich darüber, dass die Klinke an seiner Zimmertür auf dem Speicher sofort nachgab, obwohl sie ganz sicher war, abgeschlossen zu haben. Karls Zinnsoldaten standen verloren auf seinem Tisch am Fenster, aber das Kind war verschwunden. Zuvor war ihr bereits aufgefallen, dass auf dem Küchentisch die Schnapsflasche stand, die normalerweise im Schrank aufbewahrt wurde.

Mattes fasste diese Flasche selten an. Wenn, dann nur, wenn er sich nach gutem und vielem Essen »verpanzt« hatte, wie er sich ausdrückte. Sonst trank er nur in der Wirtschaft.

Seltsam. Wo war nur Karlchen?

Äußerst beunruhigt über diese Merkwürdigkeiten suchte sie ihren Sohn im gesamten Haus. Auch im Keller schaute sie nach, jedoch Karl war nirgends zu finden.

Hätte sie jetzt laut nach ihm gerufen und wäre laut lärmend durch das Haus gelaufen, wäre dieser Sonntag wahrscheinlich wie alle Sonntage in unserem Dorf ruhig und unspektakulär geblieben. Doch die Angst um Karl hatte ihr anscheinend die Kehle zugeschnürt. Sie lief über den Hof und sah, dass die Seitentür im Scheunentor nur angelehnt war. Sie ging auf das Scheunentor zu. Öffnete die Tür und trat ein.

Vielleicht hatte sie etwas geahnt, doch was sie dann sah, übertraf ihre schlimmsten Ängste.

Ihr Schrei, ein hinausgebrülltes, lang hingezogenes »Ach«, das sich in ein zorniges Fauchen verwandelte, schallte wie eine Explosion durch die Dorfstraße und elektrisierte alles.

Dieser alarmierende, schmerzerfüllte Schrei ließ die Leute erstarren, die gerade aus der Kirche gekommen waren. Erschrocken blieben sie vor dem Anwesen von Mattes stehen, wo Katchen aus Leibeskräften brüllte:

»Du Dreckschwein, du verdammtes Dreckschwein. Lass meinen Karl los! Dafür wirst du büßen. Du lausiges, dreckiges, abartiges Miststück.«

»Der Fränz hat unten an Karl rumgespielt«, antwortete Vater knapp, als Klaus ihn später in der Küche fragte, was denn geschehen sei. Ich hielt die Luft an und tauschte erstaunte Blicke mit meinen Geschwistern.

»Der hat an seinem Geschlechtsteil rumgemacht, ähm ... rumgefummelt«, brachte Vater verlegen hervor.

Man sah ihm an, wie sehr er mit sich kämpfte und um Worte rang. »Er hat mit ihm Sauereien gemacht.«

Meine Geschwister wussten zwar nicht so genau, was das für Sauereien waren, nickten aber stumm. Ich hielt den Mund allein schon deshalb, weil Vater mich eindringlich anschaute.

Die Nachricht war wie ein Lauffeuer durchs Dorf gegangen. Und plötzlich wollte jeder etwas gewusst haben. Die Gerüchteküche begann zu brodeln. Es schien, als ob auf einmal die ganze Dorfgemeinschaft wusste, was der Fränz für einer war und was dort in der Scheune geschehen war.

Der hat sich doch nie normal verhalten. Allein schon, wie der mit einem gesprochen hat. Und wie der nach den Jungen geguckt hat. Und jetzt mit seinem behinderten Neffen. Einfach nur ekelhaft!

Eigentlich hätte schon längst einer etwas unternehmen müssen.

Eigentlich!

Keine zehn Minuten nach dem Vorfall war Katchen mit einem Koffer aus dem Haus getreten. An der Hand ihr Karlchen, Speicherkarl. Es war eine andere Frau, die dort aus der Tür kam, erzählte uns Mutter mit ernster Stimme – und wie mir schien – mit Bewunderung.

Katchen trug kein Kopftuch wie sonst. Das dunkelblonde Haar, das ihr bis auf die Schultern fiel, umrahmte ein überraschend hübsches Gesicht. Zwar war da immer noch der strenge Zug um ihren Mund, aber sie ging aufrecht und schaute offen und ohne Furcht auf die gaffende Menge, deren Tuscheln und Geraune bei ihrem Anblick jäh verstummte.

»Das war nicht mehr das Katchen. Das war Kat.« Mutters Stimme klang belegt.

Bereitwillig machte man ihr Platz. Mattes, dem offensichtlich in der Wirtschaft die Geschehnisse in der Scheune zu Ohren gekommen waren, war sofort auf die Straße geeilt und stand plötzlich vor seiner Frau und seinem Sohn.

Kat sprach ganz ruhig mit ihrem Mann, zeigte auf Karl, der auf den Boden starrte, und reckte den Arm in Richtung Scheune. Dann drehte sie sich abrupt um und ging die Hauptstraße zur Bushaltestelle hoch. Mattes blieb wie vom Blitz getroffen stehen, schaute zur Scheune, dann zurück zu seiner Frau. Plötzlich kam Bewegung in ihn. Er warf den Kopf in den Nacken, hob wie erschrocken die Arme in die Luft und begann hinter Kat und Karl herzulaufen. Nach wenigen Schritten hatte er sie erreicht, riss Kat heftig an der Schulter herum und packte sie mit beiden Händen. Dann schrie er ihr etwas ins Gesicht, das keiner der Umstehenden verstehen konnte. Doch Kat bot ihm stolz die Stirn, schüttelte seine Hände von der Schulter und ging mit dem erschrocken weinenden Kind weiter die Straße hinauf.

Nur wenige Augenblicke verharrte Mattes auf der Stelle, dann ging er wie benommen in Richtung seines Hauses. Laut und wutschnaubend brüllte er den Umstehenden am Straßenrand entgegen: »Macht, dass ihr wegkommt. Ihr blödes Volk! Hier gibt es nichts zu sehen!«

Als einige der Gaffer nur zögerlich reagierten, lief er in seinen Hof, bekam dort einen Besen zu fassen und kehrte, den Besen gefährlich über dem Kopf schwingend, zur Straße zurück. Die letzten Gaffer stoben auseinander. Man wusste schließlich, wozu Mattes in seinem Jähzorn fähig war.

Mit einem gewaltigen Schwung warf er den Besen auf den Misthaufen und stürmte ins Haus.

Er brauchte keine zwei Minuten, dann erschien er wieder im Hof. In der rechten Hand trug er sein Jagdgewehr. Bereit zum Schuss. Damit betrat er die Scheune.

Wenig später sah man ihn hinter seinem Haus durch die Wiesen zum Waldrand gehen. Er folgte einer Fußspur im Gras.

Es war kurz nach zwei Uhr, als zwei Schüsse die angespannte, bedrohliche Stille im Dorf zerrisssen.

Mattes hatte geschossen.

Die Schüsse kamen aus seiner Scheune und hatten zwei Löcher neben die Seitentür in das Scheunentor gefetzt.

Das Haar stand ihm wirr vom Kopf ab, das Gesicht verkniffen, die Augen starr geradeaus gerichtet. Er hatte die Hosenbeine hochgekrempelt. Die Schuhe waren verdreckt.

Wie geistesabwesend trat Mattes aus der Scheune an den großen Basaltstein am Misthaufen, hob das Gewehr am Lauf hoch über den Kopf und schlug mit lautem Schreien den Gewehrkolben auf den Stein. Mit einem dumpfen Klang zerbarst das Holz. Dann klirrte Metall auf Stein. Während er immer weiter auf den schwarzen Stein einschlug, hörte er nicht mehr auf zu schreien. Dann schleuderte er die verbogene Waffe quer über den Hof.

Mit hängenden Schultern stapfte er auf die Sitzbank neben der Haustür zu, sank auf ihr zusammen und stützte seinen Kopf in beide Hände. Weinkrämpfe schüttelten seinen Körper.

Peter Kramer, der unmittelbare Nachbar, war als erster bei Mattes und sprach auf ihn ein, dann kamen die Menschen um die Kirche und um Mattes' Anwesen aus ihren Häusern.

Kurz darauf war die Polizei am Haus. Man fand Fränz an einem Seil baumelnd auf dem Heuboden in der Scheune.

Dr. Feldmann aus Cochem traf ein. Weitere Polizeiautos hielten später im Hof.

Fünf Mann der freiwilligen Feuerwehr halfen, die Leiche zu bergen.

Mattes wurde in Handschellen in ein Polizeiauto gesetzt.

Er protestierte nicht. Mit gebrochener Stimme sagte er: »Ich habe meinen Bruder nicht umgebracht. Er hat sich selbst getötet.«

Die Wagentür fiel zu und das Polizeiauto fuhr in Richtung Cochem davon. Vor dem Absperrband, das die Feuerwehr quer über die Hofeinfahrt gespannt hatte, standen mehrere neugierige Leute.

Um halb sechs brüllte die erste Kuh. Dann folgte das lang gezogene »Muh« der zweiten, nach einer halben Stunde brüllten alle vierzehn Rindviecher im Stall. Dazwischen hörte man das Quieken der Schweine. Peter Kramer organisierte zusammen mit ein paar Feuerwehrmännern das Füttern und Melken. Er war es auch, der Vater alle Geschehnisse haarklein berichtete.

Fränz' Leiche wurde in einem Sarg abtransportiert.

Die Seitentür zur Scheune wurde mit einem Vorhängeschloss gesichert. Scheffe Wern, der Bürgermeister, besprach sich mit den verbliebenen beiden Polizisten. Man konnte das Anwesen Mattes nicht ohne Aufsicht lassen. Der Stall voller Vieh, das Haus leer. Nein, das wollte keiner verantworten. Noch während sie beratschlagten, bog erneut ein Polizeiauto in den Hof. Die Tür öffnete sich, Mattes stieg aus und ging wortlos und ohne die im Hof stehenden Menschen anzusehen, ins Haus.

Er war wieder frei. Die vorläufige Festnahme war beendet.

Man hatte in der Hosentasche des Toten einen Abschiedsbrief gefunden.

Was in diesem Brief stand, wusste keiner so genau.

Man tuschelte, dass Fränz sich in dem Brief für sein Vergehen entschuldigt habe, dass er sich seiner Taten schäme und keinen anderen Weg mehr sah, als sich das Leben zu nehmen.

»›Gott sei meiner Seele gnädig‹ soll sein letzter Satz gewesen sein«, sagte Mutter an einem der nächsten Tage nach dem Abendessen.

»Wir wollen noch ein ›Vaterunser‹ und ein ›Gegrüßet seist du Maria‹ für seine arme Seele beten. Egal, was er gemacht hat, er war ein Mensch.«

Es herrschte bestimmt eine halbe Minute drückendes Schweigen nach unserem Beten.

Von solch einem Tod hatten wir Kinder noch nie gehört.

»Gott sei seiner armen Seele gnädig.«

Mutter begann den Tisch abzuräumen.

Fränz hatte ein klägliches Begräbnis. Es waren höchstens zwanzig Personen, die seinem Sarg folgten, der auf dem Pferdewagen stand. Mattes und einige Nachbarn. Kat und Karl fehlten.

Wo war denn die große Verwandtschaft, von der immer die Rede war? Hatte sie sich versteckt? Oder hatten sich alle nach diesem Vorfall abgewandt?

Das Grab lag an der Friedhofsmauer, abseits der anderen Gräberreihen. Anton, der Schreiner, nahm die Beerdigung vor. Nicht wie sonst der Pastor. Der fehlte.

Ich dachte daran, wie er Vater – bestimmt nicht mit seinen blöden Russlanderfahrungen – bei uns in der Backstube so heftig zugesetzt hatte. Doch nun wollte er von alledem offensichtlich nichts mehr wissen.

Selbstmörder werden nicht kirchlich bestattet, das war so in unserem katholischen Dorf und auch anderswo. Vor Jahren, sagte uns Mutter, durfte noch nicht einmal ein Kreuz auf dem Grab errichtet werden. Aber dieses Verbot hatte man abgeschafft.

Ob Gott wirklich so hart, so unmenschlich ist und so hart straft? fragte ich mich.

Die Nachbarn sahen als Erste das Feuer, bald darauf roch das ganze Dorf den beißenden Rauch, der sich an diesem trüben Herbsttag, an dem kein Sonnenstrahl durch die Schleier der Wolken drang, über die Häuser legte. Fast so, als verwehre der Himmel das Aufsteigen des Qualms.

Mattes hatte Fränz' Sachen am frühen Morgen aus dem Haus geschafft, auf loses Stroh hinter dem Haus geworfen und alles mit Benzin übergossen. Ein paar Bilder, eine dreiteilige Federkernmatratze, Kleidungsstücke, Bettwäsche, Federkissen, Schuhe und auch Fränz' geliebte Gamaschen – alles ging in Flammen auf.

Mattes schüttelte mit einer Mistgabel immer wieder das Brenngut auf, bis zum Schluss nur noch graue Asche und die Spiralen der Matratzenfederung zurück blieben. Die Asche schaufelte er zusammen mit den übrig gebliebenen Resten auf den Ackerwagen und brachte alles auf die Kipp am Hinterwald. Dort kippte er das, was das Leben seines Bruders gewesen war, den Abhang des alten Steinbruchs hinunter. Ein Taschenmesser flog in den Müll, eine Tasse, ein Bierkrug und zwei Teller zerbarsten an der Ackerschiene des Wagens.

Auf der Wiese hinter Mattes' Anwesen blieb eine kreisrunde Brandfläche zurück.

»Ich bin wirklich froh, dass ich keine Anzeige erstattet habe, dann wäre ich jetzt der Schuldige, der den Fränz in den Tod getrieben hat. So hat er sich selbst gerichtet«, gestand mir Vater ein paar Tage später. »Aber das habe ich ihm nicht gewünscht.«

Und dann geschah etwas, was ich nie erwartet hätte.

Wenige Tage nach der Beerdigung war ich dabei, das Auto für die Brottour zu beladen. Ich hatte gerade auf dem linken Arm fünf Vierpfundbrote gestapelt, um sie ins Auto zu bringen, als eine Stimme hinter mir fragte:

»Ist dein Vadda da?«

Zwei Brote rutschten mir von dem Stapel, so sehr erschrak ich. Mattes fing die beiden Brote gerade noch rechtzeitig auf.

»Geh lieber zweimal, die Leute wollen kein Brot, das auf dem Boden lag. Und? Ist dein Vadda da?«

Ich nickte verdattert. Mattes ging zur Verbindungstür zwischen Brotlagerraum und Backstube, in der Vater gerade den Sauerteig auffrischte. Ich hörte, wie die Knetmaschine abgeschaltet wurde. Oh Gott, dachte ich bei mir, jetzt geht die ganze Sache wieder von vorne los. Mattes wird Vater bestimmt lautstark Vorhaltungen machen. Aber kein Ton drang aus der Backstube. Gerne hätte ich an der Tür gelauscht, aber ich traute mich nicht. Ängstlich, immer wieder zur Tür schielend, trug ich weiter die Brote zum Auto.

Nach etwa fünf Minuten wurde die Knetmaschine wieder angeschaltet, Mattes kam aus der Backstube. Wort- und grußlos schritt er auf die Außentür zu. Und weg war er. Mir wären fast wieder Brote vom Arm gefallen.

Warum war er zu Vater gekommen? Hatte Mattes erst durch ihn von dem strafbaren Verhalten seines Bruders erfahren? Oder hatte er alles gewusst und wollte es nur vertuschen. Es war ja sein Bruder. Da ging es um die Familienehre. Und die beiden anderen, Pastor Graf und Scheffe Wern, wussten die etwa von Fränz' abartiger Veranlagung? Dass er sich an Kindern verging? Wenn das so war, dann hätten sich alle drei schuldig gemacht.

Mir schwirrte der Kopf und ich konnte mir absolut nicht vorstellen, was in der Backstube geredet wurde. Zumindest war es ein friedliches Gespräch gewesen, keiner von beiden war laut und heftig geworden.

Vater kam zu mir in den Brotlagerraum, schaute mich ernst an und sagte: »Das war ein schwerer Gang für Mattes. Er ist gekommen, um sich zu entschuldigen.«

Darüber war ich wirklich erstaunt.

Vater fuhr fort: Mattes habe ihm erzählt, er habe seine ganze Kraft darein gesteckt, seinen Bruder vor Strafe zu schützen. Dass dieser sich dann an seinem eigenen Sohn verging, wolle ihm einfach nicht in den Kopf.

Mattes musste eine ohnmächtige Wut erfasst haben. Für Fränz hatte er gelogen, geschmeichelt, gedroht, andere unter Druck gesetzt, sie vielleicht sogar bestochen. Alles um seinen Bruder zu retten, seine Familie vor schlechtem Leumund zu bewahren.

Man habe schon über eine Therapie gesprochen. Und dann dies.

»Er hatte Tränen in den Augen«, sagte Vater.

Er wollte dem allem ein Ende bereiten. Deshalb habe er das Jagdgewehr aus dem Schrank geholt. Und dann war Fränz ihm zuvorgekommen. Hatte sich feige aus dem Staub gemacht und sich der richterlichen Strafe entzogen.

Vom Heuboden aus war er in die Gerichtsbarkeit eines anderen Richters gesprungen.

Gott sei seiner Seele gnädig.

XXV

Das ganze Dorf sah, dass aus Mattes ein anderer Mensch geworden war. Hatte man schon bemerkt, dass er nicht mehr in die Wirtschaft ging, so fiel den Nachbarn auf, dass Mattes oft gebückt und schweigsam durch's Dorf ging. Seit Neuestem half ihm ein Knecht bei der Arbeit. Er selbst war morgens der Erste und abends der Letzte im Stall. Früher hatte er nie gemolken, das war in seinen Augen Frauen- und Knechtsarbeit. Jetzt saß er selbst auf dem dreibeinigen Melkschemel.

Fortan mied er die Gegenwart der Menschen. Wurde er angesprochen, so beendete er schnell das Gespräch, auf ihn warte viel Arbeit. Kat und Karl waren noch immer nicht zurück.

Es dauerte noch bis zum Mittwoch vor unserer Kirmes. Da sah ich Mattes, wie er an der Bushaltestelle wartete. Es war halb zwei, zehn Minuten vor der planmäßigen Ankunft des Postbusses, als er dort am Gasthaus Nahles stand. Er trug seinen Sonntagsanzug ohne Krawatte. Aufgeregt ging er die Haltestelle auf und ab. Dann war der schwere Motor des Postbusses zu hören, wie er die letzte Steigung nahm und die Dorfstraße hochkroch.

Langsam rollte das Postauto mit der gelben Mercedesschnauze an den Straßenrand.

Die Tür ging auf. Zwei Männer und eine Frau stiegen aus. Dann sah ich in der geöffneten Tür eine Hand, die einen lädierten Koffer auf das Pflaster stellte. Eine Handtasche obendrauf.

Kat trat aus dem Bus. Ihr Haar war offen. Sie trug ein knöchellanges blaues Kleid, darüber eine helle Halbschürze. Sie sah Mattes offen ins Gesicht. Dann drehte sie sich um und half ihrem Sohn beim Aussteigen. Schüchtern, unsicher und verlegen grinsend blickte er sich um.

Die Bustür schloss sich, das Postauto fuhr weiter.

Mattes ging auf Kat zu, ergriff ihre Hand und schaute sie an. Obwohl beide auf Distanz blieben, spürte man die gegenseitige Achtung und Würde.

Mattes sagte etwas. Kat nickte. Dann wandte sich Mattes Karl zu und umarmte ihn.

Er drückte seinen Sohn, hob ihn hoch und lachte den verdutzt dreinschauenden Karl an, setzte ihn ab und kraulte in seinen Haaren. Dann fasste er ihn an der Hand, nahm in die andere den Koffer und nickte Kat zu.

Nie zuvor hatte man die Familie in solcher Eintracht durchs Dorf gehen sehen.

Ich erinnerte mich, wie Mattes mit seinem Bruder Fränz an Kirmes das große Wort in der Wirtschaft geführt hatte. Hatte den Reichen gespielt, den Speichelleckern Runden geworfen, den Lehrer freigehalten.

Kirmesessen zu Hause? Nein, die kann doch nicht kochen, hatte er abfällig geäußert. Und um Mitternacht hatte er in seinem Hof gestanden und sein erbärmliches Leben beheult und seinen Frust auf den Misthaufen gekotzt.

An dieser Kirmes stand Mattes mit Kat an der ramponierten Schiffschaukel, an deren Balkenkonstruktion der Lack abblätterte und die jedes Jahr den Weg nach Faid fand. Unsere Kirmes war spärlichst mit Schaugeschäften oder Buden bestückt. Meistens war nur Kirmesmarie mit ihrem Stand am Backhaus. Eingepackte Waffeln, Lackritze in Stangen oder Rollen, Karamellbonbons, Schweinespeck und Weingummi, Wundertüten, Püppchen und Puppen, Bären und Bärchen, kleine Kracher, Taschenmesser aus billigem Blech, Schlüsselanhänger und Plättchenpistolen mit Hundertschussrollen, das alles gab es dort.

Mattes und Kat schauten Karl zu, der zaghaft in einem blauen Schiff nicht richtig auf Touren kam, obwohl Mattes ihm immer wieder Schwung gab.

Plötzlich sprang Mattes in die Schaukel und beide hoben ab, schwangen hoch in den grauen Oktoberhimmel und wieder zurück. Karl jauchzte und lachte laut. Er setzte sich und hielt sich mit beiden Händen an den Längsstangen. Man kannte ihn kaum wieder, so fröhlich lachte er.

Das hatte ich an diesem Nachmittag beobachtet, und war ein bisschen neidisch, weil Vater nicht mit uns Kindern schaukelte. Er stand mit Mutter am Gitter der Schiffschaukel und sah uns zu. Mit Mattes sprach er nicht.

Am Abend gab es unser Kirmesessen, das wir Kinder so liebten. Brathähnchen aus dem Backofen. Die drei Hähnchen zu würzen und sie im noch heißen Backofen zu braten, ließ sich Vater nicht nehmen. Immer wieder verschwand er in der Backstube, um mit einem Löffel das Fett über das brutzelnde Geflügel zu schöpfen.

Jedes Kind bekam einen Hähnchenschenkel. Dazu gab es Weißbrot. Ein Festessen.

Vater trank auch an diesem Abend nicht mehr als eine Flasche Bier. Er ging nicht aus, wie die anderen Männer. Er blieb zu Hause.

Wir Kinder tranken Apfelsaft. Weil Kirmes war, wurde der Konsum nicht wie sonst auf ein Glas beschränkt. Für jeden gab es zwei Gläser frischen Apfelsaft von unseren selbst gesammelten Äpfeln.

Satt von Hähnchen und Weißbrot, satt vom Apfelsaft und froh, auf der Schiffschaukel geschaukelt zu haben, gingen wir nach oben.

Kurz nach neun Uhr klingelte das Telefon. Vater nahm ab, hörte zu, nickte, schrieb etwas auf einen Zettel und sagte: »Ich schicke Georg vorbei. Der bringt dir das Kleingeld.«

Wir hatten vom Treppenabsatz alles mit bekommen. Ich wartete darauf, dass Vater mich nach unten rief. Dort teilte er mir mit, ich solle zum Gasthaus »Zur Winneburg« Wechselgeld bringen. Stecke hätte so viel Betrieb in der Wirtschaft, dass er selbst nicht kommen könne.

Schnell zog ich mich wieder an. Vater gab mir eine Rolle mit ein 1-DM-Münzen, eine Rolle mit 50 Pfennigstücken und zwei Rollen Groschen. Insgesamt Münzen im Wert von 85 Mark.

»Stecke gibt dir das Geld in Scheinen. Und komme sofort heim.«

»Was mach ich, wenn er mir noch eine Limo ausgibt?«

»Die kannst du trinken, aber dann kommst du sofort nach Hause.«

Mutter protestierte, dass Vater mich in der Dunkelheit an Kirmes, wo bestimmt der ein oder andere Betrunkene rumlaufe, mit so viel Geld zu Stecke schicke.

»Ich bin sofort wieder da«, lenkte ich ein. Doch die Limonade würde ich mir nicht entgehen lassen. Dass mir Stecke etwas anbieten würde, da war ich mir sicher. Ich wusste, er konnte mich gut leiden.

Ich verteilte die Geldrollen in der linken und rechten Jackentasche und lief die Straße hinauf zur Wirtschaft »Zur Winneburg«. Schon von Weitem hörte ich Tanzmusik und das Geraune von vielen Stimmen. In der Wirtschaft war es voll. Bereits in dem langen Flur, dessen linke Tür in den Tanzsaal und die rechte in die Gaststube führte, standen die Menschen dicht gedrängt. Stecke, der hinter dem Tresen Bier zapfte, sah mich sofort, als ich mich in der rauchgeschwängerten Gaststube durch die Menge schob. Mancher schaute mich verwundert an, denn Kinder hatten eigentlich um diese Zeit nichts in der Wirtschaft zu suchen. Ich gab Stecke die Geldrollen. Während ich das Papiergeld in die Hosentasche steckte und den Reißverschluss zuzog, bot er mir eine Limo an. Ich freute mich, dass meine Erwartung nicht enttäuscht wurde. Genießerisch setzte ich die Flasche an und trank die köstlichste Limonade, die es meiner Ansicht nach gab. Da konnte unser Apfelsaft zu Hause nicht mithalten. Ich hätte Stecke selbst in dunkelster, stürmischer Nacht Wechselgeld gebracht, nur um eine Bluna zu trinken. Er sah, dass ich mich freute und nickte mir hinter der Theke mit seiner auf die Stirn geschobenen Brille gönnerhaft zu.

Plötzlich fasste mich eine Hand am Hals und ich sah in ein gerötetes, aufgedunsenes Gesicht. Ich kannte diesen Griff, und ich kannte diesen Schmerz. Wenn die Haut am Hals über dem Kehlkopf zwischen Daumen und Zeigefinger eingequetscht wurde, die Daumenkuppe den Druck verstärkte und sich zum Schluss der Daumennagel ins Fleisch bohrte, dann wusste man, wer der Verursacher war. Lehrer Gail.

Er stand vor mir mit rollenden Augen hinter seiner beschlagenen Brille, die lächerlich schief auf seiner Nase saß. Er versuchte etwas zu sagen. Jedenfalls bewegten sich seine feuchten, wulstigen Lippen, die ich sonst nur blass und schmal in seinem Zorn erlebt hatte.

Schließlich verstand ich ihn.

»Was machst du hier? Mach, dass du heim kommst! Hier hast du nichts verloren.«

Diese drei Sätze hatte er lallend und von Speichelspritzern begleitet hervorgebracht. Dabei hatte sich mir sein feistes, von rötlichen Adern durchzogenes Gesicht genähert.

Ich sah Schweißperlen auf seiner Stirn und roch seinen ekligen Bieratem.

Der Schmerz an meinem Hals wurde heftiger. Er trieb mir die Tränen in die Augen.

Wie aus dem Nichts tauchte plötzlich eine Hand an Gails rechtem Ohr auf und drehte es.

Gails Glupschaugen wurden immer größer. Die Pupillen bekamen einen harten Blick und drückten zuerst Verwunderung und Erstaunen aus, dann Schmerz, Erschrecken und Zorn.

Abrupt löste sich der Griff an meinem Hals, sein Kopf fuhr herum und er gaffte wütend in das Gesicht von Stecke.

»Lass den Jung in Ruhe!«, hörte ich durch einen Schleier von Tränen seine Stimme.

Nicht befehlend, nicht laut, sondern in ganz normalem Ton. Zu meinem Erstaunen drehte sich Lehrer Gail um, ergriff sein Glas, nahm einen großen Schluck Bier und stützte sich mit beiden Händen an den Tresen, als sei nichts geschehen. Er stierte in das leere Glasregal hinter der Theke. Ich war plötzlich für ihn nicht mehr da, alles war anscheinend vergessen. Wie weggewischt. Er kam mir vor wie ein Kind, das nach einem Fehler ergeben seine Strafe akzeptiert.

So etwas kann sich Lehrer Gail, auch wenn er betrunken ist, doch nicht einfach gefallen lassen, ging es mir durch den Kopf. Er, der neben dem Pastor die Autorität im Dorf war. So einen reißt man nicht am Ohr. Schon gar nicht stellt man ihn vor einem Schüler bloß, auch wenn ich nur ein ehemaliger Schüler war.

Stecke raunte mir zu: »Er braucht manchmal jemanden, der ihm hilft.« Da wurde mir klar, dass die heutige Maßregelung eine von vielen gewesen sein musste. Offensichtlich hatte Stecke Gail schon in manchen peinlichen Situationen erlebt, und ihn vielleicht vor Schlimmerem bewahrt.

Mir war auch klar, dass hierbei Alkohol eine entscheidende Rolle spielte.

»Vergiss das und trink deine Limo leer. Zu Hause warten sie bestimmt schon auf dich.«

Stecke legte mir die Hand auf die Schulter. Dann sagte er verschmitzt: »Er ist kein schlechter Kerl, aber wenn du mal Lehrer werden solltest, nicht so einer. Und jetzt tschüss.«

Vater brauste auf, als er den blauen Fleck an meinem Hals sah und hörte, was passiert war.

»Den werde ich mir morgen vorknöpfen. Das macht er mir nicht. Er schlägt mir kein Kind, wenn es nichts angestellt hat.«

Mutter bremste ihn und wandte ein, das könne er nicht, Gail sei nun mal Lehrer und wie der Pastor eine Persönlichkeit im Dorf. Und als Lehrer habe er die Aufgabe, die Jugend des Dorfes zu erziehen.

Ich war doch längst auf dem Gymnasium. Da sollte mich so einer erziehen dürfen?

»Lehrer Gail hat doch von Stecke schon seine Lektion erhalten«, fuhr Mutter fort. Vater solle das moderater angehen und nicht immer so aufbrausend reagieren.

»Du meinst also, ein trinkender Lehrer darf einfach machen, was er will? Genauso wie der abartige Onkel einer reichen Bauernfamilie? Nein. Ich gehe morgen in die Schule und stelle ihn zur Rede.«

Mutter seufzte und verschwand kopfschüttelnd und mit zusammengekniffenen Lippen im Flur.

»Ich glaube, der hat gar nicht begriffen, was ich von ihm wollte«, berichtete Vater etwas wortkarg am nächsten Tag von seinem Besuch bei Lehrer Gail. Er habe den Eindruck gehabt, als wäre Gail noch immer nicht ganz nüchtern gewesen. Wortlos habe er zugehört, was Vater ihm zu sagen hatte und habe keine Miene verzogen.

»Ein Glück, dass Herbstferien sind, und ihn die Schulkinder nicht gesehen haben. Dann wäre seine Autorität nämlich restlos dahin.«

Für uns Kinder war der Kirmesmontag zwar ein Ferientag aber kein freier Tag.

Am Morgen war ein LKW im Hof erschienen und hatte vor das Garagentor vier Tonnen glänzender Briketts der Firma »Union« abgekippt, die wir in das Kellerloch befördern sollten, das normalerweise mit einer Eisenplatte verschlossen war. Das war gar nicht so einfach. Brikettstücke sind kantig, eckig und bleiben gern aneinander hängen. Die verdammten Quader rutschten einfach nicht, obwohl wir alles versuchten. Wir zogen sie mit einer vierzinkigen Hacke und liefen mit unseren Schuhen über den Briketthügel.

Aber nur wenige Brikettquader fielen ins Kellerloch.

Keiner meiner Freunde tauchte an diesem Tag bei uns auf. Gerne hätte ich gesehen, wenn einer von ihnen uns geholfen hätte. Aber niemand ließ sich im Hof blicken.

»Heute gibt es Bohnensuppe und frischen Zwetschgenkuchen«, verkündete Mutter zwischendurch und spornte uns an. Denn das aßen wir alle furchtbar gerne.

Noch bis weit in den Nachmittag waren Klaus und Robert und ich beschäftigt. Zwischendurch kam Maria dazu. Vater half am Ende kräftig mit, denn jetzt lagen die letzten Brikettstücke so weit vom Kellerloch entfernt, dass Scharren und Schaufeln nichts mehr halfen. Vater hatte zwei Schubkarren besorgt, die wir abwechselnd füllten, während er die vollen Karren ins Kellerloch kippte.

Zum Schluss wurde die Kohlekiste neben der Backofenfeuerung randvoll gefüllt. Das bedeutete, dass ich bestimmt vier Tage keine Kohlekörbe aus dem Keller schleppen musste.

Am Abend gab es den Rest der kalten Hähnchen vom Kirmesabend.

Als ich im Bett lag, war ich müde und froh. Froh, dass die Briketthalde abgetragen war und im Keller lag, froh, dass ich gestern eine Bluna hatte trinken dürfen und froh, dass Vater nicht in die Wirtschaft ging und trank. Und ich war richtig stolz, dass er sich wieder einmal für mich eingesetzt hatte.

XXVI

Die Herbstferien waren zu schnell vorbei, und zum Spielen hatte ich kaum Zeit gehabt. Vier Tage hatte ich Oma helfen müssen, Kartoffeln aufzusammeln.

Dann kam Sankt Martin.

Seit einer Woche wurde bereits Holz für das Martinsfeuer aufgeschichtet. Wir trafen uns an der Schusshecke, manchmal waren bis zu zwanzig Kinder und Jugendliche am Treffpunkt. Von dort aus marschierten wir auf den Schlaumbüsch oder in den Hinterwald und sammelten abgebrochene Äste, verdorrte Baumstämme oder bei der Durchforstung liegengebliebene Fichten- und Tannenspitzen. In einer langen Prozession zogen wir in Richtung Martinsfeuer und schleppten die Hölzer hinter uns her.

Mutter hatte mich an diesem Nachmittag gebeten, Arthur mit zum Holzsammeln zu nehmen. Seit Regina nicht mehr da war, hatten wir ihn nicht mehr zum Spielen mitgenommen. Manchmal hatte ich deswegen ein schlechtes Gewissen, besonders dann, wenn er mir zuwinkte, wenn ich vom Bus an seinem Lattenzaun vorbei kam.

»Dein Sozialverhalten und das deiner Freunde lässt wirklich zu wünschen übrig«, maßregelte mich Mutter. »Regina, das war ein Mädchen, die auch nach den Schwachen guckte. Hol den Jungen doch mal mit. Du tust ein gutes Werk.«

Sie hatte ja Recht. Aber man konnte sich einfach nicht so im Freundeskreis bewegen, wenn Arthur dabei war. Doch heute wollte ich eine Ausnahme machen. So lief Arthur mit uns, zog den dicksten Balken hinter sich her und lachte über das ganze Gesicht, als wir den Feuerplatz erreichten. Der befand sich auf dem Galgenkopf, einem brachliegenden, verwilderten Gemeindeacker, der seinen Namen erhalten hatte, weil er die Richtstätte der Ritter von Winneburg gewesen war. 1689 hatten die Franzosen nach der Plünderung Cochems die letzten Hinrichtungen dort vollstreckt. Außer ein paar verkrüppelten Ginsterbüschen und Dornenhecken wuchs nichts auf dieser steinigen, frei liegenden Hügelkuppe.

Im Sommer hatten wir dort nach Knochen von Hingerichteten gesucht. Einen ganzen Nachmittag lang krochen wir durch den Ginster, schauten unter Grasbüschel, Wurzelstöcke und Steine, obwohl jeder von uns wusste, dass Knochen sich nicht vom 17. Jahrhundert bis heute halten. Außerdem waren auf der Richtstätte keine Leichen verwest, aber der Reiz, irgendetwas Mysteriöses zu finden, zog uns in seinen Bann.

Eines Tages hatte Hanspeter, einer der älteren Jungen, tatsächlich etwas Ungewöhnliches an diesem Ort gefunden. Es war ein Knopf. Wir stellten uns vor, es sei der Knopf einer Jacke oder einer Hose eines Delinquenten aus grauer Historie. Doch nicht nur ich sah, dass der Knopf aus Aluminium war. Aber was spielte das für eine Rolle, dass Aluminium erst im 19. Jahrhundert verhüttet wurde. Das waren Nebensächlichkeiten. Hanspeter erzählte von Hinrichtungen am Galgen, als sei er dabei gewesen und hätte den Todeskandidaten die schwarze Kapuze über den Kopf gezogen.

Daran erinnerte ich mich jetzt, als ich meine Fichtenspitze auf den hohen Reisighaufen warf, auf dem Hanspeter und zwei andere Jungs Äste und Hölzer fachgerecht stapelten. Und dann dachte ich auch an Fränz, wie er in der Scheune am Seil gebaumelt hatte. Mich schauderte. Mir fiel auch wieder ein, wie ich meinen ersten Stumpen hinter einer Ginsterhecke geraucht hatte. Damals machten alle Jugendlichen ihre Erfahrungen mit diesen stinkenden Zigarren, die einem die Luft nahmen.

»Was ist das denn?«, rief Hanspeter plötzlich laut aus.

Mit angehaltenem Atem standen wir vor dem aufgetürmten Holzhaufen und wurden von dem, was Hanspeter uns zeigte, in die Vergangenheit versetzt. Keine sechshundert oder siebenhundert Jahre in das tiefe Mittelalter, sondern nur um ein paar Wochen zurück in den Sommer. Unter Strohbündeln und Reisig befanden sich drei Stoffballen. Sie ragten aus dem Stroh heraus, jemand hatte sie zwischen all das Holz hineingeschoben. Ich kannte die Muster der Stoffe, besonders das graue stach mir ins Auge. Das hatte für die Feuerprobe bei der Präsentation in unserer Küche auf der Bügeldecke herhalten müssen.

»Nicht anfassen«, befahl Paul, einer der älteren Jungen. »Wir rufen Scheffe Wern!«

Kurz nachdem der Bürgermeister mit dem Fahrrad auf dem Galgenkopf eingetroffen war, kam über den Feldweg ein Polizeiauto.

Die beiden Polizisten drängten uns von dem aufgeschichteten Holzhaufen weg und spannten ein Absperrband drum herum. Was bedeutete, dass heute Abend kein Martinsfeuer brennen würde. Wir mussten unsere Namen angeben, um für eine spätere Vernehmung zur Verfügung zu stehen. Dann wurden wir nach Hause geschickt. Der Martinszug sollte um halb sechs beginnen. Jetzt war es kurz nach drei Uhr.

»Wenn der Bäcker die Brezeln noch nicht gebacken hat, fällt der Zug aus und wird auf einen der nächsten Tage verschoben. Aber ich glaube«, damit wandte Scheffe Wern sich an mich, »dein Vater wird schon fast fertig mit dem Backen sein. Wenn, dann gibt es nur einen Martinszug ohne Feuer.«

Und so war es auch. Vater hatte die hundertzwanzig Brezeln schon im Ofen. Ein Aufschieben war also nicht mehr möglich. Wir zogen an diesem denkwürdigen Abend mit unseren Laternen singend durchs Dorf. Doch es kam keine richtige Freude auf. Es klang so, als hielten sich alle Kinder beim Singen zurück, sosehr Gail uns auch aufforderte, laut mitzusingen.

In der Schule erhielten wir unsere Brezel. Das war's.

Kein Feuer, kein Gejohle um den brennenden Holzhaufen, wie sonst all die Jahre. Wie gern waren wir immer um das Feuer herumgelaufen und hatten uns gegenseitig die Gesichter mit Kohlestücken geschwärzt. Nach der Brezelverteilung blieben viele Leute noch auf dem Schulhof stehen und rätselten, wer in der Nacht vorher die Stoffballen versteckt haben könnte. Alle möglichen brennbaren Dinge wurden dort abgeladen. Das war zwar verboten, aber normalerweise kontrollierte keiner. Ob alte Bretter, durchgelegene Matratzen, zerbrochene Möbelstücke, ein halb vermoderter Vorgartenzaun oder verrottetes Stroh. Alles, was weg musste, landete auf dem Martinsfeuer. Und weg mussten eben auch die verräterischen Stoffballen. Es war ein trauriger Martinsabend.

War der Mord an dem Tuchhändler durch die Aufregung um Fränz' Tod in den Hintergrund geraten, so wurde jedem an diesem Abend bewusst, dass der Täter noch nicht gefasst und mitten unter uns war.

Als ich mit meinen Geschwistern nach Hause ging, nahmen wir den Weg am Friedhof vorbei, von dem aus man den Galgenkopf sehen konnte. Zwei Paar Autoscheinwerfer erhellten den Reisighaufen und die Schatten mehrer Personen waren zu erkennen. Die Spurensicherung war bei der Arbeit.

Ehe die Feuerwehr am nächsten Tag unter polizeilicher Aufsicht begonnen hatte, den Reisighaufen umzusetzen, schnappten die Handschellen zu. Weit entfernt von dem Haus, das man schon einmal durchsucht hatte. Alle, die am Martinsabend den Namen Kalnisch geflüstert hatten, wurden enttäuscht.

Folgendes war geschehen:

In der Nacht vor St. Martin hatte die Hebamme Hedwig den kleinen Konrad Peters entbunden. Hausgeburten waren damals durchaus üblich. Die stämmige und couragierte Hebamme hatte auch mich und alle meine Geschwister »geholt«, wie man bei uns zu sagen pflegte. Hedwig hatte mit dem glücklichen

Vater noch einen Hefeschnaps getrunken und war dann allein nach Hause aufgebrochen, obwohl man ihr angeboten hatte, sie zu begleiten.

»Mich packt keiner an«, behauptete sie und machte sich gegen zwei Uhr morgens mit ihrer Petroleumlampe auf den Nachhauseweg. Dabei nahm sie die Abkürzung über den Friedhof.

»Die dort sind mir die liebsten«, pflegte sie zu sagen, »vor denen braucht man sich nicht zu fürchten, die tun einem nichts mehr.«

Unterwegs bemerkte sie eine Person, die den Weg zum Galgenkopf hochschritt. Auffallend war nicht nur, dass dieser Mensch auf der Schulter etwas Längliches trug, er verhielt sich auch höchst ungewöhnlich, denn er schaute immer wieder um sich, blieb stehen und verharrte lauschend in die Nacht. Hedwig stand unbeweglich mit ihrer Laterne im Innern der Friedhofsmauer und beobachtete die geheimnisvoll agierende Person. Das Licht ihrer Laterne fiel im Schein der auf den Gräbern brennenden Kerzen nicht auf.

Dann war die Person auch schon in der Dunkelheit verschwunden.

Hedwig wartete noch ein, zwei Minuten, denn ihr war die Sache nicht ganz geheuer.

Sie wollte gerade losgehen, als die Person auf dem Feldweg zurückkam und sich in Richtung Dreschplatz bewegte, der neben dem Friedhof lag. Es raschelte. Im diffusen Licht sah sie, wie derjenige zwei Strohballen mit den Händen aufnahm und wieder den Weg zum Galgenkopf hoch schritt. Plötzlich erkannte sie den Mann.

Es war Mattes.

Sie fragte sich, was er wohl um diese Zeit auf dem Dreschplatz wollte Und was hatte der denn vorhin zum Galgenkopf getragen?

Sie erinnerte sich daran, dass man letztes Jahr zwei eingegangene Ferkel im Martinsfeuer gefunden hatte. Sie zu verbrennen war billiger als den Abdecker zu rufen, denn seit man verendetes Vieh nicht mehr in der Gemarkung »In den Birken« verscharren durfte, war dies die preiswerteste Entsorgung.

Vielleicht hatte Mattes nicht nur Pech mit seiner Familie, sondern auch noch mit dem Vieh.

Jedoch als sie am nächsten Tag von dem Fund der Stoffballen im Martinsfeuer erfuhr, meldete sie dies sofort der Polizei. Obwohl sie sich nicht so recht vorstellen konnte, dass Mattes der Mörder des Tuchhändlers war. Aber sie hatte eindeutig sein verräterisches Tun beobachtet. Keine halbe Stunde nach ihrem Telefonat klickten die Handschellen in der Küche des Hauses Mattes.

Mattes weigerte sich nicht, als er abgeführt wurde. Und er leugnete nicht. Den beiden Polizeibeamten erklärte er, dass er es war, der die Stoffballen in der Nacht zum Feuerplatz getragen habe, um sie zu vernichten. Gleichzeitig behauptete er aber, mit dem Mord an dem Vertreter nichts zu tun zu haben. Das würde er bei seinem Sohn Karl schwören. Ungerührt brachten ihn die Beamten zur Polizeistation nach Cochem, wo er lange verhört wurde.

Dort gab er folgendes zu Protokoll: Er habe die Stoffballen letzte Woche unterm Stroh in der hintersten Ecke der Scheune gefunden, eingeschlagen in eine alte Wehrmachtszeltplane. Da sei ihm ein fürchterlicher Verdacht gekommen: Sein Bruder Fränz könnte etwas mit dem Mord an dem Tuchhändler zu tun haben, wieso sonst hatte er die Stoffballen in der Scheune versteckt? Um weitere Nachfragen zu vermeiden, habe er kurzerhand die Stoffballen zum Martinsfeuer gebracht.

»Ich wollte doch nichts anderes als die Ehre unserer Familie retten.«

»Wie damals«, sagte Vater, als er das hörte.

Die Polizei war skeptisch und wies sämtliche Erklärungsversuche zurück.

Ich weiß nicht, wer es Mutter tuschelnd im Laden erzählt hatte, und woher dieses Gerücht überhaupt kam. Mattes habe bei der Vernehmung angegeben, vielleicht sei Fränz von jemandem erpresst worden, mit dem er Unzucht getrieben habe. Deshalb habe er die Stoffrollen versteckt.

Ich hörte damals das Wort »Unzucht« zum ersten Mal. Die Namen, die im Laden fielen, hatte ich jedoch schon an anderer Stelle gehört: Josi, Edwin und Kalnisch Jupp.

Niemand glaubte Mattes. Ablenkungsmanöver, hieß es.

Mattes brüllte die ganze Polizeistation zusammen, als man ihm eröffnete, nicht sein Bruder, sondern er sei der Verdächtige.

In diesen Tagen erfuhr ich besondere Aufmerksamkeit in der Schule. Ich wurde zum Anlaufpunkt in den Pausen. Jeder wollte wissen, wie das mit dem brennenden Ameisenhaufen gewesen sei, wie wir die Stoffballen gefunden hätten und was das für ein Mann sei, der verhaftet worden war.

Vater bläute mir ein, mich ja zurückzuhalten. Noch sei nichts bewiesen.

»Denk daran, man hat schnell jemanden verurteilt und zum Schuldigen gemacht.«

Das hieß: Keine Verdächtigungen aussprechen, keine Vermutungen äußern, keine Namen nennen. »Sag nur das, was in der Zeitung steht.«

Dort standen eine halbe Woche lang Berichte über den fast schon vergessenen Leichenfund.

Ich muss gestehen, es fiel mir schwer, mich zurückzuhalten, denn plötzlich war ich, der Eifeler Bauer aus dem Kuhdorf Faid, der Mittelpunkt des Interesses in der Klasse.

Ich genoss es, in den Pausen von Jungen und Mädchen umringt zu sein, genoss es, im Unterricht von dem ein oder anderen Lehrer gefragt zu werden und lief zur Hochform auf, als mein Klassenlehrer mich bat, von den Geschehnissen zu berichten, die ich genüsslich ausschmückte.

Währenddessen saß Mattes im Gefängnis.

Bis, ja bis Steckes Bulldoggen ihn befreiten.

XXVII

Die Hunde gehorchten ihrem Herrchen aufs Wort. Wenn er pfiff, hoben sie die Köpfe und stoben sofort auf ihn zu. Ich hatte den Eindruck, sie galoppierten. Benn an seiner linken, Bott an seiner rechten Seite, so liefen sie brav neben Stecke her und keine Bewegung auf der Straße, nichts, konnte sie ablenken.

Einmal, als ich die Ley herunterlief, und mit einem Sprung auf der Dorfstraße landete, standen plötzlich die beiden Bulldoggen mit triefenden Lefzen vor mir und starrten mir in die Augen. Ehe einer der beiden auch nur bellte, ertönte ein Pfiff, sie machten kehrt und rannten zu Stecke, der wenige Meter entfernt auf der Dorfstraße mit jemandem sprach.

»Erschreck mir nicht meine Kinder«, sagte er zu mir und kraulte die beiden hinter den kurzen Ohren.

»Willst du sie mal streicheln?«

»Nein, nein«, brachte ich stockend hervor. Mir saß noch ein ordentlicher Schreck in den Knochen.

»Komm her, ich halte deine Hand.« Obwohl ich mich sträubte, nahm er meine Hand und legte sie Bott auf den Kopf, dann ergriff er die andere, die er auf Benns Kopf legte. Ich spürte die knochigen Konturen ihrer Schädel und versteifte mich. Dann musste ich sie kraulen. Ihr Fell fühlte sich fettig an. Ich hatte den Eindruck, als würden sich die kurzen stoppeligen Haare unter meine Nägel treiben und verspürte den Drang, mir schnell und mit viel Seife die Hände zu waschen.

»Jetzt kennen sie dich«, meinte Stecke, als beide mich danach ausgiebig beschnupperten. Er lachte herzhaft, was für Bott und Benn das Zeichen war, dass sie wieder freien Lauf hatten. Sofort stoben sie die Straße hinauf.

An diesem Herbsttag war Stecke mit den Bulldoggen auf dem Feldweg in Richtung Winneburg unterwegs, als er sah, wie die beiden über einen Acker liefen, auf dem frische Gülle aufgebracht worden war. Weil er den durchdringenden Gestank fürchtete, der den Hunden anhaften würde, pfiff er sie zu sich. Beide hoben zwar die Köpfe, doch sie gehorchten nicht und liefen einfach weiter, zielstrebig auf den hinteren Rand des Ackers zu.

Obwohl Stecke noch einmal pfiff und sie bei ihren Namen rief, ließen Benn und Bott sich nicht stoppen. Am Feldrand blieben sie abrupt stehen und schnüffelten hechelnd am Boden. Dann hob Benn etwas mit der Schnauze auf und legte seinen Fund in unterwürfiger Haltung seinem sehr verärgerten Herrchen vor die Füße.

Ich kann mir gut vorstellen, dass Stecke seine beiden Kinder am liebsten geprügelt hätte, um seine Autorität wieder herzustellen. Vielleicht hat er auch nur »Oh mein Gott« gerufen, als er den Gegenstand sah. Aber das hätte zu Stecke nicht gepasst. Eher hätte er als Kommunist »Oh Stalin« oder »Oh Lenin« gerufen. Denn als Stecke erkannte, weshalb die Hunde nicht gehorcht hatten und was sie ihm da gebracht hatten, lief er mit schnellen Schritten ins Dorf zurück. Die beiden Hunde blieben eng an seiner Seite. Er selbst schaute weder nach links noch nach rechts. Zu Hause telefonierte er mit der Polizei. Dann kehrte er wieder zur Fundstelle zurück. Wenige Zeit später traf eine Polizeistreife am Ackerrand ein. Die Beamten inspizierten alles genau, besonders den gefundenen Gegenstand und veranlassten alles Notwendige.

Die Fundstelle war vom Dorf her nicht einsehbar, so hatte niemand den Einsatz bemerkt. Nur Hummes, der Schmied, sah die beiden Polizeifahrzeuge, als sie in die Hauptstraße einbogen.

Keine Stunde später erfuhr Mutter im Laden, dass Stecke im Winneburger Weg verhaftet worden sei. Man habe ihn in einem Polizeiauto nach Cochem gebracht. Schnell verbreitete sich das Gerücht im Dorf und alle Welt rätselte, warum.

Kommissar Kugel, der beim Einsatz im Feld dabei war, sprach lange mit Stecke.

Bei dem Fundstück handelte es sich um einen halb verwesten kleinen Finger, abgetrennt von einer linken menschlichen Hand. Offensichtlich war er aus einem Güllefass auf den Acker mit der Gülle ausgebracht worden, wo ihn Steckes Bulldoggen trotz des strengen Geruchs mit ihrem untrüglichen Geruchssinn aufspürten. Interessanterweise gehörte das Feld der Familie Kalnisch. Stecke hatte der Polizei berichtet, dass er gesehen habe, wie der alte Kalnisch am gestrigen Tag mit dem Jauchefass die Gülle selbst auf dem Feld ausgebracht hätte.

Da gab es kein Vertun.

Es dauerte nicht lange, da rasten zwei Zivilfahrzeuge mit mehreren Beamten den Cochemer Berg hoch nach Faid und bogen in die Auffahrt von Kalnischs Anwesen.

Zusammen mit einigen Nachbarn beobachtete Mutter, wie die Beamten mit gezogenen Pistolen aus den Autos sprangen und in Wohnhaus, Stall und Scheune verschwanden.

Nach fünf Minuten kamen zwei Beamte mit Jupp aus dem Haus und bugsierten den völlig verstörten Kerl in ein Auto. Dann brausten die zwei Fahrzeuge die Straße hoch, bogen links am Friedhof in den Feldweg und fuhren in Richtung Heiligenhäuschen. Dort hatten die Kalnischs einen Rübenacker. Auf diesem arbeitete der Alte mit seinen zwei ältesten Söhnen. Als er die Polizeifahrzeuge auf dem ausgefahrenen Weg sah, warf er seine Schaufel weg und rannte wie der Teufel in Richtung Hinterwald davon.

Ein Schuss fiel. Aber der Knall verlor sich in der kalten herbstlichen Luft.

Der Alte war nicht mehr zu sehen, obwohl ihn die Polizisten ein Stück weit verfolgten.

Die beiden Söhne Hannes und Walter hingegen konnten gefasst werden. Sie waren gerade dabei gewesen, eine Rübenmiete anzulegen, um die geernteten Rüben, die nebenan auf einem großen Haufen lagen, frostsicher im Boden einzugraben, als die Polizei auftauchte.

Die drei Kalnischsöhne wurden auf der Polizeistation in Cochem eingehend befragt.

Kurz vor sieben, als die beiden Kühe im Stall schon eine halbe Stunde gebrüllt, und die zwei Schweine erbärmlich gequiekt hatten, wurden die drei wieder nach Hause gebracht. Offenbar konnte man ihnen nichts nachweisen.

»Unterstehe dich und geh dahin gucken«, drohte mir Vater. »Mit Kalnischs wollen wir nichts, aber auch gar nichts zu tun haben. Und jetzt erst recht nicht.«

Mutter deckte den Abendbrottisch und seufzte.

»Was muss die arme Frau mitmachen? Ihr Mann polizeilich gesucht, drei Jungen, die ihrem Vater in nichts nachstehen, brutal und gewalttätig. Mein Gott! Es ist gut für die Frau, dass sie rechtzeitig weggelaufen ist.«

Beim Essen wurde ausführlich über die Ereignisse des Tages gesprochen, die schnell die Runde im Dorf gemacht hatten. Es gab keinen Zweifel, dass es sich bei dem abgetrennten Finger, den Steckes Hunde gefunden hatten, um den fehlenden kleinen Finger des Tuchhändlers handelte.

Wie gerne hätte ich die Kalnischs beobachtet! Ich sah mich schon von hinten durch den Bungert ans Haus schleichen und durch ein Fenster spähen, wo die drei am Tisch saßen. Ohne den Alten. Den Mörder, den Verbrecher, wie ich glaubte. Ich würde ihr Gespräch belauschen und könnte wertvolle Informationen an die Polizei weitergeben.

Aber dann wurde mir klar, wie naiv diese Gedanken waren. Ich als wichtiger Informant, als Aufklärer, als Beobachter. Ich musste mir eingestehen, wie lächerlich das war.

»Du hast noch keine Brikett hochgetragen«, holte Vater mich aus meinen Gedanken.

Da war klar, es würde kein Anschleichen, kein Ausspionieren, kein heimliches Observieren geben.

Am nächsten Morgen erfuhren wir von Herry, dass der alte Kalnisch per Steckbrief gesucht werde. Um die Mittagszeit hing ein Fahndungsplakat mit Foto in unserem Laden, das wie das Plakat mit der Leichenhand mit Leukoplaststreifen zuerst innen an der Ladentür befestigt wurde.

Kalnisch werde wegen Mordverdachts gesucht.

»Es gefällt mir gar nicht, dass bei uns im Haus ein Foto vom Kalnisch hängt«, meinte Mutter am Abend. »Es ist einfach ekelhaft, einem möglichen Mörder von der Ladentheke aus in die Augen zu sehen. Jedesmal, wenn ich jemanden bediene, glotzt mich diese Visage an. Häng es draußen neben der Haustür auf, Johann.«

Vater tat, was Mutter wünschte. Ich machte Mutter eine noch größere Freude, als sie am nächsten Morgen entdeckte, dass von dem Plakat nur noch ein paar Reste an den Leukoplaststreifen hingen. Offensichtlich hatte ein Windstoß das Plakat abgerissen. Dass ich diesen Windstoß verursacht hatte, verschwieg ich.

Von nun an fuhr täglich ein Polizeifahrzeug auf Kalnischs Hof. Gespannt beobachteten wir das Geschehen. Eigentlich erwarteten wir, dass einer der Söhne oder gleich alle drei abgeführt wurden. Aber nein, jedes Mal stieg Kommissar Kugel mit seinem Kollegen wieder ins Auto und fuhr davon.

Dann wurde getuschelt, dass auf dem Speicher der Geschwister Hammes, zwei unverheirateten, frommen Fräulein, die auf der gegenüberliegenden Seite der Straße wohnten, die Polizei saß und mit ihren Ferngläsern das Anwesen Kalnisch beobachte.

Dort aber ging alles seinen gewohnten Gang. Die drei Söhne fütterten das Vieh, brachten die Rüben in die Miete ein, schichteten Stroh auf die Knollen und schaufelten das Ganze mit Erde wieder zu. Abends brachten sie die Milch zur Milchannahmestelle im Keller der Schule.

Sie sprachen mit niemandem.

Tagelang tat sich nichts. Doch irgendwann würde der Alte schon zurückkehren. Darauf hoffte man. Und auf die Mithilfe der Bevölkerung. Immerhin waren 200 DM für sachdienliche Hinweise und für seine Ergreifung ausgesetzt.

Dann kam der kalte Mittwoch.

Am kalten Mittwoch wurde in jedem Jahr der gefallenen Soldaten aus dem Dorf gedacht und ihre Namen vorgelesen. Das war Aufgabe des Lektors, also meine. Hatte mich das Üben der Namen schon viel Zeit gekostet, so wartete nach dem Gottesdienst auf mich auch noch der Aufräumdienst. Ich musste mit dem Küster das im Chorraum aufgebaute Soldatengrab mit Birkenholzkreuz, an dem ein Stahlhelm hing, wieder in den Stauraum hinter der Orgel bringen. Es dauerte lange, denn das Moos, mit dem die rechteckige Grabfläche bedeckt war, musste weggeschafft und der Boden gekehrt werden. Dann konnte ich gehen.

Ich kam nur bis zum Spritzenhaus gegenüber der Schule, als mich eine mir bekannte Stimme anrief.

»Wo treibst du dich denn noch so spät rum?«

Ich drehte mich um und erkannte Scheffe Wern und Schütz Jäb in dem offenen Tor.

Seltsam, was machten die beiden am Spritzenhaus?

»Ich komme gerade aus der Kirche und will heim.«

»Dann aber los, auch Messdiener haben um neun Uhr nichts mehr auf der Straße zu suchen.«

Als ich zu Hause ankam, merkte ich, dass dies kein gewöhnlicher Abend war, denn in der Backstube brannte hinter heruntergelassenem Rollladen noch Licht und unser VW-Bus stand neben der Garage. Das war nur dann der Fall, wenn irgendetwas wie Mehl oder andere Backmaterialien vorübergehend in der Garage lagerten. Aber ich konnte mich nicht erinnern, dass heute etwas angeliefert worden wäre. Dann betrat ich den Hausflur. Aus der Backstube drang Stimmengewirr an mein Ohr.

Ich öffnete die Backstubentür und schrak vor mehreren dunkel gekleideten Personen zurück, die Strickmützen und Pistolengürtel um die Hüften trugen. Einige hielten Taschenlampen in den Händen.

Polizei? Aber keiner trug eine Uniform.

Was war hier los? Ich hörte mein Herz bis zum Halse schlagen. Mein Speichel schmeckte bitter. Ich erkannte Kommissar Kugel, der sich zur Tür gewandt hatte. Dann spürte ich eine Hand auf meiner Schulter.

»Komm in die Küche, das hier ist nichts für dich!«, hörte ich Vaters Stimme, der mich aus der Backstube schob und hinter mir die Tür zumachte.

In der Küche erklärte er mir, dass gleich eine Polizeiaktion gegen Kalnisch beginne.

Mutter gab mir ein Butterbrot in die Hand, was ich abends noch nie erlebt hatte, und dann musste ich hoch in mein Zimmer.

»Alles andere erkläre ich dir morgen. Gute Nacht.«

Als er mein ängstliches Gesicht sah und meine Aufgeregtheit bemerkte, meinte er:

»Hab keine Angst, die Polizei hat alles im Griff.«

Vater und Mutter waren in dem Glauben, meine Geschwister seien in ihren Betten. Doch als ich die ersten Stufen nach oben genommen hatte, hörte ich auf dem Treppenabsatz das Trippeln von nackten Füßen. Alle außer Helga und Marcus standen oben im Flur. Es war klar, dass niemand von uns Kindern ein Auge zu machen würde, solange die Polizei im Haus war.

Maria machte den Vorschlag, in ihrem Zimmer zu warten, was weiter geschehen würde. Ihr Zimmer lag oben im ausgebauten Speicher, das Fenster ging auf die Straße. Und da wir alle wussten, dass es um Kalnischs ging, hatten wir somit einen Logenplatz, denn wir konnten gerade noch die Einfahrt zum Grundstück sehen, nicht aber den Hof und auch nicht das Haus.

»Keiner macht Licht!«, bestimmte Maria, »und am Fenster darf keiner stehen, sonst sieht man vielleicht unsere Umrisse.«

So knieten wir zu viert vor dem Fenster und schauten über das Fensterbrett in das Dorf. Die Straßenlaterne am Haus Hennen warf ein trübes Licht in die leicht neblige Nacht und erhellte schwach Marias Zimmer. Das beleuchtete Fenster malte einen diffusen, viereckigen Lichtfleck auf die Wand hinter uns.

Die Zimmertür hatten wir aufgelassen, um nach unten zu hören, wenn sich etwas tat. Plötzlich hörten wir die Backstubentür und ein Flüstern unten im Flur.

Wir krochen zu der geöffneten Zimmertür und lauschten gebannt und mit klopfendem Herzen. Dann verschwand der Fensterlichtfleck auf der Wand.

Die Straßenlampe am Haus Hennen und alle Lampen an der Hauptstraße waren erloschen.

Man hatte den Strom abgeschaltet. Waren deshalb Scheffe Wern und der Schütz am Spritzenhaus gewesen, in dem sich der zentrale Schaltkasten befand?

Unten im Flur hörte man ein Huschen und schnelle Schritte.

Dann waren wir auch schon wieder am Fenster und schauten in die Nacht. Schemenhaft war die Hauptstraße zu erkennen, die kahlen Äste der Apfelbäume am Straßenrand wirkten bizarr wie Krakenarme.

Und dann sahen wir sie.

Menschenschatten eilten die Straße hoch, vier, fünf Mann. Dunkel, kaum von der Umgebung zu unterscheiden. Dann kam eine Dreiergruppe dazu, die sich in Richtung der hinteren Gärten bewegte.

»Ist das spannend!«, hörte ich Robert neben mir, der – jetzt verschlug es mir doch die Sprache – seelenruhig mein Butterbrot aß, das ich auf der Fensterbank abgelegt hatte.

Es war unbegreiflich, da erlebten wir eine dramatische Polizeiaktion mit Nachteinsatz und Waffen, und Robert aß mein Brot!

Erst später erfuhren wir, weshalb es in dieser Nacht zu dem Polizeieinsatz gekommen war.

Die Beamten mit ihren Ferngläsern auf dem Speicher der Geschwister Hammes hatten die Kalnischsöhne Tag und Nacht beobachtet. Tagsüber hatten sie normale Bauernarbeit verrichtet, hatten die Rübenmiete zugeschaufelt und einen Teil der Rüben in der Scheune gelagert, hatten mit dem Ackerwagen Mist auf ihre Felder gebracht und ihn eingepflügt. Hatten Wintergetreide gesät und Stroh vom Dreschplatz nach Hause gefahren.

Obwohl alle hofften, dass der alte Kalnisch früher oder später auf seinem Anwesen auftauchen würde, hatte man nicht mit seiner Dreistigkeit und Schläue gerechnet.

Hätte man den Strohwagen, mit dem seine Söhne Stroh vom Dreschplatz holten, kontrolliert, säße Kalnisch schon längst hinter Gittern. Aber so weit dachte niemand.

Kalnisch war nämlich in einer Nacht in einen Strohhaufen am Dreschplatz gekrochen und hatte dort auf seine Söhne gewartet. Die eigene Scheune war zu klein, um ausreichend Stroh für den Winter zu lagern, deshalb rechnete er damit, dass über kurz oder lang einer der Söhne zum Dreschplatz kommen würde, um Stroh für das Vieh zu holen. Und so ließ er sich in seinem

Ackerwagen unter dem Stroh versteckt quasi unter aller Augen durchs Dorf kutschieren.

Die Beamten mit ihren Ferngläsern auf dem gegenüberliegenden Speicher bemerkten nicht, wie er hinter einer ausgespannten Kuh in die Scheune huschte, denn Jupp fuhr den Ackerwagen so in den Hof, dass man das hintere Ende des Gefährts nicht einsehen konnte.

Kalnisch hätte Tage, wenn nicht gar Wochen im Haus bleiben können, wenn an diesem Tag, am kalten Mittwoch, nicht doch noch etwas Seltsames passiert wäre.

Am frühen Abend zur Fütterungszeit tauchte der Jüngste der Brüder im Hof auf. In der Hand trug er einen weiß emaillierten Nachttopf. Er ging damit zum Klohäuschen, öffnete die Tür mit dem ausgeschnittenen Herz, tauchte kurz danach wieder auf, schritt zum Wasserhahn an der Stallaußenseite, spülte den Topf mit Wasser und einer an der Wand hängenden Bürste, kippte das Wasser auf den Mist und verschwand wieder im Haus.

Eigentlich war dies nichts Ungewöhnliches. Nachttöpfe wurden nach Benutzung ausgespült. Aber sollte dies nicht am Morgen geschehen? Inzwischen war es aber später Nachmittag.

Außerdem war es verwunderlich, dass ein Nachttopf geleert wurde, wenn man beobachtet hatte, dass alle drei Kalnischsöhne am Morgen das Klohäuschen besucht hatten. War das nicht äußerst verdächtig? Man mutmaßte, hier hatte ein Vierter den Nachttopf benutzt und zwar den Tag über.

Wie man später berichtete, mussten sich die Polizeibeamten, die diese Beobachtung Kommissar Kugel meldeten, erst einmal allerlei Beschimpfungen anhören. Er, der als Stadtmensch über eine Toilette mit Wasserspülung verfügte, war sich der Brisanz der Beobachtung nicht sofort bewusst und betitelte die beiden Beobachter als Phantasten.

Doch dann, nach genauerer Überlegung und Diskussion im Kommissariat wurden die beiden wachsamen Kollegen, die auf dem Speicher der Geschwister Hammes gewissenhaft ihren Dienst taten, sogar gelobt.

Schließlich gab Kugel den Befehl zum Einsatz, den Polizisten aus der benachbarten Polizeistation Mayen unterstützten.

Wäre ich nicht zum Messdienen für den Gedenkgottesdienst bestimmt gewesen, hätte ich Vaters Information mitbekommen, dass in unserer Garage ein ziviles Fahrzeug der Polizei untergestellt sei, und dass keines der Kinder das Haus verlassen dürfe.

Die anderen Polizeiautos waren im Dorf verteilt, eines in der Scheune von Manfreds Vater, das andere in Mertes Scheune und ein drittes stand hinter dem Gasthaus Nahles in der Hofeinfahrt, dort wo der Winneburgerweg mit seinen Gärten beginnt.

Als nun die Straßenbeleuchtung ausfiel, erfolgte der Zugriff.

Von der Hauptstraße her durch den Garten, dann über die Mauer zu Familie Thomas hin drangen die Beamten auf das Grundstück vor. Sie postierten sich an den Fenstern, bezogen Stellung in Stall und Scheune.

Zu schade, dass wir nicht sehen konnten, wie die drei Kalnischbrüder erschrocken vom Abendbrottisch aufsprangen. Ja nur die Brüder sprangen auf. Denn der vierte Platz am Tisch, an dem ein angebissenes Brot lag, war leer.

Man suchte im ganzen Haus nach dem alten Kalnisch, aber man fand lediglich einen Rucksack, der allerlei Verdächtiges enthielt. Hemd, Hose, Unterwäsche, Brot, eine Ecke Schinken und Rauchfleisch, zwei Dosen Wurst, eine Feldflasche mit Wasser, eine Flasche Schnaps und eine Decke.

Die Polizei war zu spät gekommen.

Nochmals wurden alle Zimmer gründlich durchsucht, auch der Speicher, auf dem das Korn auf dem Getreideboden ausgebreitet lag, die Scheune und der Stall.

Nichts!

Im Keller wurden der irdene Sauerkrauttopf und das Pökelfleischfass zur Seite geschoben. Gab es darunter einen Stollen? Unter den Kartoffeln wurde nachgeschaut, die in einem hölzernen Schlag lagerten.

Wieder nichts!

Was man versäumte, war in die Pütz hineinzuleuchten, nachdem man die Abdeckung angehoben hatte. Dort drin verborgen in einer Ausbuchtung stand nämlich der alte Kalnisch bis zu den Knien im eiskalten Wasser.

Eine Pütz ist ein in den Kellerboden gegrabener Hausbrunnen mit einer maximalen Tiefe von zwei Metern. Um eine möglichst große Wassermenge speichern zu können, war der Brunnen in vielen Häusern mit felsigem Kellerboden unterhalb der gemauerten Brunnenöffnung rundum gewölbeartig in den Stein aufgeweitet worden. Und in diesem aufgeweiteten Gewölbe duckte sich der alte Kalnisch zitternd vor Kälte. Hätte es in diesem Herbst viel geregnet, wäre die Pütz bis oben hin gefüllt gewesen. Aber bei der momentanen Trockenheit stand das Wasser nur knapp einen halben Meter hoch.

Schon bei der ersten Durchsuchung des Kellers hatte die Polizei bemerkt, dass ein Strohsack aus einer der Kelleröffnungen herausgerissen war, deshalb glaubte man, der Alte sei bereits durch das Kellerloch geflohen. Doch er hatte alle getäuscht.

Erst jetzt, als die Polizisten oben im Haus waren, zwängte er sich durch die schmale Öffnung und schlich zur Gartenmauer, die sein Grundstück zu Familie Thomas abtrennte. Für den Bruchteil einer Sekunde hockte er oben auf der Mauerkrone. Da bemerkten sie ihn.

Er sprang hinunter.

Ein Schuss fiel. Dann noch ein zweiter.

»Stehen bleiben, ich schieße!« Eine hysterische, sich überschlagende Stimme schallte durch den Garten. Ein dritter Schuss verlor sich im dunklen, kalten Himmel.

Kalnisch lief allen davon. Er lief um sein Leben, zwängte sich durch eine Hecke, riss aus einem Zaun drei morsche Latten heraus, und schon war er auf der anderen Seite. Er wollte Richtung Oberdorf, zum Winneburger Weg. Dort wuchsen die Windschutzhecken bis dicht ans Dorf heran. Da hatte er vielleicht eine Chance.

Und er hatte sie.

Im Winneburgerweg, unmittelbar hinter Gasthaus Nahles war ein Polizeiauto mit einem Beamten abgestellt worden, um eventuell schnell eine Verfolgung aufzunehmen.

»Wenn ihr mich fragt«, bemerkte Herry zwei Tage später morgens in der Backstube, »der Kollege hat geschlafen, hat gepennt. Eine Pfeife! Aber ich sage ja nichts! Denn wie sonst konnte der alte Kalnisch ihn aus dem Auto zerren und entwaffnen und dann mit dem Auto abhauen?«

Und das tat der Alte, er startete den Käfer, bog mit aufheulendem Motor in die Hauptstraße ein und nahm Fahrt in Richtung Büchel auf.

Ich konnte mir nur allzu gut vorstellen, wie er sich über die Polizei lustig machte.

Diese Idioten! Diese Anfänger!

Den Kalnisch fangen? Nie im Leben.

Er raste durch die Baumallee in der Gemarkung Reels auf den Schlaumbüsch zu.

Der Schlaumbüsch, ein kurzes, vielleicht dreihundert Meter langes Waldstück, empfängt die Bundesstraße mit dichten, hoch aufgeschossenen Fichten und führt auf eine scharfe Rechtskurve zu, ehe es abwärts durch den Schafsberg Richtung Büchel geht. Genau die Kurve beendete an diesem Abend den Polizeieinsatz. Zwar nicht im Sinne von Kommissar Kugel und der Staatsanwaltschaft, aber im Sinne vieler Menschen aus Faid und Umgebung.

Kalnisch raste auf die Kurve zu.

An diesem kalten Mittwoch, der seinen Namen völlig zu Recht hatte, war es so kalt, dass sich eine hauchdünne Eisschicht in der Kurve befand.

Der Käfer scherte nach links aus, überschlug sich, als er über den Straßengraben hüpfen wollte, landete hart auf der Böschung und durchpflügte mit den Rädern der linken Seite das kurze Rasenstück bis zum größten Fichtenbaum in der Faider Gemarkung. Der wurde durch die linke Seite des Fahrzeugs so stark beschädigt, dass im Herbst des nächsten Jahres der Baum gefällt werden musste, weil seine Nadeln verdorrten.

Die Trauer um den Baum war größer als die um Kalnisch, obwohl sein Tod schrecklich gewesen sein musste. Offensichtlich hatte er alles bei vollem Bewusstsein erlebt. So stand es jedenfalls im Polizeibericht und auch in der Rhein-Zeitung.

Die Scheibe der Fahrertür war zertrümmert, die Tür verklemmt. Auf dieser Seite gab es keine Möglichkeit, aus dem Fahrzeug zu kommen. Wie die Rekonstruktion des Unfalls ergab, hatte Kalnisch nach dem Aufprall versucht, die Beifahrertür zu öffnen, was ihm aber nicht gelang.

Dann musste er zwischen den Vordersitzen nach hinten geklettert sein. Doch da züngelten bereits die Flammen aus der Heckklappe.

Mit aller Kraft musste er gegen das Heckfenster getreten haben, das mitsamt dem Gummi aus der Fassung geflogen war. Dann gab es eine Verpuffung. Die Stichflamme fauchte aus der Motorhaube und sprengte sie auf, verschmorte in Sekundenschnelle sein Kopfhaar, versengte seine Gesichtshaut und schließlich den gesamten Körper.

So fanden ihn die Polizeibeamten.

Die zwei Schaumlöscher, mit denen die Beamten dem Brand beizukommen versuchten, nahmen sich wie Spielzeug gegen die fauchenden Flammen aus. Ihr Schaumstrahl reichte noch nicht einmal bis ans Auto, weil die enorme Hitze jede Annäherung an das Fahrzeug verhinderte. Als die Feuerwehr mit ihrem Löschwagen, der von einem Traktor gezogen wurde, endlich ankam, war nur noch ein schwarzes, rußendes und qualmendes Metallskelett übrig geblieben. Und aus dem Rahmen des kleinen Heckfensters hing der Schädel der verkohlten Leiche.

Was geschehen war, hatten wir von unserem Fenster aus nicht mitbekommen. Wir hatten nur die Schüsse gehört, das hektische Durcheinander von Personen in der Hofeinfahrt und auf der Straße gesehen. Hatten beobachtet, wie ein Beamter im Laufschritt auf unser Haus zukam, das Garagentor hochriss – ich dachte schon, jetzt reißt der auch noch die untere Rollladenlamelle ab – und dann schoss das Polizeifahrzeug aus der Garage die Straße hinauf. Es hielt an der Hofeinfahrt zu Kalnisch, man sah Personen in das Fahrzeug steigen. Der Motor heulte auf, und der Wagen fuhr Richtung Büchel.

Dann durchdrang der schrille Ton der Sirene dreimal die Nacht, und die Straßenlampen gingen wieder an. Menschen erschienen auf der Straße. Wir liefen die Treppe nach unten in die Küche, wo Vater und Mutter uns beruhigten.

»Ich gehe mal gucken, was los ist«, sagte Vater und wollte zur Tür, als Mutter ihm in den Weg trat.

»Nein, du glaubst doch wohl nicht, dass ich dich gehen lasse, wo Schüsse gefallen sind und jetzt die Sirene geht wie bei Fliegeralarm im Krieg. Nachher wirst du noch von einer verirrten Kugel getroffen und ich sitze hier mit sechs Waisen.«

Sie ging auf Vater zu, umarmte ihn und hielt ihn ganz fest. Sie klammerte sich regelrecht an ihn. Vater war so perplex, dass er zuerst überhaupt nicht reagierte. Er stand an der Tür, schaute auf Mutter und auf uns. Dann öffnete er den Mund, um etwas zu sagen.

»Du bleibst hier!«, fuhr Mutter ihn an. »Ich hab dir nie in deine Entscheidungen reingeredet, aber jetzt tue ich es. Zu deinem Schutz, zum Schutze deiner Kinder und zu meinem.«

Sie sprach so resolut wie damals, als sie ihn von einer Anzeige gegen Fränz abhalten wollte.

Mutter löste ihre Umklammerung, nahm Vater an der Hand und setze ihn auf seinen Stuhl.

Wir schauten uns betroffen und sprachlos an. So etwas hatten wir noch nie erlebt.

Auch Vater war vollkommen perplex und wusste offensichtlich nicht mehr, wie ihm geschah.

»Ich koch uns allen einen Tee«, löste Mutter lächelnd die Spannung, »und dann geht ihr ins Bett! Morgen wissen wir mehr.«

Vater sah sich verlegen und unsicher in der Küche um. Man merkte ihm an, dass ihm Mutters energisches Eingreifen peinlich war. Sie hatte im Beisein der Kinder gesagt, wo es lang ging. Hatte ihm, dem Familienoberhaupt, widersprochen. Hatte ihn auf seine Verantwortung für sich und seine Familie aufmerksam gemacht. Als ob er sich dieser Verantwortung nicht bewusst sei. Und sie hatte ihn umarmt! In seinem Gesicht arbeitete es. Wie stand er denn jetzt da? Maria, die die Tassen auf den Tisch stellte, sagte: »Mutter hat recht, Vater. Wir brauchen dich noch«, und gab ihm einen Kuss auf die Backe.

Wann war es jemals vorgekommen, dass eins von uns älteren Kindern den Eltern einen Kuss gab? Vater lief rot an, wischte sich mit der Hand über die Stelle, die Maria mit ihren Lippen berührt hatte und sagte mit belegter Stimme: »So jetzt reicht es mit dem Weiberkram. Wie weit ist der Tee? Die Kinder müssen endlich ins Bett.«

Drei Tage waren vergangen.

Ich sprang aus dem Mittagsbus an der Haltestelle beim Gasthaus Nahles und landete vor Walter und Hannes Kalnischs Füßen. Ich hatte nicht gesehen, dass dort zwei Personen warteten.

»Hau ab, mach Platz!«, bellte mich Hannes an. Dann stieg er mit seinem Bruder ein.

»Zweimal Ulmen!«, hörte ich ihn zum Busfahrer sagen.

Ulmen war die Endstation der Buslinie von Cochem her. Von Ulmen aus begann die Eifellinie über Kelberg zum Nürburgring oder nach Daun.

»Die fahren zu ihrer Mutter«, erklärte mir Vater, als ich nach Hause kam. »Die ist doch oben in Köttelbach bei ihren Eltern, seit der Alte sie letztens so geschlagen hat. Wahrscheinlich holen sie sie jetzt zurück.«

Am übernächsten Nachmittag stiegen Walter und Hannes zusammen mit ihrer Mutter aus dem Bus. Jupp, der Jüngste, lief ihnen entgegen und nahm seiner Mutter den Koffer ab. Dann schloss sich die Tür ihres Hauses.

Kalnischs Leiche lag einen Tag und eine Nacht im Spritzenhaus, ehe sie eingesargt wurde. Genau wie die Leiche aus dem Ameisenhaufen. Ich durfte gar nicht daran denken, denn dann sah ich wieder die Ameisen aus den Lüftungsschlitzen krabbeln.

Kalnischs Beerdigung war eine traurige Angelegenheit, obwohl sonniges, fast mildes Herbstwetter den Nachmittag erwärmte. In der Messe, die ich mit Paul diente, waren vielleicht fünfzehn, zwanzig Personen und in der Prozession zum

Friedhof gerade mal zehn. Kalnisch, den man nie in der Kirche gesehen hatte, wurde kirchlich beerdigt.

»Wer Kirchensteuer zahlt, wird kirchlich beerdigt, auch wenn er sein Leben lang nie in die Kirche ging«, belehrte uns Mutter, die in kirchlichen Dingen wirklich beschlagen war.

Ich dachte an Fränz, den Selbstmörder, und an Kalnisch, der in meinen Augen ein Mörder war. Und wie unterschiedlich die Kirche doch mit dem Tod von beiden umging.

Anne, Kalnischs Frau, stand mit ihren Söhnen am Grab. In ihren Gesichtern waren keine Tränen. Philipp, Mattes Heinen sowie vier andere Männer aus Kalnischs Jahrgang trugen den Sarg und gruppierten sich um das offene Grab. Sonst nahm niemand an der Beerdigung teil.

Neben dem lehmigen Erdaushub am Grab stand wie immer ein Kessel mit Weihwasser. Nach dem Absenken des Sargs in die Grube war es üblich, dass die Trauergäste den Sarg mit Weihwasser besprengten. Heute hätte man sich das Weihwasser fast sparen können.

Nur Anne, Kalnischs Frau, machte Gebrauch davon sowie zwei der sechs Sargträger, Mattes und Philipp. Hannes, Jupp und Walter begnügten sich damit, ein wenig Erde auf die kleine Schaufel zu häufen, die in dem lehmigen Erdhaufen steckte, und diese in die Grube zu werfen. Es polterte noch nicht einmal, als die Erdklumpen auf den Sargdeckel fielen.

Das alles beobachtete ich in meinem Messdienergewand mehr oder weniger gelassen. Auch fiel mir auf, dass Pastor Graf sofort nach Absenken des Sarges verschwand.

Ich registrierte, dass alle drei Söhne neue Anzüge trugen mit einem mir wohl bekannten Muster aus einem Stoff, der zu Beginn des Sommers auf unserem Küchentisch gelegen hatte.

Mich durchlief ein Schaudern.

An diesem Tage erfuhr ich, wie der Alte mit Vornamen hieß. Es stand auf dem Holzkreuz.

Gerd. Eigentlich ein schöner Name.

Am Mittwoch, zwei Tage nach der Beerdigung, holte mein Onkel Alois, der Viehhändler war, zwei Kühe und drei Schweine aus Gerd Kalnischs Stall. Kleieheinz verlud am gleichen Tag die gesamte Getreideernte, die auf dem Speicher lagerte.

Als alles erledigt war, stieg Anne zusammen mit Jupp, dem Jüngsten, in den Postbus nach Ulmen. Sie kam nie mehr zurück.

Am Samstagmorgen schlossen Hannes und Walter die Haustür ab, warfen ihre Rucksäcke auf den Rücken und marschierten an unserem Haus vorbei in Richtung Cochem. Klaus hatte sie die Straße herunterkommen sehen und uns informiert. Wir standen am Küchenfenster und sahen ihnen zu, wie sie mit starrem Blick zum Ortsausgang marschierten.

»Was machen die denn? Guck doch mal«, sagte Maria. Mutter drängte uns am Fenster zur Seite.

»Die alten Ferkel!«, rief sie empört. »Kommt, weg hier, das müsst ihr nicht sehen!«

Aber wir sahen es doch. Hannes und Walter hatten am Ortsschild, das vielleicht dreißig Meter von unserem Grundstück entfernt stand, Halt gemacht und pinkelten gegen das Schild. Dabei sahen sie provozierend zurück und führten den Strahl den Metallpfosten hoch und runter. Zum Schluss spuckten beide noch auf die Ortstafel.

Dann sah man sie nur noch von hinten.

Ich sah sie als Erster.

Im Galopp kamen plötzlich zwei Hunde quer über das Feld gelaufen. Es waren Benn und Bott, Steckes Bulldoggen. Ihre kräftigen Pfoten wirbelten Staub und Erdklumpen auf, so stoben sie über den Acker hinter den beiden Kalnischs her. Hätte Walter nicht zufällig hinter sich geschaut, sie wären förmlich überrannt worden.

Wir klatschen freudig in die Hände. An unserem Küchenfenster herrschte eine heitere, ausgelassene Stimmung.

Walter warf seinen Rucksack ab, um schneller laufen zu können. Hannes hinter ihm her.

Sie erreichten die Hecken des Schindgrabens und verschwanden in der Senke. Benn und Bott blieben wie auf Befehl stehen, bellten noch ein paar Mal in die Hecken, wandten sich um und trotteten zurück in Richtung Dorf.

Dort an der Einmündung zum Dohrer Weg stand Stecke. Die Hände in den Taschen seiner Hochwasserhose mit den schrecklich unmodernen Hosenträgern. Er tätschelte seine Kinder – wie er die Bulldoggen immer nannte – drehte sich zu unserem Haus und winkte uns lachend zu.

Er ging weiter die Straße hoch, verharrte einen Moment, beugte sich zu Benn und Bott hinunter und zeigte rückwärts auf das Ortsschild und den liegengebliebenen Rucksack. Wieder stoben die Doggen los. Bott erreichte als erster den Rucksack, nahm ihn auf und legte ihn an den Pfosten des Ortsschildes in das nasse, bepinkelte Gras.

Ich frage mich bis heute, wie Stecke diesen Auftrag seinen Hunden vermitteln konnte. Aber er kannte ja seine Kinder!

Wir jubelten am Fenster, als wir den Rucksack ins nasse Gras fallen sahen. Und Stecke winkte nochmals in Richtung unseres Hauses, während er Botts Fell kraulte und verschmitzt lachte.

Den ganzen Winter über rätselte man im Dorf, was denn nun die Ermittlungen ergeben hatten. War Kalnisch nun der Mörder oder nicht? Ob bei der nochmaligen Hausdurchsuchung Belastendes gefunden wurde, erfuhr man nie. Selbst Herry konnte beim morgendlichen Brötchenkauf nichts berichten. Oder durfte er nicht?

Erst zum neuen Jahr machte die Nachricht die Runde im Dorf, dass ein Verfahren gegen Kalnisch eröffnet würde. Man hätte belastendes Material gefunden. Was genau das war, darüber herrschte großes Stillschweigen.

XXVIII

Dann kam der Brief, auf den ich so lange gewartet hatte.

Ich merkte sofort, dass etwas nicht stimmte an diesem Donnerstagmittag im März. Alle meine Geschwister schauten mich groß an, als ich in die Küche trat. Ich wunderte mich sehr darüber, fühlte ich mich doch kritisch beobachtet. Maria nickte mir zu und deutete mit dem Kopf in Richtung Küchenschrank. Dort sah ich nichts Bemerkenswertes und zuckte mit der Schulter. Ich setzte mich an meinen Platz, machte das Kreuzzeichen, worauf Vater und Mutter immer achteten, betete kurz und wollte mir gerade Kartoffeln aus der Schüssel nehmen, als Vater sagte: »Du hast Post bekommen. Der Brief liegt auf dem Schrank. Scheint eine Mädchenschrift zu sein. Aber iss zuerst mal.«

Ich brachte keinen Bissen hinunter. Es war der erste Brief in meinem Leben. Und dann noch ein Brief von einem Mädchen.

»Ich hab keinen Hunger.« Ich stellte die Kartoffelschüssel zurück.

»Iss trotzdem etwas, nachher gibt es nichts mehr.« Vater legte mir ein paar Kartoffeln auf den Teller, dazu eine halbe Frikadelle und Gemüse.

Ich verschlang das Essen mit einem dicken Kloß im Hals, dann schob ich den Teller zur Seite und wartete darauf, dass wir das Dankgebet sprachen. Erst dann durften wir vom Tisch aufstehen. Vater nahm sich nochmals Kartoffeln, als ob er mich ärgern wollte.

Klaus verfehlte ich mit meinem Tritt, ehe er sein unschuldiges Gesicht zu einem schadenfrohen Grinsen verziehen konnte. Dann war Vater fertig. Ich war so froh, dass heute kein Sonntag war. Sonntags beteten wir immer den »Engel des Herrn«, ein Gebet, das sich in die Länge zog. Ich hatte noch nicht einmal überlegt, wer mir geschrieben haben könnte, so durcheinander, so nervös und aufgeregt war ich. Ich hatte noch nicht das Kreuzzeichen beendet, da stand ich schon am Schrank.

Das Kuvert war blau wie ein Geschäftsbrief. Oder wie ein »blauer Brief« aus der Schule. Aber die Schrift darauf war eindeutig eine etwas krakelige Mädchenschrift. Ich drehte den Brief um.

Kein Absender.

Ich roch an dem Brief. Herbert hatte einmal erzählt, Mädchen würden oft einen Tropfen Parfüm ins Kuvert geben oder das Blütenblatt einer Rose hineinlegen. Aber mein Brief roch nach gar nichts. Ich hörte Getuschel und unterdrücktes Lachen hinter mir. Alle Geschwister, außer meinem kleinen Bruder, standen neugierig hinter mir und sahen mich erwartungsvoll an.

»Oh, ein Liebesbrief.«

Jetzt traf ich Klaus' Schienbein zielgenau.

Es war mein Glück, dass Vater schon aus der Küche gegangen war. Solche Attacken unter uns Brüdern mochte er gar nicht und es hätte passieren können, dass er den Brief eingezogen und ihn mir erst am Abend ausgehändigt hätte. Ich drehte mich abrupt um und lief die Treppe hoch in mein Zimmer. Keiner folgte mir.

Ich nahm das Taschenmesser aus der Nachttischschublade, setzte die Klinge an der zugeklebten Brieflasche an. Mit einem für mich wunderbarem Geräusch durchschnitt die Klinge das Papier.

Durch die aufgeschlitzte Öffnung erkannte ich vier gefaltete Blattteile. Mit spitzen Fingern griff ich in das Kuvert und zog das Papier heraus.

Mein Herz klopfte.

Ich faltete das Papier auf.

Oben erkannte ich den Stempel eines Krankenhauses in Remscheid. Das Blatt war voll beschrieben. Mit einer krakeligen Bleistiftschrift, die aussah wie bei einem Erstklässler.

Dann erkannte ich die Unterschrift. Dort stand mit noch krakeligeren Buchstaben ein Name.

Regina.

Ich setzte mich auf die Bettkante und begann zu lesen.

»Lieber Georg, nun kann ich dich doch nicht heiraten. Wie gerne hätte ich dich als Mann gehabt. Es ist etwas dazwischen gekommen.«

Im Sommer, als Regina vom Heiraten sprach, hatte ich immer ein Kribbeln im Bauch gespürt, ich muss gestehen, es war ein angenehmes Kribbeln, obwohl ihr ständiges Geschwafel zu diesem Thema nervte. Jetzt spürte ich eine große Enttäuschung. Oder war es Erleichterung, dass dieses jugendliche Geschwätz sich zerschlagen hatte? Ich las weiter.

»Ich bin krank. Unheilbar krank. Ich habe Krebs.«

Tränen schossen mir in die Augen und tropften auf den Brief. Es war, als hätten die Tränen darauf gewartet, geweint zu werden. Die Buchstaben verschwammen vor meinen Augen. Ich hielt den Atem an und merkte, wie sich eine schwere Last auf meine Brust legte.

Wie ein Kind wischte ich mir mit dem Handrücken die Tränen ab und zwang mich zum Weiterlesen.

»Schon vor meinen Ferien in Faid stellte man Leukämie fest. Ich war mehrmals im Krankenhaus und habe starke Medikamente nehmen müssen, aber sie helfen nicht mehr. Man kann mich nicht mehr retten. Ich werde sterben. Bald.

Ich habe nur noch einen Wunsch. Kannst du kommen? Ich möchte dich noch einmal sehen.

Bitte!

Regina.«

Ich ließ mich nach hinten auf mein Bett fallen und weinte hemmungslos.

Mein Gott! Regina.

Bilder von ihr und dem vergangenen Sommer gingen mir durch den Kopf

Ich sah sie beim Abschied in unserer Küche, auf der Steinbank im Garten, beim Steinewerfen, im Sandhaufen. Sah ihr zorniges Gesicht, als sie uns wegen Arthur angefahren hatte. Ich hörte sie lachen. Gleichzeitig schämte ich mich, weil ich sie öfter innerlich als blöde Kuh betitelt hatte.

»Ist es so schlimm?«, hörte ich Klaus' mitfühlende Stimme neben mir.

Ich schaute nicht auf, sondern nickte nur. Er nahm mir den Brief aus der Hand. Ich weinte hemmungslos weiter. Dann spürte ich seine Hand auf meiner Stirn. Er sprach kein Wort. Seine andere Hand legte er auf meine Schulter. So saß er längere Zeit neben mir. Schweigend.

Was tat mir das gut. Er, mit dem ich mich oft zankte, gab mir in diesem Moment Trost und Nähe. Hatte ich zuvor ein grenzenloses Gefühl der Einsamkeit und Ohnmacht gespürt, so fühlte ich jetzt durch seine Berührung ein klein wenig Ruhe. Ich schaute apathisch auf den Boden. Dann sah ich Mutters Schuhe in meinen Blickkreis treten. Sie flüsterte etwas zu Klaus. Darauf folgte langes Schweigen. Ich bemerkte, dass sie den Brief las.

Ihre Hand fuhr durch mein Haar.

»Das arme Ding.« Sie setzte sich ebenfalls neben mich und legte ihre Hand auf meine Schulter. Ich wusste, dass sie mich nicht in den Arm nehmen würde, um mich zu trösten. Das tat sie mit keinem von uns. Nur die Kleinen, Helga und Marcus, wurden noch von ihr gedrückt. Für uns Große war diese Zeit vorbei.

Ich spürte, wie mir ihre Berührung gut tat.

»Aber sie besuchen? Wie soll das denn gehen? Das ist ja unmöglich.«

Das wusste ich auch, und begann sofort wieder zu weinen.

»Schreib ihr einen Brief, das ist das Wenigste, was du tun kannst.«

Mittlerweile waren auch Maria und Robert im Zimmer erschienen. Sie alle lasen den Brief und schauten mich erschreckt an. Alle ließen mich ihr Mitgefühl spüren.

Ich konnte mich bei meinen Hausaufgaben nicht konzentrieren. Hatten die lateinischen Verben schon unter normalen Umständen Mühe, Platz in meinem Hirn zu finden, so war heute nichts, aber auch gar nichts zu machen.

Später kam Vater zu mir ins Zimmer. Er stellte sich mit ernstem Gesichtsausdruck neben meinen Schreibtisch. Als er zu reden begann, schossen mir erneut die Tränen in die Augen.

»Sie war so ein freundliches Mädchen. Mein Gott, ist diese Welt ungerecht!« Er strich mir durchs Haar. »Schade, dass du sie nicht besuchen kannst. Remscheid, das liegt im Ruhrpott!«

»Könnte ich denn nicht mit dem Zug fahren? Ich würde dir auch das Geld für die Fahrt zurückzahlen.«

»Das ist nicht das Problem. Du bist noch nie mit dem Zug gefahren. Du müsstest mehrfach umsteigen. Du kennst dich mit den Fahrplänen nicht aus. Es wäre unverantwortlich von uns, dich in einen Zug nach Remscheid zu setzen. Nachher verlieren wir dich auch noch, dann fehlen zwei gute Menschen auf der Welt.«

Seine Stimme klang belegt.

In der Tür wandte er sich nochmals um, und ich sah seine Kümmernis und Hilflosigkeit.

»Schreib ihr, das wird sie freuen.«

In dieser Nacht schlief ich kaum. Ich saß mit verschränkten Armen am offenen Fenster und dachte an Regina. Ich spürte nicht die Kälte, die ins Zimmer drang. Im Gegenteil, ich hatte das Gefühl, sie lindere meinen Schmerz. Nach dem Schock über ihre unverblümte Aussage, dass sie sterben werde, hatte ich Mitleid, Ohnmacht und Trauer empfunden, hatte meine Hilflosigkeit gespürt, weit, weit weg irgendwo in der Eifel zu sein und nicht helfen zu können. Und dann diese Aussichtslosigkeit, sie nicht besuchen zu können.

Die Sehnsucht nach Regina machte mir das Herz schwer. Ich stellte mir vor, wie sie allein in ihrem Krankenzimmer lag, an Schläuchen und Apparaten hing und zur Tür starrte in der Hoffnung, dass ich kam. Stattdessen würde man ihr einen Brief übergeben. Aber einen schönen, langen Brief voller guter und tröstender Worte. Vielleicht waren auch einige Lügen dabei, die Hoffnung, dieser tödlichen Krankheit zu entgehen.

Ob sie den Brief überhaupt lesen würde? Wäre sie so enttäuscht von mir, dass sie sich weigern würde, ihn zu öffnen? Oh ja, das wäre ihr zuzutrauen. Sie würde sterben wollen, ohne meine Worte gelesen zu haben.

Ja, das würde sie, meine Regina.

Meine Regina?

Erschrocken hob ich den Kopf. Was war das denn?

Ja, ich hatte sie in Gedanken »meine Regina« genannt. Deutlich sah ich sie vor mir in ihren gelben Söckchen, meine Regina! Jetzt fängst du schon an, sentimental zu werden.

Ich holte schmerzhaft tief Luft und fing mich wieder.

Plötzlich hatte ich eine Idee.

Regina, ich komme! Danach schlief ich ruhig und dankbar ein.

Es war sechs Uhr, als Vater mich weckte. Heute, wie an jedem Freitag, lieferte Vater an eine Kantine etliche Brötchen. Ich musste mithelfen. Ich redete nicht drum herum, sondern kam sofort zur Sache, als Mutter, die auch in der Backstube half, in die Küche gegangen war.

Während ich die runden Teiglinge mit der Hand zu länglichen Brötchen ausrollte, begann ich zu sprechen, ohne Vater dabei anzusehen. Hoffentlich geriet ich nicht ins Stocken!

»Du hast mir, als ich dich beim Holzsägen vom Motorblock weggerissen habe, gesagt, das würdest du mir nie vergessen und ich hätte etwas gut bei dir. Ich hab das auch nicht vergessen. Wenn du mich am Sonntag zu Regina nach Remscheid fährst, tust du mir einen großen Gefallen. Dann ist dein Versprechen eingelöst.«

Es war, als hätte ihn mitten in der Bewegung der Schlag getroffen. Vater stand wie gelähmt an der Mulde. Ich drehte mich um und bekräftigte meine Aussage mit einem ernsten Nicken. »Hast du gesagt.«

Vater schien nach Luft zu schnappen. Ungläubig, aber gleichzeitig mit erstauntem Blick schaute er mich an.

»Donnerwetter noch mal!«

War das anerkennend, tadelnd oder gar wütend? Hatte er mir das nicht zugetraut, so konsequent sein Versprechen einzufordern? Ich konnte es nicht deuten. Ich war zu aufgeregt. Und wie aufgeregt ich war!

»Das könnte fast von mir sein!« Dann hing er an seinen Satz noch ein langes »Puuuh«.

»Was könnte von dir sein?«, fragte Mutter von der geöffneten Backstubentür her.

Vater grinste über das ganze Gesicht und sagte: »Georg hat mich gerade davon überzeugt, dass wir am Sonntag mit dem VW-Bus nach Remscheid fahren.«

Ich staunte nicht schlecht.

Mutter weckte mich um halb sieben am Sonntagmorgen. Sie hätte auch schon um sechs oder fünf kommen können, denn ich lag die halbe Nacht wach in meinem Bett.

Vater saß schon am Kaffeetisch.

»Mutter hat schon Marschverpflegung gemacht«, sagte er und zeigte auf ein paar Butterbrote mit Käse und Schinken. Eine gefüllte Thermosflasche stand ebenfalls bereit. Daneben lag die Kölln-Flocken-Tüte, die wir für unsere Schulbrote benutzten. Da Marcus noch Haferbrei bekam, und Vater wegen seines empfindlichen Magens morgens immer einen Teller Haferschleim aß, gab es diese praktischen Tüten bei uns in Hülle und Fülle. Durch die Innenfolie blieben die Pausenbrote frisch und trockneten nicht aus.

Ich bekam kaum einen Bissen beim Frühstück hinunter, so aufgeregt war ich.

Dann starteten wir. Vater hatte gestern mit meinem Onkel Steff Straßenkarten studiert und mit ihm die Route festgelegt. Sie führte über Kelberg, am Nürburgring vorbei, über Adenau, durch das Ahrtal, an Meckenheim vorbei bis nach Bonn und schließlich nach Köln, wo wir den Rhein überquerten.

Ich bestaunte die im Bau befindlichen Chemiewerke bei Wesseling, sah zum ersten Mal den Kölner Dom und zum zweiten

Mal in meinem Leben den Rhein. Er war hier mächtiger als bei Koblenz, wohin wir einmal einen Schulausflug gemacht hatten.

In den beiden letzten Tagen hatte ich Vater bewundert, wie er alles organisierte.

Nicht nur, dass er widerspruchslos meine Bitte angenommen hatte, er hatte noch nicht einmal versucht, mir das Unternehmen auszureden. Er hatte meinen Wunsch akzeptiert, als sei diese Fahrt nach Remscheid eine Selbstverständlichkeit. Ich hatte den Eindruck, dass ihm der Vorfall beim Holzsägen noch immer in den Knochen steckte, und dass er sich meines unerschrockenen Handelns bewusst war. Ich hatte ihn damals wirklich vor einem tödlichen Stromschlag bewahrt.

Vater hatte am Freitag noch mit der Klinik telefoniert, deren Telefonnummer im Stempelabdruck auf dem Brief zu lesen war. Er hatte sich bis zur Stationsschwester verbinden lassen und eine Himmelsgeduld gezeigt, als er ziemlich lange warten musste. Ich hatte ihn schon anders erlebt. Wenn es ihm zu lange dauerte, konnte es vorkommen, dass er laut schimpfend den Hörer auf die Gabel knallte. Aber bei diesem Telefonat war er geduldig.

Er fragte nach dem Anfahrtsweg zur Sana-Klinik in Remscheid, notierte auf einem Zettel Kreuzungen und Abzweigungen, um zur Burger Straße zu kommen, wollte wissen, wo er parken könne und fragte schließlich nach Flur und Zimmernummer.

»Und können Sie mir sagen, wie ich Reginas Eltern erreiche?«

Pause. Stirnrunzeln.

»Kein Telefon, ich verstehe, können Sie ihnen denn bitte ausrichten, dass wir am Sonntag kommen?«

Er nannte unsere Telefonnummer.

Dann nach einer kurzen Pause: »Ja, der steht neben mir.«

Vater gab mir den Telefonhörer.

»Bist du der Georg?«, hörte ich eine freundliche Stimme.

Ich nickte, statt zu antworten.

»Ich bin Schwester Maria, ich habe Regina geholfen, den Brief zu schreiben. Sie wartet auf dich. Das ist ihr sehnlichster Wunsch. Was dein Vater für dich und Regina tut, finde ich toll.«

Mir schossen Tränen in die Augen.

»Bist du noch da? Du sagst ja gar nichts.«

Ich hauchte ein tränenersticktes »Ja« und gab Vater den Hörer zurück.

Er verabschiedete sich von Schwester Maria und legte auf.

Es war kurz nach elf Uhr, als wir uns an der Anmeldung nach Reginas Zimmer erkundigten.

Ich stieg hinter Vater die zwei Treppen hoch. Dann standen wir vor der großen Glastür, die zur Station führte. Wir klingelten.

Ich sah den Umriss einer weiß gekleideten Person durch das Milchglas. Eine Schwester öffnete die Tür und sah uns freundlich an.

»Sie wollen zu Regina.« Sie gab Vater die Hand und auch mir. »Ich bin Schwester Maria.«

Wir waren richtig.

»Du bist der Georg«, sagte sie und schaute mich von oben bis unten an. Ich wurde etwas verlegen unter ihrem Blick, der freundlich und offen war, aber ich fühlte mich gemustert.

»Ja, genauso hat Regina dich beschrieben. Dann komm mal mit!«

Vater schob mich vor sich her durch die Glastür und dann standen wir in einem langen Flur, an dessen hinterem Ende ein Fenster nur wenig Tageslicht herein ließ. Neonröhren verbreiteten ein unpersönliches kaltes Licht.

Ich fühlte mich unwohl und spürte eine leichte Schwäche in den Knien. Links und rechts vom Flur führten weiß gestrichene Türen zu den einzelnen Zimmern. Wir blieben vor Zimmer 212 stehen.

»Sie schläft. Ich habe ihr nicht gesagt, dass du kommst. Es soll eine Überraschung sein.«

Schwester Maria ging voraus und öffnete die Tür. Hinter ihrem Rücken konnte ich nicht das Kopfende des einzigen Bettes sehen, das im Zimmer stand. Ich hielt sie an ihrer Schwesterntracht fest, legte den Zeigefinger auf den Mund, reckte mich zu ihr hoch und flüsterte ihr ins Ohr:

»Nicht wecken. Kann ich ganz alleine mit ihr sein? Bitte.«

Verständnisvolle Augen sahen mich an. Ich registrierte ein leichtes Nicken.

Sie deutete Vater mit einer Handbewegung zur Tür an, mit ihr zusammen aus dem Zimmer zu gehen. Ich hörte, wie die Tür leise hinter mir geschlossen wurde. Dann war ich allein.

Bis jetzt hatte ich zu Boden geschaut. Nun schloss ich die Augen, hob den Kopf, drehte ihn in Richtung von Reginas Bett und öffnete wieder die Augen.

Sie sah aus wie damals am Sandhaufen. Nur schmaler und blasser. Der Kopf war leicht zur Seite geneigt. Er lag auf einem weißen Kissen und war bis auf ein paar Büschel kahl.

Mein Gott, wo war der schöne Bubikopf?

Aber ihre Wimpern waren noch da. Waren sie gewachsen? Lang und schwarz stachen sie aus dem blassen Gesicht hervor. Sie kamen mir noch schöner vor, als ich sie in Erinnerung hatte.

Gleichmäßig hob und senkte sich ihre Brust. Sie schlief friedlich.

Ich setzte mich auf den Stuhl, der schräg neben ihrem Bett stand und schaute ihr direkt ins Gesicht. Ein paar verlorene feuchte Haarspitzen klebten an ihrer Stirn.

Ich saß nur da und schaute sie an.

Als Vater und ich vorhin die Treppe hochgestiegen waren, war mir zum Weinen zu Mute gewesen. Aber jetzt? Nein, ich wollte nicht flennend und mit laufender Nase an ihrem Bett sitzen. Ich hatte auch keinen Kloß im Hals. Im Gegenteil, eine starke innere Ruhe hatte mich ergriffen.

Ich betrachtete lange Reginas Gesicht, erinnerte mich an ihr lautes Lachen und an ihre Lachfalten. Doch jetzt bildeten ihre Lippen einen dünnen, schmalen Strich, wie es immer der Fall gewesen war, wenn sie zornig war. Auch die winzigen senkrechten Falten links und rechts ihres Mundes drückten ihren Zorn aus.

Ich erinnerte mich, wie sie kennerhaft einen Tabakkrümel mit der Zunge von ihren Lippen entfernte. Und sah die Blutleere. Kein Rot war mehr in ihren Lippen vorhanden.

Erst jetzt bemerkte ich die beiden Schläuche, die aus aufgehängten Flaschen an einem Ständer zu ihrem rechten Arm führten. Mit Leukoplaststreifen war die Kanüle befestigt.

Ich schaute sie an.

Meine Regina.

»Ich wusste, dass du kommst.«

Fast unhörbar flüsterte plötzlich dieser blutleere Mund diesen wundervollen Satz.

Dann öffnete sie ihre Augen. Plötzlich sah ich sie nicht mehr. Eine Flut von Tränen schoss mir in die Augen und verwischte das Bild ihres Gesichtes und ihrer Augen, die – jetzt erst gestand ich es mir ein – die ich so liebte.

Ich spürte, wie sie meine Hände nahm.

»Erzähl mir von Felchelen«, sagte sie leise.

»Von was?«, fragte ich erstaunt. Ich hatte mir schon Gedanken gemacht, was ich mit ihr sprechen sollte, aber über Felchelen zu reden, daran hatte ich nicht im Entferntesten gedacht. Ich hatte mir zurecht gelegt, über ihre Krankheit zu sprechen. Wenn ich das überhaupt konnte.

»Ja, von Felchelen, wo wir im Sommer gespielt haben.«

Sie drückte meine Hand, schloss die Augen und flüsterte:

»Bitte.«

Ich wusste im Moment nicht, was ich eigentlich erzählen sollte.

»Dort unten in Felchelen am Bach steht ein Apfelbaum mit Augustäpfeln«, begann ich.

»Nein!« Sie öffnete ihre Augen. »Fang oben bei euch am Haus an, den ganzen Weg entlang, den wir gerannt sind, hoch zur Eiche, dort vorbei. Dann sind wir über den Weg gesprungen bis zum Bach.«

Ihre großen, bittenden Augen machten mich nervös. Erst als ich nickte, legte sich ein entspanntes Lächeln über ihr blasses Gesicht.

»Ich warte auf dich in unserem Hof. Es riecht nach frischem Brot, denn Vater hat gerade das gebackene Brot aus dem Ofen genommen. Du kommst die Einfahrt zu unserem Grundstück heruntergelaufen. Mit deinen Söckchen.«

Sie schlug die Augen auf. »Haben sie dir gefallen?«

»Nicht immer. Aber später schon.«

Ich machte eine Pause. Regina drückte meine Hand.

»Komm, rufe ich. Und ich beginne zu laufen. Und du? Du bist sofort neben mir. Wir laufen durch die Geleise des ausgefahrenen Ackerweges. Ich voraus. Wir springen über Pfützen hinweg, wechseln hinüber zur Böschung, weil hier an Leschers Feld der Weg immer matschig ist. Wir laufen um den Böschungsrand herum. Hier stehen, seit ich denken kann, nur Brennnesseln und Disteln. Du überholst mich mit lautem Gejohle, du mit deinen Schläppchen und den kindischen Söckchen.« Ich beobachtete sie genau. Es huschte ein ganz kleines Lächeln über ihr Gesicht. »Du bist die Erste am Eichenbaum. Da bleibst du heftig atmend stehen, verschränkst die Arme, lehnst dich an den Eichenstamm und schlägst die Beine übereinander. Und tust so, als ob du schon eine Stunde auf mich gewartet hättest. Du rufst: ›Wo bleibst du denn?‹ Dann bin ich neben dir, boxe dich derb auf den Oberarm und merke zu spät, dass ich so was bei Mädchen gar nicht machen darf.«

Reginas schmaler Mund – mein Gott, war der schmal – hatte sich zu einem Schmunzeln verzogen.

»Ja, ich musste bei dir, Herbert, Manfred und Arthur schon was einstecken! Aber ihr wart schon in Ordnung!« Sie holte Luft. »Weiter!«

»Dann laufe ich los. Am Weizenfeld vorbei. Streife mit der Hand durch die Ähren. Und du bist hinter mir. Du lachst. Nein, du jauchzt.«

Plötzlich merkte ich, dass ich jetzt und in diesem Augenblick am Getreidefeld vorbeilief. Spürte in meinen Fingern und in der Handfläche die Stiele und piekenden Ähren, hörte das Rauschen der zurückschlagenden und auspendelnden Halme und roch den unverkennbaren Duft des reifen Getreides.

Ich sah den Sommerhimmel über uns. Hell, heller als hellblau. Wolkenschlieren im Westen. Und dann diese Wärme.

Es gibt eine Wärme, die ein Küchenherd mit Töpfen und summendem Schiffchen verbreitet. Es gibt die Wärme eines nächtlichen Feuers vor einem Zelt, und es gibt die Wärme eines Sommertages. Eines Sommertages in Felchelen. Das ist die schönste Wärme überhaupt!

Ich saß nicht mehr in einem kahlen, weiß getünchten Krankenzimmer in der Sana-Klinik in Remscheid. Dort, wo am hellichten Tag im Flur Neonröhren brannten. Nein, ich lief entlang eines Getreidefeldes, das sich sanft in den Talkessel hinab ergoss.

»Spürst du sie noch, die Grannen an den vollen Ähren?«

Ein schwaches Nicken aus dem Kopfkissen und ein glückliches Lächeln beflügelten mich und meine Phantasie.

»›Aufpassen!‹ rufe ich, da vorne kommt der Weg. Und du? Mir kommt es vor, als wärst du schon zehn Mal, nein, hundert Mal über diesen quer zur Talseite verlaufenden Weg gesprungen. Und dann rollen wir über die gemähte Wiese. Wir kullern wie unförmige Strohballen über die Weide und unser Lachen erfüllt das Tal. Atemlos, vornüber gebeugt und das Haar voller Grashalme und Heu, so stehen wir unten in der Talsohle am Bach.«

Mir war, als ob Regina schlafe. Ihre Züge waren gelöst. Die Falten um ihren Mund, die mich beim Eintreten ins Zimmer so erschreckt hatten, waren verschwunden.

»Zeigst du mir die Köcherfliegen?«

»Ja!« Ich erinnerte mich genau: Sie war wie verzaubert, als sie zum ersten Mal die aus vielen winzigen Steinchen zusammengeklebten, mosaikartigen Köcher der Fliege sah. Sie hatte mir auf die Hand geschlagen, als ich die sich windende Larve aus dem schützenden Köcher zog. »Das ist wie Abtreibung«, hatte sie gesagt. Keiner von uns Jungs hat gewusst, was genau eine Abtreibung ist.

Erst hatte uns Regina ungläubig angeschaut, dann erklärte sie es uns. Mit einfachen, klaren Worten. Als ich am Abend mit Mutter darüber sprechen wollte, hatte sie mich an Vater verwiesen. Und der druckste herum und brachte dann schließlich heraus:

»Das ist ein Verbrechen und wurde früher mit dem Tode bestraft. Auch ein ungewolltes Kind hat ein Recht auf Leben und auch behinderte Kinder haben ...«

»Und die Äpfel von dem Baum direkt am Bach waren so saftig. Erzähl weiter«, bat sie mit leiser Stimme. »Pflückst du mir einen?«

»Es ist ein knorriger, alter Baum. Wir klettern hinauf. Bis in die Spitze. Auch du. Aber keiner darf dir helfen. Die knackigsten Äpfel hängen an der Sonnenseite. Wir nennen diese Sorte Augustäpfel, weil es die ersten im Jahr sind, die reif werden. Wir setzen uns auf die knorrigen, mit Flechten überzogenen Äste oben in der Krone und beißen in die Früchte. Der Saft spritzt und tropft aus den Mundwinkeln, läuft uns übers Kinn. Wir lachen, pflücken noch mehr Äpfel und stopfen uns die Taschen voll. Wir waschen uns die Gesichter im Bach und spritzen uns nass. Du konntest so furchtbar schrill kreischen.«

»Das kann ich heute nicht mehr«, hörte ich sie vom Bett her leise sagen.

Tränen hatten sich an ihren Augenrändern gebildet. Sie liefen die Wangen herunter. Ich wollte sie abwischen.

»Nein, lass! Ich stelle mir vor, es wäre der Saft der Äpfel. Erzähl weiter!«

Mein Gott, Regina!

»Dann klettern wir auf den kleinen Felsvorsprung, auf dem wir unsere Burg bauen wollten. Weißt du noch? Du wolltest als Burgfräulein dein Zimmer zum Bach hin haben und zum gegenüberliegenden Hang. Damit du sehen könntest, wenn wir über die Hangwiese angelaufen kämen. An einem Tag wollten wir eine Burg bauen und am nächsten dort an der Stelle ein Wigwam errichten. Mit Feuer davor.« Ich hielt einen Moment inne. Dann fuhr ich fort: »Weißt du noch, wie die Kühe auf der Weide unsere Ponys waren oder die Spitze einer riesigen Büffelherde? Und wie wir uns Bögen bauten und ich das Huhn mit einem Pfeil traf?

Wir lagen auf dem sonnendurchglühten Felsvorsprung, rochen das späte Heu und das reifende Getreide, lauschten auf das fast unhörbare Plätschern des Baches, drehten den Kopf träge in die Sonne, bissen in unsere Äpfel und spuckten die Apfelkerne in die Luft.«

Sie nickte ganz langsam. »Und dann wurdest du von deiner Schwester gerufen zum Brotausfahren.«

Ja, ich war wirklich dort in unserem Spielparadies in diesem Moment. Nicht nur, weil ich ihr eine Freude machen wollte. Sondern, um diese Umgebung, dieses Zimmer, diesen Krankenhausgeruch zu vergessen. Und zu vergessen, was aus meiner Regina geworden war.

Und sie?

Die ganze Zeit hielt sie meine Hände fest. Nun lachte sie, genau wie ich es in Erinnerung hatte. Gleichzeitig blieb mir nicht verborgen, wie sehr sie sich anstrengte. Und dann begann sie zu schreien.

Nein, sie schrie nicht, sie kreischte. Sie kreischte so wie damals, als wir uns am Bach nass spritzten. Es war für mich ein süßer Ton, eine Melodie wie aus ferner, sorgloser Zeit. Ein Kreischen, das allem Leid, allem Kranksein und aller Hoffnungslosigkeit entgegenbrauste. Das sich hochhob zur Zimmerdecke, durch die Fenster in den trüben Nachmittag drang, das die geschlossene Tür aufsprengte und über den Flur der Station fegte wie ein Feuersturm.

Ich war von meinem Stuhl aufgesprungen, stand hilflos an ihrem Bett und starrte in ihren weit aufgerissenen Mund. Sie hatte sich aus dem Kissen aufgerichtet und ihre Hände in die Matratze links und rechts von sich gekrampft. Ihr Gesicht war nass. Nass von Tränen und vor Anstrengung.

Die Tür wurde aufgerissen, Menschen stürmten ins Zimmer. Ich wurde unsanft vom Bett entfernt. Schwester Maria beugte sich beunruhigt über Regina, auf der anderen Bettseite war eine zweite Schwester zu Hilfe geeilt. Dazwischen hörte ich Vater hinter mir sprechen:

»Mein Gott, was ist passiert?«

Ich schüttelte nur den Kopf, ertastete seine Hand und hielt sie fest. Reginas Gekreische verebbte, wurde leiser und dann gluckste sie. Sie gluckste wie im Sommer, als wir unbeschwert in der Baumkrone saßen und in die Augustäpfel bissen. Leise, sanft, freudig erregt klang dieses Glucksen. Es war voller Kraft. Tiefes Glucksen wechsele sich ab mit hell trällernder Stimme, fiel fast eine Oktave zurück, summte sanft, brummte und jubelte erneut auf in betörendem, sich freudig überschlagendem Alt. Und dann, atemlos und mit letzter Kraft sprach sie: »Georg, ich kann's doch noch!«

Erschöpft, schweißgebadet und matt sank Regina zurück in ihr Kissen.

Ich erklärte Schwester Maria, während sie Reginas Gesicht abtrocknete und sie wieder richtig bettete, dass wir von den Ferien bei uns in Faid gesprochen hätten. Und dass sie noch einmal, wie damals, laut schreien wollte. Jetzt war schwach ihre Stimme zu hören: »Lasst ihr uns alleine? Ich will Georg Tschüss sagen.«

Sie gingen.

Dann waren wir allein.

»Es war schön. Nein, nicht weinen.« Wieder ergriff sie meine beiden Hände.

»Ich will eine lachende, frohe Erinnerung an dich mitnehmen, wenn ich sterbe.«

Das versetzte mir einen Schlag in die Magengrube. Sie sprach so offen, so ganz ohne Furcht vom Tod.

»Lache, wie damals auf dem Felsen in Felchelen. Nur mit der Heirat wird nun nichts. Es wäre zu schön gewesen. Aber wenigstens möchte ich dich noch einmal küssen.«

Sie hatte mir damals beim Abschied auf der Steinbank einen flüchtigen Kuss auf die Wange gedrückt, wie es sonst noch nie ein Mädchen getan hatte.

Verlegen blickte ich sie an.

»Komm schon, einmal nur!«

Ich beugte mich zu ihrem Mund. Spürte ihre Lippen. Warm. Ganz zart, eher unbeholfen berührte ich sie, verharrte und spürte, wie eine Welle des Schmerzes und des Leids mich durchfuhr.

Mein Gott, Regina!

Dann spürte ich ihre beiden Hände auf meinem Kopf. Sacht fuhr sie mir durch die Haare, fand meine Wangen und streichelte sie. Auf meinen Lippen spürte ich ihre zarte, behutsame Wärme, ihre zaghafte Zunge und ihren Atem.

Dann schob sie mich von sich.

»Geh jetzt. Und lächle mir zu, wenn du zur Tür hinausgehst.«

Sie sah mir in die Augen und löste sich von meinen Händen. Wie benommen stand ich auf und bewegte mich rückwärts zur Tür.

»Tschüss, geh jetzt! Du wolltest doch lächeln.«

Ich versuchte es. Aber es war wohl eher eine gequälte Grimasse als ein richtiges Lächeln.

In meinem Rücken ertastete ich die Klinke, öffnete die Tür und schaute ein letztes Mal zu ihr hin. Mit lächelndem, wissendem und dankbarem Blick sah sie mir entgegen. Dann schloss sie die Augen.

Leise zog ich die Tür ins Schloss.

Nachdem ich aus ihrem Zimmer auf den Flur getreten war, kamen Schwester Maria und Vater auf mich zu.

»Lass uns gehen«, sagte ich tonlos zu Vater und schritt wortlos auf die Stationstür zu.

»Warte noch einen Moment«, unterbrach mich die Schwester. »Ich schaue nochmals kurz zu ihr rein.«

Ich blieb mit Vater im Besucherzimmer. Er bot mir eines der mitgebrachten Butterbrote an. Ich aber schüttelte nur den Kopf und sah zum Fenster hinaus in den trüben Nachmittag.

»Sie schläft jetzt«, hörte ich Schwester Marias Stimme, »ruhig, mit glücklichem Lächeln auf dem Gesicht. Ich glaube, du hast ihr sehr geholfen. Sie ist ein tapferes Mädchen.«

Als wir im Auto saßen, liefen mir die Tränen die Wangen hinunter.

»Weine nur«, sagte Vater und tätschelte meinen Arm. »Das ist vollkommen in Ordnung.«

Wir sprachen wenig auf der Heimfahrt.

Vater fuhr zurück über die Autobahn. Ich merkte es nicht. Ich war eingeschlafen und wurde erst wach, als wir vor unserer Garage standen.

Regina hatte den nächsten Tag nicht mehr erlebt.

Als ich mittags aus der Schule nach Hause kam, fing mich Vater im Hausflur ab und lotste mich in die Backstube.

»Regina ist heute Nacht kurz nach zwei Uhr gestorben«, sagte er leise. »Nach unserem Besuch wachte sie nicht mehr auf. Ich soll dich von Schwester Maria grüßen.«

Auch an diesem Tag konnte ich nichts zu Mittag essen. Reginas Eltern hatte ich nicht im Krankenhaus gesehen. Das fiel mir jetzt auf.

»Würdest du mich auch alleine lassen, wenn ich am Sterben wäre?«, fragte ich Vater.

Er schüttelte stumm den Kopf.

XXIX

Dann kam ein zweiter Brief für mich. Mit meinem Zeugnis. Ich war sitzen geblieben.

Im Herbst hatte es schon gewaltigen Ärger gegeben, als der blaue Brief ins Haus kam und meinen Eltern mitgeteilt wurde, dass ich die Versetzung wahrscheinlich nicht schaffen würde. Es waren die Fächer Englisch und Latein, die mir Sorgen bereiteten. Ich schaffte es einfach nicht, in diesen Fächern die Fünfen auszugleichen. Schon um die Weihnachtszeit hatte ich Vater gebeten, mich wieder an der Volksschule anzumelden, aber Mutter war dagegen.

»Er soll doch Pastor werden!«, meinte sie entrüstet. Darauf beharrte sie.

Vater wollte mich ummelden, Mutter nicht. Sie konnten sich wieder einmal nicht einigen. So wurde Pastor Graf als Schiedsrichter einberufen. Er saß an diesem Abend, dem letzten Abend des Schuljahres lange mit Vater und Mutter in der Küche. Am Morgen erfuhr ich dann, dass ich das Schuljahr nochmals machen müsse.

»Ein verlorenes Jahr!« Mutter schaute mich vorwurfsvoll an.

Für mich war es kein verlorenes Jahr. Es war das schönste und das letzte Jahr meiner Kindheit. Und ich hatte Regina getroffen.

Nach Ostern beschäftigte Vater einen Gesellen in der Backstube. Ich musste nur noch Brikett hochtragen, Brotpfannen einfetten und ab und zu mit auf Brottour fahren. Morgens half ich nur noch samstags in der Backstube.

Noch oft, wenn ich nicht schlafen konnte, saß ich am offenen Fenster, schaute hinüber, wo Felchelen begann, und träumte von diesem Sommer. Und von Regina.

Nachspann

Es ist müßig, über den Prozess, der nach fünf Verhandlungstagen endete, zu berichten. Das Verfahren gegen die Familie Kalnisch wurde aus Mangel an Beweisen eingestellt. Das Gericht ging zwar davon aus, dass der alte Kalnisch der Mörder des Tuchhändlers hätte gewesen sein können, aber beweisen konnte man es nicht. Seine Söhne schwiegen, und er hatte die Wahrheit mit ins Grab genommen.

Doch im Dorf – bei den Nachbarn, den Anwohnern der Hauptstraße, der Dorfstraße und den Bauern des Unter- und Oberdorfes – kurz bei allen, die diesen Sommer miterlebt hatten, galt der alte Kalnisch als der Mörder des Tuchhändlers.

So entstand diese Geschichte, die von ähnlichem Inhalt und gleicher Aussage ist wie all die anderen Geschichten aus den Heften »Am Sagenborn der Heimat«, die ich damals im dritten Schuljahr bei Frau Weyer im Fach Heimatkunde kennen gelernt hatte.

Sie hatte uns damals – es war mucksmäuschenstill in der Klasse gewesen – erklärt, dass der Volksmund oft die Geschehnisse anders deute als dies die offizielle Version tue. Einfache Menschen fühlen intensiv, fühlen mit dem Herzen, sie spüren die Wahrheit hinter den Dingen und sehnen sich in besonderem Maße nach Gerechtigkeit. Und so sei manch Wortbrüchiger, manch erfolgreicher, aber hartherzige Unternehmer, manch scheinheilig lebender Frömmler und manch angeblicher Ehrenmann in den Geschichten und Sagen für seine Verbrechen und Schandtaten bestraft worden. Wenn nicht durch die menschliche Gerichtsbarkeit, dann doch durch eine höhere Macht.

An diese Unterrichtsstunde erinnere ich mich ganz deutlich und auch daran, welche Empfindungen ich hatte, als ich davon hörte, auf welche Weise diese überirdische Macht den alten Kalnisch gerichtet hatte.

Und nicht nur mir lief ein kalter Schauer den Rücken hinunter, als ich es hörte.

Jedes Mal, wenn am kalten Mittwoch die zwölf Schläge der Turmuhr um Mitternacht dröhnend in den Nachthimmel hallen, dann, ja dann öffnet sich am Stiffel der klägliche Rest des Ameisenhaufens, und heraus kommt ein Auto, das immer größer wird, bis es die Größe eines VW-Käfers erreicht hat. Es nimmt seine Fahrt in Richtung Schlaumbüsch auf. Man kann es kaum erkennen, denn es fährt ohne Licht, nur das Brummen des Motors ist zu hören. Das Brummen wird immer lauter, weil das Fahrzeug beschleunigt und immer schneller wird. Es rast auf die Ecke des Schlaumbüschs mit den hohen Fichten zu und steuert mit hoher Geschwindigkeit die Kurve an, die in den Schafsberg hinabführt.

Und dann flammt, begleitet von einem markerschütternden Knall ein infernalischer Feuerball auf. Das Auto brennt. Darin sitzt der alte Kalnisch und schreit. Er schreit vor Schmerzen so laut, dass er das Dröhnen des Motors übertönt. Er gestikuliert wild mit den Armen, seine Fäuste schlagen gegen die geschlossenen Fenster, seine Stirn pocht wie irre gegen die Frontscheibe. Sein Gesicht ist verzerrt vor Schmerzen, die Augen weit aufgerissen.

Das Auto rast weiter, nimmt mit hohem Tempo und kreischenden Reifen die Kurve, wendet und biegt rechts ab, wo es durch den Feldweg in Richtung der Gemarkung Stiffel fährt.

Lodernde Flammen hinter sich herziehend, die den Nachthimmel blutrot leuchten lassen, rast es hinter der Windschutzhecke auf die Waldspitze zu, von der es auf gespenstische Weise gestartet ist.

Ein schrecklicher Schrei aus Verzweiflung und Entsetzen erstirbt in den Gängen und dem Gewimmel des Ameisenhaufens.

Dann herrscht Stille.

Grabesstille.

Du kannst es versuchen, selbst noch so intensives Nachforschen am Tag nach dem kalten Mittwoch fördert weder Brand- noch Aschespuren zutage. Und den krabbelnden Ameisen merkt man auch nichts an.

Denn Ameisen brennen nicht ... nicht in solch einem Feuer.

Mein besonderer Dank gilt meiner Tochter Daniela, die mich während der Entstehung dieses Buches tatkräftig unterstützt hat, sowie der Lektorin Gabriele Korn-Steinmetz für die guten Ratschläge und Hinweise.